Über das Buch:
Die Fortsetzung des packenden Thrillers »DOGONBLUT«.
Eric Harder und seine Frau Vera wollen endlich Gewissheit
haben, was vor einem Jahr in Timbuktu geschehen ist. Doch
was sie herausfinden, lässt böse Ahnungen aufkommen. Was
passiert im Land der Dogon? Ist der mysteriöse Arnháton-Kult
immer noch aktiv? Der alte Arthur Roth könnte helfen, aber ist er
wirklich ein Freund?

Über den Autor:
Volker Wahl hat viele Jahre in der Werbebranche gearbeitet und
malt in seiner Freizeit Aquarelle. Das Titelbild basiert auf einem
seiner Werke.

Volker Wahl

Das Licht der kommenden Tage
Band 2

Der Himmel
über der Hoffnung

Thriller

Impressum

Copyright: © 2017 Volker Wahl
3. Auflage

Herstellung und Verlag:
BoD – Books on Demand, Norderstedt
ISBN: 978-3-7448-5236-4

1

Es war nun schon mehr als vier Monate her, seit man Diome Biribi entführt hatte. Noch immer hielt man ihn die meiste Zeit in der recht komfortabel ausgestatteten Zelle gefangen. Nur fünfmal war er herausgeführt und in einen Raum gebracht worden, der einem Operationssaal glich. Jedes Mal hatte er Todesängste ausgestanden. Nie hatte man ihm gesagt, warum er hier gefangen gehalten wurde. Wieder und wieder hatte er versucht, ein Gespräch mit seinen Entführern zu beginnen. Doch die Antworten der Männer beschränkten sich auf knappe Anweisungen. Keiner ließ sich auf eine Unterhaltung mit ihm ein.

Seine Bewacher waren hellhäutiger als er. Sie sprachen aber ebenso wie er französisch. Diome stammte aus Mali. Er gehörte zu der Volksgruppe der Dogon und war ein Schwarzafrikaner. Manchmal fragte er sich, ob er in die Hände einer Bande von Rassisten gefallen war. Doch abgesehen davon, dass niemand ein Wort mit ihm sprach, behandelte man ihn nicht abwertend oder wie einen Feind. Fast hatte er den Eindruck, dass ihm so etwas wie Respekt entgegen gebracht wurde. Der Raum, in dem man ihn gefangen hielt, war sogar recht groß. Er hatte eine Fläche von etwa dreißig Quadratmetern. Er verfügte über einen Tisch, zwei Stühle, ein Bett, zwei offene Schränke. Sogar eine kleine Couch und ein Fernseher mit DVD-Player befanden sich darin. Außerdem eine Küchenzeile mit den nötigsten Utensilien und ein richtiges Badezimmer mit WC. Er war praktisch in einer kleinen Wohnung untergebracht.

„Um einen Menschen, den man als Feind betrachtet, gefangen zu halten, ist die Unterbringung zu luxuriös", dachte Diome. Er wurde ja auch mehr als ausreichend mit allen möglichen Verbrauchsartikeln und Lebensmitteln versorgt. Fast so als wäre er ein Gast in einem Hotel.

Dass man ihm nicht sagte, warum er hier gefangen gehalten wurde und ob es eine Aussicht gäbe, wieder nach Hause zu kommen, machte ihm Angst. Höllische Angst. Daran konnte auch die bequeme Unterbringung nichts ändern. Aber am schlimmsten waren die Tage, an denen er in den Operationssaal geführt wurde. Da wäre er am liebsten gestorben. Auch wenn er die Prozedur schon bereits fünfmal über sich ergehen lassen musste, so fürchtete er sich bereits jetzt wieder vor dem nächsten Eingriff.

Die Behandlung, der man ihn unterzog, war nicht besonders schmerzhaft. Offenbar bestand die erste Injektion, die man ihm dabei verabreichte, aus einer lokalen Anästhesie. Doch die unbarmherzige Gleichgültigkeit, mit der ihm die Ärzte oder was auch immer diese Menschen waren, die ihm das alle zwei bis drei Wochen antaten, ließen ihn stets das Schlimmste erwarten.

Als man ihn zum ersten Mal in den Operationssaal schleppte, hatte er sich noch gewehrt. Voller Panik hatte er damals um sich geschlagen. Hatte versucht sich loszureißen und irgendwie zu fliehen. Doch seine Befreiungsversuche waren von Anfang an zum Scheitern verurteilt gewesen. Die Männer, die ihn aus seiner Zelle holten, waren meist zu dritt oder zu viert. Sie waren kräftig und offenbar sehr geübt im Umgang mit unwilligen Gefangenen. Schnell und unsanft hatten sie ihm die Hände auf den Rücken gebunden und ihn in den Gang gezerrt. Am Anfang hatte er noch laut um Hilfe geschrien. Die Männer hatten es aber völlig ignoriert. Als sie dann vor dem OP-Saal angekommen waren, verabreichte man ihm eine lokale Betäubung im Beckenbereich und eine Beruhigungsspritze. Was dann mit ihm geschah, bekam er niemals richtig mit. Es fand jedes Mal ein Eingriff an seinem Beckenknochen, direkt über dem Gesäß statt. Etwa eine Stunde hantierten die Ärzte jedes Mal an dieser Stelle. Dann wurde er in seine Zelle zurückgebracht.

Wenn er dann die Stelle abtastete, an der man in seinen Körper eingedrungen war, konnte er jedes Mal nur eine kleine unscheinbare Narbe mit den Händen erfühlen. Er hatte dann praktisch keine körperlichen Schmerzen. Nur das Gefühl völliger Wehrlosigkeit und des absoluten Ausgeliefertseins. Dann brach er meist schluchzend zusammen und spielte in Gedanken unzählige Selbstmordvariationen durch.

Kameras in verschiedenen Winkeln seiner Unterkunft beobachteten ihn ständig. Diome ahnte, dass er pausenlos den Blicken seiner

Wächter ausgeliefert war. Sollte er wirklich einen Selbstmordversuch unternehmen, dann würden vermutlich seine Bewacher hereinstürzen um dies zu verhindern.

Auf irgendeine Weise war er wichtig für die Leute, die ihn gefangen hielten. Soviel war ihm klar. Sonst würde man sich nicht die Mühe machen und ihn so großzügig versorgen. Das Essen, das er bekam, war reichlich und schmackhaft. Auch wenn es nicht die Speisen waren, die er von seiner Heimat an den Felsen von Bandiagara her kannte. Was er hier bekam war eher orientalisch oder aus dem Norden Afrikas.

Der Raum, in dem man ihn gefangen hielt, war fensterlos. Tageslicht bekam er weder hier noch auf dem Gang zu dem Operationssaal zu sehen. Ob es Tag oder Nacht war zeigte ihm nur die Digitaluhr neben seinem Bett.

Das Fehlen von Fenstern beraubte ihn auch der Möglichkeit zu erahnen, ob er sich noch in Mali befand oder an einen anderen Platz der Welt geschafft worden war. Manchmal hatte er intensiv gelauscht, um anhand von Geräuschen ermitteln zu können, was sich in der Außenwelt befand. Doch es drang nichts bis in seine Zelle durch. Kein Geräusch, das ihm hätte verraten können, ob er nahe seiner Heimat war, oder vielleicht weit, weit weg.

Er fragte sich, ob er nun in den Händen von Terroristen war, die immer noch versuchten, die Herrschaft über Teile Malis zu bekommen? Berichte von Geiselnahmen aus der Vergangenheit schilderten einen weniger humanen Umgang mit Gefangenen. Auch hätte er dann irgendwann die üblichen Parolen von seinen Wächtern gehört.

Doch noch hatte Diome diese Möglichkeit nicht ausgeschlossen. Vielleicht war er ja verwechselt worden. „Für diese Weißen sehen wir Farbigen doch alle gleich aus", spekulierte Diome.

Er dachte zurück an seine Familie. An seine Eltern, seine Brüder und Schwestern an den Felsen von Bandiagara. Wie sehr fehlten ihm all diese Menschen von dem Dorf Jongu, in dem er sein bisheriges Leben verbracht hatte. Es war für ihn immer mehr als nur ein zufälliger Wohnort. Es war seine Heimat. Der Ort seiner Vorfahren. Der Ort, der sein Leben in allen Facetten geprägt hatte. In jeder Beziehung war er das Zentrum seines Volkes. Ein Leben fernab von der Falaise von Bandiagara hatte er sich bisher nicht vorstellen können. Die Menschen dort, die Erde, die Felsen, die Riten und Bräuche. All das gehörte zu ihm. Und all das wurde ihm seit Monaten genommen.

Diese Sehnsucht nach der Heimat und den Menschen, die er liebte, machte ihn unendlich traurig. Und an manchen Tagen zornig. Unbeschreiblich zornig. Dann hämmerte er mit den Fäusten gegen die Tür seiner Zelle. Oder er zertrümmerte Teile der Zimmereinrichtung. Meist hatte das zur Folge, dass mehrere Wärter in seine Zelle gestürzt kamen und ihn mit Gewalt auf sein Bett beförderten. Dort hielten sie ihn solange fest, bis er sich beruhigte. Manchmal dauerte das über eine Stunde. Erstaunlicherweise harrten die Männer stets solange bei ihm aus. Währenddessen kümmerte sich eine Reinigungskraft um den Schaden, den er bei seinen Wutausbrüchen angerichtet hatte. Wenn er sich dann irgendwann beruhigt hatte, verließen die Männer seine Zelle und Diome war wieder allein. Allein mit seinen Ängsten, Hoffnungen und Erinnerungen.

Als sich heute wieder die Tür seiner Zelle öffnete, waren die Wärter diesmal nicht alleine. Sie hatten eine junge Frau in ihrer Begleitung. Wie immer wartete man auf Diomes Reaktion und vergewisserte sich, dass keine Gewalt nötig war, um ihn aus seiner Unterkunft zu holen.

Das Erscheinen der jungen Frau verunsicherte Diome zunächst. Für einen Moment dachte er darüber nach, ob er die zierliche Person als Geisel nehmen könnte, um sich so eine Fluchtmöglichkeit zu verschaffen. Doch er hatte inzwischen zu oft die Erfahrung gemacht, dass er gegen die Übermacht seiner Wärter keine Chance hatte. Und so verwarf er diese Option.

„Bitte folge uns. Es wäre schade, wenn wir Gewalt anwenden müssten", richtete die junge Frau das Wort an ihn. Auch sie hatte die Hautfarbe der Menschen, die an der Küste des Mittelmeers lebten.

„Was habt ihr mit mir vor?", fragte Diome misstrauisch und trat einem Schritt zurück.

„Wir werden dich wieder in den Operationssaal bringen. Das kennst du doch bereits. Du weißt doch, dass wir dir dort keine Schmerzen bereiten werden." Die junge Frau trat auf Diome zu und bevor er erneut zurückweichen konnte ergriff sie seine rechte Hand. Mit beiden Händen hielt sie sie fest. Überrascht ließ Diome es zu.

„Diome. Ich bitte dich. Zwinge uns nicht dir weh zu tun. Ich möchte, dass du dich entspannst und mir vertraust. Du hast es selbst in der Hand, ob die nächste Stunde für dich angenehm wird oder nicht. Lass einfach geschehen, was unvermeidlich ist." Immer noch hielt sie seine Hand umfasst. Diome versuchte sich von ihr zu lösen, doch er spürte, wie ihr Griff fester wurde.

„Wollt ihr wieder an mir herumschneiden?", fragte Diome erneut.

„Du wirst nichts davon spüren. Wie immer. Das verspreche ich dir."

„Warum sagt ihr mir nicht, warum ich hier bin? Warum lasst ihr mich nicht einfach nach Hause gehen? Wer seid ihr überhaupt?" Wieder spürte er Wellen von Angst, Zorn und Trauer in seinem Inneren aufkommen. Instinktiv machte er einen weiteren Schritt zurück. Doch die junge Frau ließ auch jetzt seine Hand nicht los und trat nun ganz dicht an ihn heran.

„Ich werde bei dir bleiben. Ich werde die ganze Zeit ganz nah bei dir sein. Bitte tue mir den Gefallen und bleib einfach ganz ruhig. Ich weiß wie schwer das alles hier für dich ist. Aber glaube mir. Ich werde in jedem Augenblick bei dir sein." Nun stand sie so dicht vor ihm, dass er ihr Haar riechen konnte. Sie führte seine Hand, die sie immer noch festhielt an ihre Taille und schlang nun ihre Arme um ihn. Reglos ließ er es geschehen und zog sie ebenfalls an sich. Fast wie betäubt nahm er den Duft ihrer Haut in sich auf. Ihr weicher Körper, der sich an ihn schmiegte ließ ihn nach und nach sein Misstrauen vergessen. Ein letztes Mal fragte er sich, warum er heute nicht, wie sonst üblich, mit Gewalt aus der Zelle geführt wurde. Doch als er ansetzte diese Frage auszusprechen, legte ihm die Frau sanft ihren Zeigefinger auf dem Mund.

„Glaube mir. Jetzt ist nicht die Zeit Fragen zu stellen", flüsterte sie leise. „Komm einfach mit mir."

Sie führte ihn an ihrer Hand aus seiner Zelle und sie gingen, in Begleitung der Wärter, mehrere Gänge entlang bis sie den Operationssaal erreicht hatten.

„Bitte lege dich auf den Tisch", wies ihn die junge Frau an.

„Es ist gut, dass du da bist", erwiderte Diome und hielt sich an ihrer Hand fest, als ob er ohne sie in einen Abgrund stürzen würde. Währenddessen legte er sich folgsam auf den OP-Tisch.

„Wir werden dir nun wie immer etwas geben, damit du dich gut fühlst und keine Schmerzen hast. Entspanne dich einfach." Ihr Ton hatte etwas Beruhigendes und Sanftes. Diome spürte den Einstich der Spritze fast gar nicht. Sein Blick haftete auf ihrem Gesicht. Er hielt ihre linke Hand fest umschlossen, während ihre rechte Hand über sein Haar fuhr.

„Du bist etwas ganz Besonderes. Weißt du das?", fragte sie ihn.

Die Wirkung der Injektion hatte bereits eingesetzt. Diome wollte mit einer Frage antworten, doch seine Zunge fühlte sich schwer an. Unsagbar schwer. Im nächsten Moment hatte er bereits seine Frage vergessen. Er hatte nun das Gefühl, dass die Hand der jungen Frau ihn sanft emporschweben ließ und er mit ihr diesen Raum verlassen würde. Die Welt um ihn herum löste sich auf und er nahm seine Umgebung nun nicht mehr mit Augen und Ohren wahr, sondern mit Sinnen, die er bisher noch nicht kannte. Immer noch fühlte er ihre Hand. Doch nun spürte er etwas Größeres, in das er eintauchte. Etwas Vollkommenes. Etwas von unvergleichlicher Reinheit. Etwas, das ihn mit unendlicher Liebe willkommen hieß.

„Danke, dass du mir vertraut hast", flüsterte die Frau und ließ nun Diomes leblose Hand los.

„Er ist tot", meldete der Arzt, der die tödliche Injektion verabreicht hatte.

Die junge Frau strich Diome ein letztes Mal liebevoll über den Kopf. „Er hätte der Auserwählte sein können. Aber wir werden weiter suchen müssen."

2

Eric Harder sah hinauf zum Himmel. Kleine Cumuluswolken kündigten die Regenzeit an. Die schwüle Luft machte das Atmen schwer. Selbst hier in Bamako, der Hauptstadt Malis. Doch noch rechnete niemand damit, dass die wenigen Wolken am stahlblauen Himmel endlich das langersehnte Nass auf die Erde niederlassen würden. Auch wenn die drückende Hitze und die hohe Luftfeuchtigkeit im Juni dafür sorgten, dass jede Tätigkeit mit enormen Anstrengungen verbunden war, zog Eric dieses Klima, dem mitteleuropäischen Wetter mit den winterlichen Kälteperioden, vor. Entspannt wendete er die Steaks, die saftig vor ihm auf dem Grill lagen. Im Augenblick war er völlig mit sich und der Welt zufrieden.

Nachdem er alle Fleischstücke gewendet hatte, sah er zu Vera hinüber. Sie saß mit zwei Gästen auf der Veranda vor dem gemeinsamen Haus. Ausgelassen plauderten sie und erzählten sich gegenseitig amüsante Anekdoten aus ihrem Leben.

Erics Blick haftete auf Vera und noch immer staunte er, welches Glück er doch hatte, dass sie vor etwa einem Jahr in sein Leben getreten war. Viel hatten sie damals gemeinsam erlebt. Einige lebensgefährliche Situationen hatten sie überstanden und dabei immer wieder festgestellt, dass sie als Paar zusammengehörten. Eric konnte sich, seit den ersten gemeinsamen, abenteuerlichen Wochen, ein Leben ohne Vera nicht mehr vorstellen. Und ihr ging es nicht anders.

Noch immer beobachtete Eric, wie Vera ihren Gästen von der chaotischen Hochzeitsfeier, die vor einem halben Jahr im winterlichen Deutschland stattfand, erzählte und dabei ihre Zuhörer immer wieder zum Schmunzeln und Lachen brachte. Eric war seinem Schicksal unendlich dankbar für diese Frau. Täglich dankte er Gott dafür in einem stillen Gebet.

Sogar beruflich zeichnete sich in den letzten Wochen wieder eine vielversprechende Perspektive ab. Nachdem die Missionsgesellschaft, für die er einige Jahre gearbeitet hatte, ihre Arbeit in Mali eingestellt hatte, musste Eric die Arbeit bei den Dogon abbrechen. Noch immer gab es Anschläge im Norden Malis. Seine Arbeitgeber wollten ein neues Projekt im Nachbarland Burkina Faso starten. Eric musste sich entscheiden, ob er dort anfangen wollte oder sich in Bamako einen neuen Arbeitgeber suchen sollte. Da Vera noch immer für die Vereinten Nationen in Mali Aufbauarbeit leistete, entschied sich Eric dafür in Bamako zu bleiben. Nach einigen Wochen des Zweifelns und Suchens fand er ein französisches Institut, das den Mut hatte, auch in unsicheren Zeiten die Sprachforschung unter den Dogon zu betreiben, leider ohne das Ziel, eine Bibelübersetzung für die Dogon anzufertigen. Auch wenn das erforderte, dass er immer wieder einige Wochen außerhalb von Bamako verbringen müsste, so bedeutete es für Vera und ihn immerhin, dass kein Umzug in ein anderes Land notwendig war. Außerdem hätte Veras Arbeitgeber, die UNO, kein Projekt in Burkina Faso.

„Und unsere Trauzeugen steckten dann im Schnee fest." Vera erzählte immer noch von ihrer Hochzeitsfeier. Laura Roth, die als Praktikantin bei den Vereinten Nationen in Bamako arbeitete, hielt sich den Bauch vor Lachen. „Die Hälfte unserer Hochzeitsgäste hatte ebenfalls gemeldet, dass sie es nicht rechtzeitig zur Feier schaffen würden. Ihr könnt euch also vorstellen, wie es uns vor dem Standesamt ging. Wir mussten nun auf unsere Trauzeugen warten. Ich habe mir in meinem viel zu dünnen Kleid den Hintern abgefroren und Eric stand da mit nassen Füßen. Die Standesbeamtin wusste nicht, ob sie nun lachen oder weinen sollte."

„Ich glaube, ich werde niemals im Winter heiraten", erklärte Laura, die sichtlich amüsiert war.

„Wir hatten beide im Dezember Heimaturlaub. Das wollten wir unbedingt nutzen um zu heiraten. Und unsere Verwandten leben nun einmal alle in Deutschland. Wir hatten also keine andere Wahl", fügte Eric hinzu. „Und als wir danach zur Kirche fuhren, mussten wir uns erst einmal die Parkplätze vom Schnee freischaufeln. Sogar der Pfarrer half mit."

„Na, das Schaufeln hattest du ja schon einmal ein halbes Jahr vorher, hier in Mali bei den Goldgräbern, geübt." Vera zwinkerte ihm verschmitzt zu.

„Aber der Pfarrer hatte wohl auch Erfahrung im Schneeschippen. In Windeseile schaufelte er den Schnee beiseite. Das war wirklich ein Mann des Wortes und der Tat."

„Sie haben einmal als Goldgräber gearbeitet?", fragte nun Lauras Großvater interessiert.

„Ich hatte nur einmal geholfen, als Not am Mann war", winkte Eric ab. „Davon erzähle ich ein anderes Mal. Jetzt sind die Steaks fertig. Ich hoffe, ihr habt alle Appetit."

Mit anerkennenden Bemerkungen über Erics Grillkünste und Veras Salate befüllte sich die kleine Gruppe ihre Teller. Bevor Eric sich setzte, füllte er die Weingläser nach. „Auf diesen wunderbaren Abend. Wie schön, dass Sie, liebe Laura, sich von Vera in die Geheimnisse der UNO einweisen lassen. Und dass Sie sogar Ihren Großvater mit nach Mali gebracht haben. Zum Wohl." Alle stießen mit ihren Weingläsern an und prosteten sich zu.

„Es ist wirklich bemerkenswert, dass Sie ihre Enkeltochter nach Westafrika begleiten", richtete Eric das Wort nun an den erstaunlich rüstigen Senior.

„Laura und ich hatten immer eine sehr enge Beziehung."

„Hawkeye ist einfach der coolste Mann, den ich kenne", warf Laura ein und strahlte ihren Großvater an. Die Achtzehnjährige hatte wirklich eine besondere Beziehung zu dem rüstigen Rentner.

„Hawkeye?", fragte Eric nach.

„Ich nenne meinen Opa immer Hawkeye. Weil er doch ein Detektiv ist. Und mit seinen Adleraugen immer alles sieht."

„Aha." Eric nickte lächelnd. „Einen Detektiv hatten wir bisher noch nicht zu Gast."

„Na ja. Ich habe viele Jahre als Detektiv gearbeitet." Arthur Roth winkte ab. „Vor einigen Monaten bin ich in Rente gegangen. Und da Laura dieses Praktikum hier in Mali machen wollte, haben wir gedacht, dass ich meinen Ruhestand genauso gut auch in Afrika verbringen kann."

„Da hatten Sie sicher ein spannendes Berufsleben." Vera nahm sich noch von dem Reissalat.

„So spannend ist die Arbeit eines Detektivs eigentlich nicht. Die meiste Zeit verbringt man nur damit, darauf zu warten, dass die Zielperson endlich in Aktion tritt. Sie glauben gar nicht wie viele endlose Stunden ich damit verbracht habe, in meinem Auto zu sitzen und die Haustüren von untreuen Ehefrauen zu beobachten."

„Aber du hast doch auch schon geholfen richtige Verbrechen aufzuklären", bemerkte Laura.

Arthur lächelte vielsagend. „Ja, sicher. Aber darüber darf ich nicht reden. Das weißt du doch."

Eric musterte den sympathischen alten Mann. Mit seinem kahl rasierten Schädel und dem muskulösen Körper wirkte er fast wie ein Boxtrainer. „Ich nehme an, dass man als Detektiv nicht ungefährlich lebt. Es gibt doch sicher Leute, die es gar nicht mögen, wenn jemand in ihrem Privatleben schnüffelt?"

„Gefährlich wird es nur, wenn man es nicht schafft unentdeckt zu bleiben. Ein guter Detektiv versteht es aber, nicht aufzufallen. Ich konnte zum Glück fast immer meine Ermittlungen so erledigen, dass niemand etwas mitbekam." Dann zeigte Arthur auf eine kleine Narbe unter seinem linken Auge. „Aber manchmal ist es nicht zu vermeiden, dass es zu einem Handgemenge kommt."

„Zum Glück hat ihre Enkeltochter eine weniger abenteuerliche Berufswahl getroffen." Eric blickte zu Laura hinüber.

„Wirklich entschieden habe ich mich noch nicht", erklärte die junge Frau. „Aber die Arbeit bei der UNO hier in Bamako finde ich bisher total interessant."

„Den Eindruck habe ich auch", bestätigte Vera. „Laura arbeitet als Praktikantin sehr selbstständig. Ich bin sehr froh, dass wir sie in unserem Team haben."

„Danke." Laura lächelte selbstbewusst. „Ich lerne hier wirklich sehr viel."

Arthur hob sein Weinglas. „Es freut mich sehr, dass Laura unter Ihrer Führung bei der UNO so viele Erfahrungen machen kann." Dann fügte er noch hinzu: „Ich finde wir sollten uns duzen. Als Senior in dieser Runde, biete ich euch das ‚Du' an."

„Das freut mich sehr", stimmte Vera zu. Alle hoben ihre Gläser und stießen an.

Dann erhob sich Eric wieder und ging zum Grill. „Wer möchte noch ein Steak?" Doch alle meldeten, dass sie überaus gesättigt seien. Also legte Eric nur noch ein Fleischstück für sich selbst auf den Grill.

„Deine Eltern müssen sehr stolz auf dich sein, Laura", meinte Eric.

Laura sah kurz zu Arthur hinüber „Meine Eltern sind gestorben, als ich zwei Jahre alt war. Es war ein Autounfall. Dann bin ich bei meinen Großeltern aufgewachsen. Da ich sonst keine näheren Verwandten habe, inzwischen ist auch meine Großmutter gestorben, ist Hawkeye alles was von meiner Familie übrig ist."

„Oh. Das tut mir leid." Eric war ehrlich betroffen. Erinnerungen an seine erste Frau und seine Tochter stiegen in ihm auf. Beide kamen ebenfalls bei einem Autounfall um. Doch Eric verdrängte diese Gedanken. Er wollte nicht, dass die ausgelassene Stimmung darunter litt. „Gut, dass dein Großvater dir so zur Seite stehen konnte."

„Ich habe versucht, mein Bestes zu geben", erklärte Arthur. „Aber Laura war schon sehr früh eigenständig. Da ich ja auch berufstätig war, haben wir uns für ein Internat entschieden."

„Aber trotzdem warst du immer für mich da." Laura Augen glänzten bei diesen Worten. „Wir haben täglich gechattet oder uns per SMS geschrieben. Ich glaube, du weißt mehr über mich, als die meisten Eltern über ihre eigenen Kinder wissen."

„Und jetzt ist er sogar mit dir nach Afrika gezogen. Beeindruckend", staunte Vera.

„Bisher konnte ich ja selten selbst vor Ort sein, um das Leben meiner Enkeltochter mitzubekommen. Da möchte ich wenigstens in meinem Ruhestand noch bei Laura sein."

Laura erzählte noch einige lustige Begebenheiten aus Arthurs Leben. Die Unbefangenheit der vergangenen Stunden kehrte wieder ein. Als die Nacht hereinbrach, verabschiedeten sich die beiden und bedankten sich bei Vera und Eric für den schönen Abend.

„Bis morgen, im Büro." Vera reichte Laura die Hand.

„Ich werde wie immer pünktlich sein. Auch wenn ich heute bei euch mit Wein abgefüllt wurde", flachste Laura.

Als die Gäste gegangen waren, nahm Eric Vera in die Arme. „Es war ein wunderschöner Abend."

„Ja. Laura und Arthur können wirklich gut erzählen."

„Du aber auch. Und dafür liebe ich dich. Und auch für die tausend weiteren Dinge, die so typisch für meine Vera sind."

„Ich liebe dich auch." Vera schlang ihre Arme um seinen Hals und küsste ihn.

Als Arthur und Laura nach Hause fuhren, hing Arthur seinen Gedanken nach. Es tat ihm gut, dass er in Lauras Leben einen wichtigen Platz einnahm. Laura war auch für ihn das Wichtigste auf dieser Welt. Dass Laura so gerne von seiner Arbeit als Detektiv erzählte, machte ihn stolz. Doch die ganze Sache hatte einen entscheidenden Fehler. Einen Fehler, den Laura niemals erfahren durfte. Arthurs Arbeit hatte nicht nur aus Ermittlungen bestanden. Arthur war auch für gezielte Tötungen zuständig. Für Morde. Unzählige Morde.

3

In Jongu, einem Dorf an der imposanten Felswand von Bandiagara, war der Großteil der Bewohner damit beschäftigt, die Vorbereitungen für ein bevorstehendes Fest zu treffen. In etwa drei Wochen sollte den Ereignissen gedacht werden, die sich vor einem Jahr in den Felsenkammern hoch über dem Dorf ereignet hatten.

Jahrzehnte lang hatte, in einer der schwer erreichbaren Höhlen an der Felswand, Nommo-Tuwa residiert. Ein außerirdisches Wesen, das in den spirituellen Vorstellungen der Dogon so etwas wie eine Gottheit darstellte. Von diesem Wesen und dessen Vorfahren hatten die Dogon Informationen über den Kosmos erhalten, über die, bis vor 80

Jahren, noch kein Europäer verfügte. Beispielsweise über die Existenz von Sirius B.

Dieses Wesen, das fast ausschließlich aus Wasser bestand, hatte zudem die Fähigkeit kranke Menschen zu heilen. Auch deshalb wurde es von den Dogon verehrt.

Vor etwa zwanzig Jahren zeigte selbst Nommo-Tuwa erste Krankheitssymptome. Die Dogon konsultierten damals Max Strobel, einen deutschen Arzt. Der Mediziner betreute die Krankenversorgung der Dogon, nutzte aber zugleich die abgelegene Lage des Gebietes von Bandiagara, um sich vor den deutschen Behörden zu verstecken. Sein Wissen um geheime Experimente aus der NS-Zeit drohte ihm zum Verhängnis zu werden.

Strobel gelang es, das außerirdische Wesen zu heilen und über Jahre hinweg gesund zu erhalten. Da der Organismus des Aliens fast ausschließlich auf Wasser basierte, schlugen die homöopathischen Therapien zunächst gut an.

Vor einem Jahr wurde allerdings klar, dass auch Strobl nicht mehr helfen konnte. Bis zu dem letzten Augenblick seiner Existenz nutzte das Wesen seine Fähigkeit, Menschen zu heilen. So rettete es auch Eric Harder, der der Letzte war, der dieses Privileg genießen durfte.

Von Nommo-Tuwa, dem Wasserwesen, blieb nach dessen Ableben nichts übrig als Wasser, das im Boden versickerte und der maskenartige Helm, den es zur Kommunikation mit den Menschen nutzte.

Stefan Eigner, der Kollege und Vorgänger Erics bei der Arbeit der Sprachforschung unter den Dogon, hatte auch die Sprache Nommo-Tuwas dokumentiert und war jetzt in der Lage, dieses Wissen über die außerirdische Sprache weiterzugeben. Als christlicher Theologe und Linguist war er, ebenso wie Eric, mit dem Ziel zu den Dogon gestoßen, eine Bibelübersetzung in deren Sprache zu erstellen. Da sich Nommo-Tuwa, kurz vor seinem Ableben, zum Christentum bekehrt hatte, folgten inzwischen einige Dogon diesem Beispiel und entschieden sich ebenfalls für ein Leben mit Jesus Christus. Auch wenn Stefan Eigner mittlerweile nicht mehr die finanzielle und logistische Unterstützung einer Missionsgesellschaft hinter sich hatte, sah er es trotzdem als seine Aufgabe, den Menschen im Dogongebiet die Bibel als Wort Gottes zu verkünden. Nebenbei lehrte er sie die Sprache Nommo-Tuwas. So konnten sich die Menschen auf die Ankunft eines neuen Nommo-Wesens vorbereiten, die für das Jahr 2027 erwartet wird.

Weil die ‚Global Bible Campaign‘, die Missionsgesellschaft, mit der sowohl Stefan als auch Eric ins Land gekommen waren, sich inzwischen nicht mehr in der Lage sah, in Mali für die Sicherheit ihrer Mitarbeiter zu sorgen, betrieben die beiden Männer praktisch ohne Einkommen ihre missionarische und linguistische Arbeit bei den Dogon.

Während Stefan die gesamte Woche unter den Dogon in Bandiagara wohnte, machte Eric von Bamako aus seine Sprachforschungen und besuchte nur gelegentlich die Dogondörfer.

Alabenu Ugui, ein Bewohner des Dorfes Jongu, hatte alle Ereignisse um Nommo-Tuwa in den letzten Jahren mitbekommen. Auch die vergeblichen Versuche der seltsamen Arnháton-Sekte, eine Verschmelzung der Dogonkultur mit einem neu initiierten Echnaton-Kult zu bewirken. Erst zeigte sich die Gemeinschaft der Dogon recht offen gegenüber dem Arnháton-Kult, da es scheinbar einige Gemeinsamkeiten gab. Als sich jedoch zeigte, dass die Sekte zu dominant auftrat, widersetzte sich das Dogonvolk der beabsichtigten Verschmelzung. Die Arnhátonjünger wurden abgewiesen und zogen sich zurück.

Alabenu war, ebenso wie eine kleine Anzahl anderer Dogon, nicht damit einverstanden, dass der Kontakt zu den Arnhátongläubigen abgebrochen wurde. Er war nach wie vor der Meinung, dass die Wurzeln der Dogon in die Zeit Echnatons zurück reichten. Heimlich hatte er in den letzten Monaten die Beziehungen zu der Sekte weitergeführt. Isai, einer der Kundigen des Arnháton-Kultes, ließ sich immer wieder von Alabenu über die Ereignisse an der Falaise von Bandiagara unterrichten. Willig spähte der Dogon so viel wie möglich in seinem Umfeld aus.

Isai, der Arnháton-Kontaktmann aus Koulikoro, hatte in den letzten Tagen verstärkt Interesse an dem Verbleib des Helmes gezeigt, mit dem Nommo-Tuwa in der Lage gewesen war, sich akustisch zu äußern. Ohne diesen Helm wäre es dem Wasserwesen nicht möglich gewesen, Töne zu erzeugen und damit über eine eigene Sprache zu kommunizieren. Da dieses Objekt das Einzige war, das das Alien hinterlassen hatte, bestand natürlich auch von Seiten der Sekte großes Interesse daran. Zwar hatte nie einer der Arnhátonjünger Nommo-Tuwa selbst gesehen, doch hatte Alabenu ausführlich dem Kundigen darüber berichtet. Doch über den augenblicklichen Verbleib konnte er nichts sagen. Irgendwann hatte Seydou, der Dorfälteste, verkündet, dass der Kunogoro, wie der maskenartige Helm genannt wurde, seine letzte Ruhestätte gefunden hätte. Jeder in der Dogongemeinschaft gab sich mit dieser Aussage zufrieden. Außer Alabenu. Der fragte, mehr oder weniger unauffällig, unter den Bewohnern nach, wo das Objekt nun sein könnte. Bisher jedoch ohne Erfolg.

Nützlicher waren für Isai, der inzwischen von Koulikoro in das abgelegene Zentrum des Arnháton-Kultes umgezogen war, Alabenus Informationen über die Identität der Personen, die von Nommo-Tuwa geheilt worden waren. Recht schnell bekam er von dem Verräter eine fast komplette Liste mit Namen.

Und ein Mann, der zu den Menschen gehörte, die von Nommo-Tuwa geheilt wurden, war Diome Biribi, der inzwischen auf dem OP-Tisch der Arnháton-Sekte verstorben war.

4

„Das ist ja wunderbar!" Eric strahlte Vera an.

„Und du freust dich auch wirklich?", hakte Vera etwas skeptisch nach.

„Ja, sicher", bestätigte Eric ehrlich. „Wir bekommen ein Baby. Das haben wir uns doch so gewünscht." Vera wusste, dass Eric trotz seines ehrlichen Kinderwunsches doch einige Bedenken hatte. So sehr er zwar das Land Mali und seine Menschen liebte, war ihm doch, trotz seines Gottvertrauens, nicht wohl bei dem Gedanken an die gesundheitlichen Risiken, denen man in Westafrika ausgesetzt war.

„Du bist schwanger. Ich werde Vater. Und du wirst eine wunderbare Mutter sein. Ich bin glücklich", versicherte Eric und küsste seine Frau auf die Stirn.

„Ich liebe dich." Vera schlang ihre Arme um Erics Hals. „Du bist der beste Mann und der beste Vater für unser Kind, den ich mir vorstellen kann."

Beide standen in dem Wohnzimmer und hielten sich eng umschlungen. Immer wieder flüsterten sie sich Zärtlichkeiten zu und gaben ihrer Freude über das neue Leben in Veras Bauch mit Küssen und Liebkosungen Ausdruck.

Irgendwann löste sich Vera aus Erics Armen. „Wie wäre es, wenn wir die gute Nachricht mit einem Ausflug nach Timbuktu feiern?"

Eric hielt diesen Vorschlag zunächst für einen Scherz. „Ja. Ein paar Ferientage in einer Stadt am Rande der Sahara, umgeben von Islamisten, die das ganze Land erobern wollen. Das wollte ich auch gerade vorschlagen."

„Ich habe das ernst gemeint", korrigierte Vera. „In dieser Woche ist der Flugverkehr sogar wieder aufgenommen worden. Es ist vielleicht die letzte Möglichkeit für uns, Timbuktu zu besuchen." Dann ergänzte sie: „Ich wollte ja schon immer einmal diesem Literaturhistoriker von der berühmten Ahmed-Baba-Bibliothek begegnen. Als wir uns vor einem Jahr kennenlernten, hast du mir ja viel von ihm erzählt. Es muss ein weiser Mann sein. Meinst du, wir könnten ihm einen Besuch abstatten?"

„Wer weiß, ob Abdul Battuda noch immer dort lebt oder arbeitet? Außerdem sind die Städte im Osten Malis für uns Europäer zu unsicher. Das weißt du doch", gab Eric zu bedenken. Seine zukünftige Rolle als Vater ließ ihn noch vorsichtiger werden, als er ohnehin war. Außerdem war es noch nicht lange her, dass er den Unfalltod seiner ersten Frau Susanne und seiner Tochter verarbeitet hatte. Nun wollte er alles tun, um eine ähnliche Tragödie zu vermeiden.

„Du weißt, wie sehr ich mir wünsche, die legendäre Stadt Timbuktu mit eigenen Augen zu sehen. In ein paar Monaten gibt es vielleicht gar keine Möglichkeit mehr, dorthin zu gelangen."

Eric schüttelte den Kopf. „Vieles von dem, was sehenswert gewesen ist, wurde durch die Extremisten zerstört. Selbst die Ahmed-Baba-Bibliothek haben die Terroristen in Brand gesteckt. Lass uns doch lieber in den Süden Malis fliegen. Dort ist es sicherer."

Vera setzte ihr süßestes Lächeln auf. „Im Süden Malis gab es den ersten Ebola-Fall des Landes. Möchtest du wirklich deine schwangere Frau einem solchen gesundheitlichen Risiko aussetzen?"

Eric musste sich nun ernsthaft bemühen, um ebenfalls ein Lächeln aufzusetzen. „Du meinst es wirklich ernst?"

Vera nickte, mit einem verschmitzten Grinsen. „Ja."

„Du willst unbedingt nach Timbuktu?"

„Unbedingt."

„Aber nur für zwei Nächte." Eric unterstützte sein Angebot, indem er zwei Finger hob.

„Das ist absolut akzeptabel, mein Schatz."

„Und dann verzichtet die junge Mutter auf künftige Abenteuerurlaube?"

„Versprochen." Wieder schmiegte sie sich an Eric. „Du bist der beste Mann und der beste Vater für unser Kind. Das sag ich doch immer."

5

Als Sagara Diakité mit seinem Motorrad über die ‚Pont des Martyrs‘ fuhr, beschlich ihn ein beklemmendes Gefühl. Hier auf der sogenannten Märtyrer-Brücke, die in der malischen Hauptstadt Bamako den Niger überspannte, war er vor einem Jahr ungewollt an einem Anschlag auf Eric Harder beteiligt. Wie gerne würde er diesen

Abschnitt seines Lebens ungeschehen machen. Doch was geschehen war, ließ sich nun einmal nicht ändern. Glücklicherweise ging die ganze Sache am Ende noch einmal gut aus. Und selbst das Gericht, dem er sich zum Schluss freiwillig gestellt hatte, verurteilte ihn aufgrund seiner Geständigkeit und der aktiven Beteiligung an der Aufklärung des Tathergangs, nur zu einer Bewährungsstrafe.

Seit dieser Zeit hatte sich einiges in Sagaras Leben verändert. Zwar besuchte er noch immer regelmäßig seine Heimat an den Felsen von Bandiagara, doch lebte er jetzt vorwiegend in Bamako. Hier hatte er eine Ausbildung zum IT-Spezialisten begonnen und hier würde er sich auch bald taufen lassen.

Als vor einem Jahr die dramatischen Ereignisse mit der altägyptischen Sekte ihren Höhepunkt erreicht hatten, war er Stefan Eigner begegnet, der als Übersetzer eine wichtige Position in der Gemeinschaft des Dogon-Volkes innehatte. Durch ihn hatte sich zunächst so etwas wie Verständnis für das Christentum geregt. Und als Sagara sich dann, nach seinem Umzug nach Bamako, einer christlichen Gemeinde angeschlossen hatte, reifte in ihm der Entschluss, sich auch taufen zu lassen.

Bisher praktizierte das Volk der Dogon fast ausschließlich eine animistische Religion, die sich aus Maskentänzen, Ahnenverehrung, landwirtschaftlichen Fruchtbarkeits-Ritualen und Totemzeremonien zusammensetzt. Wenige sind bisher zum Islam übergetreten. Und noch weniger zum Christentum. Doch Sagara fühlte, dass seine Entscheidung richtig war.

Seine Taufe würde in eineinhalb Wochen stattfinden. Er hatte alle Freunde und Verwandten, die ihm wichtig waren, dazu eingeladen. Doch immer wieder gab es Momente, in denen er an seiner Entscheidung zweifelte. Immerhin hatte er sein ganzes bisheriges Leben den Traditionen der Dogon gewidmet. Zwar half es ihm, wenn er bei diesen Anfechtungen betete oder wenn er das Gespräch mit Christen wie Stefan Eigner oder Eric suchte, doch wünschte er sich, dass er ein eindeutiges Zeichen bekäme. Eric hatte versucht, Sagara deutlich zu machen, dass er dieses Zeichen bereits bekommen hatte. Nommo-

Tuwa, das außerirdische Wesen, das selbst eine Entscheidung für Jesus Christus traf, hatte Sagara vor dem Tod bewahrt. Das solle er als Anlass nehmen, ein neues Leben als Christ zu beginnen. Von seinem Intellekt her hatte er das verstanden, doch fühlte er sich noch immer unsicher.

Während er auf der Brücke das nördliche Ufer des Niger erreichte, suchte er verzweifelt nach einer Lösung, die ihm endgültige Sicherheit bei seiner Entscheidung verschaffen würde.

„Ich möchte ein Zeichen von Gott bekommen. Ein unmissverständliches Zeichen", raunte er vor sich hin. Ihm war nicht klar, wie das Zeichen aussehen solle. „Ein Zeichen. Einfach nur ein Zeichen", wiederholte er, während er durch immer enger werdende Gassen fuhr.

Bis zu seiner Wohnung war es nicht mehr weit. Das Viertel, in dem er lebte, war zwar nach europäischen Maßstäben ein Slum, doch für die hiesigen Verhältnisse recht annehmbar. In einem kleinen zweistöckigen Gebäude bewohnte er das untere Geschoss. Die christliche Gemeinde hatte ihm diese Wohnung vermittelt. Von hier aus konnte Sagara sowohl die kleine Kirche als auch die Schule, in der er seine Ausbildung machte, gut erreichen.

„Ein Zeichen. Einfach nur ein Zeichen", murmelte er wieder vor sich hin, als er mit seinem Motorrad in seine Straße einbog. Da stand plötzlich ein kleines Mädchen mitten vor ihm auf der Straße. Im nächsten Moment blendete ihn ein grelles Licht. Woher dieses Licht kam, konnte er nicht sagen. Alles spielte sich im Bruchteil einer Sekunde ab.

Blitzschnell bremste Sagara und das Zweirad begann zu schlingern. Die blockierten Räder wirbelten den Staub der lehmigen Straße auf. Nur mit Mühe behielt Sagara das Gleichgewicht. Knapp vor dem Kind kam er zum Stehen.

„Du musst es tun", hörte er eine Kinderstimme. Er war sich nicht sicher, ob es das kleine Mädchen war, das zu ihm gesprochen hatte. Verwirrt sah er sich um. Außer ihm und dem Kind war niemand auf der Straße zu sehen.

Sagara war derart perplex, dass er einige Sekunden unschlüssig auf der Straße verharrte. Dann kam eine Frau vom Straßenrand herbeigeeilt und hob das Mädchen auf ihre Arme. Im nächsten Moment waren beide in einem der Häuser verschwunden.

„Danke." Sagara sah zum Himmel. „Das ist das Zeichen. Es ist die richtige Entscheidung."

6

Mehr als zwölftausend Menschen hatten sich auf dem Platz der Unabhängigkeit in Bamako, der Hauptstadt Malis, versammelt. Alle kamen sie um zu hören, was Addae Ibudione ihnen zu sagen hatte. Addae war ein charismatischer junger Mann, der seit Jahren dafür warb, dass sich Afrika wirtschaftlich unabhängig vom Rest der Welt machen sollte. Seine Vision war es, dass die Länder Afrikas ihre Bodenschätze selbst vermarkten und die eigene Landwirtschaft Vorrang vor importierten Lebensmitteln haben sollten.

Mit dieser Botschaft hatte der Malier nicht nur Anhänger im eigenen Land, sondern auch immer mehr Mitstreiter in den Nachbarstaaten in ganz Westafrika. Unzählige Gefolgsleute besuchten die Demonstrationen, zu denen er regelmäßig aufrief und auf denen er sprach wie der Führer einer ganzen Nation.

Doch Addae Ibudione war kein Politiker. Er hatte niemals einer Partei angehört und auch niemals ein Bündnis mit politischen Organisationen geschlossen. Er wollte mit seinen Ideen die Menschen direkt erreichen. Er wollte die Bevölkerung Afrikas dazu aufrufen, selbst daran zu glauben, dass es gelingen könnte, eine florierende Wirtschaft aufzubauen, wenn man sich von den Importen der Industrieländer unabhängig macht und in den eigenen Ländern Korruption und Stammesdenken abschafft. Seine Botschaft war einfach: „Wer sich auf Spenden und billige Importe verlässt, der bekommt nur Abhängigkeit. Wer bei dem afrikanischen Nachbarn kauft und selbst etwas produziert, das er dem Nachbarn verkaufen kann, der bekommt Stolz und eine Zukunft".

Tausende hatte Addae auf diese Weise schon mobilisiert und dazu gebracht, selbst kleine Unternehmen zu gründen und der Lethargie zu entfliehen, von der viele seiner verarmten Landsleute erfasst worden waren.

Auch heute hatten sich Massen von begeisterten Anhängern auf dem ‚Place de la liberté' eingefunden. Unter einer der vielen Palmen, die den asphaltierten Bereich säumten, hatte man einen Omnibus platziert. In wenigen Minuten würde Addae auf dessen Dach klettern und dort eine weitere seiner mitreißenden Reden halten.

Auch Laura Roth befand sich in der erwartungsvollen Menge, obgleich sie die überschwängliche Begeisterung der Menschen um sich herum nicht teilte. Sie war eigentlich nur aus purer Neugier an diesen Platz gekommen. Viele Freunde und Bekannte an ihrem Arbeitsplatz bei den Vereinten Nationen hatten ihr erzählt, wie populär Addae Ibudione unter den Menschen in Westafrika sei. Da weder die malische Presse noch die westlichen Medien über den Verfechter eines ‚afrikanischen Sonderwegs' berichteten, hatte sie zunächst im Internet recherchiert. Doch die fast ausschließlich von Anhängern veröffentlichten Berichte erschienen ihr viel zu euphorisch und unausgewogen. Um sich selbst ein Bild von dem charismatischen Anführer zu machen, hatte sie sich nun in die fast ekstatisch jubelnde Menge gewagt.

„Addae! Liberté! Addae! Unité!" hörte Laura die Menschenmenge rufen. Gespannt blickte sie zu dem Omnibus, auf dessen Dach bereits einige Mitstreiter Addaes standen. Immer lauter wurden die Parolen nach Freiheit und Einigkeit gerufen. Laura befürchtete schon, dass der große Redner gar nicht gehört werden könnte, wenn er endlich vor der Menge erschien.

Und wirklich brach ein ohrenbetäubender Jubel los, als sich Addae schließlich zu seinen Mitarbeitern auf das Dach des Gefährts gesellte. Noch nie hatte Laura eine solche Begeisterung der Massen erlebt. Weder bei politischen Kundgebungen, die sie in Deutschland besucht hatte, noch bei Konzerten von internationalen Stars aus der

Musikszene. Alle Arme wurden nach oben gereckt und statt dem Schlachtruf „Addae. Liberté. Addae. Unité", hörte man nur noch: „Addae! Addae!"

Als der Bejubelte dann das Mikrophon ergriff, war es mit einem Mal still. Jeder wollte nun hören, was der Anführer der Massenbewegung zu sagen hatte.

„Meine afrikanischen Brüder und Schwestern", begann Addae, während er seine rechte Hand zum Gruß ausstreckte. „Ihr habt erkannt, dass wir vor dem Beginn eines neuen Zeitalters stehen." Dann machte er eine kurze Pause, die die gespannte Erwartung fast unerträglich machte. „Wir stehen vor dem Beginn des afrikanischen Zeitalters." Bei diesen Worten brach wieder überschwänglicher Jubel los. Die extreme Lautstärke der Beifallsbekundungen der Menschen um Laura herum ließ in ihr ein ungutes Gefühl aufkommen. Sie wollte gar nicht daran denken, was passieren würde, wenn die Masse unkontrolliert in Bewegung käme. Zudem hatten die Reden Addaes sich immer an die schwarzafrikanische Bevölkerung gerichtet. Was wäre, wenn sich der Führer dieser Bewegung offen gegen die Europäer auf dem afrikanischen Kontinent ausspräche. Doch Laura kämpfte die negativen Gefühle nieder und versuchte zu verstehen, was Addae nun seinen Leuten zu sagen hatte.

„Die Zeit ist nun vorbei, in der wir uns mit den Almosen der Weißen zufrieden gegeben haben. Wir lassen uns nicht mehr sagen, dass wir unfähig wären, für uns selbst zu sorgen. Die Zeit ist vorbei, in der wir nur in den Grenzen unserer Clans, unserer Familien, oder unserer Ethnien denken. Denn die Zeit ist reif für all die Afrikaner, die bereit sind sich für die Zukunft unseres Kontinents einzusetzen." Wieder wurde er vom Jubel der Menge unterbrochen. Freundlich winkend bat er darum, dass die Menschen sich beruhigen sollten, damit er seine Rede fortsetzen konnte. Doch wenig später brach wieder eine Begeisterungswelle los.

Laura bemerkte, dass auch sie sich der Ausstrahlung dieses Mannes nicht vollends entziehen konnte. Seine Worte ließen keinen Zweifel daran, dass er selbst an seine Botschaft glaubte. Das was er sagte machte Hoffnung und klang vollkommen einleuchtend. Angesteckt von der Euphorie machte auch sie unzählige Fotos mit ihrem Smartphone. Als sie sich dann selbst die Jubelparolen rufen hörte, erschrak sie und beließ es dabei, dass sie dem Rest der Rede aufmerksam zuhörte.

Als nach etwa zwei Stunden die Menge verabschiedet wurde und über die Lautsprecher die Songs einiger afrikanischer Popstars, die ebenfalls Anhänger von Addae waren, ertönten, machte sich Laura mit widersprüchlichen Gefühlen auf den Weg nach Hause. Einerseits machte ihr die Tatsache Angst, dass ein einzelner Mann einen solchen Einfluss auf derart viele Menschen hatte. Es waren ja nicht nur die zwölftausend Zuhörer, die heute hier auf dem ‚Place de la liberté' waren. Hunderttausende im ganzen Land hörten ebenfalls auf jedes seiner Worte. Und eine weit höhere Anzahl an Getreuen gab es im umgebenden Ausland. Laura versuchte sich bewusst zu machen, dass Addae bisher ausschließlich mit friedlichen Mitteln gekämpft hatte. Meist hatte er zu passiven Widerstand gegen europäische Importe aufgerufen und seine Zuhörer dazu angehalten, Alternativen zu bestehenden Strukturen zu entwickeln.

In diesem Licht betrachtet ließ Laura es zu, dass auch sie in Addae einen Hoffnungsträger für die Zukunft der Menschen in Afrika sehen konnte. Leise sang sie eines der Lieder, die nun über die Lautsprecher gespielt wurden, vor sich hin. Der Text handelte von der Hoffnung auf ein neues, besseres Leben. Auch wenn Laura nie die Nöte und Probleme der einheimischen Bevölkerung am eigenen Leib erleben musste, so hatte sie doch das Bedürfnis, mit den anderen Menschen, die durch Addae eine Veränderung zum Besseren erwarteten, verbunden zu sein.

Als Laura in dem Hotel, in dem auch Vera und die anderen UNO-Mitarbeiter untergebracht waren, ankam, bemerkte Arthur sofort, dass sie noch von den Reden Addaes beseelt war. Als sie sein Zimmer betrat, erzählte sie begeistert von der Kundgebung. Der alte Mann hatte gehofft, dass Laura, so wie es sonst für sie üblich war, das Erlebte sachlich und ohne überschwängliche Emotionen aufnehmen würde. Doch Laura schien nun in dieser Angelegenheit ihre gefühlsmäßige Distanz verloren zu haben.

„Die Kundgebung war wohl ein tolles Happening?", fragte Arthur, mit einem etwas zu herablassenden Unterton.

„Das war nicht nur irgend so ein Happening. Das war eine wichtige Rede, der mehr als zehntausend Menschen zugehört haben", verteidigte sich Laura.

„Du weißt genau, dass Menschenmassen, wenn sie ohne Sinn und Verstand losziehen, nur Chaos und weiteres Elend verursachen." Arthurs Ton war ungewohnt streng. Laura hatte ihren Großvater nur selten in diesem Tonfall reden hören.

„Das, was Addae Ibudione heute gesagt hat, war nicht ohne Sinn und Verstand. Wenn mehr Menschen so denken würden wie er, dann hätten wir all die Probleme nicht, mit denen sich diese Welt herumschlagen muss."

„Dass Afrika nun einmal so ist, wie es ist, daran kann auch dein Freund Addae nichts ändern. Du solltest nicht allzu viel Vertrauen in ihn setzen."

„Wenn es nach dir ginge, dann sollte man überhaupt Niemandem vertrauen. Du hast bei deiner Arbeit als Detektiv wahrscheinlich zu viele schlechte Menschen beschatten müssen." Dieser Seitenhieb Lauras traf Arthur mehr als es beabsichtigt war. Bisher war Lauras Bewunderung für Arthurs angebliche Detektivarbeit eine unveränderliche Größe in Arthurs Leben. Dass sie jetzt dies als Argument gegen ihn einbrachte, verletzte ihn.

„Du weißt nicht, zu was die Menschen alles fähig sind", erwiderte Arthur nur kühl. „Glaub mir. Jeder trägt etwas mit sich herum, das niemand wissen sollte."

Laura blieb trotzig. „Du gehst hierbei doch nur von dem Schlechten im Menschen aus. Kannst du das nicht einmal positiv sehen? Ich hatte immer gedacht, dass du ein Mann bist, der sieht, was möglich ist. Und nicht jemand, der nur die Schwierigkeiten sieht."

„Ich will dir nur sagen, dass du vorsichtig sein sollst." Arthur bemühte sich, wieder ruhig zu klingen. „Wenn sich hier in Afrika Gruppen bilden, die für oder gegen irgendeine Sache sind, dann halte dich besser raus. Zu schnell muss man hier seine Meinung mit dem Leben bezahlen. Ich meine es nur gut mit dir. Verstehst du?"

Laura bemerkte Arthurs flehenden Blick.

„Ja. Ich verstehe, was du meinst." Sie nickte zustimmend. „Aber du solltest dir selbst einmal eine Rede von Addae Ibudione anhören. Dann würdest du auch mich verstehen." Dann wandte sie sich zu Tür. „Ich gehe jetzt erst einmal in mein Zimmer und dusche."

„Du hast recht", stimmte Arthur zu. Als er wieder alleine in seinem Hotelzimmer war, stand er auf und schloss die Tür ab. Dann ging er an den Schrank und holte einen Metallkoffer heraus. Den legte er auf den kleinen Tisch und öffnete ihn. Darin befanden sich einige Kleidungsstücke und Beutel mit verschiedenen Utensilien. Er nahm alles heraus und legte es auf das Bett. Dann löste er in dem scheinbar leeren Koffer zwei kaum sichtbare Verriegelungen und öffnete ein geheimes Fach, das sich in dem Boden befand.

Vor ihm lagen nun, in eine Halterung aus Schaumstoff eingelassen, eine halbautomatische Pistole, vier Ersatzmagazine und eine Pappschachtel mit Munition.

7

Östlich von Kidal, tief in der Wüste, in einem Gebiet, das wegen der fehlenden natürlichen Wasserquellen von keiner Volksgruppe beansprucht wurde, befand sich seit einigen Monaten eine neue Siedlung von etwa 15 einfachen Lehmbauten. Ungewöhnlich an dieser ansonsten unauffälligen Häuseransammlung war die schnurgerade asphaltierte Straße, die an dem Dorf vorbeiführte. Doch wenn sich wirklich einmal ein Reisender diesem Komplex nähern sollte, so würde er nach einer kurzen Überlegung zum Schluss kommen, dass es sich hier um die Überreste eines gut gemeinten aber sinnlosen Siedlungsprojektes handelte, das in dieser lebensfeindlichen Gegend von vorne herein zum Scheitern verurteilt war.

Dass dieser Ort viel mehr war, als eine abgelegene Menschenbehausung, war dem Betrachter weder auf den ersten Blick, noch auf den zweiten Blick bewusst. Die Häuser, die von außen den Eindruck von primitiven Lehmbauten machten, hatten ein höchst modernes Innenleben. Alle Gebäude ragten mehrere Stockwerke in die Tiefe und waren untereinander verbunden. Innovative Technik versorgte die mehr als einhundertfünfzig Bewohner mit Wasser aus den fossilen Quellen der Sahara und mit Strom. Eine riesige, unterirdische Vorratshalle hielt Nahrungsreserven für mindestens vier Monate bereit. Doch war nicht damit zu rechnen, dass diese Reserven sobald verbraucht werden müssten, da im Rhythmus von 20 Tagen ein Versorgungsflugzeug auf der asphaltierten Piste landete.

Hier hatte die Arnháton-Gemeinschaft einen gut versteckten Stützpunkt errichtet, von dem aus sie den Aufbau ihres Kultes in Westafrika leitete. Hier befanden sich Büros, medizinische Räume, Wohnbereiche, ein Kraftwerk und natürlich auch ein integrierter Tempel für die Anbetung Atons.

In einem der Büros hatte gerade eine Besprechung stattgefunden. Man war zu einem einvernehmlichen Schluss gekommen und die meisten Anwesenden hatten inzwischen den Raum verlassen. Isai, der den Rang eines Arnháton-Kundigen bekleidete, ordnete seine Papiere. Ganz oben lag die Liste, die ihm Alabenu Ugui, der als Spitzel im Dorfe Jongu lebte, hatte zukommen lassen. Dort waren die Namen, und weitere Daten, der Menschen aufgeführt, die von Nommo-Tuwa geheilt worden waren. Einer der Namen war mehrfach rot unterstrichen. Der Name war Ogobara Bono.

Ogobara Bono wartete vor dem Touristenbüro des Dorfes Koro auf zwei Kunden, die über die ‚Association des Guides‘ eine Führung durch das Dorf Jongu gebucht hatten. Ogobara arbeitete schon seit Jahren als Touristenführer. Doch innerhalb der letzten zwei Jahre war die Zahl der Reisenden, die sich die Kultur der Dogon vor Ort zeigen lassen wollten, praktisch auf Null gesunken. Bis vor einem Jahr sorgten noch die Jünger der Arnháton-Sekte für eine kleine Anzahl von Touristen, die man durch die Dogondörfer an den Felsen von Bandiagara führen konnte. Doch da sich die Annäherung an diese Sekte als verhängnisvoller Fehler erwies, distanzierten sich die Dogon von den aufdringlichen Schwärmern. Dabei gelang es zwar, die Sektenjünger auf Abstand zu halten, doch damit fielen auch diese letzten Aufträge für die Touristenführer der Dogon aus. Seitdem versuchte Ogobara, zwar weiter bereit zu sein, falls sich doch wieder Reisende in das Pays Dogon trauen sollten, aber notgedrungen musste er sich als Gemüsebauer versuchen. Dies gelang ihm nur mit wenig Geschick. Die Ernte, die er dabei erwirtschaftete, war kläglich.

Dass nun zwei Touristen die Besichtigung eines der Dörfer an der Falaise gebucht hatten, ließ in ihm wieder so etwas wie Hoffnung aufkeimen. Vielleicht war das ja der Anfang einer wirtschaftlichen Wende. Vielleicht haben die Touristen ja doch erkannt, dass es im Dogonland keinen Platz für Extremisten und Terroristen gab. Ogobara bemühte sich positiv zu denken.

Vor etwa einem Jahr war er lebensgefährlich verletzt worden, als er eine Gruppe von Mitarbeitern eines französischen Pharmaunternehmens durch Jongu führte. Seine Heilung hatte er, ebenso wie viele andere Dogon, aber auch Eric, dem außerirdischen Wesen zu verdanken, das Nommo-Tuwa genannt wurde.

Seitdem hatte er aber keine Touristen mehr durch dieses Dorf geführt. Es war aber nicht so, dass er sich nun davor scheute. Der Grund lag allein darin, dass es in den letzten 12 Monaten nur drei Touristengruppen gab. Und die hatten ihn für andere Orte gebucht.

Das Wetter war schwül. Durch die beginnende Regenzeit war die Luftfeuchtigkeit extrem hoch. Da sich aber hin und wieder Wolken vor die sengende Sonne schoben, war die Hitze einigermaßen erträglich.

Die Kunden kamen pünktlich. Ogobara begrüßte sie herzlich. Dies fiel ihm nicht schwer, da er sich ehrlich darüber freute, wieder als Guide arbeiten zu können. Vor ihm standen nun zwei hochgewachsene, hellhäutige, junge Männer, mit tiefschwarzen Haaren und glattrasierten Gesichtern. Ogobara vermutete, dass seine Gäste aus einem der Länder Nordafrikas kamen, die an das Mittelmeer grenzten. Das Äußere der Männer und deren Namen, die der Guide aus den Anmeldeunterlagen kannte, ließen das vermuten.

Nach der Begrüßung signalisierte einer der Männer, dass sie es kaum abwarten könnten, die berühmten Dogondörfer an der Felswand zu besuchen. Colanüsse als Gastgeschenke für die Dorfältesten hatten sie bereits besorgt. Auch waren sie mit dem eigenen Auto, einem geländegängigen Allradfahrzeug, gekommen. Damit konnten sie bis zur Grenze des Bereiches fahren, der für die Bewohner des Dorfes Jongu als heilig gilt. Näher durften sie mit dem Fahrzeug nicht kommen. Dort wartete bereits ein Eselsgespann auf Ogobara und seine Gäste.

Früher hatte der Guide seine Gäste noch mit dem eigenen Auto zu dem kleinen Gehöft gebracht, wo der Eselskarren bereit stand. Doch das konnte er sich inzwischen, mangels Geld, nicht mehr leisten.

Ogobara stieg zu seinen Gästen in den Geländewagen, nahm auf dem Beifahrersitz Platz, schnallte sich an und begann einen Smalltalk. „Waren Sie schon einmal in Mali?" Einer der Männer setzte sich auf die Rückbank, der andere auf den Fahrersitz.

„Ja." Der Mann am Steuer setzte eine Sonnenbrille auf und lächelte. „Schon mehrmals. Mali ist ein faszinierendes Land."

Ohne zu fragen, wohin er fahren müsse, fuhr der Mann los. Trotzdem wies Ogobara seinem Kunden den Weg. „Fahren Sie bitte diese Straße bis zum Ortsausgang. Gleich hinter dem letzten Haus nehmen wir dann eine Abfahrt nach rechts. Und dann fahren wir nördlich auf die Felswand zu."

„Ja." Der Gast schien sich gut auszukennen. „Wir haben bereits schon einmal eine Führung durch ihr schönes Dogonland machen dürfen. Allerdings nicht unter Ihrer Leitung. Es war damals fast so etwas wie eine Wallfahrt für uns." Immer noch lächelte der Fahrer. Ogobara wusste nicht, auf was der Mann anspielen wollte.

„Es ist schön, dass Sie erneut ins Pays Dogon gekommen sind. Ich hoffe, ich kann Ihnen neue Eindrücke verschaffen."

„Ich habe gehört, dass Sie vor einem Jahr verletzt wurden, als Sie mit einer Reisegruppe unterwegs waren. Es war sicher ein schlimmes Erlebnis für Sie."

Ogobara wunderte sich, woher sein Gast diese Information hatte.

„Ja. Das stimmt allerdings. Doch zum Glück wurde ich recht schnell wieder gesund."

„Und das, mein lieber Monsieur Bono, ist auch der Grund, weshalb wir gerade Sie ausgesucht haben."

Ogobara ahnte, was der Mann damit sagen wollte. Doch nur wenige Menschen außerhalb der Dogongemeinschaft konnten von den besonderen Umständen seiner raschen Genesung wissen. Er fragte sich, ob diese Männer wirklich darüber Bescheid wussten, dass ein Wesen von einem weit entfernten Planeten in den Kammern, hoch oben in der Felswand, gelebt hatte. Und dass Ogobara, durch dieses Wesen geheilt worden war.

Diese Heilung war eigentlich ein Geheimnis. Wie hätten diese Männer davon erfahren sollen? Ogobara tat so, als verstände er nicht.

„Ich weiß nicht, wovon Sie reden."

„Sie wissen genau, wovon ich rede. Sie können es ruhig weiter leugnen. Es wird Ihnen nichts nützen." Noch immer lächelte der Fahrer. Aber Ogobara ahnte Böses.

Sie erreichten mit dem Geländewagen den Rand der kleinen Siedlung. Jetzt hätte der Fahrer eigentlich rechts abbiegen müssen, doch er fuhr geradeaus weiter.

„Hier hätten wir die Straße nach rechts nehmen müssen", erklärte Ogobara.

„Wir werden nicht zu Ihrem niedlichen Dogondörfchen fahren", meldete sich jetzt der zweite Mann, der auf der hinteren Bank saß. Man hörte, wie eine Pistole durchgeladen wurde.

In Ogobara stieg Panik auf. „Was soll das? Ich weiß nicht, was Sie von mir wollen."

„Bleiben Sie einfach ganz ruhig. Ihnen wurde doch schon bereits ein zweites Leben geschenkt. Warum machen Sie sich überhaupt um etwas Sorgen?" Der Mann auf dem Rücksitz hielt dem Guide nun die Pistole direkt an den Kopf.

Ogobara wollte nun einfach nur raus aus dem Wagen. Doch wie es schien, würde er dann sofort liquidiert werden. Das Auto fuhr inzwischen mit derart hoher Geschwindigkeit auf der lehmigen Piste entlang, dass es an Selbstmord grenzte, wenn er sich einfach aus dem fahrenden Auto fallen ließ. Außerdem gab es hier weit und breit keine Möglichkeit, sich zu verstecken. Die beiden Entführer würden ihm einfach hinterherfahren und ihn erneut einfangen. Oder erschießen.

Ogobara fiel auf, dass der Mann hinter ihm offensichtlich Linkshänder war. Er hielt die Pistole in seiner linken Hand. Also befand sich sein linker Arm praktisch in der Mitte der Fahrzeugkabine. Wäre der Mann Rechtshänder gewesen, dann hätte Ogobara keine Chance gehabt, durch eine schnelle Bewegung die Pistole nach rechts von sich weg zu drücken. Doch auf der linken Seite war genug Platz, um einen Versuch zu wagen.

Mit einer blitzschnellen Bewegung griff Ogobara mit beiden Händen nach der Pistole und drückte sie weg von sich. Auf diesen Mut der Verzweiflung war der Hintermann nicht vorbereitet. Bevor er diesen Angriff parieren konnte, hatte der Guide die Waffe schon in Richtung des Fahrers gedrückt. Doch auch der Fahrer brauchte einen Moment, bis er die Situation erkannte. Ogobara griff nun fester nach der Waffe und versuchte, sie dem Entführer aus der Hand zu ziehen. Instinktiv zog der Mann die Pistole zu sich nach hinten. Da er immer noch den Finger am Abzug hatte, löste sich nun ein Schuss. Mit einem ohrenbetäubenden Knall schoss das Projektil aus der Waffe, durchschlug den Schädel des Fahrers und danach auch die Scheibe der Fahrertür.

Von dem plötzlichen Knall erschreckt ließ der Hintermann für einen Moment locker. Ogobara nutzte diesen Vorteil und entriss ihm die Pistole. Das führerlose Fahrzeug wurde langsamer, begann aber zu schlingern. Ogobara bemerkte das zunächst nicht, da er seine Aufmerksamkeit nach hinten zu dem nun entwaffneten Entführer richtete. Die Schlingerbewegungen des Autos wurden nun immer heftiger. Der schlaffe Körper des toten Fahrers wurde jetzt Ogobara entgegen geschleudert und in diesem Moment überschlug sich der Geländewagen.

Ogobara bemerkte, dass sein Kopf gegen die Scheibe der Beifahrertür prallte und irgendetwas auf ihn stürzte. Ob es der Fahrer oder der Hintermann war, konnte er in diesem Moment nicht erkennen. Irgendetwas zerbrach. Für einen Augenblick wurde Ogobara schwarz vor den Augen. Und als sich das Auto nicht mehr bewegte, versuchte er sich zu orientieren.

Der Geländewagen lag auf der Fahrerseite. Ogobara hing in seinem Sicherheitsgurt und rang nach Luft. Seine Glieder schmerzten, doch offensichtlich hatte er sich nichts gebrochen. Übelkeit stieg in ihm auf. Hatte er eine Gehirnerschütterung? Oder war es der Schock? Er kämpfte dagegen an und versuchte gleichmäßig zu atmen. Jetzt erst registrierte er, dass er immer noch die Pistole in der Hand hielt.

Unter sich, auf der Fahrerseite, sah er sowohl die Leiche des Fahrers als auch dessen Komplizen. Beide bewegten sich nicht. Mit einem erneuten Anflug von Panik versuchte er, seinen Sicherheitsgurt zu lösen. Er rechnete jeden Augenblick damit, dass der Komplize des Fahrers wieder erwachen würde. Glücklicherweise löste sich der Gurt recht schnell und er konnte es sogar vermeiden, auf die beiden leblosen Körper zu fallen. Auch die Beifahrertür ließ sich öffnen. Wie in Trance kletterte er heraus und taumelte einige Meter von dem Geländewagen weg.

Als er stehen blieb richtete er die Waffe auf das Auto und rief: „Hey. Du, in dem Auto. Keine Bewegung. Ich habe deine Pistole. Hörst du?" Doch es rührte sich nichts in dem umgekippten Wagen.

Vorsichtig ging er wieder näher heran und umkreiste das Fahrzeug.

„Sag was, du Mistkerl." Doch es blieb still. Ogobara blickte jetzt durch die geborstene Windschutzscheibe. Doch von dem Täter, der ihn von der Rückbank aus bedroht hatte, sah er nur den Rücken.

Ogobara überlegte, was er nun tun sollte. Solange der Täter, der möglicherweise überlebt hatte, bewusstlos war, konnte er keinen Schaden anrichten. Andererseits fühlte er sich innerlich gedrängt,

Erste-Hilfe zu leisten. Dazu müsste er zurück in das Auto und den schlaffen Körper des Täters irgendwie nach draußen bekommen. Wenn der Mann dabei erwachte, dann würde es erneut zu einem Handgemenge kommen. Das könnte dann wieder Lebensgefahr für ihn bedeuten. Schließlich kam die Aggression ja von den beiden Männern.

Ogobara rief noch ein paar Mal in das Auto hinein. Dann griff er zu seinem Mobiltelefon und wählte die Notrufnummer der Polizei. Die Verbindung kam zustande und eine freundliche Männerstimme erklang. „Notrufzentrale der Polizei. Wie können wir Ihnen helfen?"

8

Am nächsten Tag saßen Vera und Eric mit etwa fünfzig weiteren Fluggästen in dem kleinen Regionalflugzeug, das seit dieser Woche wieder zweimal wöchentlich von Bamako aus die Wüstenstadt Timbuktu ansteuerte. Mehrmals war in der Vergangenheit diese Flugstrecke eingestellt worden, da der Norden Malis immer wieder von Rebellen, Terroristen und Extremisten heimgesucht worden war.

Die Wettervorhersage kündigte ein Gewitter an, und so bangten Vera und Eric, ob der Flug stattfinden würde. Glücklicherweise sah sich der Pilot in der Lage, notfalls die Gewitterfront zu umfliegen.

Nach dem Start stieg das Flugzeug bis auf 33.000 Fuß Flughöhe, was etwa 10.000 Metern entspricht. Vera saß an einem der kleinen Fenster und sah hinaus. „Man sieht den Niger dort unten. Er versorgt mehr als 100 Millionen Menschen mit Wasser."

Ja. Wenn man von Bamako nach Timbuktu will muss man nur dem Verlauf des Niger folgen. Egal ob mit dem Schiff, mit dem Auto oder mit dem Flugzeug."

„Ich hoffe, dass der Pilot den direkten Weg nehmen kann, sonst verdoppelt sich unsere Flugzeit möglicherweise." Doch noch folgte die Flugstrecke dem Lauf des Niger. Aber immer häufiger verdeckten nun Wolken die Sicht auf den Boden.

Vera griff nach Erics Hand. „Danke, dass du doch zugestimmt hast, nach Timbuktu zu fliegen."

Eric beugte sich zu seiner Frau hinüber und küsste sie. „Wie könnte ich dir widerstehen?"

Vera strich zärtlich über Erics Wange und legte ihren Kopf an seine Schulter. Verträumt saßen sie nun einige Minuten so beieinander.

Die Bordlautsprecher rissen sie mit einer Durchsage aus ihren Gedanken. „Sehr verehrte Fluggäste. Leider ist auf unserer geplanten Flugroute mit starken Unwettern und Turbulenzen zu rechnen, so dass wir Timbuktu nicht auf direktem Weg ansteuern können. Auf unserer Ausweichroute wird sich die Flugzeit um 45 Minuten verlängern. Wir bitten dies zu entschuldigen und wünschen Ihnen weiterhin einen angenehmen Flug."

„Da haben wir´s." Vera sah wieder aus dem Fenster und beobachtete das dunkle Wolkengebilde unter sich.

Eric schaute auf einen der Bildschirme über dem Mittelgang und verfolgte die dort dargestellte Flugroute. „Wir bewegen uns nach Osten, um das Gewitter zu umfliegen", raunte er nach einer Weile zu Vera.

„Dort vor uns reißt die Wolkendecke auf", berichtete Vera, die fasziniert das Naturschauspiel unter dem Flugzeug beobachtete. Nach einer Weile hatten sie die Gewitterfront hinter sich gelassen und durch das Fenster war nur noch blauer Himmel und die typische sandbraune Landschaft zu sehen.

„Ich glaube, dort unten sieht man das Plateau über den Felsen von Bandiagara." Vera deutete aus dem Fenster. Eric reckte seinen Kopf zu ihr, um den Anblick ebenfalls zu bestaunen.

„Wow. Selbst von hier oben ist es beeindruckend. Dort haben wir vor einem Jahr …" Eric brach ab. Die Ereignisse, die sich damals an den Felsen von Bandiagara abspielten, brachten in ihm immer noch gegensätzliche Emotionen hervor. Einerseits hatten sie ihm die Gewissheit gegeben, dass Vera und er zusammengehörten. Auch hatte er damals seinen Glauben an Gott wiedergefunden. Andererseits hatte ihn das Zusammentreffen mit der seltsamen Arnháton-Sekte fast das Leben gekostet.

Vera bemerkte, wie Eric mit seinen Gefühlen kämpfte. Sie griff nach seiner Hand und flüsterte ihm zu: „Dort unten hat dich Gott mit Hilfe von Nommo-Tuwa vor dem Tod bewahrt. Das ist ein Grund dankbar zu sein."

Eric nickte. „Ja. Gott sei Dank."

Abgesehen von der etwas längeren Flugzeit, aufgrund des Unwetters, verlief der Flug problemlos. An Erics Schulter gelehnt träumte Vera vor sich hin. Sie dachte an ihre gemeinsame Hochzeit zurück. Etwa sechs Monate war es her. An die vielen Freunde und Verwandten, die sie dort das erste Mal seit langer Zeit wiedergesehen hatte. Besonders an Sandra, ihre langjährige Schulfreundin. Wie sehr hatte sie sich damals gefreut, sie wiederzusehen. Und wie sehr war sie bestürzt gewesen über den Zustand von Sandra.

Zwar versuchte ihre Freundin, sich so gesund und fröhlich wie möglich zu präsentieren, doch war nicht zu übersehen, dass sie ein Problem hatte. Obwohl sie genauso alt wie Vera war, sah sie mindestens zehn Jahre älter aus. Ihre Haut war bleich. Die Augen eingefallen. Vera machte in den wenigen Stunden, die sie auf der Hochzeitsfeier miteinander verbrachten, mehrere Versuche, darüber ins Gespräch zu kommen, doch gelang es Sandra immer wieder geschickt, das Thema zu wechseln. Irgendwann wandte sich Vera an einen der anderen Hochzeitsgäste, ihren Cousin Markus. Der arbeitete als Sozialarbeiter mit drogenabhängigen Jugendlichen und Erwachsenen. Er kannte Sandra ebenfalls aus Kindertagen.

„Glaubst du, dass sie Drogen nimmt?", fragte Vera nun ganz direkt.

„Das kann man nur sagen, wenn sie sich einem Drogentest unterziehen würde", antwortete er ausweichend.

„Die Arme sieht aber so aus, als ob sie Crystal Meth, oder wie auch immer das Zeug heißt, nehmen würde. Man sagt doch, dass der Körper und die Psyche in kürzester Zeit extrem geschädigt werden."

„Nicht jeder, der krank aussieht, nimmt Crystal Meth oder High-Per", wiegelte Markus ab.

„Was ist denn High-Per?", fragte Vera.

„Eine neue Droge, die seit einigen Monaten Europa und Nordafrika überschwemmt. Sie ist in ihrer chemischen Zusammensetzung sehr ähnlich wie Crystal Meth. Deshalb auch ihr Name. High-Per ist die Abkürzung für Highly-Pure-Pertamitin. Also Methamphetamin in besonders reiner Form." Dann hob Markus sein Sektglas und prostete Vera zu. „Ein viel zu unerfreuliches Thema für diesen schönen Tag. Aber wenn du willst, unterhalte ich mich mal mit Sandra. Vielleicht kann ich dann Entwarnung geben."

Vera hatte nie erfahren, ob Markus noch ein Gespräch mit Sandra führen konnte. Der Abend verlief noch außerordentlich ausgelassen und als sie die Hochzeitsgesellschaft verließ hatte sie einen ordentlichen Schwips. Erst jetzt, im Flugzeug, erinnerte sie sich wieder an Sandra.

Als das Flugzeug zur Landung ansetzte, konnte Eric es sich nicht verkneifen, doch noch einmal, an Vera vorbei, aus dem kleinen Fenster zu spähen. Unbewusst warf er einen prüfenden Blick auf die Umgebung. Irgendwie rechnete er damit, dass der Flughafen immer noch ein Angriffsziel von Terroristen sein könnte. Nicht umsonst waren in den letzten Monaten alle Flüge in die Wüstenstadt eingestellt worden. Insgeheim wünschte er sich, die Flugsperre wäre nie aufgehoben worden. Dann hätte er jetzt nicht in diesem Flugzeug sitzen müssen. Mit Vera, die sein Kind in sich trug.

Der ‚Aéroport international de Tombouctou' liegt etwas außerhalb gelegen, südlich der legendären Stadt. Etwas erschöpft ließen sich Eric und Vera in einem uralten Mercedes-Geländewagen nieder, der als Taxi vor dem Flughafengebäude wartete.

„Fahren Sie uns bitte zum Ahmed-Baba-Institut", wies Eric den Fahrer an. Das Hotel, das sie gebucht hatten, lag unweit der berühmten Bibliothek.

Als sie dort ankamen, erkannte Eric sofort das Haus, in dem er vor etwa einem Jahr in Timbuktu untergebracht war. Es dauerte eine Weile, bis jemand im Hotel auf sein Klopfen an der Haustür reagierte. Dann wurden sie aber überaus freundlich empfangen und konnten sofort ihr Zimmer beziehen. Kurze Zeit später ließen sie sich in die schneeweißen Betten fallen.

„Geschafft. Wir sind in Timbuktu." Vera rückte etwas näher an Eric. „Und? Ist alles noch so, wie vor einem Jahr?"

„Nein", antwortete Eric.

„Nicht? Was ist denn anders?"

Eric lächelte. „Alles ist besser. Denn jetzt bist du bei mir."

Am nächsten Tag machten sie sich auf den Weg zu dem nahegelegenen Ahmed-Baba-Institut. Als sie das Hauptgebäude betreten wollten, wurden sie von einem bewaffneten Posten abgewiesen.

Eric schien nicht sehr überrascht und meinte zu Vera: „Hier hat sich die Lage in den letzten Monaten offensichtlich nicht wesentlich verbessert." Er wollte aber so schnell nicht aufgeben und fragte den Wachposten: „Können Sie vielleicht Monsieur Battuda bitten, heraus zu kommen? Er wird sich sicher über unseren Besuch freuen."

Der Uniformierte rief etwas in den Eingang des Gebäudes hinein und kurze Zeit später kam ein junger Mann heraus. Der freundliche Malier fühlte sich offensichtlich geehrt, dass es doch noch Europäer gab, die sich in die Wüstenstadt wagten. Die Nachrichten über gelegentliche Gefechte mit Aufständischen sorgten immer noch dafür, dass kaum Touristen diesen entlegenen Ort besuchten. Sicher war ein weiterer Grund für das Ausbleiben von Kulturreisenden, dass ein großer Teil der Sehenswürdigkeiten während der Besetzung von Rebellen zerstört worden war.

„Monsieur Battuda befindet sich im Moment auf einer Fahrt zu dem Besitzer eines sehr alten astronomischen Buches. Dort in der Wüste möchte er dieses Exemplar für das Institut erwerben. Wir erwarten ihn frühestens morgen Mittag", erklärte der junge Mann.

Eric zog ein Notizbuch aus seiner Weste und schrieb eine kurze

Nachricht auf einen Zettel. Dann gab er das Blatt dem jungen Mann. „Bitte geben Sie diese Nachricht an Monsieur Battuda weiter. Er kann mich über mein Handy erreichen." Der Malier nickte freundlich und verabschiedete sich.

„Was hast du auf den Zettel geschrieben?", fragte Vera.

„Nur ein kurzer Gruß, meine Handynummer und die Bitte, dass er mich zurückruft. Wir können uns dann mit ihm treffen, wenn er wieder zurück ist." Eric bemerkte Veras Enttäuschung, dass sie ohne Abdul Battuda nicht die berühmte Bibliothek besichtigen konnten. „Wir lassen uns heute von einem kundigen Guide durch die Stadt führen", schlug er vor.

Vera stimmte zu und sie machten sich auf den Weg zu dem einzigen Touristenbüro, das in der stark zerstörten Stadt noch übrig geblieben war. Dort buchten sie einen Stadtführer, der ihnen das legendäre Zentrum der westafrikanischen Gelehrsamkeit fachkundig erklären sollte. Da sie an diesem Tag praktisch die einzigen Europäer in der mehr als tausend Jahre alten Stadt waren, wurden sie auch sofort an einen Fremdenführer vermittelt. Es war ein junger Schwarzafrikaner, dem man sofort anmerkte, dass es ihm viel Freude machte, über seine Stadt zu berichten.

„Der Name der Stadt Timbuktu bedeutet ‚Brunnen der Buktu'. Sie war eine Sklavin, die vor vielen hundert Jahren hier einen Brunnen bewachen sollte", erklärte der Guide. „Natürlich gibt es noch andere Theorien über die Herkunft des Namens. Beispielsweise leiten manche Linguisten den Begriff Timbuktu aus einer der Berbersprachen ab und übersetzen ihn mit ‚weit entfernter Brunnen'. Das ist zwar genauso einleuchtend, aber weniger poetisch als eine alte Geschichte von einer Sklavin."

Eric freute sich still, dass der Guide sich bei seinen Ausführungen nicht nur auf alte Sagen beschränkte, sondern auch nüchterne Fakten berichtete. Er staunte über den reichlichen Wissensschatz des malischen Fremdenführers, der sich Baraka nannte.

Sie bestiegen einen himmelblauen Toyota-Geländewagen und Baraka steuerte das Fahrzeug nach Norden, bis sie den Stadtrand erreichten. Als er den Wagen anhielt und die beiden Deutschen bat auszusteigen, konnte man bereits einen imposanten Blick auf die Sanddünen der Sahara werfen. Hier waren nur noch vereinzelt kleine Lehmhäuser oder Nomadenzelte in der endlosen Weite der Wüste zu sehen.

Baraka zeigte in die Ferne hinaus. „Wenn Sie von hier aus nach Norden gehen, dann liegen mehr als 2000 Kilometer Wüste vor Ihnen. Vielleicht ist auch das ein Grund dafür, dass Timbuktu aus der Sicht von euch Europäern am Ende der Welt liegt."

Ehrfürchtig sahen Eric und Vera in Richtung der scheinbar endlosen Wüste. Ein leichter Wind wehte ihnen unaufhörlich feinen Sand in die Gesichter. Die Sonne brannte unbarmherzig heiß vom Himmel herab. Trotzdem schien es, als würde diese lebensfeindliche Landschaft sie rufen. Als würde etwas Unwiderstehliches sie in die Weite der Sahara ziehen wollen. Unbewusst ging Vera einige Schritte nach vorne. Eric bemerkte das und sah Baraka verdutzt an. Der lächelte und meinte: „Wer den Ruf der großen Wüste hört, der bleibt davon nicht unberührt. Halten Sie ihre Frau gut bei sich."

Liebevoll legte Eric seinen Arm um Vera und sie betrachteten noch einige Minuten das beeindruckende Panorama. Dann machten sie noch etliche Aufnahmen mit ihren Smartphones, bevor Baraka sie wieder in das Auto rief.

„Hast du das auch gespürt?", fragte Vera ihren Mann. „Hattest du auch das Gefühl, dass hinter dem Horizont etwas Unbegreifliches auf uns wartet?"

Eric nickte stumm. Es machte ihm Angst, dass nicht nur er dieses Empfinden hatte. Er wusste zwar, dass sich viele Abenteurer und Entdecker von den Weiten der Wüste oder des Meeres angezogen fühlten. Aber dass diese Faszination auch auf Vera und ihn, in diesem starken Ausmaß, übergreifen würde, war für ihn völlig überraschend.

„Ich hatte fast den Eindruck, als hätte die Sahara mich gerufen", fuhr Vera fort. Ich glaube, wenn Baraka und du nicht da gewesen wärt, dann wäre ich in die Wüste gelaufen. Bis zum Horizont." Sie griff nach seiner Hand. „Bitte versprich mir, dass du immer bei mir sein wirst. Dass du mich nie hinter den Horizont gehen lässt. Dass du immer dafür sorgen wirst, dass ich wieder zurück finde."

Etwas verwirrt nahm Eric seine Frau in die Arme. So kannte er Vera bisher noch nicht. Bislang war sie immer äußerst selbstsicher und zuversichtlich.

„Ich werde hier in Timbuktu immer bei dir sein", versprach er. „Und was immer da nach uns gerufen hat, wird wieder verstummen, wenn wir ihm den Rücken zuwenden."

Inzwischen war Baraka bei dem nächsten Haltepunkt seiner Besichtigungstour angelangt. Immer noch befanden sie sich am Rande der Stadt.

„Die ‚Flamme de la Paix'. Die Flamme des Friedens", verkündete er.

Mit einem etwas beklemmenden Gefühl stieg Vera aus dem Wagen. Sie vermied es in Richtung der schier endlosen Wüste zu schauen und heftete ihren Blick an das Monument, vor dem sie nun standen.

„Seit 1996 erinnert dieses Denkmal an eine Friedensregelung zwischen der malischen Armee und Tuareg-Separatisten. Damals schien es, dass man einen dauerhaften Frieden erreicht hätte. Leider kam es 2012 erneut zu gewalttätigen Unabhängigkeitsbestrebungen", erklärte Baraka.

Vera und Eric bestaunten das haushohe Monument, das aus mehreren ineinander und übereinander angeordneten Bögen bestand. Am Sockel des riesigen Denkmals waren unzählige Sturmgewehre in den Beton eingelassen. „Die verbrannten Gewehre sollen das Ende der Kampfhandlungen symbolisieren. Die unteren Bögen stellen die Flamme des Friedens dar. Daher der Name. Die oberen Bögen bilden so etwas wie ein schützendes Gebäude über der Flamme."

Eric und Vera waren ergriffen. Das Mahnmal wirkte trotz der massiven Bauweise leicht und fragil. Im Kontrast zu den harmonisch geschwungenen Bögen der Flamme erschienen die Gewehrteile am oberen Sockel erschreckend abstoßend.

Vera entdeckte einige Einschusslöcher an dem Denkmal. Ihre Augen wurden feucht. Eric bemerkte, dass sie mit ihren Tränen kämpfte. Er ergriff ihre Hand.

„Es ist wirklich beeindruckend", flüsterte Vera, während sie die Stufen heraufstiegen, um zu der steinernen Flamme zu gelangen. „Es ist, als verkünde dieses Monument einen überirdischen Frieden."

„Und doch konnte es nicht verhindern, dass sich die Menschen auf eine recht irdische Weise gegenseitig ermordet haben", ergänzte Eric.

„Das ist traurig. Unendlich traurig." Jetzt rannen Vera einige Tränen über die Wangen.

Baraka, der seit 1996 schon oft Reisende an diesen Ort gebracht hatte, bemerkte, dass auch er eine Ergriffenheit spürte, die ihm bisher unbekannt war. Bislang hatte noch kein Tourist oder Einheimischer die Symbolik dieses Bauwerks derart körperlich in sich aufgenommen.

Als sie die wenigen Stufen erklommen hatten, blickte Vera über die Spitze der steinernen Flamme nach oben und sah durch die Bögen zum Himmel. Eric hörte, wie sie schluchzte. Er legte seinen Arm um sie und sie vergrub ihr Gesicht an seiner Schulter.

Auch Baraka rann eine Träne über sein Gesicht. Doch er ließ sich nichts anmerken. Wie zufällig sah er nun in eine andere Richtung.

Sanft führte Eric seine Frau nun zurück zum Wagen.

„Ich schlage vor, dass ich Sie jetzt zu einem empfehlenswerten Lokal führe", erklärte Baraka. „Dort spielt um die Mittagszeit immer ein Griot. Schmackhaftes Essen und gute Musik wird Sie auf andere Gedanken bringen."

„Ja. Danke." Vera bemühte sich um ein entspanntes Lächeln. „Ich war offensichtlich auf diese Eindrücke nicht gefasst. Durch diese Landschaft erlebt man wohl alles viel intensiver."

„Deshalb wollen die meisten Beduinen ihr karges Leben in der Wüste auch nicht aufgeben. Ein sesshaftes Leben in einer Stadt wäre sicher komfortabler. Aber es wäre nicht mit dem zu vergleichen, was die große Wüste zu bieten hat."

Baraka fuhr mit seinen Gästen in einen der ältesten Ortsteile Timbuktus. Mit jedem Meter, den sie sich weiter in den Ortskern hinein begaben, schien Vera entspannter zu werden. Die Straßen, die sie passierten, wurden immer enger und Eric begann sich zu fragen, wo Baraka das Fahrzeug abstellen wollte, wenn sie zu dem Lokal gelangt wären. In diesen schmalen Gassen würde ein geparktes Auto den kompletten Durchgang blockieren. Doch schon waren sie zu einem Platz gelangt, auf dem sich eine Parkmöglichkeit bot.

„Dieser Platz wird an anderen Tagen als Marktplatz genutzt", erklärte Baraka. „Wir können das Auto hier stehen lassen. Das Restaurant, in dem wir zu Mittag essen können, befindet sich nur wenige Straßen weiter." Baraka ging voran und die beiden Deutschen folgten. Der Guide gab dabei einige historische Informationen an seine Gäste weiter.

„Timbuktu gibt es vermutlich schon seit mehr als tausend Jahren. Legendär war die Stadt bereits im 14. Jahrhundert. Mansa Musa war zu dieser Zeit der Sultan des damaligen Mali-Reiches. Auf europäischen Karten wird er 1375 als Herrscher mit einem sagenhaften Reichtum abgebildet. Damals wurde wahrscheinlich der Mythos gegründet, dass Timbuktu durch den Salz- und Goldhandel enorm wohlhabend geworden ist."

„Und seit wann ist Timbuktu auch das Zentrum der islamischen Gelehrsamkeit in Westafrika?", fragte Vera, während sie einem Eselskarren auswich. Die engen Gassen spendeten zwar außerhalb der Mittagszeit angenehmen Schatten, doch war es oft nicht leicht, einem etwas breiteren Gefährt auszuweichen.

„Etwa ein Jahrhundert später, unter der Herrschaft der Songhai, kam die Stadt zu voller Blüte. Aufgrund von politischer Stabilität florierte der Handel und der Bau der Moscheen. Die wohlhabenden Bürger ließen Privatschulen bauen. Viele Moscheen gründeten Universitäten. Dort wurde bald nicht nur der Koran gelehrt sondern auch Mathematik, Astronomie und Medizin. Im 15. und 16. Jahrhundert lebten in Timbuktu bis zu 20.000 Schüler und Studenten. Die gesamte Einwohnerzahl schätzt man damals auf fast 100.000 Menschen. Viele Bücher, die in Europa durch die Erfindung des Buchdrucks nun im großen Stil gedruckt werden konnten, berichteten nun sehr plastisch von dem Reichtum und der Bildung Timbuktus. Das rief nun viele Neider auf den Plan. In Europa, im Orient und natürlich auch in den afrikanischen Nachbarländern."

„Es kann der Frömmste nicht in Frieden leben, wenn es dem bösen Nachbarn nicht gefällt", orakelte Eric. An Barakas Reaktion konnte man allerdings erkennen, dass er mit diesem deutschen Sprichwort wenig anzufangen wusste.

„Ahmad al-Mansur, ein Sultan aus Marokko, eroberte 1591 das Songhaireich und damit auch Timbuktu. Ahmed Baba, nach dem Jahrhunderte später das berühmte Ahmed-Baba-Institut benannt worden ist, wurde damals nach Marrakesch verschleppt. Nach einiger Zeit gab man ihm zwar die Freiheit wieder, doch er durfte die marokkanische Hauptstadt nicht verlassen. Ahmed Baba sammelte und verbreitete nun dort das Wissen seiner Zeit und galt bald als der bedeutendste Gelehrte Nordafrikas. Erst nach dem Tod Ahmad al-Mansurs erhielt er die völlige Freiheit zurück. Nach einer Pilgerfahrt nach Mekka kehrte er schließlich heim nach Timbuktu, wo er 1627 starb. Zuvor hatte er viele bedeutende Werke verfasst."

Wenige Minuten später standen sie vor einer hohen Lehmmauer mit einer reich verzierten Holztür. Baraka klopfte an und als geöffnet wurde, erschien eine Schar Kinder, die den Guide überschwänglich begrüßte.

„Hatte Baraka nicht etwas von einem Restaurant erzählt?", flüsterte Vera Eric zu.

„Ja, hat er", bestätigte Eric. Sie folgten Baraka und der Kinderschar in den Hof, der sich hinter der Mauer befand. Dort saßen einige Erwachsene unter einer reich verzierten Zeltplane aus handgewebtem, grobem Stoff. Einige Männer und Frauen standen nun auf und begrüßten Baraka ebenfalls herzlich. Die Begrüßungszeremonie dauerte einige Minuten, da dabei ausführlich nach dem Befinden etlicher nicht anwesender Verwandter gefragt wurde. Dann wandte man sich, nicht weniger herzlich, Vera und Eric zu. Es stellte sich heraus, dass dieses Anwesen einem Cousin von Baraka gehörte und man nun hier gemeinsam zu Mittag essen könne. Etwas überrascht stimmten die beiden Deutschen freudig zu.

„Viele der Gaststätten mit europäischer Ausrichtung wurden während der Zeit durch die Besatzung der Extremisten zerstört. Und da auch nach der Befreiung, die mit Hilfe der französischen Armee geschah, praktisch keine westlichen Touristen nach Timbuktu kommen, wurden die verbliebenen Restaurants auch nicht mehr weitergeführt", erklärte Baraka.

„Wir sind auch eher an der traditionellen Küche interessiert", meinte Eric und zwinkerte Vera zu. Als Sprachforscher bei den Dogon hatte er schon oft zusammen mit einheimischen Familien gegessen. Was man ihm dabei vorgesetzt hatte, wusste er manchmal gar nicht. Möglicherweise hätte er sonst das Essen auch abgelehnt, was unhöflich gewesen wäre.

„Was ist denn Leckeres in den Töpfen drin?", wollte Vera wissen und zeigte auf die beiden Kessel, die auf der Feuerstelle standen. Baraka fragte in einer Sprache, die auch Eric nicht einordnen konnte, seine Verwandtschaft und deutete dann auf einen der Töpfe. „Hier drin befindet sich ein Gericht aus Reis und einigen Innereien, Yamswurzeln, Taroblättern und Palmöl." Baraka lächelte schelmisch. Er kannte die europäischen Gewohnheiten gut genug um zu wissen, dass Innereien nicht zu den Lieblingsspeisen der meisten Weißen gehört. Vera versuchte gelassen zu wirken.

„Und was ist in dem anderen Topf?", hakte sie nach.

„Fisch aus dem Niger, etwas Ziegenfleisch und natürlich Reis." Vera atmete erleichtert auf. Und auch Eric freute sich, dass es eine Alternative zu den Innereien gab. Im Stillen befürchtete er, dass man sie noch nachdrücklich nötigen könnte, auch davon zu probieren. Eine Ablehnung käme dann einer Beleidigung gleich.

Zu dem Essen wurde Tee gereicht. Und voller Stolz präsentierte man den Gästen auch zwei Löffel. Ein Entgegenkommen an die europäische Esskultur. Baraka und seine Familie aßen ihrer Tradition gemäß mit der rechten Hand, ohne Besteck.

Während der Mahlzeit berichtete der Guide noch einige Ereignisse aus der Geschichte Timbuktus. Eric und Vera waren amüsiert von der Fähigkeit des Maliers, uralte Geschichten lebendig werden zu lassen. Kurz bevor sie mit dem Essen fertig waren erschien noch ein Griot. Der singende Geschichtenerzähler spielte auf einer Harfenlaute, die aus einer kuhfellbespannten Kalebasse bestand, auf der senkrecht ein Steg angebracht war. Die Kora, wie sich das Instrument nennt, hatte 21 Saiten und der Griot sang dazu Lieder, in denen er von den Heldentaten vergangener Zeiten berichtete. Die beiden Deutschen verstanden natürlich kein Wort. Aber der rhythmische Singsang, in den auch Baraka und seine Familie einstimmten, versetzte die Gäste bald in einen fast tranceähnlichen Zustand.

Die einlullende Musik ließ Vera die Schwermut, die die Erlebnisse am Rande der Stadt hinterlassen hatten, vergessen. Eric klatschte zwar den Rhythmus mit, analysierte aber in Gedanken die Sprachmelodie und Struktur. Für ihn als Linguisten bot Westafrika mit seinen unzähligen Ethnien eine Fülle von Sprachvarianten, die ihn immer wieder beeindruckten.

Bald begannen die Kinder zu der Musik zu tanzen. Baraka erklärte seinen Gästen: „Während der Herrschaft der Islamisten 2012 war jegliche Musik verboten. Die Musiker mussten ihre Instrumente vor den Extremisten verstecken. Viele Instrumente wurden während dieser Zeit zerstört. Wer trotzdem Musik machte, musste um sein Leben fürchten. Selbst Klingeltöne mit einer Melodie waren nicht gestattet."

Eric dachte an das erste Konzert, das er gemeinsam mit Vera besucht hatte, zurück. Vor einem Jahr in Bamako. Damals war ihm bewusst geworden, wie reichhaltig die malische Musiktradition ist.

„Fand hier in Timbuktu nicht immer das ‚Festival au Désert' statt?", fragte er Baraka.

„Ja. Die ersten Festivals haben in der weiteren Umgebung von Timbuktu stattgefunden. 2010 fanden die Konzerte dann direkt am Stadtrand von Timbuktu statt. Und ein Jahr später trat sogar der berühmte europäische Sänger Bono von der Rockband U2 auf. Trotz erheblicher Sicherheitsbedenken, die sich damals schon abzeichneten, nahm er an dem Musikereignis teil. Im Jahre 2012 konnte das Festival wegen der Unruhen leider nicht stattfinden. Und 2014 wurde das Ereignis dann in verschiedene andere Länder Westafrikas verlegt. Aber die Musiker dieser ‚Karawane des Friedens' gastierten auch in Berlin. Deutschland ist offensichtlich sehr verbunden mit Mali."

Die Gäste lauschten noch etwa eine Stunde der Musik des Griots. Dann machte Baraka das Zeichen zum Aufbruch. „Wir werden noch zu einigen Häusern fahren, in denen einmal bekannte Persönlichkeiten gewohnt haben."

„Besuchen wir auch das Haus, in dem der Afrika-Forscher Heinrich Barth gewohnt hat? Es soll heute ein Museum sein", fragte Eric.

„Sie kennen den Namen Heinrich Barth?", wunderte sich Baraka. „Unter den Bewohnern von Timbuktu ist der Afrikaforscher gut bekannt. Vor etwa 160 Jahren stand Barth unter dem Schutz des damaligen geistlichen Oberhaupts der Stadt, Sidi Ahmad al-Baqqai. Der Scheich war damals der berühmteste Koran-Gelehrte Westafrikas."

„Barth soll damals in intensiven theologischen Gesprächen mit al-Baqqai über die Ähnlichkeiten zwischen Islam und Christentum diskutiert haben. Dabei haben die beiden wohl große Parallelen zwischen den Religionen festgestellt", ergänzte Eric.

„Das ist richtig", bestätigte Baraka. „Woher kennen Sie denn diesen Pionier der Afrikaforschung des 19. Jahrhunderts?"

„Als Theologe und Sprachforscher stößt man in Westafrika unweigerlich auf den Namen Heinrich Barth. Er war wohl ein hervorragender Linguist und sprach fließend einige europäische Sprachen. Außerdem Arabisch und mehrere afrikanische Sprachen, wie beispielsweise das Tamaschaq, das Fulfulde, das Hausa und das Kanuri."

Baraka war erfreut, einen Kenner Heinrich Barths vor sich zu haben. „Das Heinrich-Barth-Museum ist zwar nur ein kleines Haus, aber auf jeden Fall einen Besuch wert."

Am Nachmittag zeigte Baraka seinen Gästen außer dem Heinrich-Barth-Museum noch weitere Häuser prominenter Afrikareisender. Alexander Gordon Laing, D. W. Berky, René Caillié und der 1848 in Leipzig geborene Oskar Lenz hatten Spuren in der legendären Stadt hinterlassen.

Straßenschilder gab es wenige. Als sie dann doch eines entdeckten, staunten die Deutschen. „Rue de Chemnitz" stand an einem Schild im Zentrum der Stadt.

„Gibt es eine Städtepartnerschaft zwischen Chemnitz und Timbuktu?", fragte Vera.

„Ja", antwortete Baraka. „Seit 1968. Also schon sechs Jahre nach der Unabhängigkeit Malis."

Vera und Eric konnten noch einige Mausoleen besuchen, die das Zerstörungswerk der religiösen Fanatiker während der Rebellion 2012 überstanden hatten. Selbst einige Moscheen wurden damals teilweise zerstört, wenn dort nicht der radikale Islam gepredigt wurde. Da die meisten Gebäude aus Lehm bestanden, hatten die Extremisten bei ihrer Verwüstung leichtes Spiel. Mit einfachen Hacken konnten die Gebäude leicht dem Erdboden gleich gemacht werden.

„Die Einwohner sind den französischen Streitkräften für die Befreiung Timbuktus und anderer Städte des Nordens unseres Landes sehr dankbar", erklärte der Guide. „Jedoch ist die Lage hier am Rande der Sahara immer noch sehr schwierig."

„Es kommen kaum noch Touristen hier her", mutmaßte Eric.

„Ja. Und da die Blütezeit der Stadt als Handelsmetropole schon lange zurück liegt, war der Tourismus in den letzten Jahrzehnten eine wichtige Einkommensquelle. Leider gibt es immer noch vereinzelte Anschläge von Terroristen hier in dieser Region. Ich kann es Reisenden deshalb nicht einmal verdenken, dass ihnen eine Reise hierher zu unsicher ist."

Baraka berichtete am Ende der Tour auf Anfrage der beiden Deutschen noch einige persönliche Erlebnisse aus der Zeit, als 2012 die Scharia über der Stadt ausgerufen wurde. Von einem Tag auf den anderen hatte er praktisch kein Einkommen mehr. Auch lebte er in Angst, dass man ihm den Kontakt zu andersgläubigen Touristen zum Vorwurf machen könnte. Das Verbot von Musik, Sport und Fernsehen legte das öffentliche Leben praktisch lahm. Und seine Tochter durfte aufgrund der Gesetze der Extremisten die Schule nicht mehr besuchen.

Vera und Eric waren entsetzt über Barakas Berichte. Doch um

seine Gäste nicht mit trüben Gedanken zurück zu lassen, berichtete der Guide noch von den vielen Aufbauarbeiten, die nun in Timbuktu stattfinden. „Die Trinkwasserversorgung, die öffentliche Verwaltung und die Schulen beginnen wieder zu funktionieren", erklärte er zum Schluss.

Eric entlohnte den Guide und gab ihm für seine gelungene Arbeit noch ein reichliches Trinkgeld. Nachdem sie sich verabschiedet hatten, machten sie sich auf den Weg zurück ins Hotel.

Vor dem Hotel standen einige Männer und Frauen um einen alten Mann herum, der scheinbar eine leidenschaftliche Rede hielt. Von weitem konnten Vera und Eric weder etwas von dem verstehen, was der Mann verkündete, noch erkennen, zu welcher Volksgruppe der Redner gehörte. Als sie näher kamen, bemerkten sie, dass sich einige der Zuhörer ängstlich umsahen. Manche entfernten sich sogar und gaben sich betont uninteressiert. Die wenigen Menschen, die dem Redner weiterhin zuhörten, schienen gespannt zu lauschen. Da der Redner scheinbar in einer der Songhai-Sprachen erzählte, verstanden weder Eric noch Vera ein Wort.

Als die beiden sich der kleinen Versammlung so weit näherten, dass sie das Gesicht des Sprechers erkennen konnten, erschraken sie. Sein Gesicht war derart mit Narben übersät, dass sie im ersten Moment daran zweifelten, ob sie das Antlitz eines Menschen vor sich hatten. Die Wunden, die das Gesicht so fürchterlich verletzt hatten, mussten tief und schmerzhaft gewesen sein. Einige Hautpartien zeigten ebenso grausame Spuren von großflächigen Verbrennungen. Er trug einen breitkrempigen, pastellfarbenen Hut. Doch der darunter sichtbare Teil des Schädels zeigte, dass seine Kopfhaut wohl derart geschädigt war, dass ihm kaum noch Haare wuchsen. Nach diesem ersten Schock über die grauenhafte Gesichtshaut fiel ihnen auf, dass der Mann keine Ohrmuscheln mehr besaß. Nur die Gehörgänge waren noch zu sehen. Auch seine Nase war derart unförmig, dass sich der Verdacht aufdrängte, dass ein wenig begabter Chirurg versucht hatte etwas nachzubilden, das eine Nase hätte werden sollen.

Nachdem sie den ersten Schock über das Aussehen des Redners

verdaut hatten, fiel ihnen dessen ungemein herzliche und gewinnende Ausstrahlung auf. Auch wenn der Rest seines Körpers unzweifelhaft ähnliche Torturen hatte erleiden müssen, wie der Kopf oder die Hände, die übersät waren mit Brandspuren, so hatte sein Auftreten eine Würde und Anmut, die die schreckliche Erscheinung fast vergessen ließ. Ihn umgab die Aura eines in jeder Beziehung erfahrenen Mannes, den nichts auf der Welt mehr erschrecken konnte. Und der trotz allem weder verbittert noch resigniert war.

Zwar konnten Vera und Eric immer noch nichts von dem verstehen, was der alte Mann dort verkündete, doch waren sich beide sicher, dass es etwas wichtiges sein musste. Jedoch schien seine Zuhörerschaft die Botschaft kontrovers aufzunehmen. Einige schienen empört. Andere desinteressiert. Wieder andere hörten ängstlich aus der Ferne zu. Einige aber zeigten offene Begeisterung.

„Du verstehst wirklich gar nichts von dem, was dieser arme Mann dort so euphorisch erzählt?", fragte Vera.

„Nein", bestätigte Eric. „Aber da es die meisten Leute hier verstehen, gehe ich davon aus, dass es sich um einen der Songhai-Dialekte handelt oder um Tamascheq, die Sprache der sogenannten Tuareg."

„Er sieht wirklich grauenhaft aus. Was muss dieser Mann wohl durchgemacht haben?"

„Die Wunden sehen nicht so aus, als ob sie frisch wären. Es ist alles so vernarbt."

„So etwas habe ich noch nie gesehen." Vera konnte, ebenso wie Eric, den Blick nicht von dem Mann lösen. „Ob der Mann hier aus Timbuktu kommt?"

„Schwer zu sagen. Seine Haut scheint völlig verbrannt zu sein. Aber wenn er die Sprache der Einheimischen spricht …"

Plötzlich ertönte ein panischer Schrei unter den Zuhörern. Alle Umherstehenden blickten nun hinüber an das Ende der Straße. Nur der Redner schien nicht besonders von dem beeindruckt zu sein, was nun näherzukommen schien.

„Verdammt, das sieht nach Ärger aus", flüsterte Vera. Auch sie sah nun gebannt zu dem Mann, der sich mit festem Schritt näherte.

Auf den ersten Blick schien es ein Wüstennomade zu sein. Doch nur die turbanartige Kopfbedeckung verleitete zu diesem ersten Eindruck. Beim näheren Hinsehen erkannte Eric, dass der neue Besucher wohl nicht von dem afrikanischen Kontinent stammte, sondern eher von der arabischen Halbinsel kommen musste.

„Komm. Lass uns hier verschwinden", mahnte Eric leise.

Vera sah zu dem Redner hinüber, der immer noch klar und fest seinen Vortrag hielt. In seinem Gesicht war nicht die Spur von Aufregung zu sehen. Lag das daran, dass sein vernarbtes Gesicht gar nicht mehr fähig war, Emotionen zu zeigen?

Wieder entfernten sich weitere Zuhörer. Die, die blieben sahen nun, mehr oder weniger verschüchtert, zu dem Neuankömmling. Der rief schon von weitem etwas in arabischer Sprache.

„Wir sollten wirklich zusehen, dass wir jetzt in unser Hotel kommen." Eric zog Vera sanft am Arm. Die wehrte aber ab. Der Mut des Redners schien auch sie erfasst zu haben.

„Nein", erklärte Vera. „Ich kann jetzt hier nicht weg."

Der alte Mann ging nun einige Schritte auf den wüst Schimpfenden zu und sprach ihn auf Arabisch an. Doch der reagierte nur mit heftigeren Tiraden.

Eric versuchte wieder Vera in Richtung Hotel zu schieben. „Komm jetzt. Denk´ an unser Kind. Der Kerl ist kein Polizist oder so etwas. Das ist einer von den Islamisten, die die Scharia hier einführen wollen."

In ruhigem Ton redete der alte Mann weiter. Mal hatte er seinen Blick auf die Menge gerichtet. Mal auf den jungen Araber. Mal auf Vera und Eric. Immer wieder wurde er von dem Besucher mit dem Turban unterbrochen. Doch blieb er davon weiterhin unbeeindruckt.

Für einen kurzen Moment schien es so, als ob der junge Gegenredner mit körperlicher Gewalt vorgehen wollte, doch besann er sich im letzten Moment. Nach einigen Minuten spuckte er verächtlich vor die Füße des Älteren und entfernte sich dann heftig gestikulierend.

„Komm jetzt, Vera", bat Eric erneut. „Lass uns gehen, bevor der Kerl zurückkommt und seine Kumpanen mitbringt."

Diesmal folgte Vera Erics Drängen. Wenig später standen sie vor der Tür des Hotels. Von dort aus hatte auch der Hotelbesitzer die Szene beobachtet. Mit seinen Gästen trat er in das enge Foyer.

„Konnten sie verstehen, was der seltsame alte Mann dort so leidenschaftlich erzählt hatte?", fragte Vera den Einheimischen.

„Selbstverständlich", erklärte der Malier lächelnd.

„Und was hat er erzählt?", fragte nun auch Eric.

„Haben Sie das nicht verstanden?", stellte der Hotelbesitzer die Gegenfrage.

„Nein", erklärte Eric nun etwas ungeduldig. „Wir haben kein Wort verstanden."

„Auch nicht den Namen dessen, von dem der Prediger immer wieder erzählt hat?"

„Äh. Nein", antwortete Vera, die nun ahnte, wer gemeint war.

Eric war immer noch völlig unwissend. „Nun sagen sie schon. Von wem oder was hat der Mann gesprochen?"

„Na, von Jesus Christus. Ich hätte erwartet, dass Sie einen von ihren Glaubensgenossen erkennen. Besonders, wenn er in jedem zweiten Satz diesen Namen erwähnt. Was hatten Sie denn gedacht, warum sich einer von diesen selbsternannten Glaubenswächtern so aufgeregt hat?"

„Ich …" Eric rang nach Worten. „Ich hab das wirklich nicht erwartet. Ich meine, hier in den unsicheren Norden traut sich doch kein vernünftiger Mensch hin und predigt von Jesus."

„Na ja. Ob das mit Vernunft zu tun hat, ist eine andere Sache", schmunzelte Vera.

„Ich muss noch mal dort hin!" Eric stürzte an Vera vorbei. „Ich muss ihn noch mal hören!"

Doch sobald Eric aus dem Haus war, erkannte er, dass sich die Versammlung aufgelöst hatte. Weit und breit war nichts mehr von dem Prediger zu sehen.

9

Arthur Roth hatte einige Minuten, vom Fenster seines klimatisierten Hotelzimmers aus, das Treiben auf der Straße vor dem Gebäude beobachtet. Mit einem Glas Cognac in der Hand genoss er die angenehme Kühle der Klimaanlage. Als er den letzten Schluck hinuntergekippt hatte, schloss er die Zimmertür ab und holte aus dem hoteleigenen Wandsafe seinen Laptop hervor und schaltete ihn an. Dann rief er eine Website auf, die sich als Spieleplattform präsentierte. Er loggte sich ein, als sei er ein Gamer, der sich hier die Zeit vertreiben wolle. Das Spiel, das er nun spielte, war ein sogenanntes MMORPG, ein „Massively-Multiplayer-Online-Role-Playing-Game". Doch nur wer sich mit einem Kennwort des Rates der Fürsten einloggte, hatte auch die Möglichkeit, diese Plattform zusätzlich als geheime Datenbank zu nutzen.

Arthur führte seine Spielfigur zunächst etwa eine Viertelstunde durch die 3D-Landschaft, bis sie an ein virtuelles Terminal gelangte. Dort konnte man Daten eingeben. Ein zufälliger Spieler würde hier nur Codes eingeben, die Funktionen des harmlosen Onlinespiels freischalteten. Doch Arthur wusste, wie er hier mit einem speziellen Code Kontakt mit dem Rat der Fürsten herstellen konnte. Er gab eine 23-stellige Folge von Zahlen und Buchstaben ein und drückte die ENTER-Taste. Dann wartete er gespannt, ob man eine Nachricht für ihn hinterlassen hatte.

Es dauerte einige Sekunden, bis sich auf dem Bildschirm etwas tat.

„Warten Sie noch. Die Durchführung Ihres Auftrags wäre zurzeit kontraproduktiv", konnte er auf dem Display, in einer kaum erkennbaren Schriftart, lesen. Selbst wenn jetzt ein Computervirus mit einem Spähprogramm den Bildschirm scannen würde, so müsste ein digitales Schrifterkennungsprogramm an den unzähligen Schnörkeln der Schrift scheitern. Nur ein Eingeweihter wie Arthur konnte etwas damit anfangen.

Überhaupt hatten seine Auftraggeber ein System geschaffen, das der Menschheit die wahren Zusammenhänge der Weltgeschichte verheimlichte. Arthur war einer der wenigen, die im Laufe ihres Lebens die zweifelhafte Ehre hatten, einen Blick auf die wirklichen Hintergründe von historischen Ereignissen werfen zu können. Manchmal hatte er sich gewünscht, so wie jeder andere, nur das als Wahrheit ansehen zu können, was der Rest der Welt dafür hielt. Doch diesen Zustand würde er nie wieder erlangen können. Dazu hatte er in seinem Leben schon viel zu viel gesehen.

Er war sich bewusst, dass die Männer und Frauen, die ihm im Laufe der letzten Jahrzehnte die Aufträge zu unzähligen Morden gaben, auch ihn eines Tages aus dem Weg schaffen würden. Doch verdrängte er diese Gedanken. Offiziell war dies sein letzter Auftrag. Der „Rat der Fürsten", der seine geheime Zentrale in Brüssel hatte, stellte ihm ein beachtliches Ruhegeld in Aussicht. Damit konnte er sich auf einen äußerst komfortablen Ruhestand freuen.

Sein Wissen über die „Fürsten" und die Strukturen, mit denen sie Macht ausübten, war äußerst lückenhaft. Und trotzdem wusste er Dinge, die niemals an die Öffentlichkeit gelangen durften. Diese Kenntnisse könnten ein Grund sein, dass man sich irgendwann seiner entledigen würde. Arthur hatte gelernt, mit diesem Damoklesschwert zu leben. Seit fast vierzig Jahren hatte er Aufträge jedweder Art für die „Fürsten" ausgeführt. Seit Anfang der neunziger Jahre waren es zunehmend Mordaufträge. Dabei war man mit der Qualität seiner Arbeit überaus zufrieden. Er beseitigte seine Opfer immer, ohne Spuren zu hinterlassen. Meist war es ihm gelungen, sich seinen Zielpersonen zu nähern, ohne dass man überhaupt Notiz von ihm genommen hatte. Seine Professionalität belohnten die „Fürsten" immer wieder mit Prämien und Belobigungen. Man gab ihm das Gefühl, dass er und seine Arbeit, unentbehrlich wären.

Doch mit dem nahenden Ruhestand kamen Zweifel in ihm auf. Wie entbehrlich würde er für den „Rat der Fürsten" sein, wenn er keine Morde mehr für ihn beging? Wäre er dann nur noch ein unnützer Mitwisser? Sähe man ihn dann als gefährliches Risiko an? Oder stünden seine Vorgesetzten zu ihrem Wort und er könnte einen wohl situierten Lebensabend genießen?

Damit er nach Mali einreisen konnte, ohne Verdacht zu erregen, hatte der „Rat" sogar dafür gesorgt, dass seine Enkeltochter Laura die Stelle als Praktikantin bei der UNO bekam. Das wusste Laura natürlich nicht. Niemand auf dieser Welt wusste es, wenn sein Leben von den Mächtigen dieser Welt manipuliert wurde. Arthur gehörte zu den wenigen Menschen, die eine gewisse Ahnung davon hatten, dass die großen Entscheidungen in dieser Welt nicht von Politikern oder anderen angeblichen Volksvertretern getroffen werden.

Wenn Arthur an den Rat der Fürsten dachte, dann hatte er meist das Büro seines direkten Vorgesetzten in Frankfurt am Main vor Augen. Der Mann trug innerhalb der Organisation den Titel „Calderón". Die Bezeichnung wurde von dem Römischen Zahlensystem entlehnt, wo es die Funktion hat, den Wert einer Zahl mit Tausend zu multiplizieren. In Anlehnung daran hat ein Calderón bei dem Rat der Fürsten die Befehlsgewalt über etwa eintausend Untergebene.

Die Ölgemälde an den Wänden des Büros in Frankfurt kannte er inzwischen in- und auswendig. Immer wenn er hier gewartet hatte, nutzte er die Zeit, um sich in die verschiedenen Reiterdarstellungen zu vertiefen. Immer war dasselbe Motiv abgebildet. Ein Reiter mit einem Lorbeerkranz auf dem Kopf, bewaffnet mit einem Bogen. Das Pferd ist strahlend weiß. Auf manchen Bildern sind Ross und Reiter in ruhiger Pose. Auf anderen Bildern mitten in einer Schlacht, umgeben von hunderten, niedergemetzelten Feinden. Und hinter dem Schreibtisch des Calderóns, an der Stirnseite des Raumes, war der Reiter als Wappensymbol abgebildet. Ebenfalls auf einem weißen Pferd und mit einem Bogen bewaffnet.

Arthur hatte sich immer gefragt, warum der Rat der Fürsten gerade dieses Motiv als Erkennungszeichen wählte. Warum diese Geheimgesellschaft überhaupt ein Logo hatte? Schließlich konnte man das Wappen ja nirgends veröffentlichen, da man ja unerkannt bleiben wollte. Er hatte seinen Vorgesetzten sogar einmal gefragt, was es mit dem Reiter auf dem weißen Pferd auf sich hat. Doch er bekam eine ausweichende Antwort.

„Es ist ein siegreicher Reiter. Ein passendes Symbol für eine erfolgreiche Gesellschaft wie die unsere", erklärte der Calderón.

Arthur hatte in seinem gesamten Leben niemals einem Menschen auch nur andeutungsweise etwas von alldem erzählt. Auch Laura nicht. Arthur wusste, dass es für beide zur Folge gehabt hätte, dass sie recht schnell exekutiert worden wären.

Dass er mit der Ausführung seines Auftrags warten musste, kam Arthur recht gelegen. Der Mann, den er beseitigen sollte, war vorsichtig genug, dass er sich stets mit Leibwächtern umgab. Das bedeutete für Arthur einen gewissen Mehraufwand. Es stellte aber kein grundsätzliches Hindernis dar. Bisher hatte er jede Zielperson ins Jenseits befördern können. Egal wie gut sie bewacht war.

Arthur wusste alles über den Mann, den er in den nächsten Tagen ermorden würde. Seine Auftraggeber hatten ihm ein vollständiges Dossier überlassen. Dort war jede Einzelheit aus dem Leben des Opfers zu entnehmen. Offensichtlich gab es nichts, was diese Leute nicht in Erfahrung bringen konnten. Das Dossier befand sich verschlüsselt auf einem mobilen DVD-Player. Ohne Internetanschluss oder WLAN-Verbindung. Also ohne eine Möglichkeit ausgespäht zu werden. Trotzdem behielt Arthur den DVD-Player ebenfalls in dem kleinen Safe seines Hotelzimmers.

Nachdem er sich in dem Spiel ausgeloggt hatte, schaltete er das Notebook aus und verstaute es in dem Safe. Er schloss ihn ab und steckte sein Smartphone ein. Dann verließ er das Haus. Er hatte noch einige Besorgungen zu machen. Alltägliche Besorgungen. Schließlich war er für seine Umwelt ja nur der nette Großvater, der seine Enkeltochter nach Afrika begleitete.

10

Der Anruf des Literaturhistorikers Abdul Battuda erreichte Eric
bereits am nächsten Vormittag.

Eric und Vera frühstückten an diesem Morgen, im Schatten einer weit ausladenden Markise, vor einem Restaurant in Timbuktus
Altstadt. Hier hatte er vor etwa einem Jahr mit zwei Franzosen bei
einem ausgelassenen Plausch gesessen. Wenig später waren die beiden Mitarbeiter der ‚Académie de la Recherche Scientifique‘ auf eine
Landmine aufgefahren und hatten dabei ihr Leben verloren. Wehmü-
tig dachte Eric an die damalige Begegnung.

Während Eric und Vera ihr Frühstück genossen, unterhielten sie
sich über den seltsamen Prediger, der am Abend zuvor in der Nähe
ihres Hotels seine Botschaft verbreitet hatte.

„Der Mann hatte wirklich Mut“, meinte Vera, während sie sich ein
Stück Fladenbrot nahm. „Es gibt hier in Timbuktu sicher immer noch
Islamisten. Ebenso wie in Kidal. Von der Gegend außerhalb der gro-
ßen Städte ganz zu schweigen. Ein christlicher Prediger lebt in diesem
Umfeld sehr gefährlich.“

„Unfassbar“, bestätigte Eric. „Menschen mit einem solchen Mut
gibt es viel zu selten.“ Dann fügte er noch hinzu: „Ich hätte nicht den
Mut, hier zu predigen.“

„Immerhin lebst du als Europäer hier in Mali“, erklärte Vera anerkennend. „Die meisten Menschen aus dem reichen Westen würden
sich nicht in Länder wie dieses trauen, die als extrem unsicher gelten.“

„Ja. Doch manchmal frage ich mich, warum wir uns nicht irgendwo in Europa einen sicheren Job suchen und unsere Abende beim
Shopping oder vor dem Fernseher verbringen.“

„Ich kann dir sagen, warum wir hier in Mali sind und nicht daheim
in Deutschland.“ Vera sah Eric fest in die Augen. „Weil du bei den
Dogon gebraucht wirst. Dein Platz ist hier in Mali. Du hast Sagara in
den ersten Wochen nach seiner Bekehrung begleitet. Du bist es, der
den Dogon, zusammen mit Stefan Eigner, von Jesus Christus erzählt.

Du bist es, der die Sprache der Dogon für die Nachwelt erhält." Vera nahm Erics Hand und fügte noch an: „Und du bist es, den ich hier brauche, wenn ich bei den Vereinten Nationen meinen Beitrag leiste, damit dieses Land irgendwie wieder auf die Beine kommt."

Eric lächelte. Diese Würdigung seines Einsatzes hatte er jetzt gebraucht. Dass er am Abend zuvor nicht erkannt hatte, dass es sich bei dem Redner mit den unzähligen Narben um einen christlichen Prediger handelte, hatte an seinem Selbstbewusstsein genagt.

„Ja, du hast recht", stimmte Eric zu. „Wir sind hier in Mali, weil wir hier gebraucht werden. Du bei der UNO. Ich bei den Dogon."

„Und dieser Prediger war sich offenbar sicher, dass er hier in Timbuktu gebraucht wird", ergänzte Vera.

„Ich frage mich immer noch, warum er so dermaßen verunstaltet war."

Vera nippte an ihrem Kaffee. „Ich könnte mir vorstellen, dass sein Mut ihn öfters einmal in Situationen gebracht hatte, aus denen er nur knapp dem Tod entrinnen konnte."

„Du meinst, dass er mal fast zum Märtyrer geworden ist?"

„Wer sich heutzutage in Timbuktu mit Islamisten anlegt, der ist wohl auch bereit zu sterben."

„Er ist beinahe gestorben und stellt sich in Timbuktu wieder auf die Straße und predigt. Eine beeindruckende Person."

Vera setzte ein schelmisches Lächeln auf. „Komm mir bloß nicht auf die Idee, dich auch hier in Timbuktu mit Extremisten anzulegen. Unser Kind wird seinen Vater brauchen. Und ich dich mindestens genauso."

Der Anruf des Literaturhistorikers Abdul Battuda riss die beiden aus ihren Gedanken. Sie waren sehr froh über den Rückruf des würdigen alten Gelehrten. Und auch darüber, dass sie ihn nun praktisch sofort im Ahmed-Baba-Institut treffen konnten. Sie verabredeten sich direkt vor dem Gebäude.

Als Eric das Gespräch beendet hatte, fragte Vera voll Neugier: „Und? Was hat er gesagt? Werden wir nun in die Bibliothek hineingelassen?"

Eric machte eine ausweichende Handbewegung. „Er hat gemeint, dass inzwischen der größte Teil der Bestände an alten Schriften, die die Verwüstungen der Extremisten überstanden haben, nach Bamako gebracht wurde. Aus Sicherheitsgründen, da nicht auszuschließen ist, dass Städte wie Timbuktu erneut von Islamisten heimgesucht werden könnten."

„Heißt das, dass die Bibliothek jetzt geschlossen ist?"

„Nicht direkt", winkte Eric ab. „Das bedeutet in erster Linie, dass für die alten Schriften erhöhte Sicherheitsvorschriften gelten. Und dass Besucher nur in die Bibliothek eingelassen werden, wenn sich ein Mitarbeiter für sie verbürgt." Eric machte eine kleine Pause, um die Spannung etwas zu erhöhen. „Und natürlich wird sich Abdul für uns verbürgen."

Als sie eine Stunde später bei dem Ahmed-Baba-Institut eintrafen, wartete Abdul bereits vor dem Gebäude. Der alte Malier machte einen gewaltigen Eindruck auf Vera. Die Würde und die sichtbare Lebenserfahrung, die der Literaturhistoriker mit dem silbergrauen Vollbart und der landestypischen weiten Tracht, dem Boubou, ausstrahlte, faszinierte sie.

Nach der herzlichen Begrüßung führte Abdul sie durch die wichtigsten Räume des Instituts. Immer noch waren Mitarbeiter mit der Katalogisierung der alten Bücher befasst.

„Es wird noch Jahre dauern, bis alle Werke digitalisiert wurden", erklärte Abdul. „Durch die schlimmen Monate unter der Herrschaft der Islamisten ist uns aber klar geworden, wie wichtig die gründliche Erfassung aller Werke ist. Nur so können sie der Nachwelt erhalten bleiben."

„Du hattest am Telefon gesagt, dass der größte Teil der Bestände inzwischen nach Bamako ausgelagert wurde", hakte Eric nach.

„Das ist richtig. Es hat mehrere Monate gedauert, bis die wichtigsten Bücher und Handschriften nach Bamako gebracht werden konnten. Der Transport musste heimlich erfolgen, da es auch nach der Vertreibung der Extremisten nicht ausgeschlossen war, dass es noch Einzeltäter geben könnte, die im Namen des Islam diese Werke zerstören wollten."

„Aber Timbuktu war doch immer das Zentrum der islamischen Gelehrsamkeit in Westafrika", gab Vera zu bedenken.

Abdul berichtete mit einem Ausdruck des Bedauerns: „Die Anhänger eines radikalen Islam, die über zehn Monate die Stadt beherrscht haben, verachteten alles, was mit westlicher Bildung zu vergleichen war. Diese Verachtung machte auch vor den Kulturgütern Timbuktus nicht Halt. Glücklicherweise gibt es hier in der Stadt noch unzählige alte Bücher und Schriften, die sich in Privatbesitz befinden. Die meisten wurden von ihren Besitzern so gut versteckt, dass sie die Herrschaft der Islamisten überstanden."

„Aber hier im Institut wird nach wie vor noch gearbeitet", stellte Eric fest.

„Ja. Die Menge der Manuskripte, die hier seit Jahrhunderten verwahrt wurden, ist derart gewaltig, dass bisher nur ein Bruchteil ausgewertet werden konnte. Der größte Teil ist also noch völlig unerforscht." Abdul sagte das sowohl mit Stolz als auch mit einem hohen Maß an Respekt vor der kolossalen Aufgabe. „Es ist durchaus möglich, dass die Geschichte Afrikas, nachdem alle Manuskripte erforscht wurden, in Teilen neu geschrieben werden muss."

„Gibt es denn inzwischen auch internationale Hilfe bei der Restaurierung der Kulturgüter Timbuktus?", fragte Eric.

„Ja. Es gibt glücklicherweise einige Geldgeber aus vielen Ländern. Auch mehrere Organisationen aus Deutschland helfen. Das Projekt wird sogar vom Außenministerium der Bundesrepublik Deutschland unterstützt."

„Auch die UNESCO hat 7,5 Millionen Euro im Jahr 2013 für den Wiederaufbau der zerstörten Mausoleen und für die Sicherung der Bibliothek mit ihren Manuskripten bereitgestellt", ergänzte Vera, die als UN-Mitarbeiterin auch Details der Arbeit der UNESCO, die eine Sonderorganisation der Vereinten Nationen bildet, mitbekam.

Nachdem die Führung beendet war, lud Abdul seine beiden deutschen Gäste noch zu einer Tasse Tee in sein Büro ein. Eric und Vera nahmen dankend an.

Nun erkundigte sich Abdul danach, wie es Eric im letzten Jahr ergangen war. Der Literaturhistoriker wusste nichts davon, dass Eric nach seinem Aufenthalt im Ahmed-Baba-Institut vor einem Jahr in einen Strudel von Ereignissen gezogen wurde, die ihm fast das Leben gekostet hätten. Eric erzählte von den Anschlägen auf der ,Pont des Martyrs' und am Stadtrand von Bamako. Von der Suche nach den Hintermännern. Und von den Ereignissen an den Felsen von Bandiagara. Die Umstände seiner Heilung und das Mitwirken des mysteriösen Nommo-Wesens ließ er aber aus. Für die Enthüllung dieses Geheimnisses war die Welt noch nicht bereit.

„Alles hat wohl mit dem Raub dieses seltsamen Dokuments hier im Institut angefangen", resümierte Abdul. „Diese Sache hat auch mich nicht losgelassen. Ich hatte in den nächsten Wochen etwas weitergeforscht, um herauszubekommen, was so wichtig an dieser Seite mit dem Chepri-Symbol sein könnte."

„Ich bin davon ausgegangen, dass dieses Symbol den Täter vermuten ließ, es gäbe eine historisch nachweisbare Verbindung zwischen Echnaton und den Dogon", erklärte Eric.

„Wie du sicher weißt, gehörte dieses Papier zu einem etwa 300-seitigen Grabungsbericht und ist mehr als 200 Jahre alt", berichtete Abdul. „Wo sich die restlichen Seiten befanden, konnte der Täter, der mich vor einem Jahr zur Herausgabe des Dokuments zwang, nicht ermitteln. Aber in den letzten Monaten hatte ich die Möglichkeit, diese Seiten aufzuspüren. Ein Mitarbeiter, der die deutsche Sprache spricht, hat mir einige Seiten übersetzt. Leider stand er mir nur kurze Zeit zur Verfügung, so dass ich nur einen Bruchteil der Seiten kenne."

Abdul machte eine kurze Pause. Vera und Eric kamen fast um vor Spannung.

„Wie uns ja bereits bekannt war, handelt es sich um einen Grabungsbericht aus Tel el-Amarna", fuhr Abdul fort.

„Tel el-Amarna? Ich glaube Nabil, mein ehemaliger UN-Kollege, stammte aus diesem Ort in Ägypten", unterbrach Vera den Malier.

„Ja. Das hat uns die Polizei berichtet, nachdem die kriminellen

Machenschaften von diesem Nabil Samir und seiner Echnaton-Sekte, diesem Arnháton-Kult, aufgedeckt wurden." Eric dachte wieder an die Ereignisse vor einem Jahr. Vor den Felsen von Bandiagara hatten die Arnhátonjünger mit Gewalt erzwungen, dass Nabil zu dem Nommo-Wesen gebracht wurde. Vera hatte sich nicht einschüchtern lassen und war deshalb übel zugerichtet worden.

„Tel el-Amarna ist der Name, den man heute diesem Ort, am Ostufer des Nils in Mittelägypten, gibt. Vor über dreitausend Jahren wurde die Stadt als königliche Residenz und religiöses Zentrum von dem Pharao Echnaton gegründet. Damals nannte man sie Achet-Aton, was soviel wie ‚Horizont des Aton' bedeutet."

„Es gibt also wirklich eine Verbindung zu Echnaton", stellte Eric fest.

„Auf dem Blatt, das man uns vor einem Jahr geraubt hatte, wurde eine Stele beschrieben, die Echnaton als Hohepriester Atons rühmte", fuhr Abdul fort.

„Aber ich sehe da keine Verbindung zu den Dogon", warf Vera ein.

„Auf dem Blatt, das geraubt wurde, wird nur das Chepri-Symbol beschrieben, das eine Ähnlichkeit mit einem Dogon-Symbol aufweist, das auf vielen Masken zu finden ist. Aber in den weiteren Texten dieses Berichts finden wir Beschreibungen von weiteren Stelen, deren Texte davon handeln, wie Echnaton zu der Offenbarung gelangte, dass Aton der einzige und alleinige Gott sei."

„Echnatons Monotheismus, für den die Welt noch nicht bereit war", murmelte Vera.

„Ja. Mit seiner Vorstellung, dass es nur einen einzigen Gott gibt, machte sich Echnaton mehr Feinde als Freunde. Nach dem Tod des Pharaos ging auch dessen Kult unter."

Die Blicke Veras und Erics trafen sich. Beide wussten, dass der Aton-Kult irgendwie die Jahrtausende im Verborgenen überdauert hatte und seit einigen Monaten in seiner Ausprägung als Arnháton-Sekte immer öfter in Erscheinung trat. Doch behielten sie das erst einmal für sich.

„Echnaton erlangte seine Offenbarung natürlich von einem Boten Atons", fuhr Abdul fort. „Eine der erwähnten Stelen zeigt einen Boten Atons, der dem Pharao den Befehl erteilt, alle anderen Götter zu entmachten. Der Bote sei angeblich aus dem Dreieckssternbild Sopdet gekommen. Sopdet entspricht dem, was wir heute als das Doppelsternsystem Sirius verstehen."

Vera bemerkte, dass Eric bei dieser Bemerkung nachdenklich wurde. Auch das Nommo-Wesen stammte aus dem Sirius-System.

„Wird der Bote Atons in dieser Inschrift genauer beschrieben?", fragte Eric.

„Der Bericht erwähnt, dass der Bote einer heiligen Quelle entstiegen sei. Das klingt für mich, als wäre es eine Ehrenbezeichnung. Schließlich war der Bote für Echnaton so etwas wie die Quelle seiner neuen Erkenntnis." Dann fügte Abdul, der sein Leben eigentlich der Bewahrung der alten islamischen Weisheit in Timbuktu geweiht hatte, hinzu: „Was sich hinter diesen altägyptischen Märchen verbirgt, das weiß nur Allah allein."

„So Gott will, werden wir es herausbekommen", entgegnete Eric. Er respektierte Abduls Glauben, auch wenn er ihn als Christ nicht teilte. Beide hatten recht umfangreiche Kenntnisse von der Religion des jeweils anderen, was zu einer gegenseitigen Achtung der beiden Weltbilder führte. Abduls Verständnis des Islam beinhaltete, neben einem ernsthaften Glauben, sowohl Toleranz als auch eine herausgehobene Stellung der Bildung. Werte, die auch Eric wichtig waren.

„Kannst du eine Kopie dieses Berichts anfertigen?", bat Eric seinen Freund.

„Gerne", bestätigte Abdul. „Wir konnten den Bericht einscannen, bevor wir ihn nach Bamako in Sicherheit gebracht haben. Ich kann dir die Seiten gerne ausdrucken und auch digital auf einen USB-Stick mitgeben. Aber weshalb beschäftigt dich dieses alte Märchen so sehr? Solltest du dich als Christ nicht eher dem Studium der Bibel widmen?"

Eric war fast beschämt, dass er diesen weisen Rat von einem Moslem bekam. „Du hast Recht, mein Freund. Aber vielleicht kann ich damit aufdecken, was hinter dem Raub steckt, der vor einem Jahr hier in deinem Institut geschehen ist. Ich habe den Eindruck, dass wir noch viel zu wenig über die Arnháton-Sekte wissen. Ich befürchte, dass das nicht nur ein paar verwirrte Spinner sind, die glauben, dass das Dogonvolk ursprünglich aus Ägypten stammt."

„Du glaubst, dass die Sekte noch etwas vor hat?", erwiderte Abdul nachdenklich.

Eric sah Abdul ernst an. „Ich glaube, dass Gott uns heute nicht ohne Grund zu dir geführt hat."

Lange konnten die beiden nicht bei Abdul bleiben, da ihr Rückflug bereits für den Abend gebucht war. Mit den Kopien des Grabungsberichts im Gepäck warteten sie am Abend in dem kleinen Flughafengebäude in einer Schlange mit weiteren Fluggästen. Der Sicherheitscheck, dem sich die Passagiere unterziehen mussten, war noch intensiver als bei ihrem Hinflug von Bamako. Alle Fluggäste und das gesamte Gepäck wurden gründlich untersucht. Eric staunte über die moderne Ausrüstung des Sicherheitspersonals. Auch wenn die malische Armee immer noch Defizite bei ihrem Inventar und der Ausbildung aufwies, so war das Equipment hier am Flughafen doch auf der Höhe der Zeit.

„Hoffentlich wissen die Wachleute auch, wie sie mit ihrer Ausrüstung umgehen müssen", flüsterte Eric seiner Frau zu. „Die besten Hilfsmittel nützen nichts, wenn sie falsch eingesetzt werden."

Vera meinte nur: „Fehler werden überall gemacht. Entspann dich."

Nachdem sie fast zwei Stunden mit dem Einchecken und den Sicherheitskontrollen verbracht hatten, konnten sie endlich ihren Flieger besteigen. Als sie ihre Plätze gefunden und sich gesetzt hatten, sagte Vera zu Eric: „Hast du gesehen, wer da drei Reihen vor uns sitzt?"

Eric sah zu der Sitzreihe vor sich. Der Hut eines der Passagiere kam ihm bekannt vor.

„Du meinst den Mann mit dem Hut?", hakte Eric nach.

„Genau den meine ich!"

Eric wusste, worauf Vera hinaus wollte. Drei Reihen vor ihnen saß der Prediger, den sie am Tag zuvor erlebt hatten.

„Halleluja", jubelte Eric im Flüsterton. „Da haben wir vielleicht doch noch eine Chance, ihn näher kennen zu lernen." Am liebsten wäre er sofort aufgestanden um sich dem alten Mann vorzustellen. Doch da der Gang zwischen den Sitzen noch voller Passagiere war, die ihre Plätze suchten, beschloss er, abzuwarten bis das Flugzeug gestartet war und seine Reisehöhe erreicht hatte.

Nachdem jeder der Reisenden seinen Platz gefunden und die freundliche Flugbegleiterin die Sicherheitsunterweisung durchgeführt hatte, startete die Maschine pünktlich. Eric war froh, dass sie nun bald wieder in Bamako sein würden. Er bewunderte Veras Gelassenheit, was die Sicherheitslage im Norden Malis anging. Bedenken, dass etwas Unerwartetes geschehen könnte, schienen ihr fremd zu sein.

In Gedanken ging Eric bereits das nächste Wochenende durch. Dann würde es am Sonntag den Taufgottesdienst mit Sagara Diakité geben. Eric hatte die Ehre, den Dogon taufen zu dürfen. Auch sein Freund Stefan Eigner würde an der Zeremonie teilnehmen. Es sollte ein großer Tag für alle werden.

Seine Frau Vera hatte oftmals ein größeres Gottvertrauen als Eric selbst an den Tag gelegt. Eric fiel es schwer zu unterscheiden, wann es sich um Gottvertrauen handelte und wann es purer Leichtsinn war. Vera war klar, dass Erics Zaghaftigkeit, die ihn manchmal bremste, daher rührte, dass er vor einigen Jahren seine damalige Frau und seine Tochter bei einem Unfall verloren hatte. Doch sie wusste mit Erics Eigenheiten gut umzugehen.

Als das Flugzeug seine Reisehöhe erreicht hatte und über die Lautsprecher die Durchsage kam, dass sich die Passagiere nun abschnallen könnten, wollte Eric diese Gelegenheit nutzen, um den seltsamen alten Mann anzusprechen. Gerade hatte er den Gurt gelöst, als er eine laute Stimme in der vordersten Reihe hörte. Forschend richtete er sich auf, um zu sehen, was dort für Aufsehen sorgte.

„Oh mein Gott", flüsterte Eric, während er sich langsam wieder setzte.

„Was ist denn?", fragte Vera, die sich anschickte ebenfalls aufzustehen.

„Bleib sitzen." Eric hielt Vera an der Schulter fest und drückte sie sanft wieder in den Sitz. „Da vorne ist ein Kerl mit einer Pistole. Und der bedroht gerade die Flugbegleiterin."

Inzwischen hatten auch die anderen Fluggäste mitbekommen, dass es in der vorderen Reihe ein Problem gab. Ein angstvolles Raunen war überall zu hören. Einige Passagiere wimmerten leise. Andere konnten lautes Schluchzen nicht unterdrücken.

Vera war es möglich, zwischen den Sitzen vor sich genau zu beobachten, was sich vor der Pilotenkabine abspielte. Der Geiselnehmer, ein Schwarzafrikaner, versuchte offensichtlich über eine Sprechanlage, neben der Tür zum Cockpit, Kontakt zum Piloten aufzunehmen. Dabei hielt er unentwegt seine Pistole auf die Flugbegleiterin.

„Der Kerl will scheinbar, dass der Pilot den Kurs ändert", flüsterte Vera Eric zu.

„Ich glaube, der Mann spricht Französisch", erklärte Eric. Ebenfalls flüsternd. „Kannst du verstehen, was er sagt?"

„Nein. Er spricht zu undeutlich. Außerdem hat er einen starken Akzent."

„Was sollen wir denn jetzt machen?"

Vera griff nach Erics Hand und lächelte ihn an. „Ruhe bewahren."

Der Gangster brüllte nun zu den Passagieren hinüber: „Alle mal herhören. Ich übernehme die Gewalt über dieses Flugzeug. Wer aufsteht, wird erschossen. Wer mir sonst irgendwie in die Quere kommt, bezahlt auch das mit seinem Leben. Also bleibt einfach sitzen und verhaltet euch ruhig, dann passiert euch nichts."

Nun hämmerte der Geiselnehmer an die verschlossene Cockpittür. „Aufmachen!", schrie er auf Französisch. So laut, dass es nun auch die Passagiere in den hinteren Reihen verstehen konnten. Dabei fuchtelte er mit seiner Pistole immer wieder vor dem Gesicht der Flugbegleiterin herum.

„Hoffentlich verliert der Kerl nicht die Nerven", murmelte Eric.

„Scheinbar hat er nur seine Pistole. Bis jetzt kann ich nichts von

Sprengstoff sehen. Außerdem scheint er allein zu sein. Er wird uns wohl nicht alle erschießen können", stellte Vera fest.

„Aber wenn er ein Loch in die Bordwand schießt, dann fällt der Luftdruck rapide ab und wir werden ohnmächtig."

„Dafür gibt es Sauerstoffmasken. Außerdem ist der Pilot bereits in den Sinkflug gegangen."

Der Geiselnehmer schien nun immer wütender zu werden. Brutal stieß er die Flugbegleiterin an die Cockpittür. „Los! Öffne die Tür mit dem Notfallcode!"

Die Frau stellte sich unwissend: „Es gibt keinen Code. Dieses Flugzeug ist über zwanzig Jahre alt."

„Erzähl´ mir keine Märchen", fauchte der Terrorist. „In jedem Flugzeug gibt es einen Notfallcode für das Cockpit."

Eric und Vera wussten, dass seit den Attentaten vom 11. September 2001 die Cockpits der großen Linienmaschinen speziell gesichert waren. Um die Geiselnahme der Flugzeugführer zu verhindern, konnte die Tür zur Pilotenkanzel nur von innen geöffnet werden. Zwar gab es für die meisten Cockpits wirklich einen Code, mit dem man von außen diese Tür öffnen konnte, jedoch musste der Pilot von innen den Mechanismus so eingestellt haben, dass dies zugelassen wurde. Wenn der Pilot also eine Öffnung der Tür von außen verhindern wollte, dann hätte auch das Personal mit dem Notfallcode von außen keine Chance hinein zu gelangen.

„Gib den Code ein!", wiederholte der Geiselnehmer seine Anweisung.

„Ich kann keinen Code eingeben, weil es keinen Code gibt", erklärte die Frau und kämpfte innerlich gegen ihre Tränen.

„Du wirst dich schon noch daran erinnern, wie du die Tür öffnen kannst." Mit diesen Worten stieß der Gangster die Stewardess so heftig gegen die Tür, dass sie benommen zu Boden sank.

Vera, die die ganze Szene von ihrem Sitz aus beobachtete, biss sich vor Anspannung auf die Lippen. In ihr wurden Erinnerungen an den Tag geweckt, an dem sie selbst, vor den Felsen von Bandiagara, brutal verprügelt wurde. Sie spürte nun wie leichte Übelkeit in ihr aufstieg.

Der Geiselnehmer wandte sich nun den Passagieren der ersten Reihe zu. „Das Bordpersonal hat also entschieden, nicht zu kooperieren." Dann zeigte er auf einen jungen, hellhäutigen Mann. „Hey, du. Europäer. Steh auf. Aber ganz langsam."

Der schmächtige, junge Mann stand mit angstgeweiteten Augen auf und bewegte sich mit erhobenen Armen auf den Geiselnehmer zu. Gerade, als er vor ihm stand, holte der Gangster mit seiner Pistole aus und schlug dem Weißen den Griff mit voller Wucht ins Gesicht. Einige Passagiere schrien vor Schreck auf. Der junge Mann krümmte sich. Der Flugzeugentführer traf mit seinem Knie erneut in das Gesicht des Verletzten, der nun auf dem Boden zusammenbrach. Gnadenlos trat der Kidnapper nun immer wieder auf den Kopf seines Opfers ein, bis es sich nicht mehr rührte.

Vera wollte die Augen schließen, doch sie konnte nicht. Ihre Übelkeit wurde immer stärker, doch es gelang ihr dagegen anzukämpfen. Sie sah zu Eric hinüber, der mit geballten Fäusten dasaß. Offenbar war seine Angst einer übermächtigen Wut gewichen. Vera strich über seinen Arm. „Wir müssen Ruhe bewahren."

Wieder wandte sich der Entführer der Stewardess, die sich inzwischen aufgerappelt hatte, zu. „Wie viele Passagiere sollen noch sterben, bevor du die Tür aufmachst?" Die Frau ging in die Knie, um sich um den Verletzten zu kümmern, doch der Gangster trat sie brutal in die Seite. „Lass den Knaben da liegen. Du sollst die Tür aufmachen."

Die Frau erhob sich und fuhr sich durch ihre Haare. „OK. Ich werde es versuchen." Immer noch etwas benommen ging sie zur Cockpittür. Links daneben öffnete sie einen kleinen Kasten, der in die Wand eingearbeitet war und drückte dort einige Tasten. Dann zog sie an dem Türgriff.

Doch die Tür öffnete sich nicht.

„Ich werde es noch mal versuchen", erklärte sie. Der Entführer zielte immer abwechselnd auf die Passagiere und die Flugbegleiterin.

Wieder gab die Frau einen Zahlencode in die Tastatur. Wieder zog sie dann an dem Griff. Ohne Erfolg.

Gerade wandte sich der Gangster erneut der ersten Reihe der

Passagiere zu, um sich ein neues Opfer auszusuchen, da meldete sich ein Mann aus der dritten Reihe. Verdutzt sah der Schwarzafrikaner zu dem Passagier, der ihn in der Sprache seines Heimatdorfes ansprach. Es war der Prediger. Man merkte dem Gesicht des Geiselnehmers an, dass er nicht darauf vorbereitet war, diese Sprache, die nur wenige hundert Menschen beherrschten, hier zu hören. Dann antwortete er etwas, das augenscheinlich nur der Prediger verstand. Ein kurzer Wortwechsel entstand. Dann erhob sich der alte Mann.

Unschlüssig ließ der Gangster mit erhobener Waffe zu, dass der Prediger näher kam. Bei dem nun folgenden Gespräch der beiden konnte auch Eric nicht das Gesagte übersetzen, doch diesmal hörte er eindeutig etwas das wie „Jesus Christus" klang.

Jetzt wiederholte der Prediger immer wieder denselben Satz. Mit einem angewiderten Blick winkte der Entführer ab. Doch der alte Mann redete weiter. Nun schrie der Gangster etwas. Aber der Passagier schwieg nicht.

Dann fiel ein Schuss und der alte Mann strauchelte. Die Menge schrie auf. Der Geiselnehmer richtete seine Pistole erneut auf den nun am Boden liegenden Prediger. Doch im nächsten Moment wurde der Täter niedergerissen.

Ohne dass es der Kidnapper bemerkte, hatte der Copilot die Cockpittür geöffnet und sich, ebenfalls mit einer Pistole bewaffnet, dem Entführer von hinten genähert. Den Überraschungseffekt ausnutzend überwältigte der Copilot den Täter und hielt ihn nun mit gezückter Waffe in Schach. Nun kamen auch ein paar beherzte Fluggäste hinzu und hielten den erfolglosen Flugzeugentführer fest, bis die Flugbegleiterin mit Handschellen und Schnüren kam.

Während man den Täter an einen der Sitze fesselte, sah ein Passagier nach dem am Boden liegenden Prediger. Doch überraschenderweise richtete der sich jetzt auf und erklärte: „Alles in Ordnung. Mir geht es gut."

„Aber sie sind doch angeschossen worden?", erwiderte der Mann, der sich als Arzt vorstellte, verdutzt.

„Das sieht schlimmer aus als es ist", meinte der Mann mit den unzähligen Narben und zeigte auf den blutüberströmten Weißen, der immer noch regungslos am Boden lag. „Lassen Sie uns lieber nach dem armen Kerl dort sehen."

„Aber ...", setzte der Arzt erneut an, doch der alte Mann schob ihn einfach zur Seite. Bei dem Verletzten angekommen, kniete er sich vor ihn und drehte ihn vorsichtig um. Der Kopf des Opfers sah grauenhaft aus. Die brutalen Tritte des Täters hatten den Schädel schwer zertrümmert. Einige Passagiere schrien bei dem Anblick entsetzt auf. Auch Vera, deren Übelkeit jetzt übermächtig wurde. Eric reichte ihr eine Plastiktüte, in die sie sich erbrach.

Der Arzt kniete nun ebenfalls neben dem Verletzten und schüttelte fast unmerklich den Kopf. „Zu spät. Ihm kann niemand mehr helfen."

Die Flugbegleiterin kam jetzt mit einem Notfallkoffer, doch der Arzt meinte, man könne jetzt nichts mehr tun, als dass man eine Decke über den leblosen Körper lege, damit den Passagieren der schreckliche Anblick erspart bliebe.

Der Prediger machte Platz und über den Toten wurde die folienartige Rettungsdecke ausgebreitet, die ihn ganz verhüllte. Dann wies der Copilot die Anwesenden an, ihre Plätze wieder einzunehmen.

„Einen Moment noch", meinte der Prediger und kniete sich wieder vor den Toten. „Es gibt noch etwas zu tun." Er murmelte einige unverständliche Worte. Es klang wie ein Gebet. Nach nicht einmal einer Minute stand der alte Mann wieder auf und setzte sich auf seinen Platz in der dritten Reihe. Der Passagier neben ihm gratulierte ihm für seinen Einsatz, vermied es aber, in das vernarbte Gesicht zu schauen.

Dann griff der Copilot nach einem Mikrophon und gab einige Anweisungen an die Passagiere. Er versicherte, dass man alles tun werde, damit der Flug nach Bamako ab jetzt reibungslos verlief.

Als er geendet hatte, bewegte sich etwas unter der Folie, die man über den Toten gelegt hatte. Erschrocken ging der Copilot einen Schritt zurück und sah zu dem jungen Mann, der sich aufrichtete.

„Unmöglich!", schrie einer der Passagiere. „Der Mann lebt!"

11

Alabenu wartete in der Stadt Mopti auf seinen Dealer. Am gestrigen Abend hatte er seinen letzten Rest High-Per aufgeraucht. Jetzt fühlte er sich unruhig und depressiv. Er brauchte dringend eine neue Dosis.

Da er einmal in der Woche von einem Kontaktmann der Arnháton-Sekte einen Umschlag mit Geld für seine Ausforschungsdienste bekam, nutzte er diesen regelmäßigen Besuch in Mopti für den Kauf eines neuen Vorrats an High-Per.

Doch sein Dealer ließ ihn warten. Ungeduldig behielt er die gegenüberliegende Straßenecke mit dem kleinen Zeitungskiosk im Blick. Wenn dort sein Dealer auftauchte und eine Zeitung kaufte, war es das Zeichen, dass er die Droge zum Verkauf dabei hatte. Aber er kam nicht.

Alabenu hatte zuvor selbst eine Zeitung gekauft. Die würde er benötigen, wenn das Geld und die Drogen unbemerkt die Besitzer wechselten. Falls sein Dealer heute noch käme.

Bereits seit über einer Stunde harrte Alabenu schon an der Straßenecke aus. Mehr und mehr schwand seine Geduld. Er spürte, wie sein Körper nach der Droge verlangte. Wie sein Mund trocken wurde. Wie seine Muskeln zu schmerzen begannen. Er wollte am liebsten laut schreien, um den Drogenhändler herbeizurufen. Aber er beherrschte sich natürlich. Auch wenn die Polizei und das Militär hier im Norden Malis mit den Rebellen, Islamisten und Terroristen mehr als genug zu tun hatten, so wollte er die Behörden doch auf keinen Fall auf sich aufmerksam machen. In den letzten Wochen machte eine Nachricht die Runde, dass einige Drogenermittler einen Junkie dazu benutzt hatten um an die Hintermänner heranzukommen. Der Versuch war gescheitert. Den Junkie hatte man tot am Ufer des Bani-Flusses gefunden. Grässlich verstümmelt. Aber wenn er der Polizei gar nicht erst auffiel, dann würde ihn auch niemand als Spitzel auf seinen Dealer ansetzen wollen. Außerdem hatte Alabenu genug mit den Spitzeleien für seine Arnháton-Genossen zu tun.

Irgendwann entdeckte Alabenu dann den Dealer. Wie erwartet kaufte er am Kiosk seine Zeitung. Innerlich jubelte Alabenu und machte sich, um Unauffälligkeit bemüht, auf den Weg über die Kreuzung.

Dort angekommen ging er an seinem Dealer vorbei und flüsterte: „Ich habe 10.000 Franc." Er meinte damit die in Westafrika üblichen CFA-Franc.

Der Dealer ging nun einige Häuser weiter zu einem Café und setzte sich dort vor dem Gebäude an einen Tisch. Er blätterte in seiner Zeitung und legte sie wenige Augenblicke später vor sich ab. Nun setzte sich wieder Alabenu in Bewegung. In seine Zeitung hatte er die 10.000 Franc eingelegt. Als er den Tisch des Dealers erreicht hatte, tauschte er die zwei Zeitungen aus und ging mit der des Dealers davon.

Kaum war er an der nächsten Straßenecke abgebogen, sah er hastig nach, ob die Ware, für die er bezahlt hatte, auch in der Zeitung versteckt war.

Mit Erleichterung stellte er fest, dass sich darin zehn kleine Tütchen mit einem hellblauen Pulver befanden. Alabenu konnte kaum atmen bei dem Gedanken, dass er bald den blauen Rauch dieses Chemiecocktails inhalieren konnte.

Mit eiligen Schritten stapfte er zu seinem Motorrad und fuhr so schnell er konnte los. Das Hinterrad wirbelte eine Wolke von trockenem Lehmstaub in die Luft. Er fuhr geradewegs nach Osten in Richtung der Felsen von Bandiagara.

Nach etwa einer halben Stunde hatte er ein Viertel seines Weges hinter sich gebracht und den Ort Goundaka passiert. Zwischen ihm und dem Dorf Jongu, an der Falaise von Bandiagara, lagen nun noch etwas mehr als 60 Kilometer.

Er brachte sein Motorrad zum Stehen und sah sich um. Weit und breit war kein anderer Mensch zu sehen. Bis zum Horizont nur trockene, lehmig rote Erde. Vereinzelt ein paar dürre Pflanzen. Hin und wieder ein paar Felsen.

Er tastete nach seinem Brustbeutel und stellte beruhigt fest, dass er seinen neuen Vorrat an High-Per noch bei sich hatte. Dann fuhr er los und bog im rechten Winkel von der Straße ab. Geradewegs steuerte er auf eine kleine Felsformation zu, die etwa 500 Meter entfernt lag. Dort hatte er in den letzten Wochen immer Halt gemacht, wenn er sich neuen Stoff besorgt hatte.

Auch heute stellte er sein Motorrad wieder so ab, dass es nicht von der Straße aus gesehen werden konnte. Dann machte er es sich auf einem der Felsen bequem. Aus seinem Brustbeutel holte er einen der High-Per-Beutel hervor und eine hölzerne Pfeife. Außerdem einen Beutel mit herkömmlichen Tabak. Mit geübten Handgriffen vermischte er dann das High-Per mit dem Tabak und stopfte es in die Pfeife. Als er die Mischung mit einem Feuerzeug entzündete zitterte seine Hand bei dem Gedanken, dass die Droge ihn in wenigen Minuten in eine euphorische Stimmung versetzen würde, die ihn alle Sorgen, allen Zorn und alle Ängste für eine kurze Zeit vergessen lassen sollte.

Kaum hatte sich der erste Rauch in der Pfeife gebildet, zog er hastig an dem Mundstück, fast wie ein Ertrinkender, der nach Luft schnappt. Tief inhalierte er die giftigen Dämpfe, so als wolle er sie niemals wieder aus seiner Lunge lassen. Hustend atmete er sogleich wieder stoßweise aus, um wieder einen neuen, tiefen Zug zu nehmen.

Nach wenigen Minuten begannen die Rauschmittel zu wirken. Er spürte eine tiefe Entspannung. Bilder stiegen vor seinem geistigen Auge auf. Intensive Farben. Nie gesehene Formen. Alles veränderte sich ständig. Doch alles schien ihm vertraut. Alles schien ein Teil von ihm zu sein.

Mit einem fast krampfartigen Lächeln lehnte er sich zurück. In diesem Moment machte die Droge ihn glücklich. Weit weg war der Gedanke, dass er gerade Millionen von Hirnzellen unwiederbringlich abtötete. Dass er mit jeder neuen Dosis mehr zum Sklaven des gnadenlosen Rauschmittels wurde. Dass er sein Leben zu einer großen Lüge machte.

Und erfolgreich verdrängt hatte er auch die Tatsache, dass er, wenn er wieder nüchtern wäre, diese Welt umso mehr hassen würde.

12

Als das Flugzeug gelandet war, wurden die Passagiere bereits von einer Spezialeinheit des malischen Militärs, am Flughafen von Bamako, erwartet. Verstärkt wurde diese Einheit von einigen französischen Soldaten.

Frankreich, das seit Jahren allein in Mali mit mehreren Tausend Soldaten im Einsatz ist, hatte 2013 einen Militäreinsatz in diesem Land begonnen und damit das Vorrücken von Islamisten und Rebellen aus dem Norden aufgehalten. Seit einigen Wochen verstärkte die französische Armee ihren Einsatz in Mali wieder, um die Extremisten, die immer noch regelmäßig Anschläge verübten, daran zu hindern, Landstriche erneut unter ihre Kontrolle zu bringen.

Als die Flughafenbehörden von dem Entführungsversuch berichteten, hatte man sofort die malisch-französische Antiterroreinheit verständigt.

Eric und Vera wurden, ebenso wie alle anderen Passagiere und Crewmitglieder, direkt vom Terminal zu einem abgelegenen Gebäude auf dem Flughafengelände gebracht. Dort untersuchte man jeden Einzelnen intensiv nach Waffen und Sprengstoff und nahm dann Zeugenaussagen auf.

Alle Beteiligten standen immer noch unter Schock. Vera hatte sich auch nach der Landung mehrmals übergeben. Kreideweiß berichtete sie dem französischen Soldaten, was sie von dem Entführungsversuch mitbekommen hatte.

Erics Schock saß weniger tief. Seine Mentalität, stets mit dem Schlimmsten zu rechnen, hatte dafür gesorgt, dass er innerlich in gewisser Weise vorbereitet war. Als er nach Vera seine Aussage machte, gab er seine Beobachtungen kühl zu Protokoll.

„Und als der Copilot mit seiner Rede fertig war, bewegte sich der Tote wieder", schloss er seine Aussage.

„Welcher Tote?", fragte der Franzose verdutzt.

„Der junge Mann, der von dem Geiselnehmer totgetreten wurde."

„Ihre Frau hat ausgesagt, dass er schwer verletzt wurde. Sie hat nichts davon gesagt, dass er an seinen Verletzungen gestorben ist", gab der Soldat zu bedenken.

„Einer der Passagiere war Arzt und hatte festgestellt, dass der Mann tot war. Deshalb hatte man eine Decke über ihn gelegt", bekräftigte Eric seine Beobachtung.

„Es scheint so, dass er sich geirrt hatte."

„Das wäre eine mögliche Erklärung. Aber ich habe den Eindruck, dass der Mann wirklich tot gewesen ist."

„Und dann ist er einfach so wieder lebendig geworden?" Leiser Spott war in den Worten des Offiziers unüberhörbar.

„Über die Ursache dieses Wunders kann ich keine verlässliche Aussage machen." Nun wollte auch Eric nicht weiter darüber reden. Es war zu offensichtlich, dass der junge Lieutenant an Erics Aussage zweifelte. Trotzdem fragte er: „Geht es dem jungen Mann wieder gut?"

„Er ist bei Bewusstsein. Kann sich aber an nichts erinnern. Die Ärzte gehen davon aus, dass er einige Prellungen hat. Mehr nicht. Aber man wird ihn im ‚Centre Hospitalier Universitaire‘ genauer untersuchen."

„Können wir dann gehen?", fragte Eric noch ungeduldig. Dass der Mann ihm nicht glaubte, nahm er persönlich.

Mit einem Lächeln der Nachsicht und der Überlegenheit antwortete der Uniformierte: „Bitte unterschreiben Sie noch Ihre Aussage. Dann sind wir fertig. Vielen Dank für Ihre Mitarbeit."

Als sie wieder in dem großen Raum waren, in dem noch über die Hälfte der Fluggäste darauf warteten, ihre Aussagen machen zu können, sah sich Eric um. Er suchte nach dem Prediger, den er immer noch nicht angesprochen hatte. Nach den schlimmen Ereignissen im Flugzeug musste er sich, genauso wie alle anderen, erst einmal sammeln. Jetzt schien es, als sei der seltsame alte Mann bereits gegangen.

„Zu spät. So ein Mist", schimpfte Eric.

„Vielleicht macht er gerade seine Aussage", meinte Vera. „Oder er steht noch irgendwo vor dem Gebäude."

„Ich schlage vor, dass du hier bleibst und abwartest, ob der Prediger aus einem der Büros kommt. Ich sehe vor dem Gebäude nach. Okay?"

Vera stimmte zu und Eric eilte zum Ausgang. Dort angekommen sah er an einer Ecke des Gebäudes einen Mann stehen. Mit einem breitkrempigen, pastellfarbenen Hut. Eric spurtete jetzt. Diesmal wollte er seine Chance nicht verpassen, mit dem beeindruckenden Verkündiger in Kontakt zu treten.

Der Mann stand mit dem Rücken zu ihm. Als Eric ihn fast erreicht hatte, zögerte er einen Moment. Er erinnerte sich an die furchtbaren Narben, die den Alten übersäten. Er nahm sich vor, nicht zu erschaudern. Trotzdem hielt er die Luft an, als er vor das Gesicht des Predigers trat.

Doch bevor er das Wort an ihn richten konnte, sprach ihn der alte Mann an: „Du hast doch den Mut gefunden, zu mir zu kommen."

Eric war überrascht, dass der Prediger ihn scheinbar schon erwartete. Das vernarbte Gesicht ließ ein freundliches Lächeln erahnen. Eine ebenso geschundene, aber kräftige Hand streckte sich ihm zur Begrüßung entgegen. Eric zögerte einen Moment, dann schüttelte er dessen Hand. Sie fühlte sich warm und fest an. Ein merkwürdiges Gefühl von Vertrautheit durchflutete Eric. Es war, als hätte er einen alten Freund wieder getroffen.

„Sie wussten schon, dass ich Sie ansprechen werde?", wunderte sich Eric.

„Ich weiß viel über dich und du weißt viel über mich. Irgendwann mussten wir zusammentreffen." Diese Aussage des seltsamen Predigers verwirrte Eric noch mehr.

„Ich habe Sie in Timbuktu gesehen", versuchte Eric zu erklären. „In der Nähe des Ahmed-Baba-Instituts. Sie haben dort zu den Menschen gesprochen."

„Ich habe auch dich gesehen, Eric." Der Alte sprach mit einer Stimme, die ebenso viel durchgemacht zu haben schien, wie alles weitere an ihm. „Du hast damals wohl nicht richtig erkannt, was du da gesehen hattest."

Eric war es peinlich, dass er so leicht zu durchschauen war. Woher der Prediger seinen Namen wusste, fragte er sich allerdings in diesem Moment nicht. Zu verwirrt war er. „Sie haben da in einer Sprache geredet, die ich nicht verstanden habe. Außerdem wurde die ganze Situation ja auch gefährlich."

„Gefährlich ist es nur für diejenigen, die nicht dort sind, wo ihr Platz ist."

„Sie haben dort von Jesus Christus gepredigt. Richtig?"

„Ja. Deshalb war ich in Timbuktu."

„Sind Sie ein Missionar?"

Ein schelmisches Lächeln erschien auf dem Gesicht des Alten. „Ja. Es ist meine Mission, von Jesus zu predigen."

„Aber Sie sind nicht nur ein Prediger, Sie sind auch ein Heiler?", hakte Eric nach. „Der Verletzte im Flugzeug. Er ist doch nur durch Sie gerettet worden?"

„Überrascht dich das?"

Eric überlegte einen Moment. Dann meinte er zögerlich: „Nein. Eigentlich nicht." Ihm kam ein Ereignis in den Sinn, das während seines Theologiestudiums geschah. Damals bildete sich ein Tumor zurück, nachdem zwei Glaubensgeschwister während eines Heilungsgottesdienstes für den Erkrankten gebetet hatten. Dann zitierte er eine Bibelstelle, die er auswendig kannte: „Und das Gebet des Glaubens wird dem Kranken helfen, und der Herr wird ihn aufrichten."

Der Prediger nickte und meinte: „Ja. Das hat Jakobus, der Bruder des Herrn, so aufgeschrieben." Dann sagte er: „Ich habe mich noch gar nicht vorgestellt. Wie unhöflich von mir." Wieder streckte er Eric seine Hand entgegen. „Ich bin Ndré. Einfach nur Ndré."

Eric überlegte, ob er schon einmal diesen Namen gehört hatte. Aber ihm kam nur ein ähnliches Wort aus einem Dogon-Dialekt in den Sinn.

„Der Name ‚Ndré' ist dem Wort ‚Nende' sehr ähnlich. Manche Dogon benutzen ‚Nende' für den Begriff ‚Zunge'. Nennt man Sie vielleicht so, weil sie ein Verkündiger sind?"

Wieder schmunzelte Ndré. „Ein interessanter Gedanke. Aber was ist schon ein Name." Dann zeigte er hinter Eric. „Dort kommt deine Frau."

Vera hatte nun auch das Gebäude verlassen und schritt auf die beiden Männer zu. Als sie dort angekommen war, wurde sie von Ndré begrüßt, der sich diesmal sogleich vorstellte. „Schön, dass ich nun auch Sie kennenlerne. Mein Name ist Ndré."

„Ich bin Vera Harder. Es war sehr beeindruckend, wie Sie sich dem Entführer entgegengestellt haben." Vera musterte eingehend das Gesicht Ndrés. Beim näheren Hinsehen fand sie es gar nicht mehr so abstoßend wie am Vortag.

„Ich bin davon überzeugt, dass das Wort mächtiger ist als jede Waffe", erklärte Ndré.

Vera kippte ihren Kopf keck zur Seite. „Na ja. Immerhin hat der Kerl Sie niedergeschossen. Und überwältigt wurde er auch nicht gerade mit Worten."

„Wie Sie sehen, geht es mir gut. Und dass der Copilot auf seine Weise eingegriffen hat, darauf hatte ich keinen Einfluss."

„Sie haben auf jeden Fall Mut bewiesen."

Ndré zückte einen Notizblock. „Darf ich Sie beide in mein Haus, hier in Bamako einladen? Meine Adresse und meine Telefonnummer schreibe ich Ihnen auf. Es wäre mir eine Ehre, wenn Sie mich in den nächsten Tagen besuchen würden."

Er reichte den Zettel an Eric. Gedankenverloren nahm der ihn entgegen. Vera merkte, dass Eric eine Frage beschäftigte und er unschlüssig war, ob er sie stellen sollte.

Scheinbar blieb das auch Ndré nicht verborgen. „Lieber Eric, stellen Sie ruhig Ihre Frage."

Das ließ sich Eric nicht zweimal sagen. „Wieso haben Sie das so schnell weggesteckt, dass Sie angeschossen wurden? Hatten Sie auch Kontakt zu Nommo-Tuwa?"

Vera wurde kreidebleich als Eric den Außerirdischen erwähnte. Eigentlich hatten sie vereinbart, dass niemand von dessen Existenz reden sollte. Dass Eric nun so unvorsichtig war, erschreckte sie.

Doch Ndré schien auch darüber Bescheid zu wissen. „Nein. Das hat ganz sicher nichts mit diesem Alien oder seinen Vorgängern zu tun. Deine Frage hast du eben selbst schon beantwortet: Das Gebet des Glaubens half auch mir, und Gott richtete mich wieder auf."

Jetzt betrachtete Eric den Zettel mit der Adresse. „Wir werden gerne zu Ihnen kommen. Ich habe noch so viele Fragen."

Ndré verabschiedete sich und meinte: „Ich werde versuchen, eure Fragen zu beantworten. Aber vielleicht habt ihr bis dahin ja die Antworten schon selbst gefunden."

Während Ndré in Richtung des Taxistandes ging, kehrten Vera und Eric in das Gebäude zurück, um ihre Reisetaschen zu holen. Dann gingen auch sie zu den Taxis, um sich nach Hause fahren zu lassen.

Als sie ihr Haus in der Nähe des ‚Marché Rose' in Bamako erreichten, erwartete sie dort Mara, die als Haushälterin angestellt war. Während sich Mara um den Inhalt der Reisetaschen kümmerte, hörte Vera den Anrufbeantworter ab. Gleich darauf führte sie ein Telefongespräch mit einem Kollegen von der UNO. Eric war sofort in seinem Arbeitszimmer verschwunden.

Als er etwa eine Stunde später zu Vera in das Wohnzimmer kam, bemerkte sie, dass ihn die Begegnung mit Ndré noch immer beschäftigte.

„Na, Eric. Aus diesem Prediger wird man wohl nicht schlau?"

„Nein. Er hat wahrscheinlich unser aller Leben gerettet."

„Auf jeden Fall das Leben des jungen Mannes, den alle für tot gehalten haben."

„Aber noch viel rätselhafter finde ich das Gespräch, das ich am Flughafen hier in Bamako mit ihm hatte."

„Weil er sich bei der Heilung auf diese Bibelstelle bezog? Du zitierst doch auch immer mal wieder Bibelstellen. Er ist doch auch Missionar, genauso wie du."

„Es geht nicht nur um diese Bibelstelle. Er hat noch viel mehr gesagt, das mir seltsam erscheint."

„Aber was war denn so seltsam?"

„Als ich das Bibelzitat erwähnte, da hat er von Jakobus, dem Bruder des Herrn, gesprochen."

„Und?"

„Ja, sicher. Das Bibelzitat war aus dem Jakobusbrief in der Bibel. Kapitel 5, Vers 15. Aber niemand denkt bei diesem Vers daran, welcher Jakobus, es gibt nämlich mehrere Männer in der Bibel, die Jakobus hießen, den Brief geschrieben hatte."

„Na und? Wahrscheinlich ist dieser Ndré ein totaler Klugscheißer. Wer in Timbuktu den Leuten vom Christentum erzählt, muss was an der Waffel haben. Ist doch klar."

„Nein, das meine ich nicht. Ihm schienen diese Worte irgendwie vertraut."

Vera legte zärtlich ihre Arme um Erics Hals. „Eric. Natürlich ist ihm jedes Wort der Bibel vertraut. Sie ist sein ganzes Leben."

„Aber da ist noch mehr, was ich nicht verstehe. Er hatte mich praktisch schon erwartet. So als hätte er gewusst, dass ich nach ihm suchen würde."

Aber auch dafür hatte Vera eine Erklärung. „Er hat dich in Timbuktu unter den Zuschauern gesehen und er hat dich im Flugzeug wiedererkannt. Da ging er einfach davon aus, dass du ihn ansprechen würdest."

„Und warum nennt er sich nur Ndré? Hat er keinen Nachnamen?"

Vera überlegte einen Augenblick. Dann meinte sie nur: „Wenn man in einem so unsicheren Teil der Welt wie Nordmali vom Evangelium predigt, dann muss man gewisse Vorsichtsmaßnahmen treffen. Irgendwann wird er uns schon seinen richtigen Namen sagen. Wenn er in das Flugzeug einchecken konnte, dann wird das mit seinem Namen schon nicht so dramatisch sein."

Immer noch standen sie eng umschlungen in dem Zimmer. Vera zog Eric zur Couch und sie ließen sich dort nieder.

„Dieser Tag war aufregend genug. Da sollten wir nun dringend mal abschalten", flüsterte sie in Erics Ohr.

Für einen kurzen Moment wollte Eric noch fragen, woher Ndré gewusst hatte, wie Erics Name war. Doch nun dachte er nur noch an Vera. An Vera und an nichts anderes.

13

Laura schlenderte mit ihrem Großvater in Bamako durch den Stadtteil Hippodrome. Hier befanden sich viele internationale Botschaften und mindestens ebenso viele Restaurants. Deshalb war dieser Teil der malischen Hauptstadt unter den Besuchern aus aller Welt sehr beliebt.

Da Vera in der letzten Woche Urlaub hatte, bekam Laura nun auch einen Einblick in die Arbeitsweise anderer UN-Mitarbeiter. Die vielen neuen Erfahrungen zehrten an ihren Kräften, und so war sie froh, sich nun in einem der gehobenen Restaurants entspannen zu können. Arthur hatte ihr versichert, dass er keine Kosten scheuen wolle, um für einen erholsamen Abend zu sorgen.

Manchmal hatte Laura sich gefragt, wie ihr Großvater sich den ein oder anderen Luxus leisten konnte. Wie er das Internat bezahlen konnte, in dem Laura seit dem Tod ihrer Eltern gelebt hatte. Als sie vor Jahren einmal dieses Thema ansprach, meinte Arthur nur, er hätte als junger Mann eine größere Summe geerbt und das Geld immer gut angelegt. Das war natürlich gelogen. Arthur hatte nie geerbt, sondern mit seinen Mordaufträgen ein Vermögen verdient. Aber davon ahnte Laura nichts.

Sie spazierten gerade an einem Café vorbei, das im französischen Kolonialstil errichtet wurde, als Arthur vorschlug, dort auf der überdachten Terrasse einzukehren.

Das prächtige, rechteckige Gebäude mit den weitläufigen Balkonen, die das komplette Haus umrundeten, lud förmlich zum Verweilen ein. Die Säulen und Bögen aus Stein und Holz wirkten leicht und elegant. Mit dieser offenen Bauweise konnte in den Räumen, trotz der Hitze, die in diesen Breitengraden herrschte, dafür gesorgt werden, dass stets Luft zirkulierte und ausreichend Licht hinein kam.

Das Café orientierte sich offensichtlich an europäischen Standards. Daher wurde es auch häufig von Diplomaten der nahegelegenen Botschaften besucht. Laura erinnerte sich, dass vor einigen Tagen auch ihre Kollegin Vera erwähnte, dass sie mit Eric hier einmal gefrühstückt hatte.

Nachdem sie auf der Terrasse Platz genommen hatten, entdeckte Laura ein weiteres Detail, das ihre Aufmerksamkeit einnahm. An einem der Fenster zum Innenbereich klebte ein Plakat, das Addae Ibudione zierte. Ein Veranstaltungshinweis zu dessen Kundgebung auf dem Platz der Unabhängigkeit. Laura war vor drei Tagen als Zuhörerin dabei gewesen. Offenbar war der Besitzer des Cafés ein Anhänger des charismatischen Visionärs.

Ein Kellner kam und nahm die Bestellungen der beiden Deutschen auf. Arthur bestellte eine Flasche Wasser. Laura eine Tasse Kaffee und ebenfalls Mineralwasser. Außerdem ein Stück des hauseigenen „Gâteau aux bananes". Als die Bedienung wieder gegangen war, fragte Laura Arthur: „Siehst du das Plakat dort?"

Arthur folgte Lauras Blick. „Klar. Addae Ibudione. Dein Idol."

„Er ist nicht mein Idol", korrigierte sie ihren Großvater. „Er hat aber viele gute Ideen."

„Klar ist er dein Idol", neckte er Laura weiter. „Du redest ja seit Wochen von nichts anderem."

„Blödsinn. Aber mit dir kann man ja nicht einmal vernünftig über seine Ideen reden."

„Weil er scheitern wird mit seinen Ideen. Wie alle anderen afrikanischen Anführer."

„Woher willst du das wissen? Du hast dich ja nicht einmal mit seinen Visionen befasst."

„Egal welche Visionen dein Held auch haben mag. Irgendwann werden seine guten Vorsätze im Sumpf der Korruption untergehen. So wie alle wohlmeinenden Pläne auf diesem Kontinent irgendwann gescheitert sind."

Laura schluckte. Solch radikale Äußerungen hatte sie von ihrem Großvater nicht erwartet. „Was du da sagst, hört sich verdammt rassistisch an. Du tust gerade so, als wären alle Menschen hier bestechlich."

„Es ist ja nicht nur die Korruption, an der er scheitern wird. Es wird ihm auch nicht gelingen, die Länder Westafrikas mit einer Stimme reden zu lassen. Und schon gar nicht die Länder des ganzen Kontinents. So etwas haben nicht einmal die Europäer auf ihrem eigenen Kontinent geschafft. Die ‚Europäische Union' ist weit entfernt von einem ‚Vereinigten Europa'."

„Vielleicht gelingt ihm das, gerade weil dieser Kontinent nicht Europa ist", konterte Laura.

„Allein in Mali gibt es unzählige Volksgruppen und Sprachen. Du siehst selbst, wie schon die Bestrebung der Tuareg nach einem eigenen Staat das Land an den Rand eines Bürgerkriegs geführt hat."

„Aber die anderen Volksgruppen leben hier friedlich miteinander", korrigierte Laura. „Und vielleicht hat ja bisher nur ein Mann wie Addae Ibudione gefehlt, der die Gabe hat, über ethnische Grenzen hinweg die Menschen zu vereinen."

Arthur schüttelte den Kopf. „Alle Herrscher, denen es bisher gelungen ist, Frieden trotz ethnischer Differenzen zu schaffen, waren Diktatoren. Wenn du diesem Mann nachläufst, dann läufst du dem nächsten Diktator Westafrikas nach. Bitte tu´ mir den Gefallen und halte dich von diesem Addae Ibudione fern. Er wird dich nur in Schwierigkeiten bringen."

Laura verstand Arthurs Sorge überhaupt nicht. „Ich laufe ihm nicht nach. Ich finde seine Ideen nur bedenkenswert. Und warum sollte er mich in Schwierigkeiten bringen? Ich kenne ihn doch gar nicht persönlich."

Arthur schwieg einen Moment. Dann flüsterte er: „Weil überall auf der Welt Ideen mächtiger sind als Waffen."

Bevor Laura etwas erwidern konnte, wurde sie von einem Tumult auf der anderen Straßenseite abgelenkt. Von ihren Plätzen aus konnten sie über die kleine Mauer der Café-Terrasse hinweg zur gegenüberliegenden Straßenecke sehen. Dort hatte, ohne dass man es von dem Café aus bemerkte, eine Polizeieinheit eine Gruppe Drogendealer umstellt. Nun versuchten die Drogenhändler sich durch Flucht der Festnahme zu entziehen. Doch die Polizei war nicht zimperlich. Erst hörte man Warnschüsse, dann erfolgte ein Schuss auf die Beine eines Flüchtenden. Nur unter Anwendung von massiver Gewalt gelang es den Beamten, die Dealer in Arrest zu nehmen. Laura war anzumerken, dass die rabiaten Methoden der Polizisten sie erschreckten.

„Glaubst du wirklich an ein friedliches Groß-Afrika?", fragte Arthur mit leichtem Spott in seiner Stimme.

„Ich glaube zumindest nicht, dass das hier die Zukunft Afrikas sein soll."

Der Kellner kam und brachte die Bestellungen. Arthur bedankte sich und fragte ihn, ob er etwas über den Polizeieinsatz wisse.

„An dieser Straßenecke werden leider immer wieder Drogen verkauft. Seitdem dieses billige Pertamitin auf dem Markt ist, dieses sogenannte High-Per, sieht man die Dealer leider auch hier in diesem Stadtviertel. Aber die Restaurantbesitzer verständigen jetzt immer sofort die Polizei. Ich befürchte, dem Drogenhandel wird man nur Herr werden, wenn man hart durchgreift." Der Kellner wünschte noch einen angenehmen Aufenthalt und entfernte sich wieder.

Laura schwieg. Und auch Arthur brauchte eine Weile bis er wieder Worte fand. „Wann kommt deine Kollegin Vera wieder?", fragte er.

„Am Montag wird sie wieder im Büro sein. Sie wollte mit ihrem Mann ein paar Tage nach Timbuktu, hat sie gesagt."

Arthur zwang sich zu einem Lächeln. „Ich hoffe, sie waren nicht in dem Flugzeug, in dem dieser schreckliche Zwischenfall passiert ist. Irgendjemand hatte versucht es zu entführen, habe ich heute Morgen im Radio gehört."

Laura nickte. „Das wäre wirklich ein sehr unglücklicher Zufall."

14

Am nächsten Tag schliefen Eric und Vera fast bis zum Mittag. Die Nacht hatten sie in einem fast komatösen Tiefschlaf verbracht, so erschöpft waren sie von ihrem Ausflug nach Timbuktu. Bevor sie aufstanden, liebten sie sich, als gäbe es kein Morgen mehr. Die dramatischen Ereignisse in dem Flugzeug hatte sie spüren lassen, wie gefährlich das Leben doch war. Und wie wertvoll jeder gemeinsame Tag ist.

Als sie dann irgendwann voneinander lassen konnten, standen sie auf und duschten. Dann bereiteten sie gemeinsam das Frühstück vor und aßen mit Heißhunger, was Küche und Speisekammer boten.

„Was erwartest du von den Kopien des Grabungsberichtes, den du dir von Abdul hast geben lassen?", fragte Vera, während sie an ihrem Kaffee schlürfte.

„Abdul hat erwähnt, dass der Bote, der Echnaton aufsuchte, angeblich aus dem Dreiecksssternbild Sopdet gekommen sei. Sopdet, also das Doppelsternsystem Sirius, ist auch die Heimat Nommo-Tuwas und seiner Vorgänger. Ich möchte überprüfen, ob das ein Zufall ist."

„Aber du bist kein Archäologe. Und auch kein Fachmann für alte ägyptische Geschichte. Wie willst du in diesem Bericht etwas finden, das nicht andere Forscher bereits schon entdeckt haben?"

Eric lächelte. „Da hast du wahrscheinlich recht. Aber bisher hatte niemand von einer Verbindung zwischen Echnaton und den Dogon gewusst."

„Außer der Arnháton-Sekte."

„Richtig. Und einer von den Arnháton-Jüngern hat vor einem Jahr eine Seite dieses Berichts geraubt. Also muss in diesem Bericht etwas stehen, das ein eindeutiger Beweis für gemeinsame Wurzeln beider Kulturen ist. Oder …" Eric machte eine Pause.

„Oder was?" Jetzt wurde auch Vera neugierig.

„Oder es steht noch viel mehr in diesem Grabungsbericht. Etwas, das für die Arnháton-Leute so wichtig ist, dass sie dafür morden würden oder ihr eigenes Leben gäben."

„Was soll das sein? Ein Hinweis auf das Nommo-Wesen?"

Eric überlegte. „Möglich."

Doch Vera wandte ein: „Dann hätten die Arnháton-Jünger aber nicht inzwischen Ruhe gegeben, nachdem sie von den Dogon abgewiesen wurden. Wenn sie immer noch davon ausgehen würden, dass es dort ein Wesen vom Siriussystem gibt, dann ließen sie nicht locker, bis sie es zu Gesicht bekämen. Außerdem machte dieser Farid, der dich angeschossen hatte, nicht den Eindruck, dass er von Nommo-Tuwa wusste."

„Mag sein. Aber wir wissen von Nommo-Tuwa. Wir wissen von den Verbindungen zwischen Echnaton und den Dogon. Wenn wir diesen Bericht lesen, dann werden wir Zusammenhänge erkennen, die den Forschern bisher verborgen geblieben sind."

„Dann sollten wir uns mal in diesen Bericht vertiefen." Vera war nun hoch motiviert. „Übermorgen fängt mein Alltag bei der UNO wieder an. Wir sollten die Zeit nutzen."

Eric trank seinen Kaffee aus und sah auf seine Armbanduhr. „Schon nach zwölf. Wir sollten wirklich keine Zeit verlieren."

Gemeinsam räumten sie den Tisch ab und machten es sich auf dem Sofa im Wohnzimmer bequem. Die 324 Fotokopien, die Abdul ihnen mitgegeben hatte, lagen in einem dicken Stapel auf dem Tisch.

Der Bericht war in zwei Teile strukturiert. Der erste Teil bestand praktisch aus einem Tagebuch, in dem der preußische Offizier Heinrich Menu von Minutoli seine Grabungen in Tel el-Amarna in Mittelägypten dokumentierte. Im zweiten Teil waren detaillierte Beschreibungen der Fundstücke zu finden, sowie etliche abgezeichnete Wandbilder. Hin und wieder hatte Minutoli persönliche Anmerkungen zu einzelnen Texten oder Bildern gemacht.

„Möchtest du dich mit dem Tagebuch oder den Fundbeschreibungen befassen?", ließ Eric Vera die Wahl.

„Ich nehme das Tagebuch", entschied Vera.

„Dann vertiefe ich mich in die Beschreibungen. Vielleicht steht da ja noch mehr zu dem Chepri-Symbol. Wir haben hier Kopien von allen Seiten des Grabungsberichts, außer der Seite, die vor einem Jahr geraubt wurde. Damals waren noch keine Duplikate angefertigt worden."

Der Grabungsbericht war handschriftlich verfasst worden. Die Texte, die Minutoli in der deutschen Kurrentschrift geschrieben hatte, waren zwar vom Schriftbild her sehr dekorativ, jedoch für Menschen des 21. Jahrhunderts schwer zu entziffern. Glücklicherweise waren sowohl Eric als auch Vera, geübt im Umgang mit dieser Schreibschrift. Eric hatte durch sein Interesse für den Afrikaforscher Heinrich Barth schon einige Nachdrucke von dessen Handschriften gelesen und so erste Erfahrungen mit der Kurrentschrift gemacht. Vera hatte die Schriftart von ihrer Großmutter gelernt, die sehr bemüht war, dass diese alte Kunst nicht in Vergessenheit gerät. Nach anfänglichen Schwierigkeiten gelang es nun den beiden, Minutolis Texte flüssig zu lesen.

Veras Neugier auf das Tagebuch war so groß, dass sie die Eintragungen wie einen Krimi las. Sie versank völlig in den Notizen. Erics Begeisterung für die Ausführungen zu den Einzelstücken hielt sich dagegen eher in Grenzen. Etliche Fachbegriffe waren Eric unbekannt, so dass er nur erahnen konnte, was Minutoli meinte.

Als Eric nach mehr als zwei Stunden vorschlug, eine Pause zu machen, nahm Vera ihn zunächst gar nicht wahr. Amüsiert fragte Eric erneut: „Vera. Was hältst du von einer Pause?"

Immer noch war Vera in das Tagebuch vertieft.

„Vera. Hallo. Hörst du mich, Schatz?"

Langsam, fast als würde sie aus einem Traum erwachen, blickte Vera auf. „Hast du etwas gesagt, Eric?"

Eric lachte. „Du warst ja völlig in dieses Tagebuch versunken. Ist das so spannend, was dieser Minutoli da schreibt?"

Vera nickte. „Ja. Er war wohl zuvor für den preußischen König Friedrich Wilhelm III. in Al-Minya auf der Suche nach archäologischen Kunstschätzen. Al-Minya liegt in Mittelägypten, ungefähr 70 Kilometer nördlich von Tel el-Amarna. Dort, in Al-Minya, machte Minutoli einige Ausgrabungen und erhielt Hinweise, dass in der Erde von Tel el-Amarna noch weit spektakulärere Altertümer liegen. In Tel el-Amarna konnte er dann wirklich mehrere exquisite Stücke ans Tageslicht holen. Alle waren Kunstwerke aus der Zeit Echnatons. Doch kamen dabei drei seiner Mitarbeiter auf seltsame Weise um."

Eric staunte. „Mysteriös!"

„Aber er war immer noch auf der Suche nach einem Pharaonengrab. Ein Bewohner der umliegenden Dörfer hatte ihm einen Hinweis gegeben. Doch auch der ist unter ungeklärten Umständen zu Tode gekommen."

„Ein Pharaonengrab?"

„Ja. Aber der Name des Pharaos wird bis jetzt nicht erwähnt. Aber ich habe auch erst 51 Seiten gelesen."

Eric legte seine Blätter auf den Tisch und stand auf. „Ich werde Mara sagen, dass sie anfangen kann, das Mittagessen zuzubereiten." Die Haushaltshilfe war in einem der Nebenräume damit beschäftigt, frisch gewaschene Wäsche zu bügeln.

„Stand in deinen Berichten etwas Hilfreiches?", fragte Vera.

„Minutoli beschreibt Bilder von Echnaton in allen möglichen Zusammenhängen", erklärte Eric etwas gelangweilt. „Echnaton und seine Familie. Echnaton als Priester Atons. Echnaton und die Natur. Echnaton als Kriegsherr. Bisher nichts, was auf einen Zusammenhang mit Nommo oder den Dogon hinweist." Eric reckte sich, als hätte er eine zehnstündige Flugreise hinter sich. „Ich sage Mara wegen des Mittagessens Bescheid."

Vera vertiefte sich wieder in das Tagebuch. Eric trottete zu der Haushälterin und ging dann auf die Veranda. Unter der weitläufigen Markise machte er es sich auf einem der Liegestühle bequem und versuchte in dem, was er in den letzten Stunden gelesen hatte, einen verborgenen Sinn zu erkennen. Die Mittagshitze machte ihn müde, obwohl er in der Nacht mehr als ausreichend geschlafen hatte.

Er schloss, die Augen, versuchte aber wach zu bleiben. Einige Zeit gelang ihm das auch. Doch dann schlief er ein.

Eric träumte. Seltsamerweise war ihm dabei aber bewusst, dass er sich nur in einem Traum befand. Er sah sich um und stellte verwundert fest, dass er sich in diesem Traum immer noch auf seiner Veranda aufhielt. Da er sich sicher war, nur zu träumen, suchte er nach seltsamen Dingen, an denen er feststellen konnte, dass dies nicht die Wirklichkeit war.

Er beschloss, wieder zurück ins Haus zu gehen. Vielleicht könnte ja Vera ihm dabei helfen, den Beweis zu bringen, dass dies ein Traum war. Er öffnete die Tür von der Veranda zum Wohnzimmer und stellte fest, dass sich Vera dort nicht mehr befand. Nur die vielen Blätter des Grabungsberichts lagen noch auf dem Tisch. Er spürte, wie Panik in ihm aufstieg. „Es ist alles nur ein Traum. Dir kann nichts passieren", murmelte er immer wieder vor sich hin. Er suchte in der Küche nach Vera. Ohne Erfolg. Auch in den anderen Zimmern war sie nicht. Nun wollte er nach Vera rufen. Doch er brachte keinen Ton heraus. Plötzlich kamen ihm die Zimmer seltsam fremd vor. Er erkannte zwar alle Möbel und die Wände wieder, aber es war trotzdem nicht sein Haus.

Nun wollte er einfach nur wieder aus dem Haus heraus. Er ging in den nächsten Raum und bemerkte, dass die Wände mit ägyptischen Motiven bemalt waren. Und statt Tischen und Schränken standen nun überall Stelen mit eingravierten Hieroglyphen. Nun erinnerte nichts mehr an sein Haus. Er eilte von Zimmer zu Zimmer. Jeder Raum war fremd und wirkte bedrohlich. Nirgendwo war ein Ausgang zu sehen. Er versuchte ruhig zu bleiben und sagte sich: „Wenn dies nur ein Traum ist, dann kann ich das Geschehen beeinflussen. Wenn ich einen Ausgang haben möchte, dann wird es auch einen Ausgang geben."

Er blieb stehen und sah sich ruhig um. Die Hieroglyphen hatten sich verändert. Sie sahen auf irgendeine Weise hässlich aus. Sie hatten nichts Filigranes mehr, sondern schienen grob und brutal. „Ich werde einen Ausgang finden!", dachte er und ging entschlossen in den nächsten Raum.

Nun befand er sich wieder in seinem Wohnzimmer. Vera war immer noch nicht wieder da, aber etwas hatte sich verändert. Das Papier auf dem Tisch. Es war nicht mehr der Grabungsbericht, sondern Bündel mit Geldscheinen. Er hob eines der Bündel auf und betrachtete das Papiergeld. Wie bei vielen Banknoten war das Portrait einer Person darauf abgebildet. Eric erkannte sofort, wen es darstellte.

Echnaton.

Er steckte das Geldbündel ein und ging wieder auf die Veranda. Doch auch hier hatte sich alles verändert. Außerhalb des Hauses war nichts als weite Sandwüste. Es war, als befände sich sein Haus nun inmitten einer endlosen Wüstenlandschaft.

Er blickte zu Boden und stellte fest, dass Zeichen in den Sand gemalt waren. Ägyptische Hieroglyphen. Er kniete sich hin und verwischte mit den Händen die Zeichen. Doch dann bemerkte er, dass, so weit er blicken konnte, in den Sand diese Symbole gemalt waren.

Als er sich einen Schritt von seinem Haus entfernte, sank er bis zu den Knöcheln in den Sand. Beim nächsten Schritt ebenfalls. Und mit jedem Schritt etwas tiefer.

Nun wollte er wieder zurück in sein Haus, doch er bekam seine Beine nicht mehr aus dem Sand. Hilfesuchend sah er zum Haus. Dort stand jetzt Vera in der Verandatür. Eric versuchte wieder zu rufen. Aber auch jetzt versagte seine Stimme. Er winkte mit den Armen. Erneut spürte er wie panische Angst ihn ergriff.

Jetzt schien Vera ihn bemerkt zu haben. Sie lief ihm entgegen. Doch mit jedem Schritt versank auch sie tiefer in dem von Hieroglyphen übersäten Sand. Nach ein paar Metern ruderte sie mit den Armen, als ob sie im Sand schwimmen würde. Aber immer noch war sie weit von ihm entfernt.

Nun entdeckte Eric eine weitere Person in der Verandatür. Ein alter Mann mit Hut. Eric erkannte zwar nicht dessen Gesicht, er wusste aber, dass es Ndré, der Prediger sein musste. Wieder winkte Eric mit seinen Armen. Ndré winkte zurück. Eric wollte ihm zurufen, dass er ihn und Vera retten müsse. Diesmal kam auch ein Laut aus Erics Kehle. Doch es war unverständlich.

Ndré schien Erics Notlage zu erkennen und setzte sich in Bewegung. Eric schöpfte Hoffnung. Er erinnerte sich an das Geldbündel, das er eingesteckt hatte. Er holte es heraus und wollte Ndré deutlich machen, dass er ihn bezahlen könne, wenn er sie aus dem Sand holte. Sobald er aber die Geldscheine mit dem Echnaton-Portrait in die Höhe hielt, hörte er Ndré sagen: „Das ist zu wenig!". Eric wusste, dass er nicht mehr bei sich hatte. Verzweifelt bemerkte er, wie er immer tiefer im Sand versank.

Ndré ging indes auf dem Sand, der Vera und Eric zum Verhängnis zu werden schien, als ob es harter Fels wäre. Nach wenigen Schritten hatte er Vera erreicht und packte sie an ihrem linken Unterarm. Im nächsten Moment stand Vera ebenfalls auf dem Sand, wie auf festem Boden. Beide blickten Eric an und sagten etwas, das er nicht verstand.

Eric wusste, dass er in wenigen Augenblicken im Sand verschwunden sein würde. Voller Panik presste er einen Schrei heraus.

„Eric", hörte er Veras Stimme. „Eric, mein Schatz. Wach auf."

Er öffnete die Augen und stellte, fast verwundert, fest, dass sich auf der Veranda wieder alles so befand, wie er es kannte. Keine Sandwüste mehr. Und er war auch nicht mehr in Lebensgefahr.

„Eric, mein Liebster. Du hast geträumt."

Immer noch atmete Eric schwer. Er spürte auch noch die Todesangst, die langsam abklang. Doch Veras Hände, die über seinen Kopf strichen, schienen jede Bedrohung von ihm zu nehmen.

Vera küsste Eric sanft auf den Mund und fragte: „Was hast du denn geträumt? Du hast gezittert und geschrien."

Eric hatte die Bilder seines Traums noch klar vor sich. Trotzdem erzählte er nur eine Kurzfassung. „Wir sind im Sand versunken. Dann kam Ndré, dieser Prediger. Er konnte dich retten. Ich wollte ihm Geld geben, damit er auch mich rettet. Aber es war zu wenig. Und ich sank immer tiefer."

Vera küsste Eric erneut. „Das liegt sicher nur daran, dass in den letzten Tagen wieder jede Menge passiert ist. Das musstest du erst einmal im Traum verarbeiten."

„Und überall waren so ägyptische Sachen. Hieroglyphen und Echnaton. Das hat mir Angst gemacht."

„Wir haben stundenlang über den Grabungsberichten gebrütet. Das muss dein Gehirn erst mal ordnen."

Eric griff nach Veras Hand. „Ich bin froh, dass du da bist"

Vera lächelte. „Wir werden immer füreinander da sein." Dann fügte sie noch an: „Ich weiß jetzt auch, was Minutoli sonst noch in Tel el-Amarna gefunden hat."

„Was denn?"

„Die Mumie von Echnaton."

15

Alabenu lungerte mit einigen anderen jungen Männern unter einem schattigen Felsen herum. Der Mangel an bezahlter Arbeit führte auch unter den Dogon dazu, dass die Männer entweder ihr Glück in den großen Städten suchten, oder zuhause in den Dörfern nach und nach verlernten, einem geregelten Tagesablauf zu folgen. Die meisten Männer, die auf diese Weise erleben mussten, dass niemand sie brauchte, wurden nicht kriminell, aber sie verloren Tag für Tag mehr die Fähigkeit, sich selbst zu motivieren und eigene Ziele zu verfolgen.

Blecherne Musik erfüllte den Platz unter dem Felsen. Ein Radio spielte Lieder aus den westafrikanischen Charts. Einer der Männer mit denen Alabenu sich hier traf, erzählte von seinen Erfahrungen bei der Jobsuche in der Hauptstadt Bamako. Er hatte einige Wochen dort verbracht und gehofft Arbeit zu finden. Doch seine Suche war vergeblich. Nun erzählte er den anderen von Erlebnissen, die teilweise so absurd waren, dass immer wieder Gelächter ausbrach. Doch da seine Bemühungen um Arbeit erfolglos blieben, schwand auch die Hoffnung der anderen Männer auf ein besseres Leben.

Alabenu nutzte diese zwanglose Versammlung, um an Informationen über den Verbleib von Nommo-Tuwas Maske zu kommen.

„Wisst ihr, wo sich der Kunogoro befindet, nun nachdem Nommo-Tuwa von uns gegangen ist?", fragte Alabenu möglichst beiläufig.

„Keine Ahnung", meinte einer der Männer. Er war kaum älter als 18 Jahre.

„Vielleicht liegt er ja noch oben in Nommos Kammer", spekulierte ein anderer.

„Nein, da ist er nicht", dementierte Alabenu. „Meine Schwester war dabei, als man die Kammer gesäubert hat. Sie ist sich sicher, dass der Kunogoro dort nicht mehr ist."

„Vielleicht hat deine Schwester ja den Helm mitgenommen", scherzte einer der etwas älteren.

Alabenu warf in gespielter Empörung einen kleinen Stein nach dem Scherzbold. „Pass auf, was du sagst."

„Pass du auf deine Schwester auf!", foppte der Angesprochene zurück. „Das halbe Dorf ist hinter ihr her."

„Da hat unser Vater noch immer mitzureden", konterte Alabenu. „Und du wärst der Allerletzte, dem er meine Schwester zur Frau geben würde." So nahmen die beiden sich noch eine Weile gegenseitig hoch. Die ganze Gruppe hatte ihren Spaß dabei. Doch Alabenu gelang es, das Thema wieder auf den Maskenhelm Nommos zu lenken.

„Habt ihr wirklich keine Ahnung, wo der Kunogoro sein könnte?"

„Na ja", begann einer der Älteren. Als Einziger trug er die typische Dogonmütze, die mit mehreren Zipfeln versehen war, an denen jeweils eine kleine Quaste hing. „Seydou wird bestimmt etwas darüber wissen. Schließlich ist er der Dorfälteste."

„Ihn hatte ich auch schon gefragt. Er meint, dass das keiner wissen darf."

„Nach Nommo-Tuwas Tod hatten wir ja zu seinen Ehren das Gamuni-Fest gegeben. Seydous Sohn Abene war auch da. Und nach dem Fest hat Seydou noch lange mit ihm gesprochen und ihm etwas gegeben, das in reichlich Stoff eingewickelt war." Dann fügte er noch hinzu: „Warum willst du das denn so genau wissen?"

„Na, weil ich nicht so hirntot bin wie ihr", erklärte Alabenu gestenreich. „Ich interessiere mich dafür, was in meiner Umgebung geschieht. Ich frage nach, wenn ich etwas nicht verstehe. Ich will weiterkommen."

Einer der Männer zündete sich eine Zigarette an. „Du hängst doch genauso wie wir hier rum und wartest, dass es Abend wird. Du tust doch keinen Deut mehr als wir, um irgendwie weiter zu kommen. Wenn du anders wärst als wir, dann gingst du doch wenigstens in den Unterricht von diesem Weißen. Stefan Eigner, oder wie er auch immer heißt."

Alabenu spuckte vor die Füße des Rauchers. „Wir brauchen hier in unserem Dorf keine Europäer."

„Als du vor einigen Jahren Malaria hattest, bist du trotzdem zu Nolo-Max gegangen. Zu diesem Deutschen, der sich Max Strobl nannte."

„Das ist jetzt vorbei. Strobl ist tot. Genauso wie Nommo-Tuwa. Jetzt beginnt eine neue Zeit."

„Und du hängst genauso hier rum wie in den vergangenen Jahren auch."

Alabenu schwieg. Er fühlte sich ertappt. In die Ecke gedrängt. Er spürte, wie das Verlangen nach High-Per in ihm aufstieg. Doch er versuchte, sich das nicht anmerken zu lassen.

„Hey, bleib cool", meinte der Dogon mit der Zigarette. „Du bist nicht besser als wir. Aber auch nicht schlechter. Wir sind halt so, wie wir sind."

Zwei Stunden später betrat Alabenu die Hütte seines Bruders. Da Alabenu unverheiratet war, lebte er alleine. Doch zum Essen suchte er immer die Familie seines Bruders Wana auf. Wana wohnte hier mit seiner Frau und seinen fünf Kindern. Er verdiente sich seinen Lebensunterhalt als Hirsebauer. Als älterer Bruder fühlte er sich für Alabenu mitverantwortlich.

Während des Essens fragte Wana Alabenu: „Kannst du mir morgen auf dem Feld bei der Bewässerung der Hirse helfen?"

Alabenu kannte diese Gespräche. Schon oft hatte sein Bruder versucht, aus ihm einen Getreidebauern zu machen. Doch ihm war diese Arbeit zuwider. Alle Arbeiten hier im Dorf waren ihm zuwider. Vielleicht wäre ja ein guter Jäger aus ihm geworden, dachte er. Aber da es weit und breit kein jagdbares Wild mehr gab, war ihm dieser Weg verschlossen.

„Es täte dir sicher gut, wenn du etwas zu deinem Lebensunterhalt beitragen würdest", meinte Wana.

„Ich bin kein Bauer", kam Alabenus Standardantwort.

„Was bist du dann? Ein Schmied, ein Weber, ein Touristenführer? Oder vielleicht der neue Dorfseher? Bisher habe ich dich nur mit den anderen jungen Männern faulenzen sehen."

„Ich habe mich noch nicht entschieden."

„Du musst doch zu irgendetwas zu gebrauchen sein. Du bist schon 25 Jahre alt. Wann wirst du einmal heiraten? Wer gibt seine Tochter schon einem Mann wie dir?"

„Das ist nicht dein Problem, Wana!"

„Doch. Es ist mein Problem. Weil du jeden Tag hierher kommst um zu essen, aber niemals bereit bist, mir zu helfen. Die Ernten fallen von Jahr zu Jahr schlechter aus. Immer mehr Männer, die früher einmal ein Einkommen hatten, sind jetzt arbeitslos. Da möchte ich niemanden durchfüttern, der gar nicht arbeiten will."

Alabenu warf seine Holzschüssel vor Wanas Füße. „Ich habe dich nie gebeten, mich zu versorgen. Du weißt gar nichts von mir. Du hast immer alles gehabt. Hast alles gekonnt. Und alles erreicht. Ich hatte immer nur Pech."

„Meinst du, mir wäre es leicht gefallen, in dieser öden Landschaft Hirse anzubauen? Ich musste schwer dafür arbeiten. So etwas kennst du gar nicht."

„Du hast eine Frau. Sie hilft dir auf dem Feld. Und sonst auch überall. Du hast doch, wie alle hier, deinen Erfolg nur deiner Frau zu verdanken." Die letzten Worte schrie Alabenu ungehemmt.

Auch Wana wurde jetzt laut. „Ja. Ich habe eine Frau. Und sie ist ein Gottesgeschenk. Aber du wirst niemals eine Frau bekommen, weil du ein Nichtsnutz bist. Ein totaler Versager."

Alabenu stand auf und ballte die Fäuste. Auch Wana stellte sich mit einer drohenden Pose ihm gegenüber.

„Verlasse mein Haus", befahl Wana. „Und komm erst wieder, wenn du bereit bist, ein besserer Mensch zu werden."

„Friss deinen Dreck doch selbst. Ich brauche euch nicht." Alabenu stürmte aus der Hütte und lief hinunter auf den Platz vor dem Dorf. Unterwegs rannte er beinahe eine Gruppe von jungen Frauen um, die Säcke mit Getreide zu den Silos mit den runden Strohdächern trugen. Als er an ihnen vorbeieilte, erschraken sie kurz und brachen dann in Gelächter aus. Alabenu ärgerte es zusätzlich, dass er sich vor den Frauen die Blöße gab, seinen Zorn zu zeigen. Nun tuschelten die Frauen und kicherten immer wieder. Alabenus Wut steigerte sich ins Unermessliche.

Alabenu wusste, dass sein Bruder im Grunde genommen recht

hatte. Doch jedes Angebot, das Wana machte, nahm er als Bevormundung oder als Almosen wahr. Jeder Rat zerstörte das letzte bisschen Selbstbewusstsein, das noch in ihm übrig geblieben war. Allerdings war Alabenu auch nicht fähig, einen eigenen Weg aus seiner katastrophalen Situation zu finden.

Vor einem Jahr hatte er seine ganze Hoffnung in den Arnháton-Kult gesetzt. Dass die Dogon-Gemeinschaft die Beziehungen zu der Sekte abgebrochen hatte, ließ Alabenu den Boden unter seinen Füßen verlieren. Durch all dies hatte sich unvorstellbarer Zorn in ihm angestaut.

Dann sah er auf dem Dorfplatz Abene, den Sohn des Dorfältesten. Er war, ebenso wie sein Vater Seydou, einer der Männer des Ortes, die das höchste Ansehen genossen.

„Abene, du kommst mir gerade recht." Noch lagen mehrere hundert Meter zwischen den beiden. Alabenu schritt jetzt geradewegs auf Abene zu.

„Er soll mir verraten, wo der Kunogoro ist", dachte Alabenu. „Jetzt und hier. Und wenn er nicht will, dann werde ich es aus ihm herausprügeln."

Er kam immer näher auf Abene zu. Der nahm ihn erst wahr, als beide dicht beieinander standen.

„Alabenu. Ist alles in Ordnung?", fragte Abene.

Im nächsten Moment schlug Alabenu ihn mitten ins Gesicht. Abene taumelte und stürzte zu Boden. Ungläubig sah er zu dem Angreifer. Noch immer verstand er nicht was hier geschah. Erneut traf ihn ein weiterer Hieb.

„Wo ist er?", zischte Alabenu. „Wo ist der Kunogoro?"

Abene versuchte aufzustehen, aber ein harter Tritt riss ihn wieder zu Boden.

„Wo hast du Nommos Helm hingebracht? Sag es. Sonst schlage ich dich tot." Völlig von Sinnen schlug Alabenu auf sein Opfer ein. „Sag mir, wo er ist."

In Todesangst stammelte Abene: „Im Osten. Einen Tagesmarsch in Richtung Osten. Aber du wirst ihn nicht finden." In Erwartung einer neuen Serie von Schlägen hielt er wieder seine Arme vor sein Gesicht.

Alabenu griff nach einem schweren Stein und richtete ihn drohend auf sein Opfer. „Du sagst mir jetzt ganz genau, wo du das Ding versteckt hast, sonst kommst du hier nicht lebend weg. Das ist deine letzte Chance."

Alabenus Schläge und Tritte hatten den Sohn des Dorfältesten derart schwer verletzt, dass der unfähig war aufzustehen. Verängstigt blickte Abene sich um und hoffte, dass einer der Dorfbewohner die Szene mitbekommen würde. Doch nirgends war ein potentieller Helfer zu sehen. Seine Furcht hinderte ihn auch daran, nach Hilfe zu schreien. Die Schmerzen und die Angst um sein Leben brachen nun seinen letzten Widerstand. „Bei den Felsen, die du als die ‚Rücken der Krokodile' kennst, findest du einen toten Baum unter einem Felsvorsprung. In der Felswand hinter dem Baum musst du nach einer Spalte suchen. Wenn du sie gefunden hast, räumst du die Steine am unteren Ende der Spalte zur Seite, dann wirst du den Eingang zu einer Höhle finden. Wenn du der Höhle folgst, stößt du irgendwann auf den Kunogoro. Wenn man eine Taschenlampe dabei hat, dann ist er unmöglich zu übersehen."

„Warum habt ihr den Helm gerade dort versteckt?", fragte Alabenu, noch immer in Rage und schwer atmend.

„Weil wir wussten, dass dieser Helm für Menschen wie dich nur ein Objekt ist, das man für Geld verkaufen kann. Wie du siehst, haben wir uns nicht getäuscht."

Mit hassverzerrtem Gesicht trat Alabenu gegen Abenes linke Schläfe. Bewusstlos sank der übel Zugerichtete zusammen.

„Und ich habe mich nicht getäuscht, dass du reden wirst, Abene."

16

„Mir geht Ndré nicht aus dem Sinn." Eric lief nervös im Wohn-zimmer auf und ab. „Er weiß offensichtlich von Nommo. Als ich seinen Namen erwähnte, hat er geantwortet, dass seine Heilung nichts mit dem Außerirdischen zu tun hätte. So, als wäre es ganz selbstver-ständlich, dass Nommo die Fähigkeit des Heilens hat."

Wie üblich, sah Vera die Angelegenheit wesentlich sachlicher. „Ndré ist ein Klugscheißer. Das habe ich dir doch schon mal gesagt. Und dass es in der Mythologie der Dogon die Nommo-Wesen gibt, das ist kein Geheimnis. Jeder, der ein bisschen nachforscht, kann das nachlesen."

„Aber, dass Nommo Kranke heilen kann, das hat er auch ge-wusst."

„Auch das wird irgendwo stehen. Lass dich davon nicht verrückt machen. Wir brauchen einen klaren Kopf. Wenn wir herausbekom-men wollen, was der Grabungsbericht von diesem Minutoli mit den Dogon zu tun hat, dann sollten wir uns nicht in Spekulationen über Ndré verzetteln."

„Ndré begegnet uns in Timbuktu. Ndré sitzt in unserem Flugzeug. Ndré wartet förmlich, dass wir ihn ansprechen. Und Ndré erscheint mir im Traum. Das ist doch alles kein Zufall."

„Willst du nun die Sache mit dem Grabungsbericht aufklären oder wilden Vermutungen über einen Prediger nachgehen? Ich werde dich unterstützen, aber du musst dich entscheiden."

Kraftlos ließ sich Eric in einen Sessel sinken. Die Ereignisse der letzten Tage überforderten ihn. „Ich weiß nicht. Ich kann das irgend-wie nicht trennen."

Dann werde ich das für dich entscheiden", schlug Vera vor. „Ndré hat dir den Vorschlag gemacht, dass wir ihn besuchen sollen. Wir wer-den einfach sein Angebot annehmen, dann kannst du ihn alles fragen, was du willst. So wird sich alles aufklären." Leise fügte sie noch an: „Das hoffe ich jedenfalls."

Eric war froh, dass Vera ihm diese Entscheidung abnahm. „So

werden wir es machen. Danke, meine Liebste."

Kurze Zeit später rief Vera bei Ndré an und erreichte ihn auch sofort. Schnell hatten sie vereinbart, dass sie noch am selben Nachmittag kommen konnten.

Eric war nun merklich erleichtert. Jetzt hatte er auch eine Idee, wie er die Erforschung des Grabungsberichts beschleunigen konnte. „Bevor wir uns weiter mit den alten Papieren befassen, werde ich erst einmal einen alten Freund in Berlin anrufen. Er arbeitet im Ägyptischen Museum in Berlin. Vielleicht weiß er etwas über diesen Minutoli."

„Gute Idee", bestätigte Vera. „Es ist das Beste, wenn sich ein Fachmann damit auseinandersetzt. Wirst du ihm von Nommo und der Arnháton-Sekte erzählen?"

Eric schüttelte den Kopf. „Von Nommo natürlich nicht. Aber von der Sekte. Damit er weiß, nach was wir suchen."

Nach einem halben Dutzend vergeblicher Anrufe, zuerst an dessen Privatadresse, dann an dessen Arbeitsplatz, hatte Eric seinen Freund erreicht. Nun kommunizierten sie per Skype auf ihren PCs. Christian Scholz war Ägyptologe und verbrachte regelmäßig einige Wochen im Jahr in Nordafrika. Doch die meiste Zeit arbeitete er für das Ägyptische Museum in Berlin. Er freute sich sehr über Erics Anruf und war gerne bereit, einige Informationen über Heinrich Menu von Minutoli zusammenzustellen.

„Was hältst du davon, wenn du mir den Grabungsbericht per E-Mail zusendest? Dann kann ich dir sagen, was Minutoli da gefunden hat."

„Gerne", antwortete Eric. „Du bist genau der Mann, den wir jetzt brauchen. Vielen Dank. Ich schicke dir die Daten noch heute."

Die beiden Männer unterhielten sich noch eine Weile, schwärmten von vergangenen Tagen und erkundigten sich nach den neuesten Begebenheiten. Als Eric das Gespräch beendet hatte, meinte er zu Vera: „Wie gut ist es, wenn man Freunde hat."

Zwei Stunden später saßen Eric und Vera in ihrem Geländewagen und fuhren durch Bamako. Eric steuerte das Auto, war aber merklich abgelenkt. Die unzähligen Fußgänger, die ohne Vorwarnung die Fahrbahn kreuzten, erkannte er oft erst im letzten Augenblick.

„Soll ich nicht vielleicht lieber fahren?", empfahl Vera wohlwollend.

„Nein danke. Es geht schon." Eric nahm sich vor, konzentrierter zu fahren.

Einige Minuten später ergriff er wieder das Wort: „Was soll das überhaupt für ein Name sein: Ndré? Auf jeden Fall nicht aus Frankreich oder Deutschland." Offenbar gelang es Eric doch nicht, sich ausschließlich dem Straßenverkehr zu widmen.

Vera lächelte. „In der Elfenbeinküste gibt es einen Ort, der heißt Ndrébo. Vielleicht stammt Ndré ja von dort. Da die Elfenbeinküste ein Nachbarland Malis ist, halte ich das gar nicht für unwahrscheinlich."

„Du meinst, Ndré stammt auch aus Afrika?"

„Nur, weil er mit uns akzentfrei Deutsch spricht, muss er kein Deutscher sein. Ebenso perfekt spricht er offensichtlich auch Französisch oder Tamascheq."

„Und sein Gesicht ist derart verunstaltet, dass man durch nichts darauf schließen kann, ob er Europäer, Afrikaner, Asiat oder sonst was ist", kombinierte Eric.

„Wir werden ihn auch danach fragen. Ich bin mir sicher, wir sind nicht die ersten, die sich solche Fragen stellen."

Sie folgten den Anweisungen ihres Navis. Da die Straßen in diesem Viertel keine Straßennamen besaßen, hatte Ndré den beiden Deutschen die GPS-Koordinaten seines Hauses genannt. So wurden sie durch die Gassen mit den alten Kolonialbauten geführt, die sich manchmal in üppiger Pracht zeigten, aber auch oft nur als baufällige Ruine ihr Dasein fristeten.

Als sie auf ein Haus zufuhren, das den Charme eines fast organisch gewachsenen Gebäudes hatte, meldete das Navigationssystem auf Französisch: „Sie haben ihr Ziel erreicht."

Ndré bewohnte ein uraltes Haus, das offensichtlich durch ein halbes Dutzend Anbauten immer wieder erweitert worden war. Es stammte, wie die meisten Gebäude dieses Stadtteils, aus der Kolonialzeit und war schon seit Jahrzehnten nicht mehr renoviert worden.

„Das Haus ist genauso seltsam wie Ndré selbst", murmelte Vera.

„Stimmt. So etwa habe ich mir es vorgestellt", bestätigte Eric.

Sie stellten ihr Auto ab und gingen zu dem Anwesen, das von einer niedrigen Mauer umgeben war. An dem Tor suchten sie vergebens nach einem Namensschild. Stattdessen entdeckten sie ein Zeichen, das in den Mauerstein eingeritzt war. Es erinnerte an den Buchstaben „N", der leicht schräg gestellt war. Zwischen der ersten aufsteigenden Linie des Buchstabens und der folgenden, diagonal abfallenden Linie war ein Fischsymbol eingefügt.

„Der Buchstabe N soll wohl zeigen, dass hier Ndré wohnt", mutmaßte Vera.

„Ja. Hier sind wir richtig", meinte Eric, der zudem den kleinen Fisch im N als das „ICHTHYS-Symbol" sofort erkannte. Die zwei gebogenen Linien, die einen Fisch darstellen, galten schon im frühen Christentum als Erkennungszeichen der ersten Christen. Die Buchstaben des griechischen Wortes für Fisch „ICHTHYS" bilden auch die Anfangsbuchstaben eines frühen christlichen Glaubensbekenntnisses: „Iesous Christós Theoú Hyiós Sôtér", was so viel bedeutet wie: „Jesus Christus, Gottes Sohn und Erlöser".

Sie gingen durch das Tor, durchquerten einen winzigen Garten und stiegen eine kleine Treppe hinauf, bis sie vor der Haustür standen. Eric bemerkte, dass die Tür offen stand. Er klopfte und wartete, ob Ndré antworten würde. Doch nichts regte sich. Wieder klopfte er. Jetzt hörten sie Schritte im Haus.

Doch es war nicht Ndré, der ihnen nun entgegen kam. Eine junge Frau, etwa in Veras Alter, erschien in der Diele. Eine Afrikanerin.

„Oh, wie schön. Die beiden Deutschen. Herzlich willkommen. Ndré hat Sie schon angekündigt." Die Frau sprach französisch, doch ihr Akzent verriet, dass sie eine Malierin, vom Volk der Bambara, war.

Die Frau begrüßte den Besuch sehr herzlich, mit einer Umarmung, als wären sie alte Freunde. „Ich bin Sira, Ndrés Frau. Und Sie sind sicher Eric und Vera." Noch bevor sie antworten konnten, wurden sie in das Wohnzimmer geführt, und Sira erklärte: „Ich werde Ndré sofort holen."

Schnell war sie verschwunden. Eric und Vera schätzten ihr Alter auf Mitte dreißig, was die beiden Deutschen verwunderte, da sie Ndré für wesentlich älter schätzten.

„Es ist unmöglich, sein Alter zu schätzen", flüsterte Eric und sah sich im Wohnzimmer um. Die Wände waren mit unzähligen Kunstobjekten unterschiedlichster Kulturen bedeckt. Chinesische Kalligrafien. Afrikanische Schnitzereien. Bronzearbeiten aus allen Teilen der Welt. Bilder aller Art. Auf dem Boden lagen Teppiche deren Herkunft und Alter nicht zu bestimmen war.

„Wo hat er das nur alles her?", fragte Vera, kaum hörbar.

Bevor sie weiter spekulieren konnten, erschien Ndré in einer der Türen. „Meine lieben Freunde. Wie schön, dass ihr so spontan kommen konntet."

Ndrés gutherzige Ausstrahlung ließ die Gäste sofort vergessen, wie schockierend sein geschundener Körper war. Ihn umgab die Aura eines in jeder Beziehung erfahrenen Mannes, den nichts auf der Welt mehr erschrecken konnte. Und der trotz allem weder verbittert, noch resigniert war. „Ich hoffe, ihr habt euch inzwischen gut von dieser fürchterlichen Sache im Flugzeug erholt."

„Weitestgehend", deutete Eric an. „Aber Sie sind scheinbar wieder vollends genesen."

„Ich habe schon Schlimmeres erlebt. Die eine oder andere Sorgenfalte kann ich wohl nicht verbergen", scherzte Ndré. Eric und Vera waren unsicher, ob sie jetzt lachen durften.

„Ich habe euch etwas Tee in die Bibliothek gebracht", meldete Sira und erklärte, dass sie in der Küche noch etwas zubereiten wolle.

Eric und Vera folgten dem alten Mann. Als sie dann die beeindruckende Sammlung an Büchern aller Epochen sahen, staunten sie nicht schlecht. In den bis zu Zimmerdecke hinaufreichenden Bücherregalen standen, dicht an dicht, Bücher aus aller Welt. Die meisten aus längst vergangenen Jahrhunderten. Den größten Teil bildeten Werke der bekanntesten christlichen Theologen. Darunter Erstausgaben der „Summa theologica" von Thomas von Aquin und „Die Nachfolge Christi" von Thomas von Kempen. Aber auch die „Institutio Christianae Religionis" von Johannes Calvin konnte man dort finden. Ebenso wie die Werke von Missionaren aller Jahrhunderte und aller Länder. Ndrés Interesse an christlichem Gedankengut kannte offensichtlich weder zeitliche noch geografische Grenzen.

„Unglaublich", Eric war überwältigt. „Wo haben Sie nur all diese Schätze her?"

„Ich durfte ein gesegnetes Leben verbringen", antwortete Ndré. Vera erschien diese Sichtweise recht bemerkenswert, angesichts der Leiden, die Ndré mitgemacht haben musste.

„Meine Freunde. Wir sollten uns nicht so förmlich anreden. Schließlich sind wir doch alle durch unseren Herrn Jesus Christus verbunden. Ihr dürft mich gerne duzen."

„Vielen Dank. Wir fühlen uns sehr geehrt." Vera schüttelte Ndrés Hand. Ebenso Eric.

Sie nahmen an einem kleinen Tisch Platz und genossen die kühle Luft des Raumes. Er lag mitten im Zentrum des Gebäudes.

„Du hast eine wunderschöne Frau", meinte Vera zu Ndré. „Sie scheint wesentlich jünger zu sein als du."

„Wir sind schon einige Jahre verheiratet", erklärte Ndré. „Ich bin sehr glücklich mit ihr und hoffe, dass wir noch viele Jahre vor uns haben."

Eric nippte an seinem Tee. „Das wäre euch zu wünschen."

Vera hoffte, dass Ndré bei ihrer nächsten Frage nicht ebenfalls ausweichen würde. „Hat der Name Ndré etwas mit der Stadt Ndrébo in der Elfenbeinküste zu tun?"

Ndré unterdrückte ein Lachen. „Nein. Damit hat er nichts zu tun. Aber in Ndrébo bin ich wirklich schon einmal gewesen. Der Ort ist nicht weit entfernt vom Kossoustausee, einem der größten Stauseen der Welt."

Vera dachte nur: „Er ist scheinbar schon überall gewesen."

„Kommst du hier aus Mali? Im Gegensatz zu deiner Frau, kann ich bei dir keinen Bambara-Akzent feststellen", hakte Vera nach.

„Nein. Ich komme nicht aus Mali." Er machte eine Pause, so als müsse er genau überlegen, was er jetzt antworten solle. „Ich bin ein Kind Gottes. Und ich lebe auf dieser Welt. Warum sollte ich meine Heimat auf ein begrenztes Stückchen Erde beschränken?"

„Aber du weißt von Nommo. Das ist doch richtig?", fragte jetzt Eric.

„Ja. Das ist richtig. Ich weiß, dass Nommo-Tuwa ein Werkzeug Gottes war, damit du noch deinen Auftrag hier auf dieser Erde erfüllen kannst."

Vera war erleichtert, dass Ndré nun endlich einmal eine klare Antwort gab. Auch wenn die nun wieder neue Fragen aufgab.

„Nommo-Tuwa, ein Werkzeug Gottes? Damit ich meinen Auftrag erfülle? So habe ich das bisher noch nie gesehen." Er wusste nicht, was er mit dieser Aussage anfangen sollte.

Vera ließ nicht locker: „Woher weißt du, dass Eric von Nommo-Tuwa geheilt wurde? Die Dogon legten großen Wert darauf, dass niemand von ihrem Geheimnis erfährt."

„Wer so alt ist wie ich, bemerkt Dinge, die den jüngeren Leuten verborgen bleiben. Das kann ein großes Vorrecht sein, aber auch eine schwere Bürde."

„Und wieso kannst du all diese Sprachen: Tamascheq, Französisch, Deutsch, Bambara? Ist das auch eine Frucht der Lebensjahre?" Vera nutzte diese Gelegenheit um all die Fragen zu stellen, die ihren Mann beschäftigten. Eric war Veras offene Art aber inzwischen peinlich.

Ndré antwortete nach wie vor gelassen, aber ausweichend: „Natürlich habe ich im Laufe meines Lebens die ein oder andere Sprache gelernt. Doch ohne den Heiligen Geist wären meine Kenntnisse sehr bescheiden geblieben."

In Veras Gesicht war zu erkennen, dass sie Ndrés Aussage ernsthaft anzweifelte. Eric schien eher zu begreifen, worauf der Prediger hinaus wollte. „Du meinst, dass der Heilige Geist dich befähigt hat, diese Sprachen zu sprechen, ohne dass du sie jemals gelernt hast?"

Ndré nickte. „Ja. Bei den meisten Sprachen jedenfalls. Bei Aramäisch und Griechisch musste mir der Heilige Geist nicht beistehen. Und Französisch und Deutsch habe ich mir mühevoll selbst beigebracht. Ebenso einige andere Sprachen."

Eric war nun sichtlich euphorisch. „Du hast also die Gabe der Xenoglossie, so wie sie in der Apostelgeschichte beschrieben wird?"

„Ich bin sicher nicht der einzige, den der Heilige Geist so zu den Menschen reden lässt."

Vera wusste zwar, von was die beiden Männer sprachen. Seit sie Eric kannte, hatte sie etliche Gottesdienste besucht und auch selbst einige Abschnitte der Bibel gelesen. Auch wenn sie noch auf so etwas wie ein Bekehrungserlebnis wartete, so kannte sie sich doch mit den wichtigsten Bibelstellen aus. Berichte von Wundern, wie der Pfingstpredigt der Apostel in der Bibel, hielt sie allerdings für unrealistisch.

„Du kannst also Tamascheq und andere Sprachen, obwohl du sie niemals gelernt hast", stellte Vera fest. Ihr Ton verriet, dass sie das für völligen Quatsch hielt.

„Richtig", bestätigte Ndré. „Damit die Botschaft von Jesus Christus verbreitet wird, lässt unser Herr dieses Wunder geschehen."

„Und wieso muss Eric dann jahrelang die Sprache der Dogon erforschen? Ist ja irgendwie unfair?"

Wieder zitierte Ndré einen Bibelvers: „Jeder soll dem anderen mit der Begabung dienen, die er von Gott empfangen hat."

Offensichtlich überzeugte das Vera nur wenig. „Und welche Gabe habe ich dann empfangen?", fragte sie spöttisch.

Ndré lächelte, was allerdings kaum zu bemerken war, da in seinem verunstalteten Gesicht nur wenig Mimik erkennbar war. „Das wirst du sicher bald erkennen. Da bin ich mir sicher."

Ndrés Frau Sira erschien nun in der Tür und verkündete: „Ich habe im Garten den Tisch zum Abendessen gedeckt. Ich hoffe, ihr habt Appetit mitgebracht."

„Danke. Wir lassen uns gerne überraschen", erklärte Eric eifrig, da er die Hausherrin nicht kränken wollte.

Auf dem Weg zur Veranda kamen sie durch mehrere Räume, die ebenfalls mit seltenen Objekten dekoriert waren. Einige Gegenstände schienen einfache Werkzeuge vergangener Jahre zu sein. Andere waren Kunstwerke, meist mit christlichem Charakter. Von manchen Dingen konnten Vera und Eric jedoch deren Zweck und Funktion nur erahnen.

Als sie die Veranda betraten, staunten sie über einen reich gedeckten Tisch. Neben dem von Vera erwarteten Hirsegericht hatte Sira aber auch einige Würste präsentiert, die bayrischen Weißwürsten erstaunlich ähnlich sahen.

„Hier in der Nähe gibt es einen Laden, der internationale Spezialitäten anbietet. Wir hoffen, es ist etwas für euren Geschmack dabei." Sira machte noch einige Anmerkungen zu den verschiedenen Gerichten und die Tischgemeinschaft setzte sich.

Vor dem Essen betete Ndré und nahm einen Fladen Hirsebrot, brach sich ein Stück ab und reichte es an Eric weiter. Der machte es ebenso und als jeder etwas Brot hatte, begannen alle zu essen.

Die Tischgespräche waren nun wesentlich entspannter. Ndré erzählte einige Anekdoten aus seinem Leben. Die Gäste hörten gespannt zu. Da Ndré auch einige Jahre in Deutschland gelebt hatte, unterhielten sie sich über Städte wie Frankfurt oder Berlin. Ndré war offensichtlich im Laufe seines Lebens viel gereist.

Die Stunden verflogen nun sehr schnell. „Oh. Es ist schon spät", stellte Eric fest und signalisierte, dass sie jetzt gehen müssten. Ndré begleitete sie zu ihrem Auto und erklärte zum Abschied: „Geht mit Gottes Segen, meine lieben Freunde."

Wenig später saßen sie in ihrem Toyota und ließen sich von dem Navigationsgerät nach Hause dirigieren.

„Bist du jetzt ein wenig beruhigt, was Ndré angeht?", fragte Vera.

Eric, der am Steuer saß, nickte. „Ndré scheint ein wirklicher Mann Gottes zu sein. Ich bin froh, dass wir ihn zu unseren Freunden zählen dürfen."

Vera schwieg eine Weile. Dann fragte sie: „Glaubst du das wirklich, das was Ndré da über das Erlernen von Sprachen gesagt hat?

Dass er diese Sprachen nur kann, weil der Heilige Geist sie ihm eingegeben hat?"

„Wenn er das so sagt, dann halte ich es zumindest für möglich. Immerhin ist es biblisch. In der Apostelgeschichte steht ..."

„Ja, ja", unterbrach ihn Vera. „Ich glaube dir ja, dass da irgendwo etwas davon steht, dass die Jünger von Jesus das konnten. Echt super. Aber das kann man doch heute nicht mehr glauben."

Eric überlegte einen Moment, dann sagte er: „Vielleicht habe ich bisher zu wenig damit gerechnet, dass Gott auch heute noch Wunder tut. Immerhin haben wir Dinge erlebt, die die meisten Menschen für unerklärbar halten. Warum sollte es nicht so sein, wie Ndré es gesagt hatte? Warum sollte er nicht diese Gabe haben? Und warum sollte es nicht so sein, dass ich damals aus dem Grund vor dem Tod bewahrt wurde, damit ich noch einen Auftrag erfüllen kann?"

Vera, die zuvor noch eine Erklärung für Ndrés seltsames Auftreten hatte, war nach diesem Besuch eher verunsichert. Die Erklärungen des alten Mannes hatten mehr Fragen aufgeworfen als Antworten gegeben. Und biblische Begründungen waren nicht unbedingt das, was Vera zu überzeugen vermochte. Doch sie beschloss, diese Fragen erst einmal hintenan zu stellen. Sie wollte den Kopf frei haben, um am morgigen Tag wieder bereit für die Arbeit bei den Vereinten Nationen zu sein. Außerdem hatten sie in der nächsten Zeit noch zu klären, was der Grabungsbericht Minutolis mit den Ereignissen des letzten Jahres zu tun hat.

Sie sah Eric an, der den Geländewagen durch die engen Straßen steuerte. Sie überlegte, ob sie sich auch in ihn verliebt hätte, wenn er nicht der Missionar wäre, der die Bibel in die Sprache der Dogon übersetzen wollte. Immerhin waren ihr, wegen seines Glaubens, einige seiner Gedankengänge fremd. Doch mit der Zeit hatte sie sich von der einen oder anderen christlichen These überzeugen lassen.

„Eric und sein Glaube gehören einfach zusammen", dachte sie. „Und ich liebe ihn, weil er einfach so ist, wie er ist."

17

Als Abene erwachte, standen einige Kinder um ihn herum. Ein weiteres Kind war bereits zu Abenes Vater, dem Dorfältesten Seydou geeilt.

Abene spürte, dass er nahe daran war, wieder das Bewusstsein zu verlieren. Er versuchte gleichmäßig zu atmen und die Augen offen zu halten. Nach und nach meldete sich auch ein höllischer Schmerz in seinem Gesicht, an den Rippen und im Bauchbereich. Alabenu hatte ihn übel zugerichtet.

Abene erinnerte sich, dass er seinem Peiniger verraten hatte, wohin Nommo-Tuwas Helm gebracht worden war. Eine tiefe Scham erfüllte ihn.

„Holt meinen Vater. Bitte. Schnell", bat er die Kinder.

„Es ist schon jemand unterwegs, um ihn zu dir zu bringen", erklärte ein Mädchen. „Bist du schwer verletzt?"

Abene versuchte sich aufzurichten, doch ein stechender Schmerz hielt ihn am Boden. „Ich muss mit meinem Vater reden."

„Da kommt er", meldete einer der Jungen.

Einem kleinen Jungen folgend, eilte Seydou herbei. Weitere Männer und Frauen folgten ihm. Unter ihnen auch Stefan Eigner.

„Abene. Was ist passiert?" Seydou kniete sich zu seinem Sohn und blickte schockiert auf die Wunden.

„Alabenu. Er ist völlig durchgedreht. Er hätte mich fast umgebracht und …" Abene versagten die Worte.

Einer der herbeigeeilten Männer kam mit einer Erste-Hilfe-Tasche und begutachtete Abenes Wunden. Offenbar hatte er Vorkenntnisse als Sanitäter. Der Verletzte machte einen neuen Versuch, seinem Vater zu berichten, was vorgefallen war, doch immer wieder musste er heftig husten.

„Wir müssen ihn zu einem Arzt bringen", meinte der Sanitäter.

„Ich werde mein Auto holen."

„Ich … ich muss euch noch etwas sagen." Abene gelang es wieder zu reden. „Alabenu weiß, wo der Kunogoro ist. Er hat solange auf

mich eingetreten und geschlagen, bis ich es ihm gesagt habe. Es war
…" Wieder versagte seine Stimme.

„Mache dir keine Gedanken. Du lebst, das ist das Wichtigste",
beruhigte ihn sein Vater. „Du konntest nicht anders. Es ist schrecklich,
was Alabenu getan hat."

Vorsichtig hoben einige Männer den Verletzten hoch und trugen
ihn an einen schattigen Platz unter einem uralten Baum. Dann eilte
einer der Helfer davon, um eines der wenigen Autos zu holen, die die
Dorfbewohner besaßen. Die Fahrzeuge waren etwas außerhalb der
Siedlung abgestellt, um nicht die Geister der Vorfahren zu erzürnen.
Nach wie vor hatte die animistische Religion der Dogon großen Einfluss auf das Alltagsleben der Menschen. Doch um Abene möglichst
schnell zu einem Arzt in die Stadt zu bringen, brach man nun mit der
Tradition. Wenige Minuten später kam das Auto bei dem Verletzten
an.

„Vater, du musst Alabenu aufhalten", bat Abene, während er auf
den Pick-Up gehoben wurde.

Seydou wäre jetzt gerne mit seinem Sohn zu dem Arzt gefahren,
doch er wusste, dass er nun gebraucht wurde, um die Suche nach Alabenu zu leiten.

Inzwischen waren auch Abenes Mutter und weitere Verwandte
erschienen. Einige kletterten zu dem Verletzten auf die Ladefläche,
andere quetschten sich in die Kabine. Schnell war das Fahrzeug bis
auf den letzten Quadratzentimeter voll.

„Ihr fahrt mit Abene in die Stadt", entschied Seydou. „Ich mache
mich mit den anderen Männern auf die Suche nach Alabenu. Der Kunogoro darf nicht in seine Hände gelangen."

Kurze Zeit später war Abene mit seinen Verwandten auf dem Weg
zum Arzt. Die anderen Männer eilten zu den beiden anderen verfügbaren Autos. Eines gehörte Stefan Eigner, das andere einem der Dogon.
Seydou bestimmte, wer an der Suche teilnehmen durfte. Freiwillige
gab es genug.

„Ich nehme an, dass Alabenu mit seinem Motorrad zu dem Versteck des Kunogoro gefahren ist", erklärte Seydou. „Er wird also schon einigen Vorsprung haben. Mit den Autos werden wir nicht so schnell sein, wie er mit seinem Motorrad." Dann zeigte er auf zwei der Helfer. „Auch ihr habt Motorräder. Fahrt damit voraus. Vielleicht könnt ihr ihn einholen. Aber bringt euch nicht in Gefahr. Versucht ihn im Auge zu behalten und wartet auf uns."

Schnell hatte jeder der Helfer sein Fahrzeug bestiegen und die Gruppe machte sich auf den Weg. Stefan Eigner saß am Steuer seines Geländewagens und fuhr mit rasanter Geschwindigkeit durch die Steppenlandschaft. Eine Straße gab es zum Versteck des Kunogoro nicht. Er versuchte, so gut wie möglich den größten Erdlöchern auszuweichen, was aber nicht immer möglich war.

Die Sonne brannte unerbittlich auf die weite Ebene zwischen der Falaise von Bandiagara und den Felsen, die man ‚Rücken der Krokodile' nannte. Trotz des Fahrtwindes war es unerträglich heiß in den Autos. Immer wieder wischte sich Stefan den Schweiß aus dem Gesicht. Die Kleidung klebte an der Haut der Männer.

Aufgrund der hohen Geschwindigkeit und des holprigen Untergrundes gerieten die Autos mehrmals ins Schleudern, doch es gelang den Fahrern, die Kontrolle über ihre Gefährte zu behalten.

Nach etwa zwei Stunden Fahrt verringerte das Auto, in dem Seydou saß, seine Geschwindigkeit. Stefan erkannte, dass sie nun nahe am Zielort waren.

Eine Reihe von Felsen, nicht höher als maximal 10 Meter, erhob sich aus der kahlen Landschaft, in der nur vereinzelt dürre Büsche oder Gräser wuchsen. Hier gab es fast nichts als trockene Erde, Sand und Felsen.

Seydou ließ seinen Fahrer in einiger Entfernung zu dem Motorrad parken, das Alabenu im Schatten der Felsen abgestellt hatte. Eine effektive Möglichkeit, hier Fahrzeuge zu verstecken, gab es nicht. Stefan hielt neben Seydou.

„Dort ist der tote Baum unter dem Felsvorsprung." Der Dorfälteste zeigte in die Richtung von Alabenus Zweirad.

Nun sahen sie auch einen der Männer, die mit ihren Motorrädern vorgefahren waren. Er lief ihnen entgegen und berichtete: „Wir haben hier draußen Alabenu noch nicht gesehen. Er ist wahrscheinlich noch in der Höhle. Kikinu ist zu Alabenu hineingestiegen. Ich habe hier gewartet, um euch zu informieren."

„Hier gibt es eine Höhle?", fragte Stefan.

„Sie führt tief in die Erde hinein", erklärte Seydou. „Nur dort unten ist die richtige Ruhestätte für den Kunogoro. Das Andenken an Nommo-Tuwa soll dort seinen Platz haben und nicht verkauft werden, wie es Alabenu oder einige andere Leute wollen."

„Wir sollten uns beeilen", riet einer der Männer. „Wenn Kikinu mit Alabenu dort alleine ist, dann besteht die Gefahr, dass wieder Blut fließt."

„Was habt ihr eigentlich mit Alabenu vor, wenn ihr ihn zu fassen bekommt?", fragte Stefan.

„Was würdest du tun mit einem Mann, der deinen Sohn fast umgebracht hätte und im Begriff ist, die Geheimnisse deines Volkes zu verraten?", stellte Seydou die Gegenfrage.

„Als Christ würde ich auf jeden Fall keine Gewalt anwenden. Es gibt sicher andere Lösungen."

„Niemand wünscht sich, dass wir Gewalt anwenden müssen", antwortete Seydou hart. „Aber wir dürfen Alabenu nicht entkommen lassen. Niemand weiß, zu welchen Taten er noch fähig ist und was er mit dem Kunogoro vor hat."

„Ich werde mit euch kommen. Vielleicht hört er ja auf mich." Und etwas leiser fügte er noch an: „Mit Gottes Hilfe."

Die Gruppe ging zu dem toten Baum unter einem Felsvorsprung. Dahinter war ein eher unscheinbares Loch im Gestein zu sehen. Gerade so groß, dass ein erwachsener Mann in gebückter Haltung hindurch passte.

„Drei Männer warten hier vor dem Eingang und sichern ihn, für den Fall, dass Alabenu nicht in der Höhle ist, sondern noch irgendwo hier draußen", erklärte Seydou. Dann zwängten sich die Dogon und Stefan in den Höhleneingang.

Bereits nach einigen Metern war die Luft angenehm kühl. Stefan fühlte, wie die angenehme Temperatur neue Kräfte in ihm mobilisierte. Bereits kurz nach dem Eingang weitete sich der Gang, so dass man aufrecht stehen konnte. Trotzdem verspürte er eine wachsende Beklemmung. Der Gedanke an die meterdicken Felsmassen, die ihn überall umgaben, ließ erste Anzeichen von Platzangst in ihm aufkommen.

Die Gruppe hatte mehrere Taschenlampen mitgebracht. Drei davon waren nun angeschaltet. Seydou ließ seinen Schwiegersohn vorausgehen. Außer der Lampe hatte er noch eine kleine Axt in den Händen.

Die Männer versuchten leise zu gehen. Trotzdem hallten ihre Schritte an den Höhlenwänden. Seydou gab seine Anweisungen nun flüsternd. Alle lauschten gespannt nach verdächtigen Geräuschen.

Stefan betete lautlos, dass die Aktion ohne weiteres Blutvergießen verlaufen würde. Angesichts der Entschlossenheit der Gruppe befürchtete er, dass man mit dem Täter kurzen Prozess machte. Er wollte kein Teil dieser Lynchjustiz sein. Doch ebenso sehr war ihm wichtig, dass er seinen Freunden zur Seite stand.

Nachdem sie zwanzig Minuten den Gang entlang gegangen waren, immer weiter und tiefer in das Erdinnere, mussten sie sich erneut durch eine extrem enge Stelle quetschen. Wieder ging Seydous Schwiegersohn voran. Stefan hoffte, dass er nicht auf der anderen Seite von Alabenu abgefangen werden würde. Und wo war überhaupt der Helfer, der vorab mit dem Motorrad angekommen war und bereits in der Höhle dem Täter folgte?

Stefan war einer der Letzten, die die Engstelle überwinden mussten. Im Gegensatz zu den meisten Dogon war er eher wohlbeleibt. Sein erster Versuch, durch das Loch zu gelangen schlug fehl. Wieder kam leise Panik in ihm auf.

„Versuche es, indem du mit einem Arm voran hindurch kriechst", riet einer der Dogon.

Stefan versuchte es, doch wieder steckte er fest. Erneut probierte er eine andere Technik, aber seine Körperfülle ließ sich auch jetzt nicht durch den Spalt bringen. Dafür wuchs seine Angst, in der Dunkelheit begraben zu werden.

„Vielleicht gehe ich doch wieder zurück zum Ausgang", meinte er unsicher.

Nun erschien in der Öffnung der Kopf von Seydou. „Höre, mein Freund. Ich weiß nicht viel von eurer christlichen Religion. Aber ich weiß, dass das, was du hier auf der anderen Seite sehen wirst, etwas ist, das viele Bibelforscher schon lange gesucht haben. Du solltest nicht aufgeben. Es wird sich wirklich für dich lohnen."

„Was meinst du?" Stefans Neugier wurde angefacht. Doch Seydou war wieder verschwunden.

Nun startete Stefan einen neuen Versuch, durch die Öffnung zu kommen. Mit beiden Armen voran kroch er durch das enge Loch. Wieder hatte er den Eindruck, hängen zu bleiben. Doch diesmal zwang er all seine Muskeln, seinen Körper auf die andere Seite zu schaffen. Er keuchte. Er betete. Er zog und stemmte seinen Leib durch den Spalt. Die anderen Männer halfen ihm und gemeinsam schafften sie es, den beleibten Europäer in den letzten Teil der Höhle zu bekommen.

Erschöpft ließ sich Stefan auf den Boden sinken, blickte aber erwartungsvoll um sich. Irgendjemand rief etwas von weit her, aber er verstand es nicht. Er schaltete seine eigene Taschenlampe an, schwenkte sie langsam an der Felswand entlang. Wieder rief jemand, doch seine Aufmerksamkeit war ganz auf das gerichtet, was das Licht seiner Lampe beleuchtete.

Sie befanden sich nun in einer weitläufigen, natürlichen, unterirdischen Halle. In ihrer Mitte befand sich ein See. Er war etwa 250 Meter lang und 100 Meter breit. Dabei nahm er etwa drei Viertel der Hallenfläche ein.

Die Wände dieses Höhlenabschnittes waren weniger zerklüftet als der Gang, der hier herführte. Zwar waren sie nicht völlig glatt, doch schienen sie auch nicht von Menschen behauen zu sein. Stefan vermutete, dass die Höhle durch unterirdisches Fließgewässer im Laufe von Jahrtausenden entstanden sei. Doch am meisten beeindruckten ihn die von Menschen gemalten Zeichnungen auf den Wänden.

So weit, wie seine Lampe leuchtete, waren Felszeichnungen zu sehen. Stark stilisierte Bilder von Menschen und Tieren. Einfache Darstellungen, doch eindeutige Motive. Offenbar in den Fels geritzt und danach mit Farbe bemalt.

„Das ist doch nicht möglich", murmelte Stefan, der inzwischen aufgestanden war und den Männern Platz gemacht hatte, die als Letzte die Engstelle passierten. „Diese Zeichnungen. Das sind Bilder wie die in Twyfelfontein."

Vor einigen Jahren hatte Stefan ähnliche Bilder in Namibia gesehen. Dort hatte er als Tourist die Höhlen von Twyfelfontein besucht. Die Jahrtausende alten Felszeichnungen gelten als archäologische Sensation. Man schätzt das Alter der über eintausend Darstellungen von Tieren und Menschen auf mehr als fünftausend Jahre.

Die Bilder, die Stefan nun vor sich hatte, glichen auf beachtliche Weise denen im zehntausend Kilometer entfernten Namibia.

Aber nicht nur diese Ähnlichkeit verblüffte Stefan. Die Motive in dieser Höhle waren ihm durch einen anderen Aspekt wohlbekannt und vertraut.

„Das ist Noah und seine Familie", flüsterte er. „Seine Frau, seine drei Söhne und deren Frauen." Er leuchtete ein Stück weiter und ließ das Licht über eine Unmenge von Tierdarstellungen gleiten. „Die Arche. So wie sie in der Bibel beschrieben ist." Die Darstellungen wirkten etwas unbeholfen, doch für den Bibelkundigen war das Motiv eindeutig erkennbar. „Die Taube. Die Wolken. Der Regen." Alles, was er über die Geschichte Noahs aus der Bibel kannte, entdeckte Stefan hier an den Felswänden. Eingraviert auf die gleiche Weise, wie die tausende Jahre alten Felszeichnungen von Twyfelfontein.

„Wenn diese Zeichnungen genauso alt sind wie die in Namibia, dann …" Ihm verschlug es die Sprache, doch ganz leise fand er die Worte wieder: „Dann stammen diese Zeichnungen aus den Jahren, als die Sintflut gerade vorbei war."

Vor Aufregung wagte er kaum zu atmen. Doch wieder flüsterte er zu sich selbst, als müsse er es aussprechen, um es selbst zu glauben: „Vielleicht ist es nicht nur direkt aus dieser Zeit, vielleicht stammt es ja sogar von Noah selbst. Alles ist derart detailliert, als hätte es jemand gemalt, der es selbst erlebt hat."

Ehrfürchtig ließ er seine Taschenlampe Meter für Meter die Wände entlang leuchten. Jede Einzelheit, die er aus seiner Bibel kannte fand er in den Zeichnungen wieder. Den Anfang von Noahs Geschichte. Dessen Leben unter dem dekadenten Umfeld. Sein Auftrag von Gott, die Arche zu bauen. Den Spott, den er von seinen Nachbarn ertragen musste. Stefan war überwältigt.

Nachdem er einige Meter der Wände bestaunt hatte, nahm er wieder das Geschehen um sich herum wahr. Die Männer, mit denen er gekommen war, hielten sich alle im hinteren Bereich der Höhlenhalle auf. Stefan war nur wenige Meter von ihnen entfernt. Die Lampe auf die Felsgravuren gerichtet ging er auf sie zu.

Jetzt erkannte er, dass auch ein Verletzter auf den Felsen lag. Es war Kikinu, der Alabenu gefolgt war, während der andere Motorradfahrer vor der Höhle auf die Gruppe gewartet hatte. Augenscheinlich hatte es einen Kampf zwischen Kikinu und Alabenu gegeben, wobei Kikinu unterlegen war.

„Alabenu muss sich noch irgendwo hier in der Höhle verstecken", erklärte Seydou. „Sucht die ganze Höhle ab. Er kann sich nicht in Luft aufgelöst haben"

Sofort setzten sich die Männer in Bewegung. Stefan und Seydou blieben bei dem Verletzten.

„Alabenu hat den Kunogoro bei sich", berichtete Kikinu. Ich habe versucht, ihm die Maske abzunehmen, doch er ist wie von Sinnen. Ich glaube, er ist sogar bereit, dafür zu töten.

„Er ist alleine. Und wir sind viele. Er hat keine Chance", erklärte Seydou. „Kannst du aufstehen?"

Kikinu hatte einige Platzwunden im Gesicht und am Oberkörper. Er hielt seinen rechten Arm in einer Schonhaltung. Man vermutete, dass er gebrochen war. Stefan und Seydou halfen ihm aufzustehen.

„Wir bringen ihn nach oben. Ein Arzt muss sich seine Verletzungen ansehen", meinte Seydou.

Gemeinsam brachten sie Kikinu zu der Engstelle. Bevor sie sich daran machten, sich hindurchzuwinden, zückte Stefan sein Smartphone heraus, um Fotos von den Felsmalereien zu machen.

„Nein. Nicht fotografieren", wand Seydou ein. „Diese Stätte muss ebenso ein Geheimnis bleiben wie die Existenz Nommo-Tuwas."

Stefan war sichtlich enttäuscht. „Aber das hier ist doch ein echter Beweis, dass auch die ältesten Geschichten der Bibel wirklich wahr sind. Diese Höhle ist der von Twyfelfontein so ähnlich. Die Malereien stammen offensichtlich aus der gleichen Zeit. Das hier könnte von Noah selbst gemalt worden sein. Schließlich hat er nach der Sintflut, wie in der Bibel nachzulesen ist, noch mehrere Jahrhunderte gelebt und könnte in dieser Zeit hierher ausgewandert sein."

„Ich weiß, was dir diese Bilder bedeuten", erklärte Seydou. „Doch dies ist ein heiliger Ort für uns. Hier bewahren wir die Hinterlassenschaften der Nommo auf. Wir können nicht zulassen, dass Menschen aus aller Welt hierherkommen und diesen Platz entweihen. Behalte diese Bilder in deinem Herzen und erzähle niemandem davon."

„Aber das hier ist eine Sensation. Es ist der Beweis, nach dem die Menschen schon immer gesucht haben."

„Braucht dein Gott einen Beweis?", gab Seydou zu bedenken.

„Nein. Aber die Menschen", erklärte Stefan kleinlaut.

„Glaubst du wirklich, dass das hier die Menschen überzeugen würde? Jedem Beweis stellen die Menschen zehn neue Zweifel gegenüber."

„Das ist wahr", gab Stefan zu. „Aber es wird schwer, das alles für sich zu behalten."

„Wenn wieder Ruhe in unserem Dorf eingekehrt ist, dann werde ich mit dir diesen Ort noch einmal besuchen. Wir werden deinen Freund Eric Harder mitnehmen. Ich weiß, was diese Zeichnungen für euch Christen bedeuten. Doch ich muss mich auf euer Schweigen verlassen können."

„Darauf hast du mein Wort. Ich danke dir."

Seydou zeigte auf den engen Durchlass. „Und jetzt helfen wir Kikinu auf dem Weg an die Oberfläche."

Kikinu gab keine Schmerzlaute von sich, obwohl es für den Verletzten mit dem gebrochenen Arm äußerst schwierig war, die Engstelle zu passieren. Auch Stefan hatte aufgrund seiner Körperfülle wieder enorme Schwierigkeiten hindurch zu kommen. In Gedanken nahm er sich vor, in Zukunft einige Kilogramm abzunehmen. Die Gefahren des Übergewichtes spürte er hier auf eine eigentümliche Weise.

Nachdem sie diesen Teil der Höhle bewältigt hatten und dann auch bis zum Eingang vorgedrungen waren, atmeten sie auf. Endlich konnten sie wieder das Sonnenlicht sehen.

„Hat sich Alabenu noch einmal hier blicken lassen?", erkundigte sich Seydou bei den drei Männern, die den Höhleneingang bewacht hatten.

„Nein. Hier war alles ruhig. Habt ihr Alabenu denn nicht dort unten gefunden?", kam die Gegenfrage.

„Er hat sich wohl irgendwo ganz tief im Inneren versteckt. Es gibt dort unten unzählige Seitengänge. Wenn er es gewagt hat, noch tiefer in die Höhle vorzudringen, dann werden unsere Männer ihn niemals finden."

„Würde er denn hinausfinden?", fragte Stefan besorgt.

„Möglicherweise würde er das", meinte Seydou mit ernster Miene. „Aber selbst dann wäre er zum Tode verurteilt."

Stefan ahnte Schlimmes. „Wollt ihr ihn für seine Tat einfach hinrichten?"

Seydou winkte ab. „Auch wenn unsere Männer ihn dort unten nicht finden, dann wird er nur noch wenige Stunden leben. Er hat sich selbst dem Tode geweiht."

Stefans Stimme versagte beinahe. „Wollt ihr ihn hier verhungern und verdursten lassen?"

Seydou sah Stefan fast mitfühlend an. „Nein. Dazu wird es nicht kommen. Der Kunogoro wird ihn vorher getötet haben."

18

Arthur Roth steckte einen USB-Stick in seinen Tablet-PC. Er enthielt eine Datei, die er mit seinem Smartphone aus dem Internet heruntergeladen hatte. Auf seinem Notebook hatte er den ersten Teil einer zweistufigen Dekodierung ausgeführt. Nun führte er auf seinem Tablet-PC die zweite Dekodierung durch.

Nachdem die Datei völlig entschlüsselt war, studierte er den Inhalt. Das Dokument enthielt ein ausführliches Dossier über Addae Ibudione. Der Führer der afrikanischen Erneuerungsbewegung sollte das Ziel des Attentats werden, das Arthur auszuführen hatte.

Akribisch las Arthur die Texte. Immer wieder machte er sich Notizen auf einem Blatt Papier. Natürlich in verschlüsselter Form. Auf keinen Fall durften Beweise bei ihm gefunden werden.

Arthur erfuhr, dass Addae Ibudione aus dem Nachbarland Burkina Faso stammte, aber malischer Staatsbürger war. Dass er in Deutschland studiert hatte, aber nach Mali zurückgekehrt war, bevor er seinen Abschluss in Volkswirtschaftslehre gemacht hatte. In Afrika widmete er sich anfangs verschiedenen sozialen Projekten. Er schaffte neue Strukturen bei der Organisation von lokalen Handelswegen. Regte Dorfgemeinschaften dazu an, neue Produkte zur Selbstversorgung herzustellen oder den Anbau von Agrarprodukten auf den eigenen Bedarf umzustellen. Weg von den traditionellen Pflanzen, hin zu den Pflanzen, deren Früchte man sonst teuer einkaufte.

Nach einiger Zeit zeigten Addaes Bemühungen Erfolg und er wurde von den Menschen, deren Leben er verbessert hatte, verehrt wie ein lokaler Volksheld. Sein Ruhm sprach sich herum. Man wollte auch in anderen afrikanischen Ländern von ihm lernen. Dabei zeigte sich, dass die Veränderungen, die er anstrebte, gar nicht so revolutionär waren. Meist führten bereits schon kleine Korrekturen zu positiven Auswirkungen. Traditionelle Vorgehensweisen, die vor einhundert Jahren noch Sinn machten, aber heute ein erhebliches Hindernis darstellten, ersetzte er durch neue Methoden.

Oft war es allein die Hoffnung, die er den Menschen gab, die dazu führte, dass man alte Wege verließ und neue Schritte wagte. Mit dieser Hoffnung sammelte er Menschen um sich, die die gleiche Vision hatten wie er. Er wollte Afrika in eine neue Zukunft führen.

Natürlich versuchten einzelne etablierte Politiker von seinem Erfolg zu profitieren. Doch Addae machte immer wieder klar, dass er die Gedanken der Menschen verändern wollte und sich nicht für eine politische Richtung vereinnahmen lassen würde. Das führte irgendwann dazu, dass man ihn mit fadenscheinigen Begründungen verhaftete. Da er aber klug genug war, seinen Gegnern keine Angriffsfläche zu bieten, ließ man ihn immer wieder recht schnell frei.

Da Addae inzwischen fast ausschließlich damit beschäftigt war, zu der stetig wachsenden Zahl von Anhängern in Westafrika zu sprechen, wurden die lokalen Projekte aktuell von seinen Weggefährten geführt. Verglichen mit ähnlichen Konzepten spielte bei Addaes Organisationen Korruption kaum eine Rolle.

Gelängen Addaes Pläne für die gesellschaftliche und wirtschaftliche Neubesinnung Westafrikas, dann würde dort ein Wirtschaftsraum entstehen, der für Europa eine nicht zu unterschätzende Konkurrenz darstellen könnte.

Addae war also ein Mann, der eine Gefahr für die herrschenden Wirtschaftseliten bedeutete. Und genau deshalb hatte der „Rat der Fürsten" Arthur beauftragt, ihn möglichst unauffällig zu liquidieren.

In dem Dossier war auch zu lesen, welche öffentlichen Reden er in den nächsten Monaten halten wollte. Meist in den großen Städten, aber auch in einigen ländlichen Gegenden. Für Arthurs Auftrag eigneten sich eher Lokalitäten auf dem Land.

Arthur Roth suchte sich fünf Orte von seiner Liste aus und recherchierte über deren besonderen Gegebenheiten. Nach einiger Zeit fiel seine Wahl auf die Stadt Kita, in der Addae Ibudione in etwa zwei Wochen eine große Motivationskampagne veranstalten wollte.

Kita liegt etwa drei Autostunden westlich von Bamako entfernt. Die Stadt ist ein Verarbeitungszentrum für die in den umliegenden Gebieten angebauten Produkte wie Baumwolle oder Erdnüsse. Sie hat etwa 50.000 Einwohner und ist der größte Verkehrsknotenpunkt zwischen Bamako und Kayes. Viele berühmte malische Musiker stammen von dort. Als Ort für Addaes Rede wurde ein unbesiedelter Platz in der Nähe des dortigen Flughafens angegeben.

„Dort ist viel Platz für seine Zuhörer. Und dieses Gebiet ist sowohl per Eisenbahn als auch mit dem Flugzeug gut zu erreichen", murmelte Arthur. „Ideal um tausende Fans aus Kita und der Umgebung dort zu versammeln." Dann schloss er die Dossierdatei auf seinem Tablet-PC und löschte sie, um auch diese Spuren zu beseitigen.

Kita, so beschloss er, würde der Ort sein, wo Addae Ibudione einem Attentat zum Opfer fallen wird.

19

Den nächsten Tag verbrachte Eric wieder mit seinen Forschungen zur Sprache der Dogon. Wie gewohnt traf er sich mit Amagana, einem Dogon, der in der malischen Hauptstadt Bamako lebte. Da sie sich einige Wochen nicht gesehen hatten, unterhielten sie sich erst einige Zeit in Französisch über private Dinge. Eric konnte es sich nicht verkneifen, von Veras Schwangerschaft zu erzählen, obwohl sie ihn darum gebeten hatte, es vorerst für sich zu behalten. Dann machten sie sich an den eigentlichen Grund ihres Treffens, die Dokumentation der Dogonsprache. Dabei spezialisierte man sich auf den Dialekt, den Amagana sprach.

Eric hatte sich einige Dinge notiert, zu denen er seinem Gegenüber Fragen stellte. Geduldig beantwortete dieser jedes Detail und Eric machte sich Notizen in Lautschrift.

Amagana wusste von Erics Erlebnis mit Nommo-Tuwa. In den Wochen nach Erics Rettung vor dem sicheren Tod, hatte Eric diese Treffen oftmals eher dazu genutzt, mehr über den Außerirdischen zu erfahren als die Sprache der Dogon zu erforschen. Aber auch dazu gab Amagana gleichmütig Auskunft. Da inzwischen mehr als ein

Jahr vergangen war, wandten sich beide wieder der Sprachforschung zu.

Die schwüle Luft der sich ankündigenden Regenzeit machte es schwer, sich zu konzentrieren. Als sie beschlossen, die Arbeit am nächsten Tag fortzusetzen, war es gerade 12:00 Uhr. Und als Eric das Haus verließ, traf ihn die Mittagshitze wie ein heftiger Schlag. Im Licht der gleißenden Hitze glaubte er neben seinem Auto Ndré zu entdecken. Doch als er das Fahrzeug erreicht hatte, war weit und breit niemand zu sehen. Eilig setzte er sich hinein und fuhr los. Mit der kühlen Luft der Klimaanlage kehrten seine Kräfte zurück.

Gerade als er mit seinem Auto in die heimische Garage fuhr, meldete eine Melodie seines Smartphones, dass er eine SMS empfing. Eric rief die Nachricht ab und stellte erfreut fest, dass sie von seinem Berliner Freund Christian Scholz stammte.

„Ich habe gute Neuigkeiten. Rufe mich zurück, um 19:00 Uhr (deutscher Zeit). LG Chris", konnte Eric auf seinem Display lesen. 19:00 Uhr deutscher Zeit bedeutete 17:00 Uhr malischer Zeit. Eric musste sich also noch etwa fünf Stunden gedulden, was ihm aber nicht sonderlich schwer fiel.

Als er das Haus betrat, empfing ihn nur seine Haushälterin Mara. Vera hatte ihn bereits am Vormittag telefonisch mitgeteilt, dass sie an diesem ersten Tag nach ihrem Urlaub ein halbes Dutzend Termine abzuarbeiten habe. Sie rechnete damit, frühestens um 22:00 Uhr Feierabend machen zu können.

Mara hatte ein köstliches Reisgericht zubereitet. Eric aß, trotz der Hitze, mit Heißhunger. Er lud Mara ein, mit ihm zu speisen, doch wie immer lehnte sie ab.

Nach dem Essen ruhte er ein wenig, um die Mittagshitze besser zu ertragen. Dann machte er sich daran, die Aufzeichnungen auszuwerten, die er bei Amagana gemacht hatte.

Wieder klingelte sein Smartphone. Es zeigte an, dass sein Freund Stefan Eigner anrief. Erfreut nahm er das Gespräch an. „Hier ist Eric. Wie geht´s dir Stefan?"

„Hier ist einiges passiert. Ich hoffe, bei dir ist alles ruhig, Eric."

„Na ja. Ruhig ist vielleicht das falsche Wort. Aber uns geht es gut. Ich hoffe, bei dir ist es ebenso. Was meinst du damit, dass bei euch einiges passiert ist? Haben Islamisten das Gebiet der Dogon heimgesucht?"

„Nein. Davon sind wir immer noch verschont geblieben. Gott sei Dank. Aber ein Dogon, der immer noch ein Anhänger der Arnháton-Sekte ist, hat Seydous Sohn schwer verletzt und den Helm Nommo-Tuwas gestohlen. Das bringt mächtig Unruhe in die Dörfer an der Falaise."

„Seydous Sohn? Abene? Wie geht es ihm? Ist er schwer verletzt?" Eric kannte das Opfer. So wie jeder im Dorf Jongu.

„Wir mussten ihn zu einem Arzt in die Stadt bringen. Aber er wird sich erholen. Mit Gottes Hilfe wird er wieder ganz gesund."

„Und wer ist der Täter?"

„Alabenu Ugui. Ich glaube kaum, dass du ihn kennst."

„Hat man ihn dingfest machen können?"

„Nein. Er hält sich wohl noch immer in einem unterirdischen Versteck auf. Weit entfernt von der Falaise."

„Und dieser Alabenu gehört zu den Leuten, die immer noch daran festhalten, dass sich die Dogon mit den Arnhátonjüngern einlassen sollten?", fragte Eric besorgt.

„Leider", bestätigte Stefan. „Er ist wohl ein überzeugter Anhänger der Sekte."

„Die Geister, die die Dogon riefen, werden sie nun nicht mehr los", orakelte Eric.

„Sie haben den Arnhátonkult unterschätzt. So wie wahrscheinlich jeder diese Gruppe unterschätzt hat."

„Auch bei uns ist die Arnhátongemeinschaft wieder ein Thema", erklärte Eric.

„Macht die Sekte sich jetzt auch in Bamako breit?", fragte Stefan erstaunt.

„Nicht, dass ich wüsste. Aber möglicherweise sind wir auf der Spur, weshalb der Räuber in Timbuktu so interessiert an der Seite eines Grabungsberichts war. Ich hatte dir doch von dem Vorfall im

Ahmed-Baba-Institut erzählt." Eric berichtete von den Erkundungen, die Vera und er gemacht hatten. Von den Dokumenten, die Abdul ihnen in Kopie überlassen hatte. Und von den dramatischen Ereignissen im Flugzeug. Zuletzt erwähnte er auch Ndré. „Kennst du einen christlichen Missionar hier in Mali, der offensichtlich furchtlos in den gefährlichsten Ecken des Landes predigt? Er nennt sich Ndré. Und er hat ein ganz spezielles Äußeres." Eric suchte nach Worten, um Ndrés verunstalteten Körper zu beschreiben, ohne sensationslüstern zu klingen.

„Nein", meinte Stefan. „Bei den Dogon war noch niemand, der so heißt oder auf den deine Beschreibung passt."

„Er ist derart couragiert und mit voller Begeisterung für den Herrn unterwegs, dass man glaubt, nichts könne seine Mission stoppen."

„Bewundernswert", bestätigte Stefan. „Mit welcher Missionsgesellschaft kam er denn nach Mali?"

„Das ist eine der seltsamen Sachen an ihm. Er gehört scheinbar keiner Gemeinde an. Er hält höchsten hin und wieder Bibelstunden für junge Christen. Er wurde auch von keiner Missionsgesellschaft ausgesendet. Und predigt trotzdem so, als hätte er sein Leben lang nichts anderes gemacht. Und das ist noch nicht einmal das Seltsamste an ihm."

„Wer weiß, wie seltsam wir manchen Menschen erscheinen", gab Stefan zu bedenken. „Wenn wir so etwas wie normal wären, dann säßen wir nicht hier in Westafrika."

Eric hatte damit gerechnet, dass Stefan seine Bedenken nicht nachvollziehen konnte. Nach wenigen Sätzen wechselten sie wieder das Thema. Da die bevorstehende Taufe Sagaras noch einiger Vorbereitungen bedurfte, sprachen die beiden Missionare noch den Ablauf des Gottesdienstes in Bamako ab. Vera würde dabei sein. Und auch deren Praktikantin Laura hatte ihr Erscheinen angekündigt. Stefan, der sonst an den Felsen von Bandiagara in dem Dogondorf Jongu lebte, würde an diesem Wochenende bei Eric und Vera wohnen können.

Als alle Vorhaben besprochen waren, wollte sich Eric schon verabschieden und das Telefongespräch beenden. Doch Stefan hatte noch etwas auf dem Herzen. „Es gab noch einen weiteren Vorfall in den Dogondörfern", berichtete er. „Du weißt doch, dass vor einigen Wochen Diome Biribi spurlos verschwunden ist. Und vor einer Woche hat man auch versucht Ogobara Bono zu entführen."

„Meinst du, dass es um Schutzgeld geht?", mutmaßte Eric.

„In den Dörfern hat man einen anderen Verdacht. Und wenn das wahr ist, dann würde das auch dich betreffen."

Eric stockte der Atem. Doch er wusste nicht worauf sein Freund hinaus wollte. „Was meinst du?"

„Diome war ebenso wie Ogobara Bono oder du einer derjenigen, die von Nommo-Tuwa geheilt wurden. Und wenn da nun jemand hinter denen her ist, die auf diese Weise ein zweites Leben geschenkt bekamen, dann bist auch du in Gefahr."

20

Mehrere Stunden hatte Alabenu in völliger Dunkelheit in einem Seitenarm der Höhle ausgeharrt. Regungslos hatte er gelauscht, ob sich einer von Seydous Männern in die Nähe seines Verstecks verirren würde. Doch nur von Ferne hatte er die Stimmen der Dogon gehört. Niemand war bis zu ihm vorgedrungen.

Immer wieder hatte er den Beutel in seiner Hosentasche hervorgeholt und kleine Brocken des High-Per geschnupft. Die Wirkung der Droge war beim Schnupfen zwar nicht so intensiv wie beim Rauchen, aber um keine Entzugserscheinungen aufkommen zu lassen reichte es aus. Außerdem half es ihm dabei mit der Enge und der Dunkelheit zurechtzukommen.

Nachdem er eine schier endlose Zeit nichts mehr von den Männern, die ihn suchten, gehört hatte, entschied er, sich auf den Weg an die Oberfläche zu wagen.

Er schaltete seine Taschenlampe ein und die Felsen, die das Licht widerspiegelten, erschienen ihm irgendwie irreal. Das Licht hatte nichts Wohltuendes. Es zeigte ihm nur, dass er hier tief in der Erde verloren war, wenn er nicht irgendwann den Ausgang fand.

Er schaltete wieder seine Taschenlampe aus. Einerseits um die Batterie zu schonen. Andererseits wollte er nicht sehen, was um ihn herum war. Er wollte nicht sehen, dass sich zwischen ihm und den Menschen, mit denen er aufgewachsen war, Tonnen von Erde und Gestein befand.

Wieder griff er nach dem Beutel mit dem High-Per. Wieder schnupfte er die Droge und wartete bis der Schmerz in seiner Seele abgeklungen war. Bis der Wirkstoff ihm eine heile Welt vorgaukelte.

Als er sich wieder bereit für den Rückweg fühlte, schaltete er die Lampe erneut ein und spurtete so schnell er konnte den zerklüfteten Gang entlang. Er musste zusehen, dass er den Weg nach oben bewältigte, bevor die Leistung der Batterie erschöpft war.

Den Kunogoro, die Maske Nommo-Tuwas, hatte er sich mit einem Tuch vor den Bauch gebunden. Er würde seine Eintrittskarte in eine bessere Zukunft sein. Für dieses Relikt des Wasserwesens, das in den Felsenkammern über den Dogondörfern residiert hatte, würde er viel Geld bekommen. Entweder von seinen Freunden der Arnháton-Sekte oder von reichen Sammlern, die ein Vermögen für afrikanische Artefakte bezahlten.

Was er mit dem Geld machen würde, war ihm noch nicht klar. Natürlich dachte er zunächst daran, sich erst mal einen gigantischen Vorrat an High-Per zuzulegen. Das ganz sicher. Vielleicht kaufte er sich auch ein Haus in Mopti. Dann müsste er nicht immer in die Kreisstadt fahren, um sich mit neuem Stoff zu versorgen. Auch ein Auto würde er kaufen. Und Frauen. Endlich Frauen. Wenn er viel Geld besäße, dann könnte ihn keine Frau mehr abblitzen lassen. Nie wieder.

Doch erst einmal musste er hier wieder herauskommen. Schnell war er von dem Spurt, den er eingelegt hatte, außer Atem. Außerdem blutete er. Irgendwo musste er sich angestoßen haben. Doch er spürte keinen Schmerz. Die Droge und die Aufregung, die sich in ihm breit machte, verhinderten, dass er Nebensächlichkeiten wie Schmerzen wahrnahm.

Er hielt an, sah sich um und entdeckte, dass der Weg sich verzweigte. Beide Gänge waren etwa gleichhoch. Und durch beide schien man nach oben zu gelangen. Oder würden sie ihn weiter ins Erdinnere führen?

Er versuchte, sich zu erinnern, welchen Weg er in dem Höhlenlabyrinth genommen hatte. Aber sein Kopf war leer. Gedanken an Autos und Frauen, die er kaufen würde, erschienen vor seinem geistigen Auge. Sein Gehirn wollte sich einfach nicht mit der Realität auseinandersetzen.

„Scheiße. Was mache ich jetzt?", hörte er sich fluchen. Wieder löschte er das Licht und versuchte sich für einen der Gänge zu entscheiden. „Rechts oder links? Verdammt. Welchen soll ich nehmen?"

Er schaltete die Lampe ein und machte einen Schritt auf den rechten Gang zu, blieb aber wieder stehen. Dann entschied er sich für den linken Gang. Doch nach einigen Metern hielt er wieder an.

„Was mache ich, wenn das der falsche Gang ist?"

Er gab sich einen Ruck. „Ich muss es einfach versuchen. Wenn die Lampe ausgeht, dann bin ich verloren."

So schnell er konnte durchquerte er den linken Gang, kletterte über Felsen, zwängte sich durch Engstellen. Irgendwann begann er zu singen, um sich Mut zu machen. Alte Lieder der Dogon, die er schon in seiner Kindheit gesungen hatte. Nach einiger Zeit fiel ihm auf, dass sie von Amma, dem Schöpfergott der Dogon, handelten. Hätte er jetzt nicht Lieder singen sollen, die er auf CDs der Arnhátongemeinschaft gehört hatte? Welcher Gott würde ihn hier retten? Vielleicht keiner dieser Götter? Vielleicht der Gott dieser seltsamen Christen, die diesen Zimmermannssohn verehrten. Diesen Jesus, der sich an ein Holzkreuz nageln ließ?

Er spürte, wie sich das Tuch lockerte, in dem der den Kunogoro eingewickelt hatte. Er hielt an, um die Maske wieder festzubinden.

„Egal, welcher Gott mich hier raus bringt", dachte er. „Ich werde ein reicher Mann sein. Ich muss nur den Kunogoro verkaufen."

21

Es war genau 17:00 Uhr, als Eric per Skype seinen Freund Christian Scholz anrief. Schon an Christians Gesichtsausdruck erkannte Eric, dass ihn eine wirklich gute Nachricht erwartete.

„Heinrich Menu von Minutoli war nicht irgendein Archäologe unter vielen", begann Christian. „Seine Sammlungen bilden den Grundstock für das 1828 gegründete neue Ägyptische Museum in Berlin. Er war Ehrenmitglied der Preußischen Akademie der Wissenschaften. Außerdem wurde ihm der Rote Adlerorden erster Klasse verliehen. Und er war Träger des Königlich Preußischen St. Johanniter-Ordens."

„Wenn man an Archäologen in Ägypten denkt, dann fallen einem erst einmal Namen wie Howard Carter ein, der das Grab des Tutanchamun im Tal der Könige entdeckt hat. Oder vielleicht noch Ludwig Borchardt von der Deutschen Orient-Gesellschaft, der 1912 die Büste der Nofretete ausgegraben hatte. Aber von Minutoli hatte ich bisher noch nie gehört."

„Natürlich nicht", bestätigte Christian. „Sein Name wird nicht mit spektakulären Einzelstücken in Verbindung gebracht. Deshalb kennt kaum jemand seinen Namen. Doch, wie ich schon sagte, ist aus seinen Fundstücken das neue Ägyptische Museum in Berlin entstanden."

„Muss ich mir nun bei Minutoli einen alten Professor vorstellen, der im ägyptischen Sand nach alten Mumien gräbt?"

„Nein. Ganz und gar nicht. Heinrich Menu von Minutoli hatte niemals Ägyptologie oder Archäologie studiert. In dieser Beziehung war er Autodidakt. Er trat 1786 mit vierzehn Jahren in den preußischen Militärdienst ein und machte dort Karriere. 1794 wurde er schließlich zum Stabskapitän befördert. Aufgrund einer Verwundung am rechten Arm, die er sich im Feldzug gegen Frankreich zugezogen hatte, wurde er zum Lehrer und Ausbilder an das Adelige Kadettenkorps in Berlin berufen. Friedrich Wilhelm III. ernannte ihn 1810 zum Erzieher des damals neunjährigen Prinzen Carl. Diese Tätigkeit versah Minutoli bis zur Volljährigkeit des Prinzen. 1820 konnte er dann seiner eigentlichen Leidenschaft, der Altertumsforschung, nachgehen und wurde mit der Leitung einer Expedition betraut, die bis 1821 in Ägypten sehr erfolgreich Grabungen unternahm."

„Das hört sich nach einem sehr interessanten Lebenslauf an."

„Leider nicht ohne tragische Rückschläge."

„Immerhin sind seine Resultate in Museen zu sehen."

„Es ist fatalerweise nur ein Bruchteil seiner Fundschätze in Berlin angekommen. Der größte Teil der gefundenen Altertümer ging bei der Verschiffung von Triest nach Hamburg verloren. Die 97 Kisten, die sich auf dem, für den Transport gecharterten, Segler ‚Gottfried‘ befanden, versanken in der Nacht zum 12. März 1822 in der Elbmündung bei Cuxhaven, während eines fürchterlichen Orkans. Unwiederbringliche Schätze, die bis heute nicht geborgen werden konnten. Zahlreiche Vasen und Stelen, uralte Säulen, Schrifttafeln, Altäre. Ein tonnenschwerer Granit-Sarkophag. Und Gefäße für die Eingeweide der einbalsamierten Mumien. Nur 20 Kisten, die auf dem Landweg befördert wurden, erreichten Berlin. Nur deren Inhalt ist der Nachwelt erhalten geblieben."

„Ein großer Verlust für die Forschung und für Minutoli selbst."

„Das ist wahr. Schließlich war er im März 1821 bei der Eröffnung der Stufenpyramide des Djoser in Sakkara dabei."

„Aber wo kommt der Grabungsbericht, der uns jetzt vorliegt, ins Spiel?"

„Dieser Grabungsbericht galt bisher als verschollen. Man nahm an, dass er, zusammen mit den darin beschriebenen Fundstücken in einer der Kisten auf der ‚Gottfried‘ versunken sei."

„Aber es gab doch sicher Abschriften der Ladungslisten?"

„Ja. Die gab es. Aber sie waren immer unvollständig. Und Minutoli selbst hatte sich immer nur zu den erhaltenen Objekten geäußert."

„Dann hat er selbst nie erwähnt, dass er in Tel el-Amarna die Mumie Echnatons gefunden hat?"

„Er hat weder in seinen Veröffentlichungen über die Ägypten-Expedition davon geschrieben, noch hat er Echnatons sterbliche Überreste in den Ladungslisten erwähnt."

„Aber warum sollte er diesen sensationellen Fund verheimlichen?"

„Das bleibt eines der Rätsel, die noch zu lösen sind. Doch wenn der Grabungsbericht, den du von deinem Freund Abdul in Timbuktu bekommen hast, wirklich authentisch ist, dann wäre die Wissenschaft einen wichtigen Schritt weiter bei der Suche nach Echnatons Grab."

„Meinst du, die Mumie Echnatons liegt im Wrack der ‚Gottfried', bei Cuxhaven tief im Schlick der Elbmündung?"

„Darauf deutet vieles hin. Auch wenn es ein Rätsel bleibt, dass bisher keine Spur des Wracks in der Elbmündung gefunden wurde und dass die Ladelisten nicht mit den Aufzählungen in deinem Grabungsbericht übereinstimmen."

„Aber den Grabungsbericht hältst du für echt?", vergewisserte sich Eric.

„Ja. Soweit ich das von hier aus beurteilen kann. Der verwendete Wortschatz. Die Grammatik. Die Strichführung der Schreibschrift. Alles stimmt mit den Faktoren der damaligen Zeit überein. Auch erkennt man Minutolis typische Formulierungen in dem Text. Da er zwischen 1814 und 1847 mehrere Werke zu seinen Forschungsreisen, aber auch zu militärhistorischen Themen, veröffentlicht hat, lässt sich leicht ein Vergleich anstellen." Dann fragte er: „Und um diesen Bericht ging es, als du vor einem Jahr in Timbuktu Zeuge wurdest, wie jemand sich mit Gewalt eine dieser Seiten aneignete?"

„Richtig", bestätigte Eric. „Der Täter hatte später sogar versucht mich umzubringen. Er stieß mich in meinem Auto von einer der größten Brücken des Landes. Wir vermuteten damals, es ginge nur um eine Seite, die eine Verbindung zu den Dogon aufweisen könnte."

„Und das glaubst du heute nicht mehr?", hakte Christian nach.

„Der Täter gehörte zu einer Sekte, der damals viele Dogon verfallen waren. Diese Arnháton-Sekte hat den Aton-Kult aus der Zeit Echnatons wieder aufleben lassen. Wenn in dem Grabungsbericht steht, dass Minutoli die Mumie Echnatons gefunden hat, dann halte ich es für möglich, dass der Räuber von Timbuktu nicht nur an dieser einen Seite interessiert war."

„Ist diese Sekte immer noch in Mali aktiv?", fragte Christian besorgt.

„Es scheint so. Aber es besteht kein Grund zur Sorge", versuchte Eric zu beruhigen. Von den Entführungsberichten, die ihm sein Freund Stefan Eigner mitgeteilt hatte, erzählte er nichts.

„Na ja. Jetzt bist du auf jeden Fall auf dem neuesten Stand meiner Recherchen. Wenn ich neue Erkenntnisse habe, dann werde ich dich sofort informieren."

„Danke, Christian. Jetzt weiß ich zumindest, dass der Grabungsbericht der Hinweis auf eine Sensation sein könnte."

„Du solltest deinen Kontaktmann vom Ahmed-Baba-Institut schnellstens darüber informieren. Die Originalseiten müssen dringend geschützt werden. Sie müssen auf jeden Fall der Nachwelt erhalten bleiben."

„Glücklicherweise wurden die Seiten bereits nach Bamako, an einen sicheren Ort, gebracht", erklärte Eric.

Sie verabschiedeten sich und Eric rief sofort im Ahmed-Baba-Institut an. Schnell leitete man ihn an Abdul weiter und er wiederholte, was sein Freund Christian ihm berichtet hatte.

„In dem neuen Archiv in Bamako ist der Grabungsbericht in guten Händen. Dort stehen sie unter dem Schutz des Militärs", erklärte Abdul. „Ich hoffe nur, dass die Arnháton-Sekte nicht noch immer glaubt, die Originale befänden sich hier in Timbuktu. Aber zurzeit ist sowieso jeder, der in Timbuktu lebt, in Gefahr. Da macht auch die Existenz einer durchgeknallten Sekte keinen wesentlichen Unterschied."

Diesem Argument hatte Eric nichts entgegen zu setzen. Kurze Zeit später war auch dieses Telefongespräch beendet. Er blieb dann noch einige Minuten an seinem Schreibtisch sitzen und sinnierte vor sich hin.

Wieder stiegen Erinnerungen an den Moment in ihm auf, als vor einem Jahr auf ihn geschossen wurde. Damals wurde er von einem Arnháton-Jünger so schwer verletzt, dass er fast gestorben wäre. Nun fragte er sich, ob er sich wirklich wieder mit dieser Sekte befassen sollte. Würde er sich dann erneut in Gefahr begeben?

Aber er hatte gar nicht mehr die Möglichkeit, die Arnháton-Sekte zu ignorieren. Wenn Stefan Eigner recht hatte, dann würde man vielleicht auch ihn entführen, so wie die anderen Männer, die durch Nommo-Tuwa geheilt wurden.

„Wir werden auch das hier überstehen", machte er sich selbst Mut. „Mit Gottes Hilfe."

22

Immer wieder hielt Alabenu an, um zu lauschen, ob nicht doch noch Seydous Männer in der Höhle waren. Er hatte keine Ahnung, ob er nun auf dem richtigen Weg war oder ob er sich immer tiefer in dieses Labyrinth verirrte. Regelmäßig griff er nach dem Beutel mit dem High-Per. Nun bemerkte er, dass der Vorrat deutlich zur Neige ging. Dieser Umstand machte ihm mehr Sorgen als die Tatsache, dass er keinen blassen Schimmer hatte, wie weit er von dem Höhleneingang entfernt war. Nur die Droge hielt ihn davon ab, zu verzweifeln. Und das war ihm sogar in seinem berauschten Zustand bewusst.

Als er anhielt, um zu verschnaufen, bemerkte er etwas Feuchtes, das an seinem rechten Arm herunter rann. Er leuchtete dorthin und stellte fest, dass es Blut war. Sein Blut. Er betrachtete seinen Ellenbogen und sah, dass er dort eine tiefe Platzwunde hatte, aus der ein deutlich sichtbares Stück Knochen herausragte. Jetzt, da er dies sah, fühlte er auch einen immer stärker werdenden Schmerz.

„Verdammt. Ich muss hier raus." Eine unaufhaltsam aufsteigende Angst schnürte ihm die Kehle zu. Seine Beine versagten für einen Augenblick ihren Dienst und er begann zu taumeln. Als er sich an der Felswand abstützte, schnitt er sich seine Finger an dem scharfen Gestein auf.

Er sank auf die Knie und löschte die Taschenlampe. Batteriestrom sparen war wichtiger als alles andere. Das vergaß er auch jetzt nicht.

Schluchzend verbrachte er so einige Minuten. Dann hockte er

reglos in der Dunkelheit. Er wünschte sich zu sterben. Mit seinen Fingern befühlte er die Maske, für die er all das auf sich genommen hatte. Ihre Formen waren ihm fremd und doch irgendwie vertraut. Nach ihrem Vorbild hatten die Dogon seit Generationen ihre Masken für die kultischen Tänze und religiösen Riten hergestellt. Diese Maske, die Nommo-Tuwa wie einen Helm getragen hatte, erlaubte es dem außerirdischen Wesen mit den Dogon zu kommunizieren. So etwas wie diesen Kunogoro gab es vielleicht nur einmal auf der Welt. Und dafür würde er ein Vermögen bekommen. Von wem auch immer.

Während seine Finger über die Maske glitten, die er in einem Tuch vor seinem Bauch trug, hatte er das Gefühl, dass der Kunogoro irgendwie wärmer war als zu dem Zeitpunkt, da er ihn aus dem Versteck in dem unterirdischen See geholt hatte. Aber er erklärte sich diesen Temperaturunterschied dadurch, dass er das Artefakt ja auch schließlich am Körper trug. Wahrscheinlich nahm das Material einfach nur seine Körperwärme auf.

Er schnürte das Tuch mit der Maske wieder vor seinem Bauch fest und schaltete die Lampe ein. Als er den Gang entlang leuchtete, reflektierte etwas das Licht am Ende des Ganges. Sofort schaltete er die Lampe wieder aus. War dort jemand, der ebenfalls mit einer Lampe leuchtete? Doch nichts durchbrach die Dunkelheit. Er hielt den Atem an und lauschte. Auch jetzt deutete nichts darauf hin, dass noch jemand in der Höhle war.

Also nahm er all seinen Mut zusammen, schaltete seine Lampe wieder ein und machte sich auf den Weg zu dem Ende des Ganges. Nach einigen Metern, die er wieder im Laufschritt zurückgelegt hatte, erkannte er, dass sich der Gang öffnete und in eine große, natürliche Halle mündete.

Er stand wieder vor dem großen unterirdischen See, aus dem er den Kunogoro geholt hatte. Von hier aus war der Weg nach oben kein Problem mehr.

Wieder löschte er das Licht und lauschte. Auch jetzt war nichts von seinen Verfolgern zu hören.

„Die haben aufgegeben", dachte er. „Ich bin einfach besser als die."

Als er die letzten Meter der Höhle hinter sich brachte und die ersten Lichtstrahlen vom Höhleneingang her zu sehen waren, klopfte Alabenus Herz bis zum Hals. Er fragte sich, ob Seydou und die anderen Dogon ihm am Eingang auflauern würden. Vorsichtig und fast geräuschlos schlich er Schritt für Schritt auf das Tageslicht zu. Immer in der Erwartung, dass jemand über ihn herfallen würde.

Doch als er gespannt ins Freie trat, stellte er fest, dass ihn niemand dort erwartete. Unsicher sah er sich um und lauschte. Waren die Männer aus seinem Dorf vielleicht doch noch in der Nähe? Was würden sie mit ihm machen, wenn er in ihre Hände fiel? Hier in der menschenleeren Steppe konnte er nicht darauf vertrauen, dass man ihn an irgendein gnädiges Gericht überstellte. Nach der Freude über sein Entkommen aus der Höhle überkam ihn erneut Angst. Angst vor den Konsequenzen seiner Tat.

Er ging zu der Stelle, an der er sein Motorrad abgestellt hatte. Doch er fand es dort nicht vor. Im staubigen Boden waren noch Reifenspuren zu sehen. Aber das Zweirad war weg.

„Scheiße", fluchte Alabenu und griff zu dem Beutel mit dem High-Per. Mit zittrigen Fingern stopfte er die Droge zusammen mit dem Tabak in seine Pfeife und zündete das Gemisch an.

„Das wird euch nichts nutzen", dachte er. „Wasser habe ich in dem unterirdischen See mehr als genug. Und wenn ich dort reichlich trinke, dann schaffe ich auch den Rückmarsch zu Fuß. Ich brauche höchstens drei Tage, bis ich an einen Fluss oder eine Wasserstelle komme."

Er suchte noch einige Minuten die Umgebung ab. Doch er stieß weder auf andere Menschen, noch fand er sein Motorrad. Ihm blieb nichts anderes übrig, als sich auf einen langen Fußmarsch vorzubereiten. Er zog das Tuch fest, in dem er den Kunogoro aufbewahrte und ging zurück in die Höhle. Er würde trinken müssen, um für den Fußmarsch gerüstet zu sein. Viel trinken.

23

Mit einem kehligen Schrei schreckte Arthur Roth aus dem Schlaf auf. Wieder hatte er diesen Angsttraum gehabt, der ihn zwei bis drei Mal im Jahr heimsuchte. Es war immer der gleiche Traum. Die Bilder von seinem ersten Mordopfer.

Obwohl er inzwischen seit Jahrzehnten für den Rat der Fürsten mordete, träumte er bisher nur von dieser ersten Tat, die eher ein Totschlag im Affekt war als ein wirklicher Mord. Dass ihn dieses Ereignis immer noch so sehr beschäftigte, erklärte sich Arthur so, dass damals persönliche Gefühle im Spiel waren. Und dass es auch die grausamste Tat war, die er je begangen hatte. Im Alter von vierundzwanzig Jahren hatte er Dinge getan, von denen er nicht im Traum geahnt hätte, dass er sie tun könnte.

Als er damals am späten Abend blutüberströmt vor seinem toten Vorgesetzten stand, glaubte er, sein Leben sei verwirkt. Er dachte auch an Selbstmord, aber das wollte er sich als Ultima Ratio vorbehalten.

So beschloss er, sich der Polizei zu stellen. Als er sich, mit einem Mantel über der blutgetränkten Kleidung, auf den Weg zur nächsten Polizeiwache machte, wurde er jedoch von einem Mann mit Kapuzenshirt angesprochen. Schnell zeigte sich, dass dieser seltsamerweise über seine Tat Bescheid wusste. Arthur nahm an, dass das Büro, in dem sich die Bluttat abgespielt hatte, von Kameras überwacht wurde.

Der Mann machte Arthur ein Angebot. Eine Chance, dass sein Leben doch nicht verwirkt war. Eine Chance, dass er weitestgehend normal weiterleben konnte. Mit einem neuen Namen und einer neuen Identität. Wenn er irgendwann einmal die richtige Frau fände, würde er heiraten können. Er würde Kinder haben können. Man bot ihm einen Job an. Eine besondere Arbeit. Er müsse nur von nun an weitere Morde begehen. Doch diesmal im Auftrag einer geheimen Gruppe. Später erfuhr er, dass es der Rat der Fürsten war.

Der Gedanke, dass er doch noch eine Zukunft haben könnte, machte Arthur Hoffnung. Er redete sich ein, dass er für eine gute Sache morden würde. Und als letzten Ausweg sah er immer noch die

Möglichkeit des Selbstmords. Also nahm er das Angebot an.

Doch all die folgenden Morde beschäftigten ihn nie so sehr wie diese erste Tat. Immer wieder sah er das Blut an seinen Händen. Immer wieder verfolgten ihn die Bilder seines Opfers.

Nach seinen Träumen war er stets aufs Neue über sich selbst entsetzt. Doch wenn er sich nach dem Erwachen beruhigt hatte, versuchte er seinen Alltag so normal wie möglich zu bestreiten.

Wie immer, wenn er diesen Albtraum hatte, stand er auch heute aus seinem Bett auf, duschte, zog sich an und holte seinen Koffer, in dem er das SWG-45-RZ, sein bevorzugtes Scharfschützengewehr, aufbewahrte. Wenn er durch die Erinnerungen an seine erste grausame Tat emotional verstört war, dann begann er damit, das Gewehr auseinander zu nehmen, einzuölen und wieder zusammenzusetzen. Da er seine Waffen stets in makellosen Zustand hielt, waren diese Reinigungsaktionen nach den Albträumen natürlich nicht nötig, doch sie dienten ihm als Möglichkeit, wieder zu sich selbst zu finden. Wenn er es schon nicht schaffte, sich seelisch vom Schmutz seiner Vergangenheit zu befreien, so konnte er sich hier beweisen, dass er sein Handwerkszeug unbeschmutzt halten konnte.

Nachdem er seine Waffe wieder in den Koffer gepackt hatte, begab er sich in den Speiseraum des Hotels. Hier frühstückte er und wartete auf Laura, die wie gewohnt um 06:50 Uhr erschien.

„Guten Morgen", grüßte Laura, die ihn wie jeden Morgen anstrahlte.

„Guten Morgen, Laura. Hast du gut geschlafen?", erwiderte Arthur.

Auch heute bestätigte Laura, dass sie ausgezeichnet geschlafen habe. Sie war schon immer mit sich und ihrem Leben völlig eins. Das beruhigte Arthur. Sie war der feste Punkt in seinem Leben. Ebenso, wie er ihr Halt in ihrem Leben gab. Trotz der Dinge, die sie von ihm nicht wusste. Und auch nie wissen durfte.

„Vera hat uns zu einer Taufe eingeladen", berichtete Laura ihrem Großvater. „Eric wird einen Einheimischen taufen. Einen Dogon, der sich zum Christentum bekehrt hat."

Arthur blickte skeptisch. „Und was haben wir damit zu tun?"

„Sie meint, dass es ein besonderer Gottesdienst wird, der auch für uns interessant sein könnte."

„Ich hatte noch nie etwas mit Kirche oder Religion am Hut gehabt. Ich glaube nicht, dass ich da am richtigen Platz wäre", gab Arthur zu bedenken.

„Vera hat nur gemeint, dass man da etwas von den Früchten von Erics Arbeit sehen kann."

Arthur blickte immer noch zweifelnd. „Eric ist doch Sprachforscher. Was hat er mit einer Taufe zu tun?"

Geduldig erläuterte Laura: „Eric macht seine Sprachforschung ja, um eine Bibel für das Volk der Dogon zu erstellen. Damit sich die Dogon davon überzeugen können, dass Jesus Christus der Erlöser der Welt ist. Wenn sich jemand zum Christentum bekehrt, dann ist das ein Teil seiner Arbeit."

„Und du interessierst dich plötzlich für Religion?", wunderte sich Arthur.

„Ich interessiere mich schon dafür, wie Menschen durch die Arbeit von Eric einen neuen Sinn in ihrem Leben bekommen."

„Wenn ein Mensch aus einem der ärmsten Länder der Welt, so wie es das Land Mali ist, sich für die vorherrschende Religion der Industrieländer entscheidet, dann sieht das für mich eher so aus, als würde er das aus wirtschaftlichen Gründen tun", erklärte Arthur.

Laura lächelte. „Du kannst dir nicht vorstellen, dass der Täufling wirklich eine Offenbarung hatte?"

„Nein. Und ich gehe davon aus, liebe Laura, dass du auch noch keine religiöse Offenbarung hattest."

„Richtig. So etwas hatte ich noch nicht. Aber es wäre schön, wenn ich so etwas erleben könnte. Vielleicht ja bei diesem Taufgottesdienst."

Arthur merkte, dass Laura von ihrem Vorhaben, dieser Taufe beizuwohnen, nicht abzubringen war. „Ich werde wohl besser zu diesem Gottesdienst mitkommen. Wer weiß, welche religiösen Einsichten du dort unversehens bekommst. Wenn dir dort plötzlich ein göttliches Wesen erscheint, möchte ich gerne dabei sein", spottete er.

Schnell wechselte Arthur das Thema. Er wollte nicht, dass Lauras Tag mit einem Streitgespräch begann.

Nachdem Laura zu ihrer Arbeit bei den UN-Büros in Bamako aufgebrochen war, hing Arthur wieder trüben Gedanken nach. Der Albtraum der vergangenen Nacht hatte ihn noch nicht so ganz losgelassen.

Er dachte an die ersten Jahre, die er für den Rat der Fürsten gearbeitet hatte. Zuerst wurde er als Assistent für einen erfahrenen Killer eingesetzt. Dabei erhielt er praktisch eine Ausbildung zum Auftragsmörder. Er lernte schnell, stellte keine unnötigen Fragen zu den Hintergründen der Aufträge und zeigte eine außergewöhnliche Sorgfalt bei der Vorbereitung seiner Einsätze. Das waren genau die Eigenschaften, die man von ihm erwartete.

Moralische Bedenken hatte er keine. Die Exekutionen, die er ausführte, waren stets kurz und beinahe schmerzlos. Ganz anders als der Mord, den er an seinem Chef begangen hatte. Damals war es eine persönliche Sache gewesen. Nun spielten Emotionen bei seinen Aufträgen keine Rolle mehr. So beruhigte er sein Gewissen, dass seine jetzigen Morde ja vergleichsweise human seien. Die Delinquenten würden ja nicht leiden, redete er sich ein.

Arthurs Gedanken wanderten zu den Tagen, als er seine geliebte Frau kennenlernte. Es war eine wunderbare Zeit. Zumindest die Stunden, die er mit ihr verbringen konnte. Über seine Arbeit konnte er natürlich nicht reden. Da durfte er zu niemandem auch nur den Ansatz einer Andeutung machen. Kein Mensch durfte überhaupt vom Rat der Fürsten erfahren.

Der Rat der Fürsten, dessen eigentlicher Selbstzweck die Steuerung der wirtschaftlichen Kreisläufe in Europa ist, besaß unzählige Firmen aller Größenordnungen. Naturgemäß auch kleinere Firmen wie eine Detektivagentur. Es ist klar, dass der offizielle Inhaber einer solchen Firma keinen Anlass gab, eine Organisation wie den Rat der Fürsten dahinter zu vermuten. So war auch Arthurs Frau Hanna stets der Meinung, dass Arthur als Detektiv arbeite.

Nachdem Arthur und Hanna geheiratet hatten, führten sie ein unauffälliges bürgerliches Leben. Arthur war hin und wieder für einige Tage beruflich unterwegs, aber das war für einen angeblichen Detektiv nicht ungewöhnlich. Nach zwei Jahren brachte Hanna ihr erstes Kind zur Welt. Einen Sohn, dem sie den Namen Wolfgang Sven gaben. Später wurde er Lauras Vater. Zwei Jahre danach kam eine Tochter zur Welt. Das Familienglück war perfekt.

Während dieser Zeit gelang es Arthur mühelos, das Doppelleben zwischen treusorgendem Familienvater und gewissenlosem Killer zu führen. Zweifel kamen ihm erst, als sein Sohn Sven selbst Vater wurde. Bei dem Gedanken, dass seine Enkel in einer Welt aufwachsen würden, die in Wahrheit von skrupellosen Konzernen regiert wird, begann Arthur seine Arbeit zu hinterfragen. Zuerst im Stillen, dann immer öfter auch in Anwesenheit von anderen Mitarbeitern des Rates.

Schnell wurde er offiziell zur Zurückhaltung und zu uneingeschränkter Loyalität aufgerufen. Für einige Wochen hielt Arthur sich auch daran, doch kam der Tag, an dem er erneut einen Auftrag seinem Vorgesetzten gegenüber hinterfragte. Dieser Tag war verhängnisvoll. Sehr verhängnisvoll.

Noch am Abend desselben Tages kamen sein Sohn und seine Schwiegertochter bei einem Autounfall ums Leben. Die Ermittler der Polizei nannten ihm einen technischen Defekt als Unfallursache. Doch am Abend besuchte ihn ein Mitarbeiter des Rates der Fürsten und erklärte ihm, dass dies nun die letzte Warnung sei, sich den Regeln der Organisation zu fügen. Man habe seinen Sohn und dessen Frau liquidieren lassen, um ihm zu zeigen, dass er gehorchen müsse. Sollte er nicht wieder zu der geforderten Loyalität zurückfinden, dann würde auch sein Enkelkind Laura sterben.

Arthur stürzten diese Ereignisse in eine tiefe Depression. Wieder dachte er an Selbstmord. Doch was würde dann aus Laura werden. Für einige Wochen war er nicht arbeitsfähig. Erstaunlicherweise zeigte sich der Rat in dieser Beziehung als äußerst verständnisvoll. Er konnte krankheitsbedingten Urlaub nehmen, so lange er wollte. Man bezahlte ihm die besten Therapeuten.

Natürlich litt auch seine Frau unter diesem Verlust. Da sie aber an die Erklärung glaubte, dass ein schicksalhafter, technischer Fehler der Grund für das tragische Ereignis sei, fiel es ihr viel leichter, damit umzugehen als Arthur. Beide nahmen die nun elternlose Enkeltochter Laura bei sich auf und kümmerten sich, so gut es nur ging, um sie.

Irgendwann fand Arthur wieder zu alter Stärke zurück und behielt Zweifel an seiner Arbeit für sich. Von nun an war das Wohl seiner Familie sein wichtigstes Ziel.

Weitere Schicksalsschläge blieben Arthur in den folgenden Jahren nicht erspart. Seine Tochter Connie fiel ihrer Drogensucht zum Opfer. Sie starb an der Überdosis eines Produkts, das Jahre später zu dem populären High-Per weiterentwickelt wurde. Einige Jahre später verstarb auch seine Frau. Sie überlebte eine Operation am offenen Herzen nicht. Es gab keine Hinweise darauf, dass beide Todesfälle etwas mit dem Rat der Fürsten zu tun hatten. Selbst diese Organisation war wohl nicht für alle vorzeitigen Sterbefälle verantwortlich.

Seit dem Tod von Arthurs Frau lebte Laura in einem Internat. Dort entwickelte sie sich zu einer selbstbewussten und selbstständigen Frau. Arthur war stolz auf sie. Nun hoffte er, dass sie ihre Zukunft ebenso selbstbestimmt meistern würde, irgendwann mit einer eigenen Familie. Hoffentlich ohne Schicksalsschläge. Und ohne jemals vom Rat der Fürsten zu erfahren.

24

Alabenu hatte Kräfte gesammelt, um sich wieder auf den Marsch in die Zivilisation zu machen. Doch es war nicht die menschliche Gemeinschaft, zu der er gelangen wollte, sondern die Möglichkeit, seinen Vorrat an High-Per aufzustocken. Er rechnete sich aus, dass die Droge noch für etwa 24 Stunden reichen würde. Danach begann der kalte Entzug. Eine grauenvolle Vorstellung für ihn.

Wieder hatte er den Eindruck, dass der Kunogoro noch etwas wärmer geworden sei. Doch schnell entschied er, dass das an der warmen Außentemperatur liegen müsse. Hier draußen heizte die Sonne alles auf. Ein natürlicher Vorgang, redete er sich ein.

Er hatte in der letzten Stunde vor seinem Rückmarsch, in der unterirdischen Höhle, so viel getrunken, wie es sein Körper zuließ. Er wusste, dass er in den nächsten zwei Tagen keine Quelle oder etwas Ähnliches finden würde, um Wasser zu sich nehmen zu können. Er wusste genug über diese Landschaft, um sich sicher zu sein, dass sie fast so lebensfeindlich ist wie die Sahara im Norden.

Die Sonne stand nun tief und Alabenu beabsichtigte, die kommende Nacht durchzumarschieren. Erst gegen Mittag des folgenden Tages würde er rasten, wenn die Hitze ihn dazu zwänge.

Mit einem vertrockneten Ast, der ihm als Wanderstab diente, marschierte er in Richtung Westen, der untergehenden Sonne entgegen. Um ihn herum war alles still. Kein Windhauch bewegte die Luft. Wo er auch hinblickte war kein Tier zu sehen oder zu hören. Das einzige Wesen weit und breit, das Geräusche erzeugte, war er selbst. Er hörte das Stapfen seiner Füße und den gleichmäßigen Rhythmus seines Atems.

Und er hörte noch etwas. Erst jetzt fiel es ihm auf. Es war ein leichtes Rauschen. Ein fast unhörbares, gleichmäßiges Zischen.

Er blieb stehen und hielt den Atem an. Dann lauschte er. Eindeutig nahm er diesen ständigen Ton wahr. Langsam drehte er sich um und beobachtete das ihn umgebende Gelände. Nirgends war etwas zu sehen, das die Ursache dieses Geräusches hätte sein können. Er versuchte zu orten, aus welcher Richtung der Ton kam, doch auch das konnte er nicht definieren. Er schien von überall herzukommen.

Nun ahnte er, dass dieses Geräusch keine äußere Ursache hatte. Er ließ seinen Wanderstock fallen und hielt sich mit beiden Händen die Ohren zu. Er hoffte, dass der Ton nun nicht mehr zu hören sei. Doch seine Befürchtung bestätigte sich. Das Rauschen war nach wie vor da. Es war in seinem Kopf.

„Seltsame Ohrgeräusche. Tinnitus", dachte er. „Aber das geht auch wieder weg. Spätestens dann, wenn ich den Kunogoro bei meinen Arnhátonbrüdern abliefere. Dann werde ich mich erholen können. Dann werde ich ein Held sein und ich werde feiern."

Er versuchte das Geräusch zu ignorieren. Doch in der Stille dieser leblosen Umgebung schien es allgegenwärtig zu sein. Nach einiger Zeit begann er leise zu singen. Aber auch das lenkte ihn nicht ab. Es war einfach unmöglich, dieses Ohrgeräusch nicht zu beachten.

Sein Mund wurde trocken. Er zog sein Shirt aus und band es sich vor das Gesicht. So hoffte er, dass nun Mund und Nase nicht so stark austrockneten. „Ich habe den Kunogoro. Und er wird mein Leben verbessern", sprach er sich Mut zu. Doch er spürte, dass seine Zunge immer noch trocken war. Wieder wollte er etwas vor sich hin schimpfen, doch er war nicht fähig halbwegs verständlich zu artikulieren. Also hielt er den Mund geschlossen und wanderte so noch drei Stunden weiter.

Inzwischen war die Sonne völlig untergegangen. Der wolkenlose Himmel ließ aber den Mond und die Sterne als Lichtquelle scheinen. Alabenu hatte schon als Kind gelernt, sich an diesen Himmelsobjekten zu orientieren. Mit Hilfe seiner Uhr und der Stellung des Mondes hielt er mühelos die Marschrichtung nach Westen. Als er nach etwa drei Stunden derart geschwächt war, dass er beschloss, eine Rast einzulegen, fühlte er sich völlig dehydriert. Das überraschte ihn sehr, da es noch gar nicht lange her war, dass er an dem unterirdischen See getrunken hatte.

Immer noch war sein Mund völlig trocken. Und seine Zunge schien inzwischen angeschwollen zu sein. Zudem war das Rauschen in seinen Ohren zu einem Pfeifen angewachsen. Lauter als zuvor.

Er zündete sich eine High-Per-Pfeife an und bekämpfte damit eine spürbar aufkommende Panikattacke. Er inhalierte die Droge und genoss es, wie all seine Ängste und körperlichen Beschwerden mit dem Rauch in die Unendlichkeit aufgelöst wurden.

Trotz seines umnebelten Zustands versuchte er, nicht einzuschlafen. Er wusste, dass er in dieser Nacht noch weiterwandern musste, wenn er nicht in dieser kargen Landschaft umkommen wollte. Die

Dunkelheit machte es ihm schwer, zwischen Realität und Drogenvisionen zu unterscheiden. Vor ihm tauchten die Bilder von Freunden und Bars auf, die er einmal besucht hatte. Und von Frauen. Prostituierten, die er mit dem Geld der Arnháton-Sekte bezahlt hatte. Und Bilder von Mädchen aus seinem Dorf, die er nie anzusprechen gewagt hatte. Visionen von erlebten Situationen und Wunschvorstellungen.

Er spürte, wie sein Geist immer mehr dem Schlafbedürfnis nachgab. Er nahm all seine Willenskraft zusammen und stemmte sich auf. Schwankend zwang er seine Füße, ihn auf den Beinen zu halten. Er tastete nach dem Bündel mit der Maske Nommos und band sie sich wieder vor seine Brust. Sie schien noch immer warm zu sein. Warm, wie leicht abgekühlter Tee. Warm wie der Körper einer Frau. Für einen Augenblick hatte er das Gefühl, er würde von einer unbekannten Frau umarmt, die ihn aus seiner misslichen Lage retten wolle. Erstaunlich realistisch sah er sie vor sich. Ganz nah. Fast konnte er ihren verlockenden Körper riechen. Doch dann meldete sich der fast erloschene Rest seines Verstandes und sagte ihm, dass er hier in der Mitte einer todbringenden Landschaft war. Dass alles, was er sah, nur das Produkt seiner Drogen war. Und dass er nun weiterlaufen müsse, um hier nicht zu sterben.

Er marschierte weiter. Schwächer und durstiger als zuvor. Dem Pfeifen in seinen Ohren gesellte sich nun auch ein unspezifischer Schmerz hinzu. Zudem schien der Kunogoro vor seiner Brust nun derart heiß, dass es schon fast unangenehm war.

„Alles nur Einbildung", sagte er sich in Gedanken. „Meine Psyche spielt verrückt. Wenn es wieder Tag wird, dann ist wieder alles normal." Er versuchte sich wieder die imaginäre Frau in den Sinn zurückzuholen. Wenn er sich schon mit irrealen Dingen herumschlagen musste, dann wollte er sie wenigstens als Motivation für seinen Marsch einsetzen.

„Ich möchte, dass sie mir in der Ferne erscheint, um mir den Weg zu weisen", befahl er seinen Gedanken. Doch niemand erschien ihm. Keine verführerische Frau. Keine Gestalt. Kein Licht. Nichts. Auch die Position des Mondes sagte ihm nichts mehr. Für die Berechnung der Marschrichtung war sein Kopf zu leer. „Wenn ich ohne Plan weiterlaufe, dann verschwende ich nur Energie", sagte er sich.

Mit einem erbärmlichen Laut des Jammers sank er zu Boden. Alle Kraft schien seinen Körper zu verlassen. Noch während des Niedersinkens drehte er sich zu Seite, um nicht mit seinem Körpergewicht auf den Kunogoro zu fallen. Das Tuch, in dem das Artefakt eingewickelt war, löste sich und die Maske rollte ein Stück auf dem staubigen Boden entlang.

Ungläubig starrte Alabenu auf die Maske Nommos. „Das ist doch unmöglich", wollte er sagen, doch seine angeschwollene Zunge ließ das nicht zu.

Der Kunogoro schien nun in der Dunkelheit schwach zu leuchten. Ein orange-rotes Licht ging von ihm aus. Am helllichten Tag hätte man es womöglich gar nicht bemerkt. Doch jetzt inmitten der Nacht war es eindeutig. Die Maske leuchtete.

„Warum hat sie nicht schon in der Höhle geleuchtet?", fragte sich Alabenu. Doch ihm wollte keine Erklärung einfallen. „Ist das jetzt auch nur eine Illusion, die mit das High-Per vorgaukelt?" Er hielt das Objekt ganz nah an sein Gesicht. Deutlich spürte er dessen Wärme. „All das ist keine Drogenvision", stellte er fest. „Das hier ist wahr. Absolut wahr."

Er betrachtete die Maske von allen Seiten. Sie schien wirklich von innen heraus zu leuchten. Nach wie vor war sie hart und fest. Das einzig Greifbare, was von dem Wasserwesen Nommo übriggeblieben war. Doch das leicht pulsierende Licht, das von ihr ausging, gab ihr eine Aura, als wäre sie etwas Flüssiges.

Wieder und wieder drehte er den Kunogoro. Er konnte seinen Blick keine Sekunde davon lösen. „Es ist wunderbar", dachte er. „Es ist ein Zeichen. Ein Zeichen, dass ich etwas Besonderes bin." Er hielt das Objekt mit beiden Händen in die Höhe, so als wolle er mit dessen Licht die ganze Welt erleuchten. Das Rauschen in seine Ohren wurde stärker und stärker. Doch das nahm er nun gar nicht wahr. Seine Faszination für die leuchtende Maske nahm seine volle Aufmerksamkeit in Anspruch.

Für einen Moment verlor er das Gleichgewicht, doch er fing sich, bevor er stürzte. Hätte das High-Per nicht all seine Sinne betäubt, hätte er gespürt, dass die Maske inzwischen so heiß war, dass sie bereits die Haut seiner Hände ansengte.

„Der Kunogoro wird mir den Weg weisen", versuchte er zu schreien, aber die gutturalen Laute, die seiner Kehle entsprangen nahm er selbst gar nicht wahr. Das Zentrum des Universums schien direkt in seinen Händen zu sein. Wieder hob er die Maske zum Himmel. Und dann ließ er sie langsam sinken.

Feierlich führte er das helmartige Objekt herab, bis es Stück für Stück über seinen Kopf glitt. Als er sich die Maske vollends aufgesetzt hatte, reckte er die Arme wieder zum Himmel, als wolle er der Welt beweisen, dass er nun am Ziel seines Lebens angekommen sei.

Für einen Moment fühlte er sich wie ein Gott.

Dann platzten zuerst die feinen Kapillaren in seinen Ohren. Einen Augenblick später etwa ein Dutzend größerer Blutgefäße in seinem Gehirn. Kurz versuchte sein Körper durch erhöhte Bildung von Adrenalin, das Herz-Kreislaufsystem anzuregen. Dann platzten weitere Blutgefäße in seinem Kopf und Alabenu sackte leblos zusammen. Noch bevor sein Kopf mit der Maske den Boden berührte, war er bereits tot.

25

Seit Stefan Eigner mit Seydou und den anderen Dogon-Männern in der Höhle war, um nach Alabenu und dem Kunogoro zu suchen, hatte er unzählige Male den Dorfältesten danach gefragt, was er mit der Bemerkung „Der Kunogoro wird Alabenu getötet haben!" gemeint hatte. Doch Seydou hatte ihm nie eine Antwort darauf gegeben. Stefan hatte geschwankt, ob er dies der örtlichen Polizei melden sollte. Schließlich wurde hier der gewaltsame Tod eines Menschen vorausgesagt. Doch Seydous Orakel klang nach einem Gottesurteil. Und irgendwie tröstete sich Stefan anfangs, dass es hier um Dinge ging, die zu einer Kultur gehörten, die er sowieso nicht ganz verstand.

Dann hatte Stefan den Entschluss gefasst, dass er Seydou dazu zwingen wollte, sich zu erklären. Entschlossen war er auf den Dorfältesten zugegangen.

„Du musst mir sagen, welches Schicksal Alabenu erwartet", hatte er gefordert. „Ich gehe sonst zur Polizei."

Seydou schien nicht besonders von Stefans Absicht beeindruckt gewesen zu sein. „Wenn du das tun musst, dann solltest du es tun", hatte er nur geantwortet. „Du wirst das Unglück, das Alabenu heraufgeschworen hat, nicht aufhalten können."

Stefan hatte sich hilflos gefühlt. Und außerdem zerriss ihn der Loyalitätskonflikt zwischen seiner humanitären Grundeinstellung und dem Respekt vor Seydou, der als Dorfältester und Dogonpriester die Verantwortung für unzählige Bewohner hatte.

Schließlich siegte Stefans Bedürfnis, Alabenu zu helfen, auch wenn dessen Ableben bereits sicher zu sein schien. Und so wandte er sich an eine Polizeistation in der Kreishauptstadt Bandiagara. Dort wurde er allerdings mit Unverständnis empfangen.

„Es gibt also weder einen Täter, noch einen Mord?", meinte der Uniformierte hinter der Anmeldung.

„Der Dorfälteste hat davon gesprochen, dass der Kunogoro Alabenu umbringen wird", erklärte Stefan erneut.

„Und sie haben mir eben gesagt, dass dieses Kunogoro-Ding eine Dogonmaske ist?", wiederholte der Polizeibeamte. „Ich kenne die Dogonsprachen nicht, ich bin vom Volk der Bambara, aber ich gehe davon aus, dass eine rituelle Maske nicht einen Menschen umbringen kann."

„Ich weiß nicht, wie Alabenu zu Tode kommen wird. Ich bin hier, damit Sie das herausfinden", erklärte Stefan scharf.

„Ich soll meine Männer irgendwo in die Steppe führen, damit sie einen Dieb vor einer Maske schützen?" Verständnislos schüttelte der Polizist den Kopf. „Sie sind doch Europäer. Merken Sie nicht selbst, wie unglaubwürdig Ihre Aussage ist? Ich vermute, Sie nehmen die

Geschichten der Bevölkerung auf dem Land etwas zu ernst. Geister, die man mit irgendwelchen animistischen Ritualen heraufbeschwören kann, gibt es auch hier in Mali nicht."

„Hier geht es nicht um Geister", flüsterte Stefan entmutigt.

„Sie müssen mir schon eine konkrete Tat oder einen potentiellen Täter liefern. Sonst kann ich Ihnen nicht helfen." Der Polizist zeigte zur Ausgangstür. „Sie sollten nicht so viel Zeit in abgelegenen Dörfern verbringen. Da verliert man den Sinn für die Realität. Wenn Sie mit Fakten kommen, dann helfe ich Ihnen gern."

Stefan kehrte zu den Dogon zurück und versuchte ein weiteres Mal, Seydou dazu zu bewegen, Alabenu zu retten.

„Wenn die Zeit gekommen ist, dann wirst du von der Macht des Kunogoro erfahren und du wirst verstehen, dass Alabenus Schicksal besiegelt ist. Schenke deinem Herzen Frieden. Du hast getan, was du tun konntest."

Stefan Eigner fand Frieden im Gebet. Unaufhörlich betete er für Alabenu. Und wiederholt stellte er seine Fragen an Seydou. Doch der ließ nicht von seiner Meinung ab.

Bereits am folgenden Tag suchte Seydou Stefan auf. „Nun kannst du erfahren, welchen Kräften des Kunogoro sich Alabenu ausgesetzt hat. Wir können sicher sein, dass Alabenu inzwischen den Tod gefunden hat."

Erwartungsvoll blickte Stefan den Dorfältesten an. „Ich danke dir, dass du mich nun ins Vertrauen ziehst."

„Der Kunogoro wurde geschaffen, damit sich Nommo-Tuwa mit den Menschen verständigen kann. Nommo-Tuwa ist ein Wesen, das von den Sternen zu uns Dogon gekommen ist. Wie alle seine Vorgänger, so hat auch Nommo-Tuwa viele Jahre in den Kammern, hoch oben in den Felsen, über unseren Dörfern verbracht. Dort hat er unsere kranken Männer geheilt. All das hast du auch in der Zeit, die du bei unserem Volk verbracht hast, miterlebt."

„Ja. Ich durfte selbst mit Nommo-Tuwa reden", bestätigte Stefan.

„Nachdem Nommo-Tuwa gestorben ist, war das einzige, das er

hinterlassen hatte, der Helm, der die Funktion hatte, seine Gedanken in Töne zu übersetzen, damit wir sie hören konnten. Ebenso transformierte der Kunogoro unsere gesprochenen Worte in etwas, das Nommo-Tuwa wahrnehmen konnte."

Zustimmend nickte Stefan.

Seydou fuhr fort: „Nach Nommos Tod mussten wir den Helm, manche würden es auch die Maske nennen, an einen Ort bringen, wo er keine Gefahr für die Menschen und die Umwelt darstellt."

Stefan war nicht klar, was Seydou meinte. „Gab es Streit, wer den Kunogoro, wie ihr die Maske nennt, behalten darf?"

„Nein", erklärte Seydou. „Der Kunogoro musste schnell weit fort von unseren Dörfern, weil er nach Nommos Tod eine neue Funktion hat. Eine Funktion, die auf die Dauer für die Menschen tödlich ist."

„Welche Funktion?", fragte Stefan ungeduldig.

„Der Kunogoro erkennt, wenn ein Nommo nicht mehr in der Nähe oder nicht mehr am Leben ist. Wenn sich der Nommo weit von der Maske entfernt, sendet sie Strahlen aus um den Nommo zu orten. Diese Strahlung ist gering und ungefährlich für die Menschen. Aber wenn der Kunogoro den Nommo gar nicht mehr orten kann, weil er gestorben ist, dann sendet er ein Signal in die Heimatwelt Nommos, um einen Nachfolger anzufordern."

Stefan erkannte, worauf Seydou hinaus wollte. „Du meinst, der Helm verbreitete eine Strahlung, die bis in das Sirius-Doppelsternsystem reicht?"

„Genau", bestätigte Seydou. „Diese Strahlung ist nur wenige Stunden für den menschlichen Körper ungefährlich. Um den Kunogoro davon abzuhalten, weiter zu strahlen, gibt es nur eine Möglichkeit."

„Und diese Möglichkeit wäre …?"

„Man muss den Kunogoro mit einer großen Menge Wasser umgeben."

Stefan ging ein Licht auf. „Daher das Versteck in dem unterirdischen See. Dort hat der Kunogoro nicht mehr gestrahlt."

„Ja. Nommo-Tuwa war ein Wasserwesen. Der Helm war auf die molekulare Frequenz, die Nommo-Tuwas Körper aus Wasser hatte, ausgerichtet. Nachdem Nommo-Tuwa gestorben war, verlor er seine äußere Form und er versickerte, wie einfaches Wasser, in den Erdboden. Dort ging sein verstorbener Körper im Grundwasser auf."

„Und was ist mit dem Wasser des unterirdischen Sees?"

„In diesem Wasser sind noch genug Spuren von Nommo-Tuwa, damit der Helm nicht weiter sein Signal aussendet."

Stefan verstand. „Deshalb kann der Helm auch nur dort aufbewahrt werden."

„Ja", fuhr Seydou fort. „In einem Museum würde der Kunogoro wieder mit der Ausstrahlung beginnen. Selbst wenn man größere Mengen irgendeines Seewassers mitnehmen würde."

„Und Alabenus Verhängnis war es, dass er den Kunogoro aus dem Wasser geholt hatte und längere Zeit bei sich führte", folgerte Stefan.

„Richtig. Jemand, der derart habgierig ist wie Alabenu, wird den Helm solange bei sich behalten, bis er ihn seinen selbstsüchtigen Zwecken zugeführt hat. Der Kunogoro wird wieder Signale in Richtung Sirius senden. Und das kann auf Dauer niemand überleben."

„Aber wie werdet ihr den Helm wieder zurück in den unterirdischen See bringen?", fragte Stefan.

Seydou lächelte. „Glücklicherweise befinden wir uns in der Regenzeit. Wenn der Regen so tief in das Erdreich vorgedrungen ist, dass er sich mit dem Grundwasser und dem Wasser des Sees verbinden kann, dann wird für eine gewisse Zeit keine Gefahr bestehen. Dann werden wir den Kunogoro bergen." Und nach einer kurzen Pause fügte er hinzu: „Und dann können wir Alabenus Leichnam auch eine würdevolle Bestattung angedeihen lassen."

26

Sagara schlug seine Bibel zu und legte sie sorgsam in das Wandregal. Vor einigen Monaten hatte er das Buch von Stefan Eigner geschenkt bekommen. Damals saß Sagara in Untersuchungshaft und wartete darauf, ob er wegen Beihilfe zum Mordversuch an Eric verurteilt werden würde oder ob man seinen Beitrag zur Aufklärung des Attentats und zu den anderen Machenschaften der Arnháton-Sekte als strafmildernd anerkennen würde. Glücklicherweise kam Sagara mit einer Bewährungsstrafe davon.

Während dieser Zeit hatte ihn Stefan Eigner oft besucht und viele Gespräche mit ihm geführt. Sagara konnte damals wie heute spüren, dass dem Deutschen wirklich etwas an ihm lag. Diese seelsorgerlichen Gespräche halfen Sagara sehr dabei, mit seiner Schuld fertig zu werden.

Sagara hatte schon vor seiner Begegnung mit Stefan Eigner einiges vom Christentum gehört. Immer wieder waren europäische, afrikanische oder amerikanische Missionare in den Dogondörfern aufgetaucht. Doch meist zogen sie nach einigen Wochen erfolglos wieder ab. Selten bekehrten sich einzelne Dogon zum Christentum. Den meisten fiel es schwer, in Jesus von Nazareth den einzigen und allmächtigen Gott zu erkennen, der sich in einer schwer verständlichen Dreieinigkeit offenbart hat. Und der in der Bibel, als dem Wort Gottes, zu finden ist.

Ganz erfolglos waren die Missionare in den vergangenen Jahrzehnten allerdings nicht. Hin und wieder ist in manchen Dörfern, neben den traditionellen animistischen Kultstätten oder einer muslimischen Moschee, auch eine kleine Kirche zu finden. Sagara hatte bis zu seiner Inhaftierung nie etwas für die Konvertiten innerhalb seines Volkes übrig gehabt. Bisher gingen seine spirituellen Intentionen immer dahin, dass er die traditionellen Glaubensvorstellungen seines Volkes in das 21. Jahrhundert hatte retten wollen. Notfalls auch mithilfe der zweifelhaften Arnháton-Sekte. Doch vor einem Jahr zeigte sich, dass der Einfluss der Sekte eine derart zerstörerische Wirkung hatte, dass sich das Volk der Dogon von den Anhängern der neuen Religionsgemeinschaft distanzierte.

Aber diese Abkehr kam für Sagara zu spät. Er war längst in einen Attentatsversuch auf Eric verwickelt. Dass er mit einer Bewährungsstrafe davon kam, grenzte für ihn an ein Wunder.

Doch seine Erkenntnis, dass Jesus Christus der von Gott gesandte Erlöser ist, kam nicht nur aus der Hilfestellung Stefan Eigners oder der Enttäuschung über den fehlgeschlagenen Pakt mit der Arnháton-Sekte. Sagara hatte vor seiner Verhaftung erlebt, wie sich Nommo-Tuwa, der Außerirdische in den Felsenkammern über den Dogondörfern, selbst zum Christentum bekehrte. Das hatte ihn neugierig auf das heilige Buch der Christen gemacht. Während seiner Untersuchungshaft begann er, auf Anraten Stefan Eigners, das Neue Testament zu lesen. Dabei hatte er keinerlei Erwartungen gehabt. Für ihn war es ein Buch wie jedes andere.

Doch zu seiner Überraschung berührten ihn die Berichte von Jesus mehr, als er es sich anfangs eingestehen wollte. Die Bergpredigt sprach ihm direkt aus dem Herzen. Die Vollmacht, mit der Jesus den Menschen ihre Sündhaftigkeit aufzeigte, überzeugte ihn spontan. Ebenso die Liebe Gottes, aus der die Menschen immer wieder neu Kraft schöpfen können.

Einige Wochen lang las Sagara in seiner Zelle täglich in der Bibel und diskutierte das Gelesene mit Stefan, der ihn regelmäßig besuchte. Irgendwann bat Sagara seinen Freund, dass er gemeinsam mit ihm beten möge. Während des Gebets spürte Sagara deutlich die Anwesenheit Gottes, die ihn bis in sein Innerstes berührte. Von da an wusste Sagara, dass sein Leben eine neue Wendung nehmen würde.

Als Sagara aus der Untersuchungshaft frei kam, wurde ihm unter anderem zur Auflage gemacht, dass er während der Bewährungszeit eine Ausbildung machen solle. Er wählte den Beruf des IT-Spezialisten als zukünftigen Broterwerb. Dazu musste er nach Bamako ziehen, um die Ausbildung zu absolvieren.

Diese Entscheidung, aus dem Dogongebiet wegzuziehen, gepaart mit seiner bekundeten Sympathie für das Christentum, rief großes Unverständnis bei seinen Verwandten hervor. Einige erklärten, sie wollen von nun an nichts mehr mit ihm zu tun haben, was ihn sehr schmerzte und auch wieder zweifeln ließ. Seine Taufe, die er eigentlich für die Wochen direkt nach seiner Freilassung plante, verschob er zunächst.

Nun aber, nachdem er unzählige Male darüber gebetet und in

Bamako eine christliche Gemeinde gefunden hatte, in die er wie in eine neue Familie integriert war, hatte er beschlossen, sich taufen zu lassen. Als Symbol, dass er ein neuer Mensch war. Als Zeichen an die himmlische Welt. Als Zeichen an die Menschen, die ihn kannten. Und als Zeichen für sich selbst.

Am Sonntag, in weniger als einer Woche, sollte diese Taufe stattfinden. Hier in Bamako. Stefan Eigner selbst würde in einem Seitenarm des Nigers die Erwachsenentaufe durchführen. Der Gedanke an dieses heilige Ritual erfüllte Sagara mit inniger Vorfreude.

Einige seiner Freunde und Verwandten aus den Dogondörfern hatten Verständnis für seine Entscheidung, auch wenn sie seine religiösen Erkenntnisse nicht teilten. Sie kamen aber Sagaras Wunsch nach und versprachen, an diesem wichtigen Termin dabei zu sein. Er freute sich, dass all diese Menschen miterleben würden, wie er sein altes Leben hinter sich ließ, um ein neues Leben mit Jesus Christus zu beginnen. Ein neues Leben ohne die alten Götter. Und ohne den Arnháton-Kult.

27

Der Arnháton-Kult hatte seine Spione in ganz Nord- und Westafrika. Inzwischen sogar auch in Europa. Das dichteste Netz an Agenten befand sich aber in der Nähe der alten Aton- und Dogon-Kultstätten, also in Mittelägypten und Mali. Auch wenn Amagana, Erics Kontaktperson für seine Sprachforschungen, keinerlei Ambitionen hatte, sich mit der Sekte einzulassen, so wurde er, ohne dass er es bemerkte, doch ausgeforscht. So gelangte die Information, dass Vera schwanger war, auch zu der Sekte.

Marera, die vom Rand der Sahara aus das gut organisierte Netz der Arnhátongläubigen steuerte, saß in dem klimatisierten Konferenzraum, zusammen mit drei weiteren Personen, die ebenfalls Führungspositionen inne hatten. Jedoch hatten auch diese Männer letztendlich

Marera Folge zu leisten. Trotz allem war es Marera wichtig, deren Meinung zu hören.

„Wir sollten alle Männer, die von Nommo geheilt wurden, hier her schaffen. Nur so können unsere Genetiker auch ihre Arbeit fortsetzen", erklärte einer der Männer. Ein hellhäutiger Kerl mit Glatze und englischem Akzent.

Ein anderer Mann, ein malischer Schwarzafrikaner in einem weißen Boubou, der von einem Streifenmuster aus lauter kleinen A-Buchstaben geziert wurde, widersprach ihm: „Scheinbar wurden nur Männer von dem Außerirdischen geheilt. Und unsere Experimente mit männlicher DNA sind bisher gescheitert. Weitere Männer zu entführen, halte ich für kontraproduktiv. Wir würden nur die Behörden auf uns aufmerksam machen."

Der dritte Mann, ebenfalls ein Malier, stimmte seinem Vorredner zu: „Bisher konnten wir hier in der Wüste weitgehend unentdeckt bleiben. Ich bin auch der Meinung, dass wir keine weiteren Entführungen veranlassen sollten."

Marera betrachtete die Liste in ihrer rechten Hand. Dort befanden sich wirklich nur männliche Namen. Es waren die Männer, die von Nommo-Tuwa geheilt wurden. „Und es ist sicher, dass es niemals eine Frau gab, die der Außerirdische gesund gemacht hat?"

„Niemals", bestätige der Malier im Boubou. „Die Dogon sind eine patriarchalische Gesellschaft. Scheinbar wurde das Glück, von Nommo geheilt zu werden, nur Männern vorbehalten."

„Daran könnte unser ganzes Vorhaben scheitern." Marera lehnte sich zurück und verbrachte so einige Zeit nachdenkend. Die Stille war für die drei Männer fast unerträglich.

Dann fragte Marera: „Haben diese wundersam geheilten Mannsbilder vielleicht inzwischen Kinder in die Welt gesetzt? Vielleicht wurden ja auf diese Weise ihre neuen Körpereigenschaften vererbt?"

Der Hellhäutige erklärte: „Nein. Das ist es ja, was ich immer wieder deutlich machen möchte. Wir habe keinen anderen Ansatz, als weiter an den geheilten Männern zu forschen."

Erneut widersprach der Kollege im Boubou. „Es gibt zwar bei den

Dogon keinen Nachkommen eines Geheilten. Das ist richtig. Möglicherweise machte die Heilung steril. Aber bei dem einzigen Weißen, der durch Nommo gesund wurde, scheint es so, dass er wohl ein Kind gezeugt hat."

Die Miene von Marera hellte sich auf. „Der einzige Weiße? Du sprichst von diesem Deutschen? Eric Harder?"

„Ja. Man munkelt, seine Frau sei schwanger."

„Und ist das Kind wirklich von ihm?"

„Bisher deutet nichts darauf hin, dass jemand anderes der Vater sein könnte."

„Wie weit ist die Schwangerschaft fortgeschritten?"

„Harder redet erst seit wenigen Tagen davon. Und seiner Frau sieht man es auch noch nicht an."

„Die schwangere Frau eines Geheilten. Das könnte unseren Genetikern neue Möglichkeiten verschaffen", stellte Marera fest. „Mit diesen Aussichten sollten wir noch ein letztes Mal eine Entführung veranlassen."

„Aber ich empfehle, dass wir nicht nur Harders Frau, sondern auch ihn selbst gleich mit hierher schaffen lassen. Seine DNA ist möglicherweise immer noch nützlich", ergänzte der Hellhäutige.

„Natürlich", meinte Marera. Sie stand auf und gab so das Zeichen, dass die Besprechung beendet war. „Vielleicht ist dies nun der Beginn der neuen Zeit. Wenn diese Frau die Möglichkeiten in sich trägt, die wir alle erhoffen, dann werden wir in einigen Monaten den Erlöser wahrhaftig sehen können. Arnháton sei mit uns."

„Arnháton sei mit uns", bestätigten die Männer den rituellen Ausspruch, mit dem sich die Sektenangehörigen verabschiedeten.

Marera blieb alleine in dem Konferenzraum zurück. Sie betrachtete die Wand, die ihrem Tisch gegenüber lag. Ein Ölgemälde, das Echnaton und seine Frau Nofretete zeigte, zierte diesen Teil des Raumes. Daneben befanden sich einige Schränke, in denen unzählige Akten untergebracht waren. Unterlagen über die unterschiedlichsten Bereiche der Arnhátongemeinschaft. Jeder Vorgang wurde gewissenhaft dokumentiert. Die Sekte wollte nichts dem Zufall überlassen. Weitere Aktenschränke befanden sich in den anderen Büros des Komplexes. Kopien aller Unterlagen archivierte man in den unterirdischen Räumen. Alles war jederzeit nachvollziehbar, um es in Zukunft zu verbessern.

Marera war vor 32 Jahren in eine Familie von Arnhátongläubigen hineingeboren worden. Schon früh war sie sich sicher, dass sie ihr Leben der Gemeinschaft widmen wollte. Das brachte mit sich, dass sie, ebenso wie die meisten Sektenmitglieder in Ägypten, ein Doppelleben führen musste. Nach außen hin gab sie sich als unauffällige Muslima. Doch zuhause oder in den Räumen des geheimen Tempels verbrachte sie jede freie Minute damit, ihr Leben Arnháton zu weihen. Die Gewissheit, einer kleinen Gruppe von Auserwählten anzugehören, stärkte sie dabei, dieses Doppelleben auszuhalten. In der Öffentlichkeit trug sie das übliche Kopftuch der muslimischen Frauen. Doch zuhause oder bei Versammlungen der Arnhátongemeinschaft kleidete sie sich ganz in dem Stil, den die Sekte im Laufe der Jahrhunderte entwickelt hatte. Praktische Kleidung, meist in den Farben weiß oder blau. Luftig geschnitten, um die Temperaturen in Nordafrika besser ertragen zu können. Die langen, schwarzen Haare nur durch ein Stirnband gebändigt.

Seit sie in die Führungsebene der Arnhátongemeinschaft aufgestiegen war, durfte sie das Stirnband durch ein Diadem ersetzen, das an der Stirnseite eine Uräusschlange zierte. Ebenso wie Nofretete, die Gattin Echnatons, eine wichtige Position in der Machtstruktur des damaligen Ägyptens hatte, so konnten in der Arnhátongemeinschaft auch Frauen wichtige Ämter bekleiden. Sowohl im sakralen Bereich das Amt der Hohepriesterin, als auch im organisatorischen Bereich als Administratorin der Länder im nördlichen und westlichen Afrika.

In dieser Position lenkte sie in Mali, vom Rande der Sahara aus, die Geschicke der Arnhátongläubigen. Sie war eine talentierte Führerin. Sie wusste, wie man Menschen begeistert, motiviert und leitet. Aber sie konnte sich auch Respekt verschaffen. Wenn es sein musste, war sie auch fähig, harte Entscheidungen zu treffen.

„Eric Harder und seine Frau", murmelte Marera vor sich hin. „Sie könnten uns den Weg in die neue Zeit bahnen. Und sie haben wahrscheinlich keine Ahnung davon, was sie in sich tragen."

28

Als der Sonntag von Sagaras Taufe gekommen war, versammelte sich seine Gemeinde nicht wie sonst üblich in der kleinen Kirche in Bamakos Stadtteil Quinzambougou, sondern an einem der Seitenarme des Nigers. Dort wollte man die Taufe durch völliges Untertauchen vornehmen, so wie es in der Bibel von der Taufe Jesu durch Johannes den Täufer berichtet wird.

Die Kirchengemeinde fand sich fast vollständig am Nigerufer ein, ebenso wie einige Freunde und Verwandte Sagaras. Auch etliche Neugierige aus der Nachbarschaft standen am Ufer und betrachteten das Geschehen.

Da Sagara schon früh vor Ort war, kam er vor dem Gottesdienst noch mit einigen Glaubensgeschwistern ins Gespräch. Meist wurde er herzlich zu diesem großen Tag beglückwünscht. Alle freuten sich mit ihm. Sagara war in erwartungsvoller Aufregung. Er hätte die ganze Welt umarmen können.

Als er unter den Anwesenden auch Eric erblickte, befand der sich gerade im Gespräch mit Stefan Eigner und dem Pastor der Gemeinde. Zu dritt würden sie den Gottesdienst leiten. Auf Sagaras Wunsch hin würde Eric den Gottesdienst moderieren, der Pastor die Predigt halten und Stefan würde ihn taufen. Alle drei betrachteten es als eine große Ehre, in dieser Weise an dem Taufgeschehen teilhaben zu dürfen.

Vera konnte heute nicht dabei sein. Die instabile politische Lage im Norden Malis sorgte immer wieder dafür, dass kurzfristig Sitzungen in den UN-Büros in Bamako anberaumt wurden. Gerne hätte sie das Geschehen miterlebt. Zwar teilte sie Erics Weltsicht nicht, dass Jesus der einzige Weg sei, um den Willen Gottes zu erfüllen, doch war sie überzeugt, dass Jesus von Nazareth im göttlichen Auftrag unterwegs war. Ihr war nur noch nicht klar, welche Konsequenzen das für sie persönlich haben sollte. Doch sie vertraute darauf, dass Gott ihr das im Laufe der Zeit offenbaren könnte.

Da Stefan Eigner für Sagaras Taufe am Vorabend extra von Bandiagara nach Bamako angereist war, logierte er vorübergehend bei Eric und Vera in deren Gästezimmer. Stefan empfand die Entscheidung Sagaras für ein Leben mit Jesus als eine Gebetserhörung. Auch er hatte sich sehr auf diesen Tag gefreut.

Laura hatte das Glück, dass sie heute als Praktikantin nicht an allen UN-Sitzungen in Bamako teilnehmen musste. So ließ sie es sich heute nicht nehmen, dem Taufereignis beizuwohnen. Und auch ihr Großvater Arthur war dabei. Da sie Mühe hatten, den Ort der Taufe zu finden, kein Navigationsgerät kannte diese Stelle am Nigerufer, erreichten sie die Veranstaltung erst wenige Minuten vor dem offiziellen Beginn.

Kurz vor 10:00 Uhr traf sich Sagara mit Stefan, Eric und dem Pastor zu einem kurzen privaten Gebet, dann startete mit dem kraftvollen Gesang des Gemeindechores der Gottesdienst. Alle Anwesenden sangen rhythmisch klatschend mit. Die Freude der Anwesenden war deutlich spürbar.

Alle Gottesdienstbesucher standen auf der kleinen Wiese an Ufer. Nur für die älteren Besucher hatte man behelfsmäßige Sitzgelegenheiten mitgebracht. Außerdem für Sagara und die Ehrengäste, wie z.B. Sagaras Verwandte.

Erst nach dem dritten Lied kam Eric dazu, die Gottesdienstbesucher offiziell zu begrüßen. Dann folgten weitere Lieder, Gebete und eine kurze Ansprache von Sagara, der davon berichtete, wie er durch die Botschaft der Bibel und die geistliche Begleitung von Stefan und Eric zum Glauben an Jesus Christus gefunden hat. Nach der Predigt des Gemeindepastors ging die gesamte Gemeinde zum Ufer. Einige Männer und Frauen, die sich zu diesem Anlass weiße Kleidung angezogen hatten, bildeten in dem niedrigen Wasser einen Kreis und Stefan stellte sich mit Sagara in die Kreismitte. Der Rest der Besucher positionierte sich am Ufer und sang enthusiastisch einen weiteren afrikanischen Gospelsong.

Als das Lied geendet hatte wurde es still und alle hörten auf Stefan Eigner, der neben Sagara stand, eine Hand auf dessen Schulter, die andere zum Himmel erhoben, und im Zuge dieser Zeremonie fragte: „Sagara Diakité. Glaubst du, dass Jesus Christus Gottes Sohn und dein Erlöser ist?"

Laut und deutlich antwortete Sagara: „Ja. Das glaube ich."

Dann legte Stefan eine Hand auf den Rücken Sagaras, die andere auf dessen Arme, die er gekreuzt vor der Brust hielt. „So taufe ich dich im Namen des Vaters, des Sohnes und des heiligen Geistes. Amen." Mit diesen Worten drückte Stefan den Täufling sanft nach hinten, bis er völlig im Wasser verschwunden war. Im nächsten Augenblick wurde er wieder nach oben gehoben und er kam, symbolisch als neuer Mensch, wieder an die Oberfläche.

Da Sagara im Wasser die Augen geschlossen hatte, blendete ihn nun das Sonnenlicht für einen Augenblick. Und auch der Jubel der Umherstehenden erschien ihm wie aus einer anderen Welt. Als er seine Umgebung wieder richtig wahrnehmen konnte, wurde er auch schon von Stefan in die Arme geschlossen. Nach und nach folgten alle Glaubensgeschwister, die den Kreis im Wasser gebildet hatten.

„Halleluja. Wir freuen uns mit dir", war immer wieder zu hören.

Sagara fühlte sich, als wäre sein altes Leben auf dem Grund des Nigers geblieben und alles, was ihn nun erwarte wäre neu und rein.

„Halleluja! Heute feiern die Engel im Himmel ein Fest", jubelte der Pastor und umarmte Sagara ebenfalls.

Erneut stimmten die Zuschauer am Ufer einen Gospelsong an. Zwischendurch waren immer wieder die trillernden Freudenrufe einzelner Frauen zu hören.

Während Sagara und die anderen Männer und Frauen aus dem Wasser stiegen, blieben Eric und Stefan dort stehen und betrachteten die Szene. Die ausgelassene Fröhlichkeit der Menschen war ehrlich und ansteckend. Hier war nichts von den Sorgen der Welt zu spüren. Hier freute man sich von ganzem Herzen darüber, dass ein Mensch zu

Jesus Christus gefunden hatte.

Auch am Ufer wurde Sagara immer wieder umarmt. Eric kannte die meisten Menschen nicht, da er hier in Bamako zu einer anderen Kirchengemeinde gehörte. Nur Sagaras Verwandte hatte er einmal in dessen Dorf an den Felsen von Bandiagara getroffen.

Doch jetzt entdeckte er eine weitere Person, die ihm vertraut war. Unter den Menschen, die Sagara gratulierten, war auch Ndré, der Prediger, den Eric das erste Mal in Timbuktu getroffen hatte. Auch er umarmte Sagara.

Eric wunderte sich. War Ndré etwa ein Teil von Sagaras Gemeinde? Oder kannten sich die beiden schon länger? Es sah nicht so aus als wären sie sich fremd. Auch schien Sagara nicht von Ndrés verunstaltetem Äußeren berührt zu sein. Ebensowenig wie die anderen Gottesdienstbesucher um ihn herum.

„Stefan. Sieh mal", wandte sich Eric an seinen Freund. „Dort bei Sagara. Das ist Ndré, von dem ich dir am Telefon erzählt habe. Der Mann mit den vielen Narben im Gesicht."

Stefan folgte Erics Blick. „Wen meinst du?"

Eric war irritiert. Wieder zeigte er in die Richtung. Doch jetzt war Ndré nicht mehr zu sehen.

Stefan machte eine hilflose Geste. „Ich weiß nicht, wen du da gesehen hast."

„Ich muss mich wohl getäuscht haben", raunte Eric. Doch er war sich sicher, dass er eben Ndré gesehen hatte.

Nun machte er sich daran, auch aus dem Wasser zu steigen. Er wollte Ndré finden und Stefan persönlich vorstellen. Er musste seinem Freund beweisen, dass er sich nicht eingebildet hatte, den Prediger hier gesehen zu haben. Als er das Ufer erreicht hatte, drängten sich einige andere Besucher um Sagara, die ihm ebenfalls gratulieren wollten. Ndré war nicht zu sehen.

Eric sah sich um, doch nirgends konnte er ihn entdecken. Er lief ein Stück landeinwärts um einen besseren Überblick über die Versammlung zu erhalten, aber auch jetzt konnte er Ndré nicht ausfindig machen. Also begab er sich wieder in die Menschenmenge und arbeitete sich bis zu Sagara vor. Ungewöhnlich grob drängte er sich durch die Besucher.

Als er Sagara erreicht hatte, fragte er ihn: „Kennst du den alten Mann, der dir gerade gratuliert hat? Ich meine den Mann, mit den vielen Narben im Gesicht."

„Nein. Ich dachte, du hast ihn heute mitgebracht."

„Weißt du, wo er hingegangen ist?"

„Leider nicht. Aber ich nehme an, dass er immer noch hier irgendwo ist. Wieso fragst du?"

Eric überlegte, ob er Sagara von seinen Begegnungen mit Ndré erzählen sollte. Doch er hielt den Augenblick für ungünstig.

„Nicht so wichtig", stammelte er und ging gedankenverloren ein Stück weiter. Er fragte sich, ob die Anwesenheit Ndrés ein Zufall war. Doch hatte er ja in den vergangenen Tagen schon einige seltsame Erfahrungen mit Ndré gemacht. Und es war niemals ein Zufall.

„Hallo Eric", hörte er neben sich die Stimme einer jungen Frau. Er sah sich um und blickte in das freudige Gesicht von Laura. Neben ihr stand Arthur, der interessiert das Geschehen beobachtete.

„Laura. Arthur. Wie schön, euch hier zusehen." Eric reichte den beiden die Hand. Er war erleichtert, dass er von den verwirrenden Gedanken an Ndré abgelenkt wurde.

„Eine solche Taufe habe ich noch nie erlebt", meinte Laura. „Es ist irgendwie ganz anders als die Kindertaufen, die ich von den Familien meiner Freunde kenne."

„Sagara hat sich ja auch bewusst dazu entschieden, sein Leben Jesus zu übergeben. In seinem Leben hat sich nun etwas Wichtiges verändert. Zum Positiven hin. Das ist bei einer solchen Erwachsenentaufe natürlich spürbar."

„Ja. Es ist wirklich beeindruckend", bestätigte Arthur. Die Art, wie diese Menschen hier in einem kindlichen Vertrauen an einen guten Gott glaubten, weckte in ihm eine tiefe Sehnsucht. Er wäre froh, wenn er ebenfalls so glauben könnte. Doch die Erfahrungen, die er in seinem Leben gemacht hatte und das Wissen, dass Wirtschaft und Politik von Gruppen wie dem „Rat der Fürsten" dirigiert werden, ließen in ihm keinen Gedanken an einen allmächtigen Gott zu.

„Möchtet ihr etwas trinken?", fragte Eric. „Dort hat die Kirchengemeinde einen Tisch mit Getränken aufgebaut." Hinter der Menschenmenge waren einige Sonnenschirme zu sehen. Dort konnten sich die
Besucher mit Wasser, Dableni-Tee und sogar mit Kaffee versorgen.

„Gerne", meinte Laura. Sie war um jeden Umstand dankbar, der
ihren Großvater in eine positive Einstellung gegenüber dieser christlichen Gemeinschaft versetzte.

Bevor die drei Europäer den Stand mit den Getränken erreichten,
erklang eine Melodie auf Arthurs Smartphone. Er nahm es heraus und
meinte: „Entschuldigt mich bitte. Ich bin gleich wieder bei euch."
Dann eilte er aus der Menge heraus, um ungestört zu telefonieren.

„Er hat immer irgendetwas zu erledigen", scherzte Laura. „Selbst
wenn er im Urlaub in Afrika ist."

„Wer ruft ihn denn hier in Mali an?", fragte Eric.

„Ich weiß es nicht genau. Ich glaube, das Detektivbüro, für das er
früher gearbeitet hat, fragt hin und wieder nach Informationen, die er
wohl am besten kennt. Seit wir hier in Mali sind, ist er schon mehrmals angerufen worden."

„Ich vermute, es tut ihm gut zu wissen, dass er immer noch gebraucht wird."

„Ja. Das denke ich auch. Er ist niemand, der sich so ganz in den
Ruhestand zurückziehen kann."

Sie standen nun vor dem Getränketisch und nahmen sich jeweils
einen Becher mit Wasser. Laura erzählte weiter von ihrem Großvater.
Eric hörte fasziniert zu. Ihn interessierte weniger, was sie von dem
alten Mann zu erzählen hatte. Es war eher die Art, wie Laura es erzählte. Alles, was sie sagte, klang wichtig und einleuchtend. Sie war eine
intelligente und begeisterungsfähige junge Frau.

Eric überlegte, wie seine verstorbene Tochter Sarah wohl in diesem Alter gewesen wäre. Hätte sie ähnliche Ideale wie Laura? Wäre
auch Sarah nach Afrika gereist? Hätte sie sich für oder gegen den
christlichen Glauben entschieden? Er würde es nie erfahren.

Während er so mit Laura redete, hatte er das Gefühl, mit seiner

Tochter zu reden. Ohne es zu merken, füllten sich seine Augen mit Tränen. Erst als sein Blick verschwamm, realisierte er es und wandte seinen Blick von Laura ab.

„Entschuldige. Das ist heute ein sehr emotionaler Tag", versuchte er zu erklären. „Du erinnerst mich sehr an meine verstorbene Tochter." Bei diesen Worten spürte er, wie sich lange verdrängte Gefühle den Weg bahnten. Doch es gelang ihm, die Fassung zu bewahren. Außer Laura bemerkte niemand Erics feuchte Augen.

„Es ist sicher manchmal schwer für dich", meinte Laura.

Eric hatte sich wieder gefangen. „Eigentlich bin ich ja ganz gut darüber hinweg. Aber an Tagen wie diesen …"

Tröstend nahm Laura Erics Hand. „Deine Tochter weiß, dass du sie liebst. Und sie wird immer in deinem Herzen sein. Und sie ist stolz auf dich. Da bin ich mir sicher."

In diesem Moment hatte Eric das Gefühl, dass seine Tochter Sarah zu ihm sprechen würde. Erneut von einer Welle von Gefühlen übermannt, nahm er Laura in seine Arme, als wäre sie seine Tochter. Laura ließ es geschehen und schon im nächsten Augenblick ließ Eric sie wieder los.

„Danke. Laura. Deine Worte tun mir sehr gut." Eric atmete tief durch und wechselte das Thema „ Wusstest du, dass der Dableni-Tee das Nationalgetränk hier in Mali ist? Er ist sogar so etwas wie Medizin, aufgrund der Polyphenole und des Vitamin C, das er enthält."

Laura bemerkte Erics Absicht, ein weniger emotionales Thema anzuschneiden und lächelte. „Nein. Das wusste ich nicht."

Während Eric und Laura im Gespräch waren, bemerkten sie nicht, dass sie beschattet wurden. Drei Männer der Arnháton-Sekte hatten sich unter die Besucher gemischt und beobachteten seit dem frühen Morgen jeden Schritt Erics. Ihr Auftrag war es, Eric und Vera zu entführen, wenn sie sich wieder auf den Weg nach Hause machten.

„Ist das dort die Frau von diesem Deutschen?", fragte der Jüngste der drei Arnháton-Männer im Flüsterton.

„Wer soll das denn sonst sein?" kam ebenso leise die Antwort eines Arnháton-Genossen.

„Wir haben keine Informationen über die Frau."

„Siehst du nicht, wie vertraut die beiden sind? Das kann nur diese Vera Harder sein."

„Das kann auch irgendeine Freundin sein. Woher sollen wir wissen, dass es seine Frau ist?"

„Die Deutschen sind immer korrekt, ehrlich und pflichtbewusst. Weißt du das nicht? Außerdem sind diese Christen total verklemmt. Dieser Eric Harder würde nie einer anderen Frau derart nahe kommen. Ich sage dir, das ist Vera Harder. Ihn und diese Frau werden wir uns schnappen, sobald sie alleine in ihrem Auto sind."

„Und wenn es die Falsche ist?"

„Wir haben keine Zeit, noch lange zu warten. Bis heute abend sollen wir die beiden zu Marera in unser Zentrum bringen. Das weißt du genau."

Der Jüngere schwieg. Noch immer war er nicht überzeugt. Doch hatte er selbst keine besseren Argumente.

„In wenigen Stunden werden die Harders in unseren Händen sein", orakelte der Dritte, der bis jetzt geschwiegen hatte. „Und dann werden sie die Lücke füllen, die uns bis jetzt noch von der großen neuen Zeit getrennt hat."

„Sieh mal. Da kommt mein Großvater wieder" bemerkte Laura. Eric folgte ihrem Blick und entdeckte ebenfalls Arthur, der ihnen in Begleitung entgegen kam.

„Ndré", stammelte Eric.

„Du kennst den Mann?", erkundigte sich Laura.

„Allerdings", versicherte Eric. Dann fragte er prüfend: „Fällt dir an dem Mann neben deinem Großvater etwas auf?"

„Selbstverständlich", bestätigte Laura. „Der arme Mann hat ja unzählige Narben im Gesicht." Erleichtert nahm Eric zur Kenntnis, dass Laura offensichtlich dasselbe sah wie er.

Arthur und Ndré unterhielten sich angeregt. Offensichtlich hatten sie Gemeinsamkeiten entdeckt. „Der Mann heißt Ndré. Bist du oder dein Großvater ihm schon einmal begegnet?", fragte Eric.

„Nein. Aber die beiden scheinen sich gut zu verstehen. So vertrauensvoll kenne ich Hawkeye gar nicht." Laura schmunzelte. „Ich hoffe, dass man diesem Mann wirklich trauen kann."

„Ich vertraue ihm", erklärte Eric. „Er ist ein christlicher Missionar. Und er ist derjenige, der Vera, mich und die anderen Passagiere gerettet hatte, die auf dem Flug von Timbuktu nach Bamako entführt werden sollten. Ich nehme an, Vera hat dir davon erzählt."

Laura erinnerte sich. „Das klingt nach einem interessanten Menschen. Kein Wunder, dass Hawkeye sich auf ein Gespräch mit ihm einlässt."

Die beiden alten Männer hatten nun Eric und Laura erreicht. „Ihr werdet nicht glauben, wen ich hier kennengelernt habe", richtete Arthur sofort das Wort an Eric und Laura. „Ist das nicht phantastisch? Hier in Afrika treffe ich einen Mann, der mein Interesse für China teilt." Er zeigte auf Ndré. „Darf ich euch vorstellen? Ndré. Der gute Mann hat jahrelang in China missioniert. Er kennt all die Orte, die ich auch besucht habe."

Eric verwunderte das keinesfalls. Wenn es um Ndré ging, war er auf jede Überraschung gefasst. Er meinte nur: „Ja. Das kann ich mir vorstellen. Ich hatte schon vor einigen Tagen das Vergnügen, Ndré kennenzulernen. Er hat Vera und mir praktisch das Leben gerettet."

Arthur schien sichtlich beeindruckt. „Dann sind Sie der Mann, der sich dem Flugzeugentführer in den Weg gestellt hat? Davon haben Sie mir gar nichts erzählt."

Ndré reichte Laura und Eric die Hand. „Guten Tag. Es ist schön, Sie hier zu treffen. Ich danke dem Herrn, dass er uns hier zusammengeführt hat."

Eric hätte am liebsten wieder unzählige Fragen an Ndré gerichtet, doch er überließ Laura das Wort, die überschwänglich zum Ausdruck brachte, wie froh sie war, dass Arthur nun einen interessanten Gesprächspartner hatte. Eric versuchte in Ndrés Gesicht zu lesen, ob dessen Zusammentreffen mit Arthur ein Zufall war. Doch auch jetzt konnte er dem vernarbten Antlitz keine Information entnehmen.

Laura war ebenso von Ndré angetan wie ihr Großvater. Und beide störten sich nicht an dessen Äußeren. Offensichtlich ließ sich niemand von Ndrés erschreckender Gestalt irritieren. Auch das warf in Eric Fragen auf. Doch er beschloss, es zu einem anderen Zeitpunkt zu thematisieren.

Ein kurzes Piepen seines Smartphones riss Eric aus seinen Gedanken. Er holte es aus der Hosentasche und sah auf das Display. Dort wurde angezeigt, dass der Akku seines Telefons fast leer war. Eric stecke es wieder ein und nahm sich vor, es sofort aufzuladen, wenn er wieder zuhause sein würde.

So überraschend wie Ndré in dieser Menschenmenge aufgetaucht war, so unvermittelt signalisierte er nun, dass er sich verabschieden müsse. Er wünschte Laura und Arthur alles Gute und als er Eric die Hand reichte, zog er etwas aus seiner Hemdtasche.

„Hier, Eric. Das wollte ich dir noch geben."

Eric stutzte einen Augenblick, dann nahm er den Briefumschlag. Es war also doch kein Zufall, dass Ndré hier erschienen ist. Irgendwie musste er erfahren haben, dass Eric an diesem Gottesdienst beteiligt war.

„Danke. Aber was ist denn da drin?", fragte Eric.

„Etwas, das du sicher in den nächsten Tagen gebrauchen kannst", erklärte Ndré und versuchte ein Lächeln.

Eric bedankte sich und wenige Augenblicke später war Ndré in der Menschenmenge verschwunden. Eigentlich wollte Eric den Brief von Ndré erst daheim öffnen. Doch seine Neugier war zu groß. Mit einem Kugelschreiber riss er vorsichtig den verschlossenen Umschlag auf. Darin befand sich ein Blatt Papier, etwa in der Größe einer Postkarte. Darauf war in Kurrentschrift etwas geschrieben. Eric hatte Mühe, es zu entziffern, aber es gelang ihm.

„Ihr werdet hören Kriege und Geschrei von Kriegen; sehet zu und erschreckt euch nicht. Das muss alles geschehen; aber es ist noch nicht das Ende da. (Matthäus 24,6)"

29

Vera war unruhig und konnte sich nicht richtig auf die Gespräche in dem großräumigen Büro konzentrieren. Schon den ganzen Vormittag hatte sie das Gefühl, dass heute etwas Schlimmes passieren würde. Als sie am Morgen das Gebäude betreten hatte, das die Vereinten Nationen schon seit mehr als zwei Jahren anmieteten, wurde sie, wie jede andere Person, die dort hinein wollte, nach Waffen und anderen verdächtigen Gegenständen durchsucht. Eine Vorsichtsmaßnahme, die seit der Ausbreitung des Islamismus in Westafrika und vielen anderen Teilen der Welt, notwendig wurde.

Doch an diesem Morgen fühlte Vera eine Gefahr, die sie nicht genau definieren konnte. Irgendwie wusste sie, dass dieser Tag vieles verändern würde. Aber sie konnte ihre Vorahnung nicht konkretisieren. Es war einfach nur die Empfindung, als stünde sie an einem Abgrund und ein Absturz wäre mehr als wahrscheinlich.

Sie versuchte, sich professionell zu verhalten. Schon hunderte dieser Sitzungen hatte sie in den vergangenen Jahren besucht. Einige mit lösungsorientierten Diskussionen. Viele mit langatmigen Reden von selbstdarstellerischen Emporkömmlingen. Im Laufe der Zeit hatte sie Strategien entwickelt, wie sie langweiligen, nichtssagenden Reden folgen konnte, ohne dabei einzuschlafen. Doch dieser Fall heute war anders. Hier war nicht die Atmosphäre der Sitzung das Problem. Hier kündigte sich eine ganz andere Sache an.

Schon seit dem Moment, als sie in dieses Gebäude kam, hatte sie überall nach Anzeichen gesucht, ob sich irgendetwas verändert haben könnte. Doch ihr fiel nichts auf. Das Sicherheitspersonal tat seine Arbeit wie immer. Keiner ihrer Mitarbeiter benahm sich verdächtig. Auch in den Nachrichten, die sie heute Morgen mit besonderem Interesse verfolgt hatte, wurde nichts Außergewöhnliches gemeldet. Das musste aber nichts heißen, wusste sie. In einem Land wie Mali konnte es jederzeit zu Anschlägen kommen. Selbst in der Hauptstadt Bamako, wo die Stadtviertel mit den ausländischen Diplomaten gesichert wurden wie kein anderer Teil des Landes.

Während der Sitzung in dem UN-Büro versuchte Vera sich nicht anmerken zu lassen, dass sie in Gedanken die unterschiedlichsten Anschlagsszenarien durchspielte. Immer wieder hatte sie dabei die Situation vor Augen, dass sie mit ihrem Handy Eric anrufen würde, um ihm ihre letzten Worte zu übermitteln. Diese Gedankenspiele machten es ihr fast unmöglich, dem Thema dieser Zusammenkunft zu folgen.

Als endlich die Mittagspause anberaumt wurde, war Vera erleichtert, sich nun eine Stunde erholen zu können. Sie hoffte, auf andere Gedanken zu kommen, wenn sie sich an dem Mittagsbüffet gestärkt hätte.

Als sie sich dann in dem Speiseraum das Essen geholt und sich an einen freien Tisch gesetzt hatte, war ihr, als ob in dem Stimmengewirr in dem Saal auch die Stimme Ndrés wäre. Sie sah sich nach allen Seiten um, aber sie entdeckte ihn nicht. Natürlich nicht. Warum sollte jemand wie Ndré in den Räumen der UN sein? Ndré würde sicher überall in Mali predigen, aber nicht hier.

Vera versuchte bewusst an etwas Schönes zu denken. Sie beschloss, dass sie das Essen nun einfach nur genießen würde. Sie dachte an Eric, mit dem sie so gerne diesen Tag verbracht hätte. Und an das Leben, das in ihrem Bauch heranwuchs. An ihr gemeinsames Kind. Ohne es zu merken faltete sie die Hände und sagte leise: „Danke. Danke für Eric. Danke für alles."

Erst jetzt wurde ihr bewusst, dass sie soeben ein kurzes Gebet gesprochen hatte. Immer noch verharrte sie in einer andächtigen Gebetshaltung. Nun schloss sie die Augen und versuchte ihre Gedanken zu ordnen. Sie betete still für Bewahrung in der Gefahr, die sie spürte. Doch vor ihrem geistigen Auge sah sie nun keine Terroristen, die die UN-Büros in die Luft sprengen wollten. Sie sah Eric, dem man eine Maschinenpistole an den Kopf hielt.

„Großer Gott, bitte steh´ uns bei", flüsterte sie. Ihre Augen füllten sich mit Tränen. „Bitte steh´ uns bei", wiederholte sie und fügte noch ein „Amen" an. Dann griff sie sofort nach ihrem Smartphone und wählte Erics Telefonnummer.

„Der Teilnehmer ist im Moment nicht zu erreichen", meldete eine automatische Stimme auf Französisch. Erics Handy war ausgeschaltet. Vera sendete ihm nun eine SMS.

„Pass auf dich auf. Ich liebe dich. Vera"

30

Inzwischen hatten die meisten Gottesdienstbesucher das Gelände, an dem die Taufe stattgefunden hatte, verlassen. Diejenigen, die nun noch vor Ort waren, betätigten sich meist mit dem Wegräumen der mitgebrachten Utensilien. Andere standen in kleinen Grüppchen herum und unterhielten sich. Eric hatte einige Stühle auf die Ladefläche seines Geländewagens geladen und sich gerade von Sagara verabschiedet.

Arthur Roth mahnte seine Enkeltochter, nun auch wieder in das Hotel zurückzufahren.

„Ich möchte noch etwas bei den Aufräumarbeiten helfen. Wir können doch noch eine halbe Stunde bleiben", widersprach sie.

Arthur gefiel das gar nicht. Seit einiger Zeit war ihm ein Mann aufgefallen, der irgendwie nicht zu den anderen Menschen auf diesem Platz passte.

„Nein. Wir sind schon viel zu lange hier", meinte Arthur und schob Laura sanft in Richtung der geparkten Autos. Laura war irritiert und sah sich um. „Was ist denn los? Wieso willst du nun plötzlich weg?"

„Hier stimmt irgendetwas nicht."

„Meinst du, hier sind Terroristen?", kombinierte Laura.

„Möglich. Aber das erkläre ich dir später." Noch immer hielt Arthur den verdächtigen Nordafrikaner im Auge, der sich auffällig bemühte, möglichst unauffällig Laura zu beobachten. Arthur vermutete zunächst, dass der Mann sich von europäischen jungen Frauen angezogen fühlte. Der Gedanke, dass seine Enkeltochter möglicherweise das Zielobjekt eines Triebtäters sein könnte, machte ihn unruhig.

„Ich will mich nur noch von Eric verabschieden", erklärte Laura und lief eilig zu dem etwa hundert Meter entfernten Wagen von Eric hinüber.

„Warte", rief Arthur ihr hinterher, doch Laura ignorierte dessen Ruf. Missmutig setzte Arthur an, ebenfalls zu rennen, doch hielt er das für übertrieben. Während er ihr folgte, sah er sich wieder nach dem Kerl um, der ein Auge auf Laura geworfen zu haben schien. Auch der machte sich offensichtlich schnurstracks auf den Weg in Richtung Laura.

Das war nun für Arthur das Zeichen, dass sie sofort verschwinden mussten. „Laura. Komm sofort her", schrie er zu seiner Enkeltochter. Die drehte sich verdutzt nach ihm um. Auch Eric war die Überraschung über Arthurs energischem Tonfall anzusehen. Laura war nun direkt bei Eric.

Arthur, der noch einige Meter von den beiden entfernt war, sah nun, wie hinter Erics Wagen ein zweiter Mann erschien. Auch der war, ebenso wie der Mann, der Laura verfolgte, einer der Arnhátonjünger, die seit einiger Zeit das Geschehen auf dem Platz verfolgt hatten. In seiner rechten Hand hielt er eine Maschinenpistole. Die war direkt auf Arthur gerichtet. Instinktiv warf sich Arthur zur Seite und fasste unter seine Weste. Blitzschnell öffnete er das Schulterholster und griff nach seiner Pistole. Bevor er selbst mit seiner Waffe zielen konnte, gab der Angreifer eine kurze Salve ab. Dicht neben Arthur schlugen die Projektile in eines der geparkten Autos ein.

Arthur zielte auf den Schützen, doch der feuerte erneut, während der zweite Mann die Gruppe erreicht hatte und dem überraschten Eric ein großes Messer an den Hals setzte. Der Kerl mit der Maschinenpistole hielt nun seine Waffe an Lauras Schläfe. Die war vor Angst erstarrt und rührte sich nicht.

„Los, gib mir die Autoschlüssel", verlangte der mit dem Messer bewaffnete Angreifer von Eric. Mit vorsichtigen Bewegungen folgte Eric der Anweisung und übergab die Schlüssel. Der Kidnapper gab sie an den Dritten der Arnhátonmänner. Er hatte ebenfalls eine Maschinenpistole. Hastig schloss er das Auto auf und stieß Eric hinein.

Die anderen Menschen auf dem Platz waren nach den abgegebenen Schüssen inzwischen zumeist in Panik geflüchtet. Einige hatten hinter den anderen geparkten Fahrzeugen Deckung gesucht.

Wieder gab der Täter, der immer noch Laura in Schach hielt, einen Feuerstoß in Arthurs Richtung ab. Der hatte sich hinter einem Auto versteckt und wartete fieberhaft auf eine Möglichkeit, einschreiten zu können. Doch die Gefahr, versehentlich Laura zu verletzen, war zu groß.

„Bleibt alle, wo ihr seid", brüllte der Kidnapper, während er Laura zum Einsteigen in Arthurs Wagen nötigte. „Wenn ihr uns folgt, dann werden die beiden sterben!" Wieder feuerte er auf Arthur, doch der hatte inzwischen seine Position gewechselt.

Als die letzte Tür von Erics Wagen geschlossen wurde, kam Arthur aus seiner Deckung und versuchte, einen der Täter ins Visier zu nehmen. Doch die saßen nun alle in dem Fahrzeug und im nächsten Moment fuhr das Auto mit Vollgas los. Arthur musste zu Seite springen um nicht überrollt zu werden. Sofort machte er sich wieder bereit zu schießen, doch auch jetzt konnte er nicht riskieren, Laura zu treffen.

„Scheiße", fluchte Arthur. „Warum habe ich das nicht kommen sehen?"

Atemlos hetzte Arthur zu seinem Auto. Eilig schloss er auf und setzte sich ans Steuer. Er wollte sofort die Verfolgung aufnehmen. Doch die Entführer waren bereits außer Sichtweite.

Eric, Laura und einer der Entführer, der immer noch seine Maschinenpistole auf sie gerichtet hatte, befanden sich auf der Rückbank des Geländewagens. Der Täter mit der zweiten Maschinenpistole saß auf dem Beifahrersitz. Der dritte Arnhátonjünger fuhr das Auto mit Vollgas durch die Straßen Bamakos.

Eric kannte die Hauptstraßen der Millionenstadt inzwischen so gut, dass er bemerkte, dass sie nach Westen fuhren. Nur langsam überwand er das Entsetzen über die Tat. Er wusste, dass man auf Arthur gefeuert hatte. Natürlich hoffte er, dass niemand bei der Schießerei verletzt worden war.

Neben sich hörte er jetzt leises Wimmern. Er sah sich zu Laura um, die starr nach vorne blickte. Sie stand noch immer unter Schock. Das Geschehen um sie herum nahm sie wahr, als würde sie es aus weiter Ferne betrachten. So als wäre sie gar nicht Teil dieser Ereignisse. So als wäre es nur ein böser Traum, aus dem sie nun einfach nur erwachen wollte.

Stück für Stück begann ihr Bewusstsein zu begreifen, dass sie und Eric sich in der Gewalt von drei Entführern befanden. Und mit jedem Stück Erkenntnis füllten sich ihre Augen mit Tränen.

„Alles wird gut", flüsterte Eric. „Sicher ist schon die Polizei oder das Militär unterwegs."

„Schnauze halten", fuhr ihn der Kerl auf dem Rücksitz an. „Kein Wort mehr. Oder deine Frau stirbt!"

Eric verstand nicht recht. Hatten diese Leute auch Vera entführt? Der Gedanke daran ließ sofort Übelkeit in ihm aufkommen. Doch die Drohung tat ihre Wirkung. Von nun an schwieg er.

Laura hatte den Wortwechsel gehört. Doch wirklich angekommen waren die Worte nicht in ihrem Bewusstsein. Sie hatte nur das starke Empfinden, dass hier etwas völlig Falsches vor sich ging. Sie saß zwischen Eric und dem Entführer. Sie spürte die Hand des Geiselnehmers, der sie immer noch am rechten Oberarm gepackt hielt. Wie gebannt sah sie auf die Mündung der Maschinenpistole.

Nach und nach entschlüsselte ihr Gehirn Erics Worte. „Alles wird gut", hatte er gesagt. Und mit diesem Trost gelang es ihrem Verstand, wieder die Realität zu ertragen. Für einen Moment kniff sie die Augen zusammen. Und dann stemmte sie sie wieder auf. Was auch immer hier geschehen war, sie würde als Sieger aus dieser Sache herausgehen.

Eric bemerkte, dass Laura aufgehört hatte zu schluchzen. Ihre Blicke trafen sich. Beide versuchten, ein zuversichtliches Gesicht zu machen. Erics gefasster Blick gab Laura Hoffnung. Und ebenso machte es Eric Mut, dass Laura sich wieder gefangen hatte. Zusammen würden sie dies durchstehen.

Inzwischen waren sie von der Hauptstraße abgebogen und fuhren durch ein Netz von Seitenstraßen. Eine Gegend, in der Eric bisher noch nie gewesen war. Er suchte am Himmel nach Hubschraubern. Doch er konnte keine entdecken. „Wo bleibt die Polizei?", dachte er. „Da muss doch jemand gemeldet haben, dass wir entführt wurden."

Das Auto fuhr inzwischen langsamer. Offenbar versuchte der Fahrer nun nicht aufzufallen, was ihm aber nur schwer gelingen konnte. Schließlich fuhr hier ein Wagen mit hellhäutigen Menschen in einer Umgebung, die fast ausschließlich aus Schwarzafrikanern bestand.

Abrupt bogen sie von der Straße in einen Hof ein, der von einer hohen Mauer umschlossen wurde. Kaum standen sie, schloss ein weiterer Mann das Hoftor und die Autotür neben Eric wurde aufgerissen.

„Bitte steigen Sie aus", bat ein bärtiger Mittdreißiger mit vorgehaltener Maschinenpistole.

„Es gibt Bitten, denen kann man nicht widerstehen", spottete Eric und stieg mit erhobenen Händen aus. Laura folgte. Der freundliche Ton des Bewaffneten ließ neue Hoffnung in den beiden aufflackern. Doch als sie bemerkten, dass auch die Waffen der anderen Männer auf sie gerichtet waren, siegte das Gefühl der Hilflosigkeit.

Sie wurden zu einem kleinen Tisch geführt, der in einer schattigen Ecke des Hofes stand. Dort sollten sie die Inhalte ihrer Taschen ablegen. Mit einem Ausdruck des Bedauerns legten sie ihre Handys, Schlüssel und einige andere Utensilien auf den Tisch. Nur eine kleine Taschenbibel durfte Eric behalten. Alles andere wurde ihnen von den Männern abgenommen.

Dann meinte der Anführer der Gruppe, ein grauhaariger Kerl, der mindestens zehn Jahre älter als die anderen war: „Es tut mir leid, dass wir Ihnen die Augen verbinden müssen. Sie haben sicher Verständnis dafür, dass wir nicht zulassen können, dass Sie erfahren, wohin wir Sie bringen."

Das Verständnis der Entführten hielt sich in Grenzen. Angesichts der Maschinenpistolen verzichteten sie auf Gegenwehr, als man ihnen die Augen fest und blicksicher mit Tüchern verband. Dann setzte man sie wieder auf die Rückbank des Autos.

Noch immer fragten sie sich, weshalb man sie gekidnappt hatte. Eric nahm all seinen Mut zusammen und stellte die Frage: „Wieso haben Sie uns entführt?"

Sofort spürte er die Mündung einer Waffe an der Schulter. „Nicht fragen. Einfach nur den Mund halten", erklärte man ihm freundlich, aber kompromisslos.

Laura spürte, wie sich einer der Entführer wieder neben sie setzte. Seine Nähe war ihr unangenehm. Trotzig bemühte sie sich um eine möglichst aufrechte Haltung. Jemand nahm ihre linke Hand und sie bemerkte, wie sich eine Handschelle um sie schloss. Damit wurde sie an Eric gefesselt. So aneinander gekettet und mit verbundenen Augen war eine Flucht unmöglich.

Kurz darauf fuhr das Auto wieder los. Die heimlichen Versuche von Eric und Laura, die Fahrtrichtung auf irgendeine Weise auszumachen, waren vergebens. Sie mussten sich ihrem Schicksal fügen.

Eric grübelte darüber nach, wer die Entführer sein konnten. Waren es Islamisten, die Europäer entführten, um gegen vermeintlich Ungläubige Krieg zu führen? Oder waren es einfach Banditen, die eine Chance nutzten, um Lösegelder zu erpressen? Eric nahm beide Möglichkeiten in Betracht. Aber erst jetzt erinnerte er sich an die Warnung seines Freundes Stefan Eigner. Der hatte davon berichtet, dass einige Dogon entführt worden waren, die einst eine Heilung durch Nommo-Tuwa erfahren hatten. Und bei aller Brutalität, die die Entführer an den Tag gelegt hatten, machten sie doch nicht den Eindruck von Gangstern oder Fanatikern. Diese Männer wirkten irgendwie anders.

Er fragte sich, warum sie Laura entführt hatten. Laura hatte nichts mit den Dogon zu tun.

Während er so seinen Gedanken nachhing, bemerkte er, wie Laura mit ihrer linken Hand, nach seiner rechten Hand griff. Beide Hände steckten in den Handschellen. Laura suchte Halt. Ohne sehen zu können, waren sie einem ungewissen Schicksal ausgeliefert. Das einzige, woran sie sich festhalten konnte, war Eric.

Eric nahm Lauras Hand und hielt sie so fest er konnte, ohne ihr weh zu tun. Still begann er zu beten. Tief in seinem Inneren wusste er, dass sie sich nicht in der Gewalt eines zufälligen Schicksals befanden, sondern dass alles, was ihnen geschah, Teil eines großen göttlichen Plans war. Und trotzdem betete Eric, dass dies alles doch bald vorbei sein möge.

Lauras Hand lockerte sich ein wenig, doch immer noch hielt sie sich an Eric fest. Wieder hatte er das Gefühl, dass er nun die Hand seiner verstorbenen Tochter Sarah halten würde. Im Geiste sah er sich mit ihr irgendwo in Deutschland in einem Park stehen und sie erzählte ihm von ihrem Leben. Sie berichtete von ihren Träumen und Enttäuschungen. Von ihrem Alltag und von ihren Sorgen. Sie ließ ihn an ihrem Leben teilhaben. An ihrem Leben, dass sie nie leben durfte, da sie mit ihrer Mutter, mit Erics erster Frau Susanne, bei einem Autounfall ums Leben gekommen war.

Für einige Augenblicke war Eric glücklich. Für diesen Moment hatte er das Gefühl, dass seine verstorbene Tochter bei ihm war. Dass er nur die Augenbinde abnehmen musste und ihr sagen könnte, wie sehr er sie in den vergangenen Jahren vermisst hatte. Wieder füllten sich seine Augen mit Tränen. Doch das Tuch vor seinen Augen verhinderte, dass das irgendjemand bemerkte.

Die salzigen Tränen ließen seine Augen schmerzen. Der Schmerz holte ihn in die Realität zurück. Eric besann sich, dass er nun gefordert war. Wer auch immer die Entführer waren, Eric musste ihnen entkommen. Zusammen mit Laura.

31

Als die Polizei an dem Ufer eintraf, an dem vor einer Stunde noch der Taufgottesdienst stattgefunden hatte, waren nur noch wenige Menschen anwesend. Wer nicht schon frühzeitig den Ort verlassen und deshalb gar nichts von dem Überfall mitbekommen hatte, war zumeist panikartig nach Hause geflohen, als die Entführer durch die Gegend geschossen hatten. Glücklicherweise war niemand verletzt worden. Arthur war nun mit seinem Auto unterwegs, um sich an die

Fersen der Täter zu heften. Außer Stefan Eigner und Sagara waren inzwischen nur noch der Gemeindepastor und etwa ein Dutzend Gottesdienstbesucher am Nigerufer.

Die Polizeibeamten kamen mit vier Einsatzwagen. Als die Zeugen berichteten, in welche Richtung die Täter mit den beiden Entführten geflohen waren, nahmen drei der Autos die Verfolgung auf. Die beiden Beamten des vierten Wagens notierten die Zeugenaussagen.

Nur drei der Anwesenden hatten den eigentlichen Tathergang beobachtet. Doch keiner konnte eine detaillierte Beschreibung der Entführer liefern. Am wertvollsten war für die Polizisten das Kennzeichen von Erics Geländewagen, mit dem die Täter samt Geiseln geflüchtet waren.

Stefan Eigner berichtete, dass es in den letzten Wochen mehrere Entführungsversuche im Gebiet der Dogon gegeben hatte. Doch die Ermittler schenkten dieser Information wenig Aufmerksamkeit. Schließlich waren die heute Entführten Europäer. Und das Dogonland lag etwa 600 Kilometer von Bamako entfernt. Da Stefan nicht darüber reden konnte, dass alle Entführten, abgesehen von Laura, Kontakt zu dem Außerirdischen Nommo-Tuwa hatten, fehlten ihm Argumente für seinen Verdacht.

Einige Zeugen standen noch unter Schock. Auch Sagara hatte Mühe, das Erlebte in Worte zu fassen. Immer wieder rang er nach Worten. Stefan und der Pastor versuchten, ihm Trost zu spenden.

Nach einer halben Stunde traf ein weiteres Polizeifahrzeug ein. Mit ihm kam ein Team von Kriminaltechnikern, die die Spuren sicherten. Nachdem auch Sagara seine Zeugenaussage gemacht hatte, ging er wie betäubt zu Stefan.

„Welch ein Albtraum", stammelte Sagara. Stefan nahm seinen Freund wortlos in die Arme.

Als Sagara sich wieder einigermaßen gefangen hatte, fragte er besorgt: „Glaubst du, dass Eric und die andere Europäerin von Leuten der Arnhátongemeinschaft entführt wurden?"

Stefan hatte auch diese Möglichkeit in Betracht gezogen. Doch er konnte sich nicht erklären, was die Sekte mit den Entführten zu tun haben sollten, die einst von Nommo-Tuwa geheilt worden waren.

„Hältst du denn einen Zusammenhang mit den Arnhátongläubigen für möglich?", fragte er zurück.

Sagara war sich nicht sicher. „Als ich noch zu denen gehörte, die für einen Zusammenschluss der Dogon mit den Arnhátonanhängern gestimmt hatten, war kein besonderes Interesse für Nommo-Tuwa erkennbar. Die meisten, die nicht zum Volk der Dogon gehörten, hielten die Existenz Nommos nur für einen Mythos."

„Aber was ist mit den Dogon, die an einer gemeinsamen Zukunft mit der Arnhátonsekte interessiert waren? Die wussten doch genau, dass Nommo-Tuwa in den Felsen von Bandiagara lebte", hakte Stefan nach.

„Diejenigen, die sich nicht von dem Gedanken an eine Verschmelzung der Gemeinschaften lösen konnten, haben die Dogondörfer verlassen."

„Und sie haben das Wissen um Nommo-Tuwa und die Heilungen mitgenommen", ergänzte Stefan.

„Das ist richtig", stimmte Sagara zu. „Aber das macht sie nicht automatisch zu Tätern."

„Aber wer sollte sonst Interesse an den Männern haben, die von Nommo-Tuwa geheilt wurden?"

„Vielleicht jemand, der eifersüchtig auf diese Erfahrung ist", mutmaßte Sagara.

„Das ist möglich", bestätigte Stefan. „Wir sollten alle Möglichkeiten in Betracht ziehen."

Sagara fühlte, wie seine Beine schwach wurden. Die Ereignisse der letzten Stunden forderten ihren Tribut. Stefan, der dies sofort bemerkte, stützte seinen Freund.

„Ich werde dich jetzt nach Hause fahren", schlug Stefan vor.

Sagara nahm das Angebot dankend an. Sie luden dessen Motorrad auf die Ladefläche von Stefans Pick-up und verabschiedeten sich von den restlichen Leuten. Auf der Fahrt zu Sagaras Wohnung schwiegen sie. Sie mussten die dramatischen Ereignisse erst einmal halbwegs verkraften.

Als sie bei der Wohnung angekommen waren, bot Sagara seinem Freund an, dass sie noch eine Tasse Tee zusammen trinken könnten. Stefan erkannte, dass Sagara nach diesem schlimmen Vorfall nicht alleine bleiben wollte.

„Ich komme gerne mit", erklärte Stefan.

Einige Minuten später saßen die beiden mit einer Tasse Tee an einem winzigen Tisch in Sagaras Wohnzimmer, in dem er auch nachts schlief. Die Wohnung bestand nur aus einem Wohnraum, der auch als Küche und Schlafzimmer diente, und einem kleinen Badezimmer mit Toilette. Für Sagara waren diese Räume so etwas wie Luxus.

Neben der Sorge um die Entführten lag Sagara noch eine weitere Frage auf dem Herzen. „Wieso musste das alles heute geschehen? Heute, an dem Tag an dem ich mein Leben Jesus Christus übergeben habe", fragte Sagara. Je mehr er über diese Frage nachdachte, umso absurder erschienen ihm die Ereignisse.

Stefan konnte Sagaras Gefühle gut nachvollziehen. „Auch ich hätte mir gewünscht, dass dieser Tag ein vollkommener Tag der Freude gewesen wäre."

„Aber wieso lässt mich Gott diese Freude nicht spüren?"

„Du hast heute einen gewaltigen, alles entscheidenden Schritt auf Jesus zu gemacht. Das ist auch dem Teufel, dem Widersacher Gottes, nicht verborgen geblieben."

„Dem Teufel wäre es lieber gewesen, ich hätte mich nicht für Jesus entschieden", kombinierte Sagara.

„Sicher. Mit deiner Taufe hast du dich eindeutig zu Jesus bekannt. So etwas kann dem Gegner Gottes nicht gefallen. Und da wird der Teufel selbstverständlich aktiv."

„Ja. Das mussten wir alle heute erleben."

„Wenn sich jemand dem Einflussbereich des Teufels entzieht, dann wird der Satan natürlich versuchen zu stören, wo es nur geht. Denn ein neues Kind Gottes ist eine weitere Niederlage für den Höllenfürsten. Nur diejenigen, die eine Gefahr für den Teufel sind, wecken auch dessen Interesse. Wenn der Teufel sich nicht vor dir fürchten würde, dann würde er dir auch keine Steine in den Weg legen."

Sagara nickte. Stefans Erklärungsversuch war einleuchtend. „Du hast recht. Ich habe mich für Jesus entschieden. Das ärgert den Widersacher."

„Das macht ihn rasend. Aber das ist ja nur die eine Seite der Medaille. Das viel Wichtigere ist, dass der Teufel dir trotz allem nichts anhaben kann. Du bist nun ein Kind Gottes. Und nichts was auch immer geschieht, kann dich ihm entreißen."

Sagaras Gesicht hellte sich auf. Mit Stefans Hilfe konnte er nun die Ereignisse richtig einordnen. Doch eine Frage hatte er noch. „Aber wie kann Gott zulassen, dass man Eric entführt? Eric, der daran mitarbeitet, dass die Bibel allen Völkern zugänglich wird?"

Stefan schwieg einen Moment. Mit einem Ausdruck des Bedauerns meinte er dann: „Auf diese Frage habe ich im Moment auch keine Antwort. Aber ich bin mir sicher, dass Gott uns früher oder später eine Antwort darauf geben wird."

„Ja", bestätigte Sagara. „Ja. Darauf vertraue ich. Und dafür möchte ich beten. Und auch dafür, dass Eric und Laura bald wieder sicher bei uns sind."

32

Die Nachmittagssitzung in dem UN-Büro war für Vera eine einzige Qual. Mit jeder Minute fiel es ihr schwerer, sich auf die Reden der anderen Teilnehmer zu konzentrieren. Vera machte sich unentwegt Notizen. Sie hoffte, irgendwie die Inhalte zu einem späteren Zeitpunkt verarbeiten zu können. Als gegen 16:00 Uhr die Besprechung offiziell endete, atmete sie erleichtert auf.

Nach einer kurzen Verabschiedung stürmte sie aus dem Büro. Sie wollte nun einfach nur an die frische Luft. Dass die Außentemperaturen um diese Tageszeit immer noch unerträglich heiß waren, spielte für sie im Moment keine Rolle.

Sie fuhr mit dem Fahrstuhl ins Erdgeschoss und eilte zur Tür. Als sie nach draußen gelangte, umhüllte sie die schwüle Luft, so als hätte man ihr einen Eimer mit heißem Wasser über den Kopf gegossen.

Noch immer hatte sie eine unbestimmte Angst um Eric. Sie hoffte, irgendwo Eric in seinem Auto zu entdecken und so ihre Befürchtungen entkräften zu können. Ein wenig enttäuscht stellte sie fest, dass hier weder Eric noch dessen Geländewagen zu sehen war.

Sie beschloss, Eric erneut anzurufen. Vielleicht hatte er ja inzwischen sein Handy wieder eingeschaltet. Doch erneut kam die Meldung: „Der Teilnehmer ist im Moment nicht zu erreichen." Mit einem Anflug von Verzweiflung wählte sie die Festnetznummer in ihrem Haus. Vielleicht war Eric ja inzwischen schon zuhause. Aber wie erwartet hörte sie nur den Anrufbeantworter.

Sie bemühte sich ihre Aufregung zu verbergen und sprach auf den AB: „Eric, mein Liebling. Bitte rufe mich so schnell es geht zurück. Ich liebe dich."

Bevor sie ihr Smartphone wieder einstecken konnte, klingelte es. Auf dem Display erschien Arthurs Name. Mit klopfendem Herzen nahm sie das Gespräch an.

„Hier ist Arthur. Es ist etwas Schreckliches passiert."

Vera fühlte, wie ihre Knie schwach wurden. Sie versuchte nun gleichmäßig zu atmen, um einem Schwindelanfall vorzubeugen. „Seid ihr noch bei dem Taufgottesdienst am Nigerufer?", fragte Vera ernst.

„Die Veranstaltung ist vorbei. Aber man hat Laura und Eric entführt", erklärte Arthur.

Vor Veras geistigem Auge erschienen die Bilder der Vision, die sie vor einigen Stunden beim Beten hatte. Sie hatte sich nicht getäuscht. Eric war wirklich in Gefahr.

„Drei Männer haben die beiden gekidnappt. Sie sind mit Erics Wagen geflüchtet. Ich bin ihnen so schnell es ging gefolgt. Aber sie sind schon zu weit weg. Ich habe sie aus den Augen verloren. Hast du einen Verdacht, wer die Entführer sein könnten?"

Die Nachricht war für Vera, trotz aller Vorahnungen, wie ein Schlag in die Magengrube. „Nein. Keine Ahnung. Wir sind doch hier in Bamako und nicht irgendwo im Norden, wo man wirklich mit Entführungen zu rechnen hat."

„Hat Erics Wagen einen Peilsender? Oder hat er ein Handy, das er immer im Auto aufbewahrt? Irgendetwas was man orten könnte?" Arthur fuhr immer noch auf gut Glück durch die Straßen Bamakos. Doch inzwischen hatte er keine Ahnung wo die Entführer mit den Geiseln nun sein sollten.

„Nein. Davon weiß ich nichts. Und auf Erics Handy habe ich gerade eben probiert, ihn zu erreichen. Aber das ist ausgeschaltet."

„Vera. Bitte denke noch mal gründlich nach. Wer könnten die Entführer sein? Jeder Hinweis könnte nützlich sein."

Die Tatsache, dass sie keine hilfreichen Informationen hatte, ließ Vera verzweifeln. Tränen füllten ihre Augen. Mit erstickter Stimme erklärte sie: „Ich weiß nicht wer die beiden entführen sollte. Vielleicht irgendwelche Andersgläubigen, die eine Taufe am Niger als Provokation auffassten. Keine Ahnung."

„Bitte rufe mich an, sobald dir irgendwas einfällt, was uns helfen könnte. Ich werde hier weitersuchen. Vielleicht hilft mir ja der Zufall."

„Ja. Viel Glück", wünschte Vera und beendete das Gespräch. Dann barg sie ihr Gesicht in ihren Händen und weinte hemmungslos. Ein Mitarbeiter der UN-Büros bemerkte Veras Verzweiflung und kam aus dem Gebäude. Mit tröstenden Worten führte er sie zurück ins Haus.

Vera wollte nun so schnell wie möglich nach Hause. Sie erwartete, dass die Entführer dort anriefen, falls es um eine Lösegeldzahlung ging. Als sie dort ankam, wartete bereits ein Polizeifahrzeug vor dem Haus.

Die freundlichen Polizisten nahmen ihre Aussage auf. Doch auch jetzt konnte Vera immer nur versichern, dass sie keine Hinweise auf eine spezielle Tätergruppe hatte. Bevor die Polizisten abzogen, gaben sie Vera noch eine Visitenkarte mit der Adresse einer Polizeiwache und einer Telefonnummer. Dort solle sie sich melden, wenn ihr noch weitere Informationen einfielen. Als sie gegangen waren, fühlte sich Vera so alleine in dem Haus wie noch nie. Nichts schien mehr so zu sein wie es einmal war. Gar nichts.

Vera ging ins Schlafzimmer und holte dort aus einem kleinen Safe eine Pistole. Eric hatte vor einem halben Jahr darauf gedrungen, dass sie sich eine Waffe zulegten. Ganz offiziell. Er hatte vorausgesehen, dass sich die Lage Malis auch in den kommenden Jahren nicht wesentlich verbessern würde. Für den Fall, dass sie irgendwann einmal um ihr Leben fürchten müssten, wollte er vorbereitet sein.

Nun saß Vera mit der Pistole auf dem gemeinsamen Bett und fühlte sich hilflos. Auch der kalte Stahl der Pistole gab ihr nicht das Gefühl, sich in irgendeiner Weise verteidigen zu können. Sie wollte nur, dass Eric wieder an ihrer Seite wäre. Dass sie sicher sein könnte, dass ihr gemeinsames Kind nicht ohne Vater aufwachsen müsste.

Die Bilder ihrer Vision geisterten ihr durch den Kopf. Eric, der mit der Maschinenpistole bedroht wurde. Die Tatsache, dass sie diese Wahrnehmung hatte, obwohl sie dutzende Kilometer von Eric entfernt war, ließ sie frösteln. Da erinnerte sie sich, dass sie kurz vor dieser Vision die Stimme Ndrés gehört hatte, obwohl der ja gar nicht in dem Raum gewesen war.

„Warum ist immer dieser Ndré im Spiel?", fragte sie sich. „Was ist mit dem Kerl bloß los, dass man immer meint, er hätte mit allem etwas zu tun?"

Sie musste einen kühlen Kopf bewahren und so beschloss sie, dieser Frage jetzt nicht weiter nachzugehen. Sie ging wieder in das Wohnzimmer und legte die Pistole vor sich auf den leeren Tisch. Dann starrte sie auf ihr Smartphone. Wenn die Entführer versuchen sollten, sie auf dem Handy zu kontaktieren, dann wollte sie den Anruf auf keinen Fall verpassen.

In diesem Moment klingelte es an der Haustür. Vera zuckte zusammen. Für einen Augenblick schien ihr Herz stehen zu bleiben. Doch dann erinnerte sie sich, dass Stefan Eigner ja wegen der Taufe Sagaras in dem Gästezimmer wohnte. Bevor sie die Haustür öffnete lugte sie vorsichtig durch den Türspion. Erleichtert stellte sie fest, dass wirklich Stefan Eigner vor der Tür stand.

Es tat beiden gut, über die Geschehnisse zu reden. So hatten sie das Gefühl, die Last teilen zu können.

„Wie konnte das passieren?", fragte Vera immer wieder. „Eric ist doch bei allem so vorsichtig. Wenn es nach ihm gegangen wäre, dann hätten wir gar nicht den Flug nach Timbuktu gemacht. Hier in Bamako haben wir uns doch richtig sicher gefühlt."

„Sicher sind wir in dieser Welt nirgendwo. Ich glaube, das weißt du ebenso wie Eric. Sonst wärt ihr in Europa geblieben. Aber auch da wird es in ein paar Jahren regelmäßig islamistische Anschläge geben."

„Aber das Schlimmste bei alledem ist, dass ich mich so hilflos fühle. Ich weiß nicht einmal, warum man Eric und Laura entführt hat."

„Du bist nicht hilflos. Und auch Eric ist nicht hilflos. Jeder, der auf Gott vertraut, kann sich sicher sein, dass Gott ihm hilft."

„Aber ich kann bei alledem nichts tun", erklärte Vera.

„Du kannst beten. Damit kannst du schon eine ganze Menge tun. Und wenn du möchtest, dann können wir gemeinsam für Eric und Laura beten."

Sie saßen an dem Tisch im Wohnzimmer. Sie auf dem Sofa. Er auf dem Sessel, der dazu im rechten Winkel stand.

Stefan betete zuerst. Seine Worte sprachen Vera aus dem Herzen. Ihr schien, als würde er in ihrer Seele lesen können und all das direkt an Gott übergeben. Er brachte ihre gemeinsamen Bitten derart vor Gott, als wäre deren Erfüllung bereits eingetreten. Als wisse er mit Sicherheit, dass Gott den Entführten beistehen würde. Vera hatte das Gefühl, dass Stefans Gebet den Raum mit einem überirdischen Licht erfüllte, das alles rein und kostbar machte. Als er endete, hatte er all das vor Gott gebracht, was sie in ihrem Innersten bewegte.

Veras anschließendes Gebet war kurz und unbeholfen. Doch sie war sich auf eine seltsame Weise sicher, dass es Gott genauso erreichte wie die virtuose Fürbitte Stefans. Als sie geendet hatte, bestätigte Stefan ihre Worte mit einem deutlichen „Amen".

Vera fühlte sich nun wesentlich erleichtert, auch wenn die Sorge um die Entführten immer noch das vorherrschende Gefühl war. Und auch eine Frage beschäftigte Vera nach wie vor: Warum hatte sie über viele Kilometer hinweg die Wahrnehmung, dass Eric in Gefahr war, obwohl sie in den Räumen der UN eigentlich nichts von der Entführung hatte wissen können?

Stefan hörte aufmerksam zu, als sie ihre Frage stellte. Sie erwartete, dass er etwas von Schwingungen und feinstofflichen Räumen erzählte. Doch entsprach Stefans Antwort nicht ihren Erwartungen.

„Du hattest diese Vision nur, weil ihr durch Jesus verbunden seid. Und weil Gott dich dadurch auf eine wichtige Aufgabe vorbereiten will."

„Aber ich bin doch eigentlich gar nicht richtig gläubig", widersprach Vera. „Dieser Sagara, der sich heute hatte taufen lassen, der hat eine bewusste Entscheidung für Jesus getroffen. Ich aber warte immer noch auf ein eindeutiges Zeichen. Mein Glaube steckt, verglichen mit dem von Eric, Sagara oder dir, noch in den Kinderschuhen."

„Doch, Visionen dürfen auch diejenigen haben, deren Glaube noch so klein ist wie ein Senfkorn. Selbst die Frau des Pontius Pilatus, der Jesus zum Kreuzestod verurteilt hat, hatte eine Vision. In der Bibel, in Matthäus 27,19 können wir lesen, dass sie ihrem Mann ausrichten ließ: Habe du nichts zu schaffen mit diesem Gerechten; seinetwegen habe ich heute viel erlitten im Traum."

„Visionen haben also nicht nur die völlig überzeugten Christen?"

„Richtig. Visionen haben all diejenigen Menschen, denen Gott etwas sagen möchte."

„Aber was möchte Gott mir sagen?"

„Das wirst du bald erkennen. Da bin ich mir sicher."

„Und wenn alles nur Zufall ist?", kamen Vera wieder Zweifel.

Stefan überlegte einen Moment. Dann erklärte er lächelnd: „Wenn es nur Zufall gewesen wäre, dann säßen wir nicht hier und würden für Eric und Laura beten."

33

Arthur Roth trat auf die Bremse und ließ nicht eher los, bis die blockierten Räder das Auto in einer Wolke aus Staub und Dreck zum Stehen gebracht hatten. Schwer atmend krallte er sich am Lenkrad fest und versuchte einen klaren Gedanken zu fassen.

In seinem Kopf sortierte er die Ereignisse. Man hatte seine Enkeltochter Laura entführt. Zusammen mit diesem Eric Harder. Aber Eric war für ihn nur eine Randnotiz in dieser Geschichte. Entscheidend war für ihn die Rettung seiner Enkeltochter. Sie war alles, was von seiner Familie übriggeblieben war. Sie war in gewisser Weise sein Fleisch und Blut. Welche Rolle Eric bei diesen Ereignissen spielte, war ihm noch nicht klar. Arthur vermutete aber, dass der eigentliche Grund für das Kidnapping bei Eric zu suchen war.

Es gab keinen Hinweis, wer die Entführer waren. Das machte die Eingrenzung der in Frage kommenden Gruppen unmöglich. Zudem fand die Entführung mitten in einer Millionenstadt statt. Das bedeutete, dass man die Geiseln überall hingebracht haben konnte. Vielleicht waren sie jetzt gerade in dem Haus gegenüber. Genauso gut konnten sie aber auch schon viele Kilometer weit weg gebracht worden sein. Eine hoffnungslose Situation für Arthur.

Eigentlich hätte er jetzt zuhause an den Vorbereitungen seines Auftrages zur Liquidation von Addae Ibudione sein sollen. Der Rat der Fürsten hatte ihn ja mit diesem Auftrag nach Mali geschickt. Und wenn Arthur diesem Auftrag nicht nachkam, dann würde er bald selbst auf der Liquidationsliste eines anderen Killers stehen.

Aber dieser Auftrag hatte im Moment für Arthur keine Bedeutung mehr. Seine Aufmerksamkeit war vollends auf die Befreiung Lauras ausgerichtet. Doch seine Handlungsmöglichkeiten waren gleich Null.

Einen Trumpf hatte er aber noch bei diesem Spiel. Zwar musste er davon ausgehen, dass seine Vorgesetzten beim Rat der Fürsten über jeden seiner Schritte Bescheid wussten. Doch auch sie würden einen gewissen Vorlauf benötigen um mitzubekommen, dass er nicht mehr an dem Auftrag arbeitete. So lange man dort glaubte, dass er den

Anschlag vorbereitete, würde man ihm alle Informationen zukommen lassen, die er anforderte. Er hoffte nun, dass man die Plausibilität seiner Anfragen nicht allzu kritisch prüfte.

Im Laufe der Jahrzehnte seiner Tätigkeit für den Rat hatte er mitbekommen, dass man dort den Aufenthaltsort jeder Person in Europa und den angrenzenden Regionen wie Nordafrika oder dem Nahen Osten ausfindig machen konnte. Natürlich auch in Mali, schließlich hatte man ihm ja einen Auftrag hier gegeben. Wenn Arthur nun an die Datenbank des Rates eine Anfrage nach dem Aufenthaltsort von Laura schickte, dann bestand eine Chance, dass er ihn auf diese Weise erfuhr. Doch war es wenig plausibel, dass Arthur für die Liquidation von Addae Ibudione den Aufenthaltsort von seiner Enkeltochter ausfindig machen musste. Doch hier kam Eric ins Spiel. Eric, der für Arthur eigentlich völlig bedeutungslos war. Wenn Arthur den Namen von Eric an die Datenbank sendete, dann wäre das zunächst einmal unverdächtig. Er könnte auf mögliche Rückfragen sogar behaupten, dass er den Kontakt zu Eric gesucht habe, um an Addae Ibudione heranzukommen. So gesehen war es sogar ein glücklicher Zufall, dass Eric mit Laura zusammen entführt wurde. Er hoffte inständig, dass man die beiden nicht inzwischen getrennt hatte.

Arthur startete das Auto wieder und machte sich auf den Weg nach Hause. Obwohl er schnell fuhr, erschien es ihm, als wolle der Weg kein Ende nehmen. Als er endlich ankam, hatte er sich bereits eine Geschichte ausgedacht, mit der er bei einer möglichen Rückfrage seinen Kontaktmännern vortäuschen würde, dass er für seinen Auftrag unbedingt den Aufenthaltsort von Eric Harder bräuchte.

Auf seinem Hotelzimmer holte er wieder seinen Laptop hervor und fuhr ihn hoch. Erneut loggte er sich auf der Internetseite der Spieleplattform ein, und arbeitete sich in dem MMORPG bis zu der virtuellen Konsole vor, die er als Datenbank nutzen konnte.

Um die Positionsdaten einer Person angezeigt zu bekommen, musste er den gesuchten Namen verschlüsselt eingeben. Den Verschlüsselungscode kannte er auswendig. Aus ERIC HARDER machte er IECR EADRRH. Dann gab er noch weitere Informationen, die er über Eric wusste ein, natürlich ebenfalls verschlüsselt. Als er die Enter-Taste drückte, wartete er gespannt, ob man ihm die Positionsdaten ohne weitere Rückfragen anzeigte.

Nach einigen Sekunden tat sich etwas auf dem Bildschirm.

„Suchen Sie den Drachen im dritten Haus hinter dem magischen Berg. Das wird ihnen 745.485 Bonuspunkte einbringen und sie werden auf Level 72 befördert", konnte er auf dem Display lesen.

„Bingo", raunte er. Aus dem angezeigten Text konnte er die GPS-Daten herauslesen. Er gab die Daten sofort in sein GPS-fähiges Smartphone ein und loggte sich aus dem Spiel wieder aus. Dann ließ er sich die Position in einer digitalen Karte auf dem Handy anzeigen.

„Sie sind also immer noch in Bamako", stellte er fest. Eilig holte er aus dem Schrank in seinem Zimmer drei Metallkoffer. Der erste enthielt in einem Geheimfach eine weitere Pistole, samt Ersatzmagazinen und Munition. In dem zweiten befanden sich, sorgsam in Kunststoffpolster eingefasst, ein Dutzend Handgranaten. Der dritte Koffer verbarg ein Sturmgewehr, das in Einzelteile zerlegt war. Mit geübten Handgriffen setzte er es zusammen. Zusammen mit seinem Laptop und weiteren Ausrüstungsgegenständen verstaute er alles in seinem Geländewagen. Auch eine Tasche mit 40.000.000 CFA-Franc, was in etwa 60.000 Euro entspricht, packte er dazu. Er wollte alles Notwendige jederzeit bei sich haben.

Nun würde er die Kidnapper spüren lassen, dass sie einen großen Fehler gemacht hatten. Wer Arthurs Enkeltochter entführte, würde seinen Zorn spüren. Blut würde fließen. Viel Blut.

Eric und Laura hatten immer noch die Tücher vor den Augen. Doch sie erkannten, dass das Auto in eine Halle oder Garage eingefahren sein musste. Das Licht, das durch die Tücher vor den Augen drang, war wesentlich weniger stark als während der letzten Minuten. Kurz darauf kam das Fahrzeug zum Stehen und der Motor wurde abgestellt.

Atemlos lauschten sie auf jedes Geräusch, das ihnen hätte verraten können, was um sie vorging. Sie hörten, wie der Fahrer ausstieg und sich etwas entfernte. Dann sprach er offensichtlich mit einer weiteren männlichen Person. Was dort gesprochen wurde, war nicht zu verstehen. Die geschlossene Fahrzeugtür schirmte die Außengeräusche weitestgehend ab.

Laura war sich bewusst, dass sie sich noch innerhalb des Gebietes der Hauptstadt Bamako befinden mussten. Das gab ihr Hoffnung, dass sie sich noch in einem Bereich befanden, in dem die staatlichen Behörden Einfluss hatten. Wenn man sie erst in den Norden Malis transportiert hätte, und davon war bei Entführungen auszugehen, gab es wenig Aussicht, ohne eine Zahlung von Lösegeld freizukommen.

Laura fragte sich, wie es ihrem Großvater ging. Sie hatte miterlebt, dass man auf ihn geschossen hatte. Wurde er dabei getroffen? Sie hatte den Eindruck, dass sich Arthur noch rechtzeitig in Sicherheit bringen konnte. Doch es ging alles so schnell. Der Gedanke, dass ihm etwas Ernstes zugestoßen sein könnte, quälte sie.

Die Tür neben Eric wurde geöffnet.

„Bitte steigen Sie aus", wies ihn eine Stimme an. „Leider können wir Ihnen jetzt noch nicht die Augenbinden abnehmen. Wir werden Sie zu einem anderen Fahrzeug führen."

Auch Laura holte man aus dem Wagen. Vorsichtig schob man die beiden Deutschen aus der Garage hinaus, zu einem anderen Auto. Auch dort mussten sie sich auf den Rücksitz setzen. Im nächsten Moment fuhr das Fahrzeug los und raste aus der Garage.

Laura klammerte sich an den Gedanken, dass ihr Großvater ja Detektiv sei. „Hawkeye, du warst immer für mich da. Hawkeye, du wirst mich finden."

Arthur raste durch Bamako. In seinem Navi hatte er die GPS-Daten eingegeben, die ihm die Datenbank genannt hatte. Je weiter er an den Rand der Stadt kam, desto weniger stimmte der Straßenplan mit der Wirklichkeit überein. Die Hersteller hatten sich nicht die Mühe gemacht, die namenlosen Straßen der illegalen Slumsiedlungen digital zu erfassen. Täglich kamen neue Hütten hinzu.

Doch mit den GPS-Daten hatte er einen festen Punkt, auf den er zusteuerte. In wenigen Minuten würde er den Zielort erreicht haben. In Gedanken spielte er verschiedene Szenarios durch, die ihn erwarten könnten. Im günstigsten Fall waren seine Gegner Amateure, die nach geringer Gegenwehr aufgaben. Im schlimmsten Fall wäre Laura bereits tot. Dann hätte auch Arthurs Leben seinen Sinn verloren.

Das Navi zeigte an, dass er nur noch wenige hundert Meter von seinem Ziel entfernt war. Er fuhr nun langsamer. Die Gegend unterschied sich nicht wesentlich von anderen Slumvierteln in Westafrika. Armselige Hütten aus Wellblech und Holz. Manche Behausungen glichen eher wackeligen Zelten als festen Unterkünften.

Etwas weiter entfernt sah Arthur ein ungewöhnlich solides Holzhaus mit so etwas wie einer Garage daneben. Dort war der Ort, den die GPS-Daten nannten. Er stellte sein Auto in einiger Entfernung ab und griff nach dem Sturmgewehr. Eine Pistole und zwei Handgranaten hatte er bereits in seiner Weste verstaut. Um mit dem Gewehr nicht unnötig aufzufallen, verbarg er es unter einer Jacke, die er sich über den rechten Arm legte. Keine perfekte Tarnung, aber sie musste für den Augenblick genügen.

Entschlossen ging er auf das Gebäude zu. Aufmerksam beobachtete er jede Regung in der Umgebung. Frauen arbeiteten vor den Hütten in der Nachbarschaft. Kinder spielten auf der Straße. Männer waren keine zu sehen. In dem Haus selbst tat sich nichts.

Als einziger Weißer in diesem Viertel hatte er schnell das Interesse der Kinder auf sich gezogen. Bereits nach wenigen Augenblicken kamen die ersten angelaufen.

„Verdammt. Macht euch bloß weg", dachte Arthur und beeilte sich, so schnell wie möglich zu dem Haus zu kommen. Doch er war noch etwa hundert Meter entfernt. Bevor er es erreicht hatte, liefen die ersten Jungs neben ihm her. Das Sturmgewehr war nur schlecht von der Jacke verdeckt. Es konnte nicht mehr lange dauern, bis die Kinder es entdeckt hatten.

„Geht wo anders spielen", fuhr er die Jungs an, die ihn neugierig musterten. Doch die schienen von seinen Worten völlig unbeeindruckt. Auch einige Frauen schienen ihn nun vom Wegrand aus zu beobachten.

„Haut ab", versuchte er erneut die Kinder wegzuscheuchen. Doch jetzt zeigte einer der Jungs auf das Gewehr. Mit einem lauten Aufschrei rief ein etwa zehnjähriger Junge etwas in der Sprache der Bambara. Sofort hatten auch seine Spielkameraden erkannt, dass Arthur eine Waffe trug. Seine Tarnung war aufgeflogen.

Da nun alle Vorsicht vergebens war, warf Arthur die Jacke weg und lud das Sturmgewehr durch. Mit wildem Geschrei flüchtete die Kindermeute eilig an den Straßenrand.

Konzentriert beobachtete Arthur das Haus. Immer noch schien sich darin nichts zu bewegen. Der Lärm auf der Straße musste auch dort hinein gedrungen sein. Das bedeutete, dass Arthur nicht mehr mit dem Überraschungsmoment rechnen konnte. Er musste sich beeilen.

Im Laufschritt rannte Arthur auf das Holzhaus zu. Er machte sich darauf gefasst, dass man bereits jetzt auf ihn schießen könnte. Dieses Risiko musste er eingehen. Doch es tat sich nichts. Nach wenigen Sekunden hatte er das Haus erreicht. Vorsichtig späte er durch ein Fenster neben der Haustür. Alles schien ruhig. Hatten sich die Täter nur versteckt?

Er öffnete die Tür. Sie war nicht verschlossen. Mit dem Gewehr im Hüftanschlag schob er sich in das Haus. Der Raum, der so etwas wie ein großes Wohn- und Schlafzimmer darstellte, war menschenleer. Doch Arthur spürte, dass vor wenigen Augenblicken jemand hier gewesen sein musste. Es gab zwei weitere Türen. Eine führte wahrscheinlich direkt zur Garage. Die andere in ein weiteres Zimmer. Er überlegte, in welchen Raum er weiter vordringen wollte. Doch im nächsten Moment öffnete sich die Tür zu Garage. Ein Schwarzafrikaner trat ein und war sichtlich überrascht über Arthurs Erscheinen. Der etwa 30-jährige erkannte sofort, dass Arthur bewaffnet war. Blitzartig setzte der Malier an, in die Garage zurück zu flüchten. Doch bevor er wieder in der Tür verschwunden war drückte Arthur den Abzug seines Sturmgewehres und feuerte eine Salve von drei Schüssen auf den Flüchtenden. Zwei Projektile erwischten ihn am rechten Oberschenkel. Der Mann taumelte und riss im Fallen den linken Außenspiegel des Autos ab, das in der Garage stand. Es war Erics Wagen.

Mit angstgeweiteten Augen starrte der Mann auf Arthur, der sich mit vorgehaltener Waffe näherte.

„Wo sind deine Kumpane?", fragte Arthur ernst, während er sich in der Garage umsah.

„Es ist niemand hier außer mir", stammelte der Verletzte und fügte noch in betont arglosem Ton an: „Was wollen Sie von mir?"

Arthur setzte die Mündung seines Gewehres an die Stirn des Mannes. „Maul halten. Du redest nur, wenn du gefragt wirst. Und wenn du versuchst wegzulaufen, dann bist du tot. Verstanden?"

Der Mann nickte. „Verstanden!"

Schussbereit durchsuchte Arthur auch das weitere Zimmer des Hauses, doch wider Erwarten war es leer. Den blutenden Gangster immer im Blick, späte Arthur aus den wenigen Fenstern. Aber er konnte weder weitere Entführer entdecken, noch Laura oder Eric. Dafür näherten sich einige Kinder, die neugierig sehen wollten, was sich im Haus tat. Von weitem wurden sie von ihren Müttern zurückgerufen, jedoch ohne sichtbaren Erfolg.

„Wo habt ihr die beiden Deutschen hingebracht?" wieder hielt Arthur das Gewehr an den Kopf des Mannes, der inzwischen eine erhebliche Menge Blut verloren hatte.

„Ich weiß nicht, wovon Sie reden, Mann. Ich habe nichts mit irgendwelchen Europäern zu tun", log der Gangster.

Arthur richtete das Gewehr nun auf das Knie unterhalb des verletzten Schenkels und drückte ab. Voller Schmerz schrie der Mann auf und kippte zur Seite. Arthur trat einen Schritt zurück um einigen Blutspritzern auszuweichen.

„Wo befinden sich das Mädchen und der Mann, den ihr entführt habt?", stellte er erneut seine Frage.

„Die anderen haben sie schon längst weitergebracht. Die haben hier nur das Auto gewechselt."

„Mit welchem Auto sind sie nun unterwegs? Rede!"

„Mit einem blauen Toyota. Einem Geländewagen. Ich habe nichts mit der Entführung zu tun." Der Verletzte hielt sich den Oberschenkel und versuchte vergeblich, das ausströmende Blut zu stoppen.

„Wo werden die zwei hingebracht?", hakte Arthur nach.

„Nach Osten. Irgendwo weit hinter Timbuktu. Ich weiß es nicht genau." Panisch beobachtete der Gangster den Lauf des Gewehres.

Arthur setzte die Mündung auf das andere Knie des Mannes. „Das glaube ich dir nicht!"

„Ehrlich. Ich war da noch nicht. Ich habe eigentlich gar nichts mit diesen Leuten zu tun."

Wieder donnerte ein Schuss. Blut und Knochensplitter des anderen Knies spritzten über den staubigen Boden.

„Wo bringt man die beiden hin?" Arthur ging auf den am Boden Liegenden zu und blieb in dessen Blutlache stehen. „Es wird noch viel schmerzhafter, wenn ich bei dir noch mehr Zeit verbringen muss."

Halb wahnsinnig vor Schmerzen wand sich der Mann auf dem Boden. „Sie müssen ein Flugzeug nehmen, um zu ihrem Ziel in der Wüste zu kommen. Das Flugzeug steht in Kita, drei Autostunden von hier. Wenn man von Bamako aus starten würde, dann wäre das zu auffällig. Deshalb hatte man sich für diesen Flughafen entschieden. Nur der Pilot weiß, wo genau er die Leute hinbringen muss. Das ist alles, was ich weiß. Wirklich."

„Wirklich alles?", fragte Arthur eisig.

„Ja. Mehr weiß ich nicht. Bitte lassen Sie mich …" Mehr konnte der Gangster nicht mehr sagen. Ein weiterer Schuss Arthurs zerriss den Schädel des Mannes. Der Geruch von Schießpulver und Blut erfüllte den Raum.

Erst jetzt bemerkte Arthur, dass einige neugierige Jungs von der Haustür aus das Geschehen beobachtet hatten. Als Arthur sich umdrehte, rannten sie eilig davon. Er beschloss, sie zu ignorieren.

Dann verbrachte er noch einige Minuten damit, das Haus nach Hinweisen auf Laura zu durchsuchen, aber er fand nichts dergleichen. In einer Kiste in einem Kleiderschrank entdeckte er eine ungewöhnlich große Menge an High-Per. Offensichtlich war der Mann, dessen Blut nun in der Garage verteilt war, ein Dealer. Oder zumindest ein Mittelsmann der Drogenbande, der das Zeug für sie lagerte.

Beim Verlassen des Hauses hoffte er, dass niemand der Nachbarn auf die Idee kam, den Helden zu spielen. Er hatte nicht die Absicht, Unbeteiligte zu verletzen. Doch er würde jedem Angriffsversuch zuvorkommen.

Auf dem Weg zu seinem Auto war die Straße menschenleer. Als er einsteigen wollte, bemerkte er, dass seine Schuhe voller Blut waren. Er nahm ein Papiertaschentuch aus seiner Weste und wischte grob über die Schuhe. Schnell war es blutgetränkt. Achtlos warf er es auf den Boden und fuhr los. Als er in einer Staubwolke hinter der nächsten Straßenbiegung verschwunden war, kamen wieder einige Jungs aus den Hütten. Der Erste der bei dem Taschentuch angelangt war, hob es auf, hielt es einer Trophäe gleich in die Höhe und rief zu seinen Freunden.

„Schaut mal.“

34

Das Gebet mit Stefan hatte Vera ruhiger werden lassen. Doch immer noch hatte sie das Bedürfnis, etwas Praktisches zu Erics Rettung beizutragen. So beschloss sie, seine E-Mails abzurufen. Vielleicht fände sie ja dort Hinweise auf die Täter. Oder sogar eine Nachricht der Entführer. Währenddessen war Stefan in der Stadt unterwegs, um ein warmes Abendessen zu besorgen.

Mit klopfendem Herzen startete sie das Mail-Programm. Zuerst rief sie ihre eigenen Mails ab. Doch hier wurde nur das Übliche angezeigt. Nichts, was mit den heutigen Ereignissen zu tun hatte. Dann wechselte sie auf Erics E-Mail-Konto. Auch hier wurde neben beruflichen Mails meist nur Spam angezeigt. Aber eine Nachricht fiel ihr dann doch besonders auf. Eine Mitteilung von Christian Scholz aus Berlin. Vera erinnerte sich, dass Eric ihn wegen des Grabungsberichtes kontaktiert hatte. Gespannt las sie den Text.

Christian berichtete, dass er weiter nach Informationen über die altägyptischen Antiquitäten geforscht hatte. Dabei hatte er herausgefunden, dass die Seereise des Schiffes, mit dem Heinrich Menu von Minutoli am 10. Dezember 1821 den Großteil seiner Funde in Triest auf den Weg schickte, ungewöhnlich lange gedauert hatte. Eigentlich war es damals üblich, dass man für eine Schiffsreise von Triest nach Hamburg etwa 45 bis 50 Tage benötigte. Die „Gottfried", der Frachtsegler mit dem die 97 Kisten mit Minutolis Entdeckungen, aber auch mit angekauften Stücken, über das Meer transportiert werden sollten, brauchte aber 90 Tage, bis er in der Nacht zum 12. März 1822 die Elbmündung erreichte. Dort ist dann das Schiff mitsamt seiner Ladung und der Besatzung in einem Orkan gesunken.

„Doch warum brauchte das Schiff für diese Reise fast die doppelte Zeit?", fragte sich Christian in der Mail. Da er weitere Nachforschungen angestellt hatte, konnte er in einem französischen Schifffahrtsmuseum, zu dessen Onlinearchiv er Zugang hatte, herausfinden, dass es Hinweise darauf gab, dass das Schiff in mehreren Häfen außerplanmäßig angelegt hatte. Gründe, warum das Schiff dort vor Anker ging, wurden nicht dokumentiert.

Christian konnte jedoch recherchieren, dass genau einen Tag, nachdem die „Gottfried" in Cartagena, einem Seehafen im Südosten Spaniens, angelegt hatte, ein Frachtschiff von dort in Richtung Alexandria ablegte. Er hielt es nicht für ausgeschlossen, dass in Cartagena ein Teil der ägyptischen Funde umgeladen wurde, um sie wieder nach Ägypten zu verschiffen. Womöglich hatte man den Kapitän mit einer gefälschten Nachricht getäuscht und ihm vorgegaukelt, Minutoli selbst hätte den Befehl gegeben. Ob die Arnháton-Sekte damals ihre Hände im Spiel gehabt haben könnte, hielt Christian nicht für ausgeschlossen. Konkrete Hinweise darauf hatte er nicht aufspüren können.

Christian versprach in seiner Mail, dass er weiterforschen würde. Offenbar hatte ihn das Jagdfieber erfasst und er nahm es als Herausforderung, dieses Rätsel zu lösen.

Vera erschien die Frage, warum die Arnháton-Sekte ein derartiges Interesse an dem Grabungsbericht hatte, in diesem Moment, völlig nebensächlich. Sie hielt einen Zusammenhang der Ereignisse vor fast zweihundert Jahren mit dem aktuellen Entführungsfall für mehr als unwahrscheinlich. Trotzdem antwortete sie kurz auf Christians Mail und bedankte sich für dessen Bemühungen. Von Erics Entführung berichtete sie nichts.

Dann setzte sie sich auf das Sofa im Wohnzimmer. Dort verweilte sie einige Minuten mit geschlossenen Augen. Sie dachte an Eric und an die Pläne, die sie gemeinsam für die Zukunft gemacht hatten. An die Dinge, die sie noch gemeinsam erleben wollten. An all das, was sie noch gemeinsam erreichen wollten. Und an das Kind, das in ihrem Bauch heranwuchs, das sie gemeinsam ins Leben begleiten wollten.

All das stand nun in Frage. Würde sie Eric jemals wiedersehen? Würde ihr Kind jemals seinen Vater kennenlernen? Doch Vera verbot sich diese Zweifel.

„Es gibt tausend Gründe Hoffnung zu haben", flüsterte sie entschlossen. „Und ich habe Hoffnung. Und Liebe. Und Glaube."

35

Als Arthur die Stadt Kita erreichte, war die Sonne bereits untergegangen. Am Stadtrand konnte er einen vorbeifahrenden Zug beobachten. Von Bamako kommend führt eine Bahnstrecke über die Städte Kita, Mahina und Kayes bis in die Hafenstadt Dakar im Senegal. Arthur brauchte einige Zeit, bis er den Weg zum Flughafen gefunden hatte. In seinem Navi wurde die Position nicht angezeigt und die Auskünfte der Passanten, die er unterwegs fragte, waren wenig konkret.

Es dauerte mehr als eine Stunde, bis er das unscheinbare Flughafengebäude gefunden hatte. In der Dunkelheit sah es fast verlassen aus. Nur in wenigen Fenstern brannte Licht. Irgendwo auf dem Flugfeld hörte er das Geräusch einer Turbopropmaschine. Das Kurzstreckenflugzeug war offenbar gerade gelandet und suchte eine Parkposition auf. Ein weiteres Flugzeug konnte er auf dem wenig beleuchteten Gelände nicht entdecken.

„Bullshit. Ich bin zu spät gekommen", fluchte er. Trotzdem stieg er aus, um sich ein genaueres Bild zu machen. Dabei nahm er nur die Tasche mit den 40.000.000 CFA-Franc und eine Pistole mit, die er unter seine Weste steckte. Er wusste, dass öffentliche Gebäude wie Flughäfen besonders bewacht wurden. Wenn er hier mit seinem Sturmgewehr hineinmarschierte, dann würde es unweigerlich zu einer Schießerei mit mehreren Toten kommen. Das wollte er möglichst vermeiden.

Entschlossen ging er auf das Gebäude zu. Fieberhaft suchte er nach dem blauen Toyota-Geländewagen, den man ihm genannt hatte. Doch nirgends war er zu entdecken. Als er den Flughafenbau betrat, blickte er in eine, nicht allzu geräumige, Halle im Dämmerlicht. Die sachliche Architektur erinnerte eher an eine Bahnhofshalle als an einen Airport. Zwei malische Soldaten saßen gelangweilt auf einer Bank im Wartebereich. Beide in voller Montur und mit Sturmgewehren.

Nur ein Schalter war voll beleuchtet. Dahinter sprach ein sichtlich euphorischer Mitarbeiter mit einem Passagier im Anzug, der von einer Gruppe von Gefolgsleuten begleitet wurde.

Kaum hatte sich Arthur der Gruppe genähert, da kam ihm ein Mann aus der Gruppe entgegen. Unverkennbar ein Bodyguard.

„Keine Presse. Herr Ibudione hat ausdrücklich darauf hingewiesen, dass er nur bei der morgigen Pressekonferenz Auskünfte gibt."

Arthur erkannte sofort, dass hier offensichtlich Addae Ibudione, der charismatische Kämpfer für ein unabhängiges Afrika, mit seinen Mitarbeitern gelandet war. Er überlegte einen Augenblick, ob er sich als Journalist ausgeben sollte, um so unerkannt zu bleiben. Doch er hatte keine Zeit für Täuschungsmanöver. Er musste so schnell wie möglich erfahren, ob vor kurzem von hier ein Flugzeug in östliche Richtung gestartet ist.

„Ich bin nicht von der Presse", erklärte Arthur. „Ich benötige nur eine Auskunft."

„Warten Sie, bis Herr Ibudione fertig ist", wies ihn der Bodyguard an. „Und halten Sie bitte etwas Abstand."

Arthur überkam der spontane Wunsch, den Bodyguard mitsamt dem Rest der Gruppe über den Haufen zu schießen, doch er kämpfte gegen diese Gefühlsregung an. Eine solche blindwütige Aktion würde ihn kein Stück näher an sein Ziel bringen. Außerdem hätte er mit seiner Pistole keine Chance gegen die automatischen Gewehre der Soldaten, die inzwischen aufgestanden waren und das Geschehen misstrauisch beobachteten.

„Warum so abweisend, mein Guter?", mischte sich jetzt Addae Ibudione ein. „Wenn dieser Herr nur eine Auskunft braucht, dann kann er seine Frage gerne stellen. Wir haben es nicht eilig."

Wenig begeistert über diese Zurechtweisung, ließ der Bodyguard Arthur vorbei. Mit einem kurzen „Danke" eilte Arthur auf den Schalter zu und richtete seine Frage an den Flughafenmitarbeiter.

„Ist hier in den letzten zwei Stunden eine Maschine mit zwei Europäern und einigen anderen Nordafrikanern abgeflogen?"

Der Mann hinter dem Tresen überlegte einen Moment. Dann erklärte er unsicher: „Das ist gut möglich. Vor einer halben Stunde ist eine Privatmaschine gestartet. Aber wieso wollen Sie das wissen?"

„Die Passagiere haben etwas Wichtiges vergessen", log Arthur. „Etwas sehr Wichtiges."

„Das tut mir sehr leid. Sollen meine Kollegen den Piloten über Funk verständigen? Wenn es derart wichtig ist, dann wird die Maschine sicher umkehren. Schließlich handelt es sich ja nur um ein kleines Privatflugzeug."

„Nein", winkte Arthur ab. „So wichtig ist es auch nicht. Bitte machen Sie sich keine Mühe. Aber Sie könnten mir sagen, welchen Zielort die Maschine hat." Arthur wollte jedes Aufsehen vermeiden. Wenn der Flughafen die Maschine anfunkte, dann würde er auffliegen.

„Der Pilot wollte nach Gao fliegen. Aber das wissen Sie sicher", meinte der Mann misstrauisch.

„Kann man hier ein Flugzeug chartern? Ich möchte meinen Freunden hinterher fliegen", erkundigte sich Arthur.

Immer noch argwöhnisch erklärte der Flughafenmitarbeiter: „Ich kann Ihnen gerne die Adresse einer Charterfirma hier in der Nähe geben. Aber fliegen können Sie erst morgen. Ich weiß, dass der Pilot des

Flugzeugs im Moment gar nicht hier in der Stadt ist."

„Danke", murmelte Arthur und ging zum Ausgang. Er erkannte, dass er hier nichts weiter ausrichten konnte. Er musste nachdenken. Die Entführer hatten nun einen Vorsprung, der nicht aufzuholen war, wenn er bis zum nächsten Tag wartete. Arthur musste eine Entscheidung treffen.

Als Arthur das Gebäude verließ, wandte sich der Mann hinter dem Tresen wieder Addae Ibudione zu. „Ihr Gepäck wird Ihnen sofort gebracht."

Vor seinem Auto angekommen, wartete Arthur unschlüssig einen Moment und analysierte die Situation. Dieser Ibudione war also gerade mit seinem Kleinflugzeug angekommen. Das bedeutete, dass auch irgendwo der Pilot der Maschine noch sein musste. Wenn Arthur nun diesen Ibudione einfach abknallte und den Piloten zwang, dem Flugzeug der Entführer zu folgen, dann hätte er zwei Fliegen mit einer Klappe geschlagen. Addae Ibudione zu töten war sowieso sein Auftrag. Dass er ihn hier traf, war ein glücklicher Zufall. Und wenn es ihm gelang, den Piloten dazu zu bewegen, den Geiseln hinterher zu fliegen, dann würde er nur wenig Zeit verlieren.

Doch vorher musste er überprüfen, ob Eric und Laura wirklich in dem Flugzeug saßen, das von hier gestartet war. Und das konnte er nur, wenn er sich wieder in die Datenbank des Rates der Fürsten einloggte.

Er stieg in sein Auto und holte seinen Laptop heraus. Er hoffte inständig, dass hier in der Nähe des Flughafens ein drahtloser Internetzugang existierte. Mit den Möglichkeiten, die er durch seine Kontakte zum Rat der Fürsten hatte, konnte er auch ohne ein Passwort ins Internet gelangen.

„Bingo", raunte Arthur, als sein Rechner die Internetverbindung bestätigte. Wieder führte er seine Spielfigur etwa eine Viertelstunde durch die 3D-Landschaft, bis sie an das virtuelle Terminal gelangt war. Wieder gab er Erics Namen verschlüsselt ein, zusammen mit den notwendigen Informationen. Auch wurden nach einigen Sekunden die Positionsangaben Erics auf dem Bildschirm verschlüsselt angezeigt.

Nun setzte er die Koordinaten in Relation zu dem Flughafen von Kita und bekam bestätigt, dass sie wirklich von hier gestartet waren.

Jetzt musste er nur noch den Piloten finden, Addae Ibudione und den Rest der Leute im Flughafengebäude massakrieren und sich dann nach Gao fliegen lassen.

Er klappte seinen Laptop zu und atmete tief durch. Mit den Waffen im hinteren Teil seines Autos würde er es mit den Soldaten im Flughafengebäude und auch mit den Bodyguards von Addae Ibudione aufnehmen können. Dieser Ibudione war sowieso dem Tod geweiht. Der Rat der Fürsten hatte schließlich dessen Exekution festgelegt. Es würde ein Blutbad geben, aber das musste er in Kauf nehmen, um Laura zu retten. Das und noch mehr.

Gerade wollte Arthur aus dem Wagen steigen, um seine Waffen aus dem Kofferraum zu holen, da klopfte jemand an die Fahrertür. Er legte unter seiner Weste die rechte Hand verdeckt an seine Pistole und ließ mit der anderen Hand das Fenster herab.

„Herr Ibudione möchte Ihnen helfen", erklärte einer der Bodyguards betont höflich und zeigte zum Flughafengebäude.

Arthur behielt die Hand an der Waffe und meinte: „Das ist sehr freundlich. Ich komme sofort." Dabei überlegte er, ob er den Leibwächter sofort eliminieren und dann wie geplant die anderen erschießen sollte.

Doch er wollte sich zuerst das Hilfsangebot von Ibudione anhören. Also folgte er dem Bodyguard.

„Ich habe mitbekommen, dass Sie ein Flugzeug chartern möchten", meinte der charismatische Afrikaner. „Ich stelle Ihnen mein Flugzeug zur Verfügung. Für den gleichen Preis, den Sie bei einer Charterfirma bezahlen würden", präsentierte Addae Ibudione dem Deutschen seinen Vorschlag mit einem gewinnenden Lächeln.

Arthur war mehr als verdutzt. Wieder änderten sich die Dinge völlig unvorbereitet. Es fehlten ihm zunächst die Worte. Sollte er wirklich auf dieses Angebot eingehen? Durfte er überhaupt sich diese Chance entgehen lassen, Addae Ibudione zu exekutieren?

„Das ist wirklich sehr freundlich", erklärte Arthur. Immer noch war er unschlüssig. Wenn er den Afrikaner jetzt nicht tötete, dann musste er es spätestens in zwei Tagen tun. Zu dem ursprünglichen Zeitpunkt. Sonst würde Arthur selbst vom Rat der Fürsten liquidiert werden. Andererseits war es ein enormer Vorteil, wenn er weiterhin unauffällig bleiben konnte. Dadurch würde er vermeiden, dass ihm nun auch noch die Polizei auf den Fersen wäre.

Arthur zog die Mundwinkel nach oben und quälte sich ein Lächeln ab. „Ich nehme Ihr Angebot gerne an."

36

Marera hatte mit großer Genugtuung die Meldung empfangen, dass ihre Leute Eric Harder und dessen Frau in ihrer Gewalt hatten. Alle seien auch schon auf dem Weg zur Arnháton-Zentrale am Rand der Sahara. Bisher hatte noch niemand der Sekte erkannt, dass es sich bei der entführten Frau gar nicht um Vera Harder handelte. Da weder Eric noch Laura wussten, weshalb sie entführt worden waren, war auch ihnen nicht bewusst, welchen Fehler die Entführer gemacht hatten.

Marera hatte momentan jedoch wenig Zeit, sich die Möglichkeiten auszumalen, die die DNA der Harders ihnen augenscheinlich boten. Zurzeit musste sie ihre Chemiker zur Eile mahnen, um die geplante Menge an High-Per fristgerecht fertig zu stellen. Sie begab sich zu den Aufzügen, um in die dritte Tiefebene hinabzufahren. Dort befanden sich die Labore, die die Droge in großen Mengen herstellten.

Die Arnháton-Sekte war notgedrungen in die Drogenszene eingestiegen. Mit High-Per konnte sie die Geldmengen erwirtschaften, die sie gegenwärtig so dringend benötigte.

Die ehrgeizigen Pläne, die die Arnhátongemeinschaft seit einigen Jahren verfolgte, mussten finanziert werden. Dazu reichte es längst nicht mehr aus, bei den Gläubigen nur Spenden einzusammeln. Das Drogengeschäft bot hier die erforderlichen Möglichkeiten.

Ursprünglich hatte die Sekte ihre Zentrale in Ägypten. Doch

schon zur Jahrtausendwende existierten Pläne, die Führung in ein anderes Land zu verlegen. Nach einigen Debatten innerhalb der Arnhátonführung hatte man sich 2008 dafür entschieden, von der Öffentlichkeit unbemerkt nach Mali zu übersiedeln. Die Entscheidung für das westafrikanische Land traf man in erster Linie deshalb, da Mali damals als stabile Nation mit erfolgversprechenden Aussichten galt. Mit Unterstützung von befreundeten Ländern hatte die malische Regierung in der Vergangenheit bedeutende Reformen in Verwaltung und Justiz durchgeführt. Außerdem versprach sich die Arnháton-Sekte mit ihrem Wechsel nach Westafrika enorme Möglichkeiten, wenn es gelänge, die Geheimnisse der Dogonkultur zu entschlüsseln. Zusammen mit dem Wissen, das der Arnhátonkult über Jahrtausende hinweg überliefert hatte, würde man eine völlig neue Kultur erschaffen.

Die Dogongemeinschaft hatte sich allerdings letztendlich einer Vereinnahmung durch die Arnháton-Anhänger widersetzt. Das hielt die Sekte jedoch auch im vergangenen Jahr nicht davon ab, weiter an ihren Plänen zu arbeiten.

Noch in Ägypten hatte die Arnhátongemeinschaft damit begonnen, in großem Stil die Droge High-Per herzustellen und auf dem Schwarzmarkt zu vertreiben. Alle Einnahmen aus dem Drogengeschäft steckte man in den Aufbau der Zentrale in Mali. Dazu mussten riesige Mengen an Bestechungsgeldern gezahlt werden, um die Baumaßnahmen in der Wüste geheim zu halten. Auch die Nomadenstämme in der Umgebung wurden mit regelmäßigen, großzügigen Geschenken friedlich gestimmt. Ebenso kriminelle Banden und extremistische Gruppen.

Als 2012 der Norden Malis von Islamisten erobert wurde, zahlte es sich aus, dass man in den Jahren vorher mit hohem finanziellen Aufwand ein Netzwerk von Mittelsmännern aufgebaut hatte, das dafür sorgte, dass das Zentrum in der Wüste unbehelligt blieb.

Bis heute weiß praktisch niemand von dem Gebäudekomplex im Wüstensand. Von außen erscheinen die wenigen sichtbaren Häuser völlig unscheinbar. Von den unterirdischen Ebenen, die einer Kleinstadt gleichen, ist selbst auf Satellitenbildern nichts zu erahnen.

Marera erwartete in drei Tagen das Transportflugzeug, das die Lebensmittel und allen sonstigen Güter lieferte, welche die Menschen in dem Zentrum benötigten. Auch die Chemikalien, die für die Herstellung der Drogen erforderlich waren, wurden auf diesem Wege beschafft.

Als Marera in dem unterirdischen Labor ankam, setzte sie eine Atemschutzmaske auf. Hier erforderten einige Arbeitsprozesse strenge Schutzmaßnahmen, um dauerhafte Gesundheitsschäden zu vermeiden.

Es herrschte reges Treiben zwischen den Kesseln, Rohren und Schaltpulten. Während aus einem der Rührkessel, nach einigen Kondensations- und Reduktionsverfahren, die zähflüssige Substanz auf Kühlbleche ausgegossen wurde, säuberten Arbeiter benutzte Kessel, um sie für erneute Herstellungsprozesse bereit zu machen. Überall in dem großräumigen Labor führten Entlüftungsrohre die Dämpfe ab, die bei der Synthetisierung entstanden.

Marera beobachtete die Arbeiten einige Minuten aus der Ferne, bevor sie auf den Laborleiter zuging. Als Einziger trug er einen weißen Schutzkittel. Alle anderen Mitarbeiter hatten farbige Arbeitskleidung.

„Wie weit sind Sie mit der aktuellen Charge?", fragte Marera den russischen Chemiker.

„Wir werden bis morgen die geplante Menge produziert haben. Aber wir werden eine Sonderschicht einlegen müssen. Wir mussten einige Produktionseinheiten aussortieren, da wir nicht die geforderte Reinheit anfertigen konnten. Aber es gelang mir, das Problem zu lösen. Der Liefertermin ist nicht in Gefahr." Der Mann schwitzte unter seiner Schutzmaske. Wenn das Pertamitin in die Kühlbleche abgelassen wurde, entwich eine enorme Menge an Hitze.

„Ich werde morgen früh eine weitere Kiste mit 20 Kilogramm High-Per benötigen. Dharra wird uns einen Besuch abstatten. Und ich werde keine erfreuliche Nachricht für ihn haben. Aber mit einer Extraportion unseres beliebten Produkts werde ich ihn besänftigen können."

Auch durch seine Maske hindurch war dem Chemiker anzumerken, dass er über Mareras Sonderwunsch nicht glücklich war. Trotzdem erklärte er: „Ich werde das sofort veranlassen. Verlassen Sie sich darauf."

„Danke. Arnháton sei mit Ihnen." Marera klopfte dem Laborleiter anerkennend auf die Schulter.

„Ebenfalls", raunte der Mann und machte sich wieder an seine Arbeit. Marera wusste, dass der Russe kein wirklicher Arnhátongläubiger war. Nur das Geld hielt ihn hier. Doch durch seine umfangreichen Kenntnisse im Bereich der Pharmachemie war er unersetzlich. Kein anderer vor ihm hatte ein derart reines High-Per erzeugen können.

Als Marera wieder im Aufzug nach oben fuhr, bereitete sie sich gedanklich auf das morgige Treffen mit Dharra vor. Der Anführer einer lokalen Gangsterbande, die in diesem Teil der Sagara ihr Unwesen trieb, forderte regelmäßig eine nicht unbeträchtliche Summe an Schutzgeld. Bisher konnte man sich immer mit ihm einigen. Und da Dharra mit seinen Gefolgsleuten dafür sorgte, dass andere Räuberbanden im Umkreis der Arnhátonzentrale ferngehalten wurden, war das Geld in gewisser Weise gut investiert.

Doch Dharra schraubte seine Forderungen regelmäßig höher. Morgen würde Marera ihm eine Absage erteilen müssen. Ob sie ihn mit einer Gratislieferung High-Per besänftigen könnte, war keineswegs sicher. Aber sie durfte ihm nicht signalisieren, dass er jede erdenkliche Forderung stellen konnte. Wenn er es auf einen wirklichen Konflikt anlegte, dann wäre die Arnhátongemeinschaft auch bereit zu kämpfen. Und das würde Dharra bereuen. Bitter bereuen.

37

Arthur hatte sich schnell mit Addae Ibudione auf eine Summe einigen können, für die der charismatische Redner sein Flugzeug samt Piloten zur Verfügung stellte. Arthur hatte dem Afrikaner nur eine einzige Frage beantworten müssen. „Warum benötigen Sie so dringend einen Flug nach Gao?" Dabei sah Addae dem Deutschen tief in die Augen.

„Ich muss meiner Enkeltochter helfen", antwortete Arthur. Und das war nicht einmal gelogen.

Einen Moment haftete Addaes Blick noch auf dem Gesicht des alten Mannes, dann meinte er lächelnd: „Ich glaube Ihnen. Und ich bin mir sicher, dass das Schicksal uns nicht zufällig hier zusammengeführt hat." Fünf Minuten später wurde Addae abgeholt und zusammen mit seinem Tross zu seinem Hotel gefahren.

Arthur wurde von dem Piloten, der inzwischen eingetroffen war, zu dem Kleinflugzeug geführt. Selbst seine Taschen mit den Waffen konnte er ohne weitere Kontrollen in die Maschine schaffen. Als ein Günstling von Addae Ibudione hatte er nun Privilegien.

Der Pilot nahm es erstaunlich gelassen, dass er nun noch einen Flug nach Gao absolvieren musste. Freundlich erklärte er Arthur die Formalitäten, die zu einer Flugreise mit der Turbopropmaschine gehörten. Arthur waren die Anweisungen nicht neu. Während seiner Einsätze für den Rat der Fürsten hatte er schon mehrmals in einem solchen Flugzeug gesessen.

Kurze Zeit später hob die Maschine ab und flog in den Nachthimmel. Für einen Augenblick fühlte Arthur so etwas wie Dankbarkeit gegenüber Addae Ibudione. Doch er kämpfte gegen diese Emotion an. Sobald er Laura gerettet hätte, würde er seinen Auftrag ausführen und den Afrikaner eliminieren.

„Der Flug wird etwa 5 Stunden dauern", erklärte der Pilot, ein junger Schwarzafrikaner mit Brille, in der sich die Beleuchtung der Armaturen spiegelte.

„Können Sie etwas schneller fliegen? Das Flugzeug mit meiner Enkeltochter ist vor etwa fünfzig Minuten gestartet. Ich muss sie einholen."

Der Pilot schüttelte den Kopf. „Ich kann zwar schneller fliegen, aber einholen werden wir sie nicht", antwortete der Pilot. „Wenn das

Flugzeug mit ihrer Enkeltochter vor mehr als einer Dreiviertelstunde abgeflogen ist, dann werden wir nicht schnell genug fliegen können, um bei einem 5-Stunden-Flug zeitgleich am Ziel zu sein."

Arthur antwortete resigniert: „Tun Sie ihr Bestes. Bitte."

Der Pilot hatte die Reiseflughöhe erreicht und griff nach einem Kaffeebecher, der sich in einer Halterung neben ihm befand. „Entspannen Sie sich. Sie haben großes Glück, dass Sie Herrn Ibudione getroffen haben. Ohne ihn wären Sie bis morgen früh niemals von Kita weggekommen."

„Da haben Sie wohl recht", raunte Arthur. „Er ist wirklich eine beeindruckende Persönlichkeit."

„Waren Sie schon einmal dabei, wenn er eine Rede gehalten hat?", fragte der Pilot. In seinem Tonfall war die Begeisterung unüberhörbar.

„Nein. Aber meine Enkeltochter hält sehr viel von ihm."

„Und das mit Recht. Bereits seit der ersten Rede, die ich von ihm hörte, bin ich überzeugt, dass Addae Ibudione die Völker Afrikas einen wird. Mit ihm als Anführer steuert unser Kontinent einer großartigen Zukunft entgegen."

„Eine schöne Utopie", murmelte Arthur. Da er wusste, dass es höchst unwahrscheinlich war, dass Addae die nächsten Tage überleben würde, waren die Hoffnungen des Piloten für ihn nicht mehr als Luftschlösser.

„Möchten Sie etwas essen?", fragte der Pilot. „Herr Ibudione sorgt immer dafür, dass seine Piloten und Fahrer reichlich mit allem Notwendigen versorgt sind. Die Sandwiches reichen für uns beide."

„Das ist sehr nett", bedankte sich Arthur. Erst jetzt realisierte er, dass er seit Stunden nichts mehr gegessen hatte. Schweigend aß er das reichlich belegte Sandwich, während der Pilot das Flugzeug durch die Nacht steuerte.

Innerlich wirbelten Arthurs Gefühle durcheinander. Er fühlte die Angst um Laura. Aber auch die Wut gegenüber den Entführern. Dazu kam das verwirrende Gefühl der Dankbarkeit gegenüber Addae und dem Piloten. Mit jedem Bissen, den er hier in dem Flugzeug aß, ließ sich diese Emotion des Dankes immer schwerer bekämpfen. Schließlich wäre er ohne Addaes Hilfsbereitschaft für Stunden zur Untätigkeit verurteilt. Und nun aß er auch noch dessen Brot. Eine Situation, die er bisher noch nie erlebt hatte. Praktisch ein Paradoxon. Waren es sonst immer die reichen Europäer, die sich in der Rolle des rettenden Helfers gefielen, so lebte Arthur augenblicklich von der Gnade des gutherzigen Afrikaners. Und irgendwann würde Arthur trotz alledem Addae Ibudione ermorden, damit die Verhältnisse in Europa und Afrika auch weiterhin so bleiben wie seit Jahrzehnten.

Arthur überkam das Bedürfnis, dem Piloten zu erzählen, in welcher Gefahr sich dessen Idol befand. Doch er schwieg und aß weiter sein Sandwich. Wenn er redete, dann wäre er selbst bald ein Opfer des Rates der Fürsten. Dann hätte Laura keine Chance auf Rettung. Dann könnte er auch gleich Selbstmord begehen.

Arthur starrte in die Leere des Nachthimmels und aß. Als er fertig war, meinte er zu dem Piloten: „Addae Ibudione ist ein guter Mensch. Beten Sie, dass er noch lange lebt."

38

Als Stefan mit dem Abendessen zurückkam, versuchte Vera etwas davon zu essen, doch ihr Magen war wie zugeschnürt. Die Sorge um Eric raubte ihr jeden Appetit.

„Du musst etwas essen", meinte Stefan.

„Es geht nicht. Ich werde noch verrückt. Eric ist in den Händen von irgendwelchen Irren und ich kann nichts tun. Ich kann hier nur warten, falls sich die Entführer melden. Aber niemand hat angerufen. Ich habe auch Erics Mails abgerufen. Doch welcher Entführer würde sich denn per E-Mail melden?"

„Ich kann dich verstehen. Es ist nur natürlich, dass du alle Möglichkeiten ausschöpfen möchtest, um Eric zu helfen. Gab es bei Erics E-Mails etwas Ungewöhnliches?"

„Nein. Es war nichts Auffälliges dabei."

„Eric hatte mir vor ein paar Tagen am Telefon erzählt, dass ihr neue Informationen habt, warum der Räuber in Timbuktu an dem Grabungsbericht so interessiert war. Kann das etwas mit der Entführung zu tun haben?"

Vera war unschlüssig. „Ich sehe da noch keinen Zusammenhang. Wer sollte Eric und Laura wegen ein paar Kopien von alten Dokumenten entführen?"

„Immerhin hatte die Arnháton-Sekte schon vor einem Jahr einmal versucht Eric umzubringen."

„Meinst du, dass die Entführer gar keine Islamisten sind, sondern diese Arnháton-Spinner?"

„Vielleicht hat es auch einen anderen Grund. In den Dogondörfern wurden in letzter Zeit ebenfalls Leute entführt. Und alle hatten eine Gemeinsamkeit. Alle wurden einmal von Nommo-Tuwa geheilt."

„So wie auch Eric geheilt wurde", erkannte Vera. Doch dann gab sie zu bedenken: „Aber Laura hat mit nichts von dem zu tun, was wir eben in Betracht gezogen haben."

„Einer der Dogon, die mit den Arnhátonjüngern sympathisieren, hatte in den letzten Tagen versucht, die Maske Nommo-Tuwas zu stehlen. Das ist ein Indiz, dass die Arnháton-Sekte von den Heilungen weiß."

„Das klingt einleuchtend", stimmte Vera zu.

„Was haben eure Recherchen über den Grabungsbericht von Timbuktu ergeben? Vielleicht ergibt sich ja eine Spur, wenn wir die Ergebnisse unter dem Vorzeichen sehen, dass sie etwas mit der Entführung zu tun haben."

In Veras Augen war neue Zuversicht zu lesen. Endlich sah sie eine Möglichkeit, dem Rätsel um Erics Entführung ein Stück näher zu kommen. Sie berichtete davon, dass in dem Grabungsbericht zu lesen war, dass Heinrich Menu von Minutoli die Mumie Echnatons gefunden hatte. Und von den Nachforschungen von Erics Freund Christian Scholz. Sie erzählte von dessen E-Mail und von Minutolis Artefakten, die vor etwa zweihundert Jahren in der Elbmündung untergegangen waren. Zum Schluss erwähnte sie Christians Verdacht, dass einige Fundstücke heimlich nach Ägypten zurückgeschafft wurden.

„Das wäre eine Möglichkeit", resümierte Stefan. „Wenn die Mumie Echnatons womöglich gar nicht in der Elbmündung untergegangen war, sondern zurück nach Ägypten gebracht wurde, dann befindet sie sich möglicherweise heute noch im Besitz der Sekte. Das wäre ein Geheimnis, das die Arnhátongemeinschaft auf jeden Fall unentdeckt halten möchte. Zudem sind die Menschen, die von Nommo-Tuwa geheilt wurden, von besonderem Interesse für die Arnhátonleute. Egal von welcher Seite wir die Geschichte betrachten: alle Spuren führen zur Arnháton-Sekte."

Vera war sichtlich aufgeregt. „Wenn die Polizei nun glaubt, dass Eric und Vera von Islamisten entführt wurden, dann kommt dort niemand auf die Idee, dass der Arnháton-Kult dahinter steckt."

Stefan nickte. „Das befürchte ich allerdings auch."

„Wir müssen unsere Erkenntnisse sofort der Polizei melden. Die Polizisten, die mich befragt hatten, haben mir eine Karte mit einer Adresse gegeben. Wir müssen sofort dort hinfahren."

Stefan lächelte. „Das sollten wir tun." Doch er befürchtete, dass man ihnen dort nicht viel Glauben schenken würde.

Auf der Polizeiwache mussten Vera und Stefan einige Minuten warten, bis sie ihre Aussagen machen konnten. Der Andrang der Menschen, die hier am Beginn der Nacht ein Verbrechen melden wollten, war enorm groß. Als sie endlich aufgerufen wurden, begleiteten sie den Polizisten in eines der angrenzenden, kleinen Büros. Vera wunderte sich, dass sie ihre Aussage nicht, wie die anderen Zeugen, an einem der Schreibtische in dem Großraumbüro hinter der Anmeldung machen sollten.

Der Polizist war freundlich, aber wortkarg. Er hörte sich die Aussagen der beiden Deutschen an und gab sie gleichzeitig in den Computer ein. Dabei stellte er keine Rückfragen, was Vera erst am Ende ihrer Aussage auffiel. Erst am Schluss der Aussagen fragte er dann: „War das jetzt alles?"

Vera und Stefan sahen sich kurz an, dann erklärte Vera: „Ja. Das ist alles. Wir sind uns sicher. Wenn Sie Ihre Ermittlungen auf die Arnháton-Sekte konzentrieren, dann werden Sie auch die Entführten finden."

Der Polizist druckte die Aussage aus und legte sie den beiden vor. „Bitte unterschreiben Sie direkt hinter dem Datum."

Jetzt wurde auch Stefan misstrauisch. „Wir werden es erst einmal durchlesen"

Nachdem sie den Text gelesen hatte, meinte Vera verwundert: „Das stimmt so nicht. Das haben wir so nicht gesagt."

„Es ist aber inhaltlich richtig", widersprach der Polizist. „Bitte unterschreiben Sie direkt hinter dem Datum."

„Nein", erklärte jetzt auch Stefan. „Sie müssen das so schreiben, wie wir es gemeint haben. Alles deutet darauf hin, dass die Arnháton-Sekte Eric Harder und Laura Roth entführt haben."

Mit einem spürbar gereizten Unterton wiederholte der Polizist seine Anweisung: „Sie haben ausgesagt, dass Sie es gerne hätten, wenn diese Religionsgemeinschaft der Täter wäre. Das habe ich so zu Protokoll genommen. Bitte unterschreiben Sie direkt hinter dem Datum."

„Nein. Wir haben eindeutige Indizien, dass die Arnháton-Sekte ein Motiv hat, Eric und all die anderen zu entführen. Ihr Protokoll können wir so nicht unterschreiben."

„Dann ziehen Sie Ihre Aussage zurück?", fragte der Polizist und nahm das Blatt wieder an sich.

„Bitte schreiben Sie genau auf, was wir gesagt haben. Dann werden wir unsere Aussage auch unterschreiben." Stefan rang mit seiner Fassung.

Der Polizist weigerte sich offenkundig, erneut ein Protokoll zu schreiben und legte das Papier wieder auf den Tisch. „Wir haben hier nicht die Zeit, um über jedes Wort eines Europäers zu feilschen. Unterschreiben Sie oder gehen Sie. Aber entscheiden Sie sich jetzt."

„In Ihrer Fassung dieses Protokolls ist überhaupt nicht ersichtlich, dass es einen begründeten Verdacht gegen die Arnháton-Sekte gibt. Ich bezweifle, dass Ihre Leute da eine Ermittlung einleiten werden."

Auch Vera hatte Mühe, ihren Ärger nicht allzu deutlich zu zeigen.

„Welche Ermittlungen wir einleiten, ist nicht Ihre Angelegenheit. Unterschreiben Sie oder gehen Sie!" Der Ton des Polizisten war nun eindeutig feindselig.

„Sie müssen gegen diese Sekte ermitteln", wiederholte Vera und griff nach dem Stift.

„Unterschreiben Sie oder gehen Sie. Das ist meine letzte Aufforderung." Der Polizist schob das Papier näher zu Vera hin.

„Wenn wir gar keine Aussage machen, dann haben wir überhaupt keine Chance, dass ermittelt wird", flüsterte Vera Stefan zu und unterschrieb das Protokoll.

Stefan unterschrieb ebenfalls. Dann blickte er den Polizisten flehend an. „Tun Sie etwas. Retten Sie die beiden."

Der Polizist antwortete nicht. Teilnahmslos nahm er das unterschriebene Blatt uns legte es auf einen Stapel weiterer Papiere. „Auf Wiedersehen."

Wieder auf der Straße angelangt rangen Vera und Stefan noch immer um ihre Fassung. Sie beeilten sich, zu Stefans Wagen zu kommen und stiegen leise schimpfend ein.

„Der Kerl hat uns behandelt, als hätten wir Halluzinationen", stellte Vera fest.

„Ich werde morgen noch einmal hier erscheinen. Vielleicht habe ich bei einem anderen Polizeibeamten mehr Erfolg", schlug Stefan vor.

Vera holte ihr Smartphone aus ihrer Handtasche. „Ich werde unsere Erkenntnisse Arthur Roth mitteilen. Er wird sicher mehr damit anzufangen wissen als dieser dämliche Schreibtischpolizist."

„Arthur Roth ist Lauras Großvater?", erkundigte sich Stefan.

„Ja. Und er hat sein Leben lang als Detektiv gearbeitet. Er hat sich sofort nach der Entführung auf die Fersen der Täter geheftet. Wenn jemand Eric und Vera helfen kann, dann er."

„Hat er schon eine heiße Spur?", hakte Stefan nach.

„Keine Ahnung. Ich hatte nur einmal mit ihm telefoniert. Kurz nachdem es passiert ist", gestand Vera ein. „Aber ich werde ihn gleich mal fragen, ob er schon etwas Neues herausgefunden hat." Vera wählte Arthurs Mobilnummer und wartete gespannt auf das Zustandekommen der Verbindung. Doch eine automatische Stimme meldete auf Französisch, dass der Teilnehmer im Moment nicht zu erreichen sei.

„Ich sende ihm eine SMS, damit er mich sobald wie möglich zurückruft", entschied Vera.

Zuhause angekommen überprüfte Vera sofort den Anrufbeantworter. Doch dort wurden keine Nachrichten angezeigt. Immer noch beschäftigte die beiden die misslungene Aussage auf dem Polizeirevier. Vera ging zu dem kleinen Barfach im Wohnzimmer und holte eine Flasche französischen Weinbrand heraus. Dazu zwei Tumblers, kurze Trinkgläser für Spirituosen, mit einem dicken, sehr stabilen Boden. Der Name leitet sich von dem englischen Wort „tumble" ab, was so viel bedeutet wie „stürzen" oder „taumeln", da der Boden dieser Gläser ursprünglich rundlich hergestellt wurde, so dass das Glas beim Hinstellen oftmals umfiel oder schwankte.

„Nach dieser Aufregung brauche ich erst einmal einen Drink", konstatierte Vera. Doch im nächsten Moment stellte sie einen der Tumblers wieder zurück und korrigierte ihre Aussage: „Nein. Nicht so lange ich schwanger bin. Möchtest du einen Armagnac, Stefan?"

„Nein, Danke. Das würde mir jetzt auch nicht helfen", lehnte Stefan ab. Vera sah Stefan fast mitleidig an. „Ich darf nicht und du willst nicht. Da kann uns wohl niemand helfen."

„Ich möchte lieber einen klaren Kopf behalten und mir eine Strategie ausdenken, damit morgen mein Besuch auf dem Polizeirevier erfolgreicher verläuft."

„Ich könnte den Kerl, der unsere Aussage so verdreht hat, immer noch in der Luft zerreißen. Dem war es offensichtlich egal, dass es hier um das Leben von Eric und Laura geht." Bei diesen Worten versagte Veras Stimme. Ihre Augen füllten sich mit Tränen. Sie kniff die Augen zusammen und versuchte sich zu beruhigen. Doch vergebens. Mit einem lauten Schluchzen begann sie hemmungslos zu weinen.

Stefan war für einen Augenblick unentschlossen, wie er reagieren sollte. Dann legte er vorsichtig seine Arme um sie. Er wagte es nicht, sie mit einer festen Umarmung zu umfangen. Schließlich war sie Erics Frau.

Vera ließ in diesem Moment ihren ganzen Schmerz heraus. All ihre Sorge um Eric, ihre Liebe, ihre Wut und ihre Verzweiflung kamen nun hervor. Ihre Tränen durchnässten Stefans Hemd. Hilflos redete er ihr gut zu und erklärte immer wieder: „Alles wird gut. Alles wird wieder gut."

Vera nahm seine Worte nur von fern wahr. Sie krallte ihre Finger in Stefans Hemd, als würde sie ohne seinen Halt zu Boden stürzen. „Ich möchte, dass Eric wieder da ist. Ich möchte, dass dieser Alptraum aufhört", klagte sie.

Stefan fuhr ihr beruhigend über das Haar. In diesem Moment bemerkte er, wie unglaublich gut Veras Haare rochen. Wie ihre Nähe ihm gefiel. Wie wunderbar zart ihre Arme waren.

Sanft führte er sie zu dem Sofa und ließ sie sich setzen. Mit etwas Abstand nahm auch er dort Platz. Er fühlte sich schuldig, dass er Veras Nähe derart genossen hatte.

„Entschuldige, dass ich dein Hemd so nass gemacht habe", schniefte Vera. Sie stand auf, um Papiertaschentücher aus der Küche zu holen.

„Kein Problem", meinte Stefan. „Ich verstehe dich sehr gut. Das ist im Moment ja fürchterlich viel, was da auf dich einstürzt."

Mit mehreren Packungen Taschentüchern kam sie zurück und gab eines davon an Stefan. „Ich hoffe, du bekommst damit dein Hemd wieder trocken."

„Alles nicht so schlimm."

„Alles nicht so schlimm", wiederholte Vera. „Dieser Satz könnte von Ndré, diesem seltsamen Prediger kommen. So wie er aussieht, muss er einiges Schlimmes mitgemacht haben."

„Ich hatte ihn bei Sagaras Taufe nur kurz von weitem gesehen."

„Er hat scheinbar vor nichts Angst. Und nichts kann ihn aus der Fassung bringen."

„Ja. Er hat offensichtlich grenzenloses Gottvertrauen", bestätigte

Stefan. „Sonst hätte er sicherlich nicht all das überstanden, was ihm zugefügt wurde."

„Das ist wohl wahr", stimmte Vera Stefan zu. „Ein solches Gottvertrauen wünsche ich mir auch."

39

Arthur war während des Fluges eingenickt. Das Essen, das monotone Geräusch der Propeller und die Möglichkeit, zur Ruhe zu kommen, versetzten ihn, ohne dass er es merkte, ins Reich der Träume. Als er erwachte, brauchte er einige Sekunden, bis er sich orientieren konnte.

„Wie lange werden wir noch bis Gao benötigen?", fragte Arthur den Piloten.

„Noch etwa eine halbe Stunde", antwortete der Pilot.

„Gab es besondere Vorkommnisse, als ich geschlafen habe?"

„Nein. Alles ist ruhig. Hier in der Luft sind wir sicher." Der Pilot nippte an seinem Kaffee. Dann erklärte er mit besorgter Stimme: „Sie sollten sich eher Gedanken darüber machen, was Sie tun werden, wenn wir in Gao gelandet sind. In der Stadt wimmelt es immer noch von Extremisten. Sie sollten so schnell wie möglich wieder nach Bamako zurückkehren, wenn Sie ihre Enkeltochter gefunden haben."

„Ich habe nichts anderes vor", bestätigte Arthur.

„Sie haben gesagt, dass ihre Enkeltochter etwas Wichtiges vergessen hat?", erkundigte sich der Pilot.

„Ja. Ich muss sie dringend finden."

„Der Norden Malis ist für Europäer aber ein sehr gefährliches Pflaster. Ich halte es nicht für ratsam, sich dort aufzuhalten. Weder für Sie, noch für Ihre Enkeltochter."

Arthur konnte gut auf diese Belehrung verzichten. Mit betonter Höflichkeit antwortete er: „Ich werde Ihren Rat sicher beherzigen. Vielen Dank."

Der Pilot bemerkte Arthurs Widerwillen, über das Thema Sicherheit zu sprechen. Also schwieg er. Und beide Männer sahen stumm durch die Frontscheibe.

Vor Arthurs geistigem Auge tauchten die Erinnerungen auf, an den Tag, an dem er mitbekam, dass der Rat der Fürsten nicht die einzige Geheimgesellschaft ist, die die Geschicke der Menschen auf diesem Planeten lenkt. Damals war er zu dem Calderón in den großen Konferenzraum gerufen worden, um einigen Abgesandten von zwei weiteren Organisationen von einem seiner Morde zu berichten. Damals hatte es dabei eine größere Anzahl von unvorhergesehenen Toten gegeben. Wie sich nachher herausstellte, waren etliche davon Angehörige der beiden anderen Geheimgesellschaften.

Zu Ehren der Gastorganisationen hatte man Fahnen mit deren Wappen in dem Konferenzraum aufgestellt. Ebenso wie das Wappen des Rates der Fürsten, so zeigten auch die beiden anderen Wappen Reitermotive. Auf der einen Fahne war ein Reiter auf einem roten Pferd zu sehen, auf der anderen ein graues Pferd mit einem Reiter, der unter einem weiten Gewand mit Kapuze gar nicht zu erkennen war. Die gleichen Motive prangten, zusammen mit dem Wappen des Rates der Fürsten, dem Bogenreiter auf einem weißen Pferd, auf drei kleinen Tischstandarten. Alles symbolisierte deutlich, dass hier ein Treffen von sehr wichtigen Abgesandten stattfand.

Nach einigen Begrüßungsritualen hielt der Calderón eine kurze Ansprache. Dann wurde Arthur aufgefordert, von den Ereignissen zu berichten, die zu den unvorhergesehenen Todesfällen führten. Als Arthur fertig war, musste er den Raum verlassen.

Später hatte er erfahren, dass nur mit viel diplomatischem Geschick von allen Seiten ein schwerwiegender Konflikt zwischen den Geheimgesellschaften abgewendet worden war.

„Wir werden gleich landen", meldete der Pilot und holte Arthur in die Gegenwart zurück. „Ich werde sofort wieder zurück nach Bamako fliegen. Sie sind also von jetzt an allein auf sich gestellt, Herr Roth."

„Ich komme schon zurecht", antwortete Arthur kurz.

„Ich rate Ihnen dringend, das Stadtgebiet von Gao nicht zu verlassen. Außerhalb der Siedlung sind Sie Freiwild. Rechnen Sie nicht damit, dass Ihnen in der Wüste irgendjemand hilft."

„Machen Sie sich um mich keine Gedanken", beschwichtigte Arthur. Er überlegte einen Moment und erklärte dann mit ernster Mine: „Sie sollten eher um Ihr Idol Addae Ibudione besorgt sein. Mit seinen Ideen macht er sich Feinde auf der ganzen Welt. Es gibt Organisationen, die alles tun werden, damit Afrika nicht zu einem mächtigen Wirtschaftsraum wird. Viele würden Addae Ibudione lieber tot sehen als lebendig." Arthur wusste, dass er schon mehr gesagt hatte, als er eigentlich durfte. Trotzdem fügte er noch an: „Bitte sagen Sie ihm das. Er ist in großer Gefahr."

40

Marera hatte soeben die Nachricht bekommen, dass die beiden Entführten inzwischen mit einem Kleinflugzeug auf dem Weg zu ihr waren. Nach einen kurzen Tankstopp in Gao war der Flieger sofort wieder gestartet. Bald würde er das Zentrum der Arnhátonsekte erreichen.

Der Gedanke, dass man mit Eric Harder und dessen schwangerer Frau den legendären Pharao Echnaton wieder entstehen lassen könnte, erregte Marera. Mit den Möglichkeiten, die die Arnhátongemeinschaft nun besaß, war es kein Traum mehr, dass Echnaton von neuem geboren werden könnte.

Seit die Wissenschaft Mitte des 20. Jahrhunderts wirkliche Fortschritte im Bereich der Klontechnik gemacht hatte, versuchte die Sekte im Geheimen, den Pharao wieder auferstehen zu lassen. Bisher jedoch ohne einen wirklichen Erfolg.

Eine wichtige Voraussetzung für das gewagte Vorhaben der Anhänger Echnatons war die Tatsache, dass man im Besitz von dessen mumifizierten Körper war.

Im Jahre 1822 hatte die Sekte mitbekommen, dass Heinrich Menu von Minutoli bei seinen Grabungen in Tel el-Amarna auf das Grab des Ketzerkönigs gestoßen war. Mit Entsetzen musste die Gemeinschaft mit ansehen, dass die sterblichen Überreste zunächst nach Triest verschifft wurden. Dort hatte man dann die Funde aus Echnatons Grab auf den Segler ‚Gottfried' verladen, der dann in Richtung Hamburg startete. Damals nutzte die Arnhátongemeinschaft ihr europaweites Netz von Anhängern, um zu verhindern, dass die Mumie des Religionsstifters an seinem Zielort ankam. Man fälschte Dokumente und sorgte dafür, dass der Kapitän außerplanmäßig einige weitere Häfen anfuhr.

Als die ‚Gottfried' in Cartagena, einem Seehafen im Südosten Spaniens, anlegte, machte man dem Kapitän weiß, dass ein Teil der Ladung umgeladen werden müsse. So gelangten die wichtigsten Objekte aus dem Grab Echnatons wieder zurück nach Tel el-Amarna, der ehemaligen Stadt Achet-Aton. Dort lagerte die Mumie Echnatons, von den Augen der Welt unentdeckt, bis zu den Tagen, an denen die Sekte in ihr neues Domizil in der Wüste Malis umzog. Offiziell war in der Nacht zum 12. März 1822 der größte Teil von Minutolis Ladung in der Elbmündung während eines verheerenden Orkans versunken.

Da man die Mumie Echnatons besaß, versuchte man nun seit einigen Jahrzehnten, aus dessen DNA den Pharao zu reproduzieren. Jedoch noch ohne langfristige Ergebnisse. Das mehr als dreitausend Jahre alte genetische Material war, trotz aller Konservierungsversuche, zu sehr beschädigt. Eine Reparatur der zerstörten DNA-Segmente war bisher nicht möglich, ohne fremde DNA einzuschleusen. Doch diese Vorgehensweise verbot sich, da der wiedergeborene Echnaton kein fremdes Erbgut haben durfte. Wenn Echnaton wiedergeboren werden sollte, dann musste er mit jeder Zelle auch dem Echnaton entsprechen, der vor dreitausend Jahren gelebt hatte.

Da nun Teile der DNA unwiederbringlich verloren waren, musste ein Weg gefunden werden, diese Segmente trotz allem originalgetreu zu überbrücken. Forscher der Arnhátongemeinschaft entdeckten nun vor einigen Jahren, dass genetische Informationen in chemisch reinem Wasser auch dann nachweisbar sind, wenn die eigentliche Trägersubstanz zerstört ist - ähnlich der Wirkung von homöopathischen Medikamenten. Auch dort wird die Ursubstanz derart hoch verdünnt, dass sie chemisch nicht mehr nachgewiesen werden kann.

Doch trotz dieses Erfolgs ließ sich die so gewonnene DNA nicht in eine menschliche Eizelle transferieren. Die Zellteilung führte zu keinem lebensfähigen Organismus.

Als die Sekte von dem Volk der Dogon in Mali erfuhr und von den wundersamen Heilungen in den Felsen von Bandiagara, schöpfte man neue Hoffnung, dass mit den dortigen Heilmöglichkeiten auch eine gesunde Zellteilung der Echnaton-Embryos möglich sein könnte. Doch widersetzte sich die Dogongemeinschaft der Arnháton-Sekte nach anfänglichem Entgegenkommen. Zudem hörten die Heilungen vor einem Jahr urplötzlich auf. Später erfuhr man, dass das außerirdische Wasserwesen Nommo-Tuwa, das für die Heilungen verantwortlich war, zu diesem Zeitpunkt verstorben war.

Alle Hoffnung der Arnháton-Sekte lag nun bei den Menschen, die Nommo-Tuwa geheilt hatte. Wenn die Körper der Geheilten durch den Außerirdischen eine besondere Fähigkeit der Selbstheilung besitzen, dann kann diese Fähigkeit benutzt werden, die Echnaton-Embryos gesund wachsen zu lassen.

Aus diesem Grund brauchte man Eric Harder und seine schwangere Frau. Mit deren DNA würde man die Wiedergeburt Echnatons möglich machen.

Marera konnte die Ankunft der Entführten kaum erwarten. Sie hatte ihre Wissenschaftler angewiesen, dass man schon am nächsten Tag Zellen von dem ungeborenen Kind der Schwangeren entnehmen solle. Zusammen mit Stammzellen von Eric würde man eine molekulare Grundlage schaffen, in der die DNA Echnatons eingebettet werden könne. Es wären nur kleine Eingriffe bei den Entführten. Jedoch ergäben sich daraus phantastische Möglichkeiten.

Marera bereitete sich auf das Nachtgebet vor, das sie für die gesamte Gemeinschaft in dem Wüstenzentrum leitete. Noch würden einfache Menschen wie sie die Gebete vor Aton bringen. Doch in einigen Jahren wäre es der leibhaftige Echnaton, der als Hohepriester die Gebetsversammlungen leiten würde.

41

„Wir werden Ihnen jetzt die Augenbinden abnehmen", erklärte eine männliche Stimme in akzentfreiem Französisch. Eric und Laura befanden sich mit ihren Entführern immer noch in dem kleinen Flugzeug. Während der gesamten Flugzeit, sogar bei der kurzen Zwischenlandung, hatte man ihnen die Augen verbunden. Man wollte offensichtlich nicht, dass sie mitbekamen, in welche Richtung sie gebracht wurden. Trotzdem war sich Eric sicher, dass man in der Stadt Gao zwischengelandet war. Auf dem Rollfeld konnte er einige Wortfetzen von Personen in der Nähe wahrnehmen. Dabei fiel mehrmals das Wort „Gao". Außerdem passte die Flugzeit gut zu der Entfernung von dem Süden Malis bis zu der Wüstenstadt.

Als man die Augenbinden entfernt hatte, sahen sich Eric und Laura aufmunternd an. Beide bemühten sich um ein Lächeln, um sich gegenseitig Mut zu machen.

„Essen Sie etwas", forderte einer der Entführer die beiden Deutschen auf und drückte ihnen etwas Fladenbrot in die Hand, dazu eine Plastikflasche mit Wasser. Noch immer waren sie mit Handschellen an jeweils einer Hand miteinander festgebunden, was die Nahrungsaufnahme etwas schwierig machte.

Erst jetzt regte sich in Laura ein Anflug von Hunger. Die Aufregung der vergangenen Stunden hatte ihr den Magen zugeschnürt, doch nun wich die Anspannung einer gewissen Gelassenheit. Die Entführer verhielten sich unnachgiebig, aber respektvoll.

Laura sah aus dem Seitenfenster des Flugzeugs. Der Himmel war sternenklar. Doch sonst waren weit und breit keine Lichter zu sehen.

Offensichtlich befand man sich, einige hundert Meter über dem Erdboden, weit entfernt von jeder Siedlung.

„Wohin bringt ihr uns?", fragte Laura einen der Entführer.

„Es wäre unklug, euch unseren Zielort zu nennen."

„Was habt ihr mit uns vor?" Laura sah dem Kidnapper tief in die Augen. Der aber durchschaute ihren Versuch, ihm wichtige Informationen zu entlocken.

„Das werdet ihr früh genug erfahren. Entspannt euch. Es steht nicht in eurer Macht, die Dinge zu beeinflussen, die geschehen werden", erklärte er mit einem leichten Lächeln. Laura konnte sich nicht des Gefühls erwehren, dass der freundliche Blick des Mannes ehrlich war. Es war kein Zeichen von Hass oder Aggression zu erkennen.

„Warum habt ihr gerade uns entführt?", schaltete sich jetzt auch Eric ein. „Wollt ihr damit Lösegeld erpressen?"

Auch jetzt erntete Eric nicht viel mehr als ein mildes Lächeln. „Ihr habt keine Ahnung, welche Macht in euch wohnt? Richtig?"

Weder Eric noch Laura verstanden, was der Mann andeuten wollte. „In mir wohnt keine Macht", erklärte Laura. „Ich bin nur hier in Mali, um als Praktikantin Erfahrungen zu sammeln. Und um den Menschen hier im Land zu helfen."

Der Entführer, der immer noch glaubte, dass Laura die Ehefrau von Eric sei, stutzte. Seine Glaubensgeschwister von der Arnháton-Sekte hatten ihm berichtet, dass Erics Frau eine erfahrene UN-Mitarbeiterin sei. Nun erzählte die Entführte ihm, sie wäre eine Praktikantin. Er fragte sich, ob sie ihn nun mit psychologischen Tricks überlisten wollte.

„Als UN-Mitarbeiterin hast du sicher ein Training bekommen, wie du dich bei Entführungen am besten verhältst."

Laura schüttelte den Kopf. „Nein. So etwas bekommen nur Mitarbeiter, die außerhalb von Städten wie Bamako arbeiten."

„Von welcher Macht sprechen Sie denn?", fragte nun auch Eric. „Laura und ich sind doch weder reich, noch haben wir großen Einfluss. Wir könnten wirklich für niemanden wichtig sein."

Der Entführer war nun sichtlich verwirrt. „Haltet den Mund! Beide!", befahl er. Dann redete er einen seiner Mitstreiter in einer Sprache an, die weder Eric noch Laura verstanden. So vergingen mehrere Minuten. Offensichtlich kamen ihnen nun heftige Zweifel.

Die Entführten ahnten aber immer noch nicht, dass eigentlich Vera Harder gekidnappt werden sollte und den Tätern nun klar wurde, dass sie mit Laura die falsche Person vor sich hatten.

Abrupt brach das Gespräch der Männer ab und man richtete das Wort wieder an Laura: „Wer bist du?"

Etwas verwundert kam die Antwort: „Ich bin Laura Roth. Was glauben Sie denn, wer ich bin?"

„Und wer bist du?", ging die Frage auch an Eric.

„Eric Harder. Ich bin …"

„Mund halten", kam die Anweisung des Entführers. Wieder entstand ein Wortwechsel in der unbekannten Sprache. Doch schnell wandte man sich wieder Laura zu. „Was hast du bei Eric Harder gemacht, Laura Roth?"

Unsicher antwortete Laura: „Eric ist der Mann von meiner Kollegin Vera. Er ist Missionar und Sprachforscher hier in Mali. Ich wollte einfach dabei sein, wenn er einen neubekehrten Christen tauft. Mehr habe ich nicht mit Eric zu tun."

„Du bist nicht die Frau von diesem Eric Harder hier?"

Besorgt über die möglichen Konsequenzen ihrer Antwort erklärte Laura: „Nein. Erics Frau ist meine Kollegin Vera."

„Bist du schwanger?", kam die nächste Frage, die Laura noch mehr verwunderte.

„Nein. Wieso fragen Sie das? Warum sollte ich schwanger sein?"

Eric erkannte nun langsam, warum der Entführer diese Fragen stellte. Ihm wurde nun klar, dass eigentlich Vera statt Laura entführt werden sollte. Zwar wusste er immer noch nicht warum, aber offenbar gefährdete dieser Fehler den ganzen Plan der Entführer.

„Lassen Sie uns einfach irgendwo frei, wo es ein Telefon gibt", übernahm Eric nun die Initiative. „Wir haben keine Ahnung, wer sie sind. Es ist niemand getötet worden. Sie haben nichts zu befürchten. Offenbar war wohl alles nur ein Missverständnis."

Von der Freundlichkeit, die die Entführer bisher, trotz ihrer Kompromisslosigkeit ausstrahlten, war nun nichts mehr zu spüren. Jetzt herrschte eher Verzweiflung vor, über den dramatischen Fehler bei der Entführung.

„Ihr kommt euch nun wohl verdammt clever vor." Der Entführer zog seine Pistole und richtete auf Lauras Kopf. „Du hast deinen Freund Eric gehört. Du bist ein Missverständnis. Das heißt, du hast keinen Wert mehr für uns."

„Nein. Tun Sie das nicht", schrie Eric panisch. Laura hielt die Luft an und erwartete, dass man sie im nächsten Moment erschießen würde.

„Marera möchte, dass du trotzdem zu ihr gebracht wirst", erklärte der Entführer und senkte die Pistole. „Wenn dein deutscher Freund hier nicht wieder den Schlaumeier spielt, dann bleibst du vielleicht am Leben."

42

Vera hatte in der Nacht nur wenig geschlafen. Es fiel ihr schwer, zur Ruhe zu kommen, doch es kam für sie nicht in Frage, mit einer Schlaftablette nachzuhelfen. Während ihrer Schwangerschaft wollte sie möglichst wenige Medikamente einnehmen. So lag sie zunächst eine geraume Zeit unruhig im Bett. Erfreulicherweise stellte sich irgendwann der Schlaf ein, wenn auch ohne den gewünschten Erholungswert.

Als sie um 05:00 Uhr am nächsten Morgen erwachte, galt ihr erster Gedanke Eric. Sie fragte sich, wie er die Nacht verbracht haben mochte. Ob er von den Entführern gut behandelt wurde? Ob er möglicherweise verletzt war? Oder ob er vielleicht schon tot war? Erneut zwang sie sich, positiv zu denken. Wieder sagte sie sich: „Es gibt tausend Gründe, Hoffnung zu haben. Und ich habe Hoffnung. Und Liebe. Und Glaube."

Noch war die Sonne nicht aufgegangen, doch an Einschlafen war nicht mehr zu denken. Zu sehr rotierten die Gedanken in ihrem Kopf. Also ging sie in die Küche und schaltete die Kaffeemaschine an. Während das heiße Wasser durch den Kaffeefilter lief, machte sie sich im Bad frisch und zog sich an. Sie wollte vermeiden, dass Stefan Eigner sie im Nachthemd erblickte. Auch wenn seine Anwesenheit ihr in dieser Krisensituation enorm half, so war er doch nicht mehr als ein guter Freund der Familie. Und das sollte auch so bleiben.

Als sie dann am Frühstückstisch saß, beobachtete sie durch das Fenster die ersten Strahlen der aufgehenden Sonne. Die roten und gelben Farbtöne, in denen der Horizont erstrahlte, waren prächtig. Sie wünschte sich, dass auch Eric dieses Schauspiel sehen könnte.

Vorsichtig nippte sie an ihrem Kaffee. Er verströmte eine behagliche Wärme. Das tat gut und beruhigte. Für einen kurzen Augenblick schloss sie die Augen und fühlte so etwas wie Frieden. Doch als sie die Augen wieder öffnete, war alles immer noch wie bisher. Eric fehlte ihr. Und das erfüllte sie mit einem unendlich tiefen Schmerz.

Da sie wusste, dass sie für die kommenden Stunden bei Kräften bleiben musste, versuchte sie, etwas zu essen. Doch sie bekam keinen Bissen herunter. Also hielt sie sich weiter an dem Kaffeebecher fest und starrte in den Morgenhimmel.

Nachdem sie so mehr als eine halbe Stunde reglos am Küchentisch verbracht hatte, überkam sie das Bedürfnis, nach draußen zu gehen. Fast schlafwandlerisch stand sie auf und ging zur Haustür. Dort griff sie nach einer dünnen Jacke, die sie sich über die Schultern legte und trat vor die Tür.

Die Morgenluft war angenehm kühl. Sie atmete tief ein und genoss die ungewohnte Stille. Um diese Uhrzeit war von dem Lärm der Millionenstadt fast nichts zu hören. Obwohl dieser Ort ihr sehr vertraut war, wirkte er durch die morgendliche Ruhe fast surreal.

Sie ging den gepflasterten Weg durch den Vorgarten entlang, bis sie zur Straße kam. Vogelgezwitscher war zu hören, doch nirgendwo bewegte sich etwas. Auf der anderen Seite der Straße befand sich ein Hang, der recht steil abfiel, so dass dort keine Häuser gebaut wurden. Daher hatte man einen freien Blick über das dahinter liegende Stadtviertel. Die morgendliche Sonne am Horizont tauchte die Gebäude in ein seltsames Gemenge aus Licht und Schatten. Vera konnte ihren Blick nicht davon lassen und irgendwann kniff sie, geblendet von der immer stärker werdenden Sonne, die Augen zusammen.

Dann bemerkte sie, dass das Geräusch eines fernen Autos die Stille durchbrach. Erst jetzt wurde ihr klar, dass sie mitten auf der Straße stand. Eilig ging sie zurück in ihren Vorgarten und wartete dort auf das kommende Fahrzeug. Für einen kurzen Moment stellte sie sich vor, dass Eric am Steuer sitzen könnte. Doch schnell gewann die Realistin in ihr die Oberhand und sie verwarf diesen Gedanken.

Trotz allem hatte sie das Gefühl, dass das Auto nicht zufällig in diesem Moment hier ankommen würde. Sie trat wieder an den Rand der Straße heran und wartete gespannt.

Noch konnte sie das Fahrzeug nicht sehen. Doch das Motorengeräusch wurde lauter. Bald musste das Auto in Sichtweite sein. Erwartungsvoll sah Vera zu der Biegung, von der der Wagen bald kommen musste. Unbewusst hielt sie den Atem an.

Dann erschien das Auto in der Kurve. Ein uralter hellbrauner Geländewagen. Mit Beulen und Roststellen übersät. Das Auto verringerte seine Geschwindigkeit und instinktiv ging Vera darauf zu. Als sie es erreicht hatte, hielt es am Straßenrand an. Vera erkannte den Fahrer immer noch nicht, doch sie ahnte, dass es kein Unbekannter sein würde. Dann stand sie vor der Fahrertür und die Seitenscheibe wurde heruntergekurbelt.

„Hallo, Vera", grüßte Ndré und löste den Sicherheitsgurt.

„Hallo, Ndré.", Vera war nicht wirklich überrascht, den Freund zu dieser frühen Morgenstunde hier zu treffen. Trotzdem fragte sie: „Was führt dich denn hierher?"

Ndré stieg aus und reichte Vera die Hand. „Ich möchte dir von Hiob erzählen."

Vera wusste, dass Ndré den biblischen Hiob meinte, der von Gott einige äußerst schwere Prüfungen auferlegt bekam. „Du willst mir eine Predigt am Morgen halten? Dafür kommst du bei Sonnenaufgang extra hier her?", fragte sie in leicht spöttischem Ton.

Ndré ging einige Schritte vom Auto weg. Vera folgte ihm. Ndré zeigte auf den Sonnenaufgang und fragte: „Ist dieser Anblick nicht wunderschön?"

Vera antwortete: „Ja. Selbstverständlich. Ein Sonnenaufgang ist immer schön."

„Aber Gott ist Hiob nicht in einem wunderschönen Sonnenaufgang erschienen, sondern aus einem Gewittersturm."

„Ich weiß nicht viel über den Hiob aus der Bibel", bekannte Vera. „Ich weiß nur das, was wahrscheinlich jeder darüber weiß. Hiob ist ein Mann, der alles durch Schicksalsschläge verloren hat."

„Das ist richtig", bestätigte Ndré. „Sehr gut. Aber da hört die Geschichte nicht auf."

„Wahrscheinlich hat er am Ende wieder alles von Gott zurückbekommen, vermute ich."

„Auch das ist richtig. Aber zwischen dem ersten Kapitel des Hiob-Buches und dem letzten liegen noch vierzig weitere Kapitel. Das ganze Buch behandelt die Frage nach dem Sinn von Schicksalsschlägen."

„Und liefert es auch eine Antwort?"

„In den Gesprächen, die Hiob mit seinen Freunden führt, wird deutlich, dass es keine einfache Antwort auf eine derart schwierige Frage gibt. Mit unserer menschlichen Weisheit werden wir immer nur eine unvollkommene Erkenntnis der Wahrheit erlangen."

„Willst du andeuten, dass die Entführung von Eric und Laura einen tieferen Sinn hat?"

„Es ist auch ein schwerer Schicksalsschlag, dass die beiden dies durchmachen müssen. Und auch für dich und die anderen Beteiligten ist es sicher eine Situation, die schwer auszuhalten ist. Glaub mir, dass verstehe ich sehr gut."

Vera sah in Ndrés entstelltes Gesicht. „Ja. Auch du hast sicher fürchterliche Dinge erlebt. Ich habe nie gewagt, dich danach zu fragen."

„Gott hat mir Prüfungen auferlegt, die ich manchmal bestehen konnte und manchmal nicht. Auch ich hatte nicht immer die Standfestigkeit, die Hiob hatte. Aber ich weiß, dass die Zweifel, die wir an unserem Schicksal haben, nur daher kommen, dass wir unfähig sind, das große Ganze sehen zu können."

„Und was ist das große Ganze?"

„Das ist der Plan Gottes mit den Menschen. Von der Erschaffung der Welt bis zu den Dingen, die uns in Zukunft erwarten."

„Was im Buch der Offenbarung angekündigt ist?"

„Ja. Vom Ende dieser Welt. Und dem Kommen einer neuen Welt, dem himmlischen Jerusalem."

„Aber was hilft mir das jetzt? Und was hilft das Eric und Laura?"

„Ich vermute, du hast inzwischen erkannt, dass die Arnháton-Sekte hinter der Entführung steckt. Diese Sekte, die die Sonne als ihren Gott Aton anbetet."

„Ja. Das ist uns gestern Abend aufgegangen. Stefan und mir. Die Entführung muss mit dieser Sekte zu tun haben."

„Auch Hiob hat Gott geklagt, dass er nicht zu den Sonnenanbetern gehört, sondern dass er immer nur Gott, den Schöpfer aller Dinge, angebetet hat. Und trotzdem wurden ihm diese Prüfungen auferlegt. Aber er hatte die Zuversicht, dass hinter allen diesen Dingen ein guter Plan Gottes steckt."

„Ich verstehe immer noch nicht, worauf du hinaus willst?", beteuerte Vera.

„Du hast gestern eine SMS an Arthur Roth gesendet, nachdem du erkannt hast, dass die Arnháton-Sekte für die Entführung verantwortlich ist. Sende ihm bitte erneut eine SMS."

„Ich weiß gar nicht, ob er die Nachricht überhaupt empfangen hat."

„Auch mein Bruder hat als Fischer an seinem Erfolg zuerst gezweifelt. Aber im Vertrauen auf Jesus hat er einen erneuten Versuch gestartet. Und er ist mit einem wichtigen Erfolg belohnt worden. Vertraue einfach."

Vera zückte ihr Smartphone. „Ich werde wohl vertrauen müssen. Was soll ich ihm schreiben?"

„Hiob 40,19."

„Einfach nur eine Bibelstelle?"

„Wenn Arthur Eric gefunden hat, dann wird Eric wissen, was er zu tun hat."

„Aber woher willst du wissen, ob die beiden jemals zusammentreffen? Und was soll ihnen eine Bibelstelle nützen? Was steht überhaupt in Kapitel 40, Vers 19?"

„Er ist der Anfang der Wege Gottes. Der ihn gemacht, hat ihm sein Schwert beschafft."

„Und was soll das heißen?"

„In einem der letzten Kapitel des Hiobbuches erzählt Gott Hiob von einem gewaltigen Tier. Er nennt es Behemot. Seine Beschreibung passt auf ein Nilpferd. Manche glauben auch ein Mammut darin zu sehen. Aber Eric wird das Richtige darin erkennen."

Vera gab den Text in ihr Smartphone ein. „Hiob 40,19. Mehr soll ich ihm nicht schreiben?", fragte sie.

„Nein. Mehr ist nicht nötig."

Vera schickte die SMS ab. „Woher weiß ich, dass ich dir trauen kann? Du weißt Dinge, die du eigentlich nicht wissen kannst. Und du weichst eindeutigen Antworten aus, wenn man dich fragt. Ich weiß manchmal nicht, was ich von dir halten soll."

„Dein Vertrauen kostet dich nichts. Aber es wird sicher belohnt werden. Du solltest einfach nur Geduld haben."

„Aber warum sagst du mir nicht einfach, was du über die Entführung weißt? Wie soll ich jemandem trauen, der Geheimnisse vor mir hat?"

Ndré ging zu seinem Auto zurück. „Auch ich weiß viel weniger, als du vermutest. Aber ich vertraue darauf, dass Gott mir die Dinge offenbart, die wichtig sind. Und diese Dinge habe ich an dich weitergegeben. Mehr können wir beide jetzt nicht tun." Er stieg in sein Fahrzeug und startete den Motor. „Wenn du mir nicht vertrauen kannst, dann vertraue wenigstens Gott."

„Du machst es mir aber wirklich nicht leicht", raunte Vera, doch das bekam Ndré schon nicht mehr mit. Er war bereits losgefahren.

Als Vera zurück ins Haus kam, hörte sie Stefan im Badezimmer.

Als er wenige Minuten später herauskam, begrüßte er Vera gutgelaunt. „Guten Morgen. Wie geht es dir?"

„Ich habe gerade Ndré auf der Straße getroffen. Wie immer lässt er mich mit mehr Fragen als Antworten zurück."

„Was wollte er?"

„Ich sollte eine SMS an Arthur Roth schicken. Das habe ich auch gemacht. Hoffentlich war das kein Fehler."

43

Die kleine Propellermaschine mit den Entführten landete in den Morgenstunden auf der schmalen Landebahn neben der Zentrale der Arnháton-Sekte. Sobald das Flugzeug stand, trat Marera hinzu, die in einigen Metern Entfernung gewartet hatte.

Als Eric und Laura aus der Maschine stiegen, sahen sie sich verwundert um. Die Landebahn schien sich inmitten einer unendlichen Sandwüste zu befinden. Rundherum erhoben sich riesige Sanddünen. Von hier aus waren weder Häuser noch Vegetation zu erkennen.

Als Marera die beiden Deutschen erreicht hatte, begrüßte sie sie freundlich, aber mit ernster Miene. „Guten Morgen. Ich möchte mich für die Unannehmlichkeiten entschuldigen, denen Sie ausgesetzt waren. Aber ich bin mir sicher, dass Sie ohne wirklichen Nachdruck nicht unserer Bitte Folge geleistet hätten."

„Vielleicht hätten Sie es einfach einmal versuchen sollen", entgegnete Eric.

„Wir können es nicht riskieren, dass Sie uns an die Polizei oder andere Behörden verraten. Deshalb mussten wir Ihnen auch bei dem größten Teil der Reise die Augen verbinden." Marera zeigte zu einer der Dünen hinüber. „Bitte folgen Sie mir. Wir haben ein üppiges Frühstück für Sie vorbereitet."

„Was haben Sie mit uns vor?", fragte Laura, die offensichtlich nicht Willens war, Marera zu folgen.

„Ich verspreche Ihnen, dass Sie alles erfahren, was Sie wissen wollen", erklärte Marera. „Aber Sie werden schon mit mir kommen müssen. Hier draußen werden Sie nichts finden, außer dem Tod."

„Vielleicht ist mir das ja lieber, als mit Kidnappern zu kooperieren", antwortete Laura trotzig.

„Dann werden wir Sie in Schutzhaft nehmen müssen." Marera gab den Männern, die immer noch ihre Maschinenpistolen griffbereit hielten, ein Handzeichen. Die packten Laura unsanft an den Armen und schoben sie in die von Marera gezeigte Richtung.

„Wo bringen Sie uns hin?", fragte jetzt auch Eric.

„Das erfahren Sie alles nach dem Frühstück. Sie beide sind uns sehr wichtig. Auch wenn wir lieber Ihre Frau Vera, statt der kleinen Laura Roth, hier begrüßt hätten. Aber das können wir ja noch nachholen."

Bei diesen Worten fühlte Eric einen Stich in seinem Herzen. Der Gedanke daran, dass auch Vera in die Hände dieser Verbrecher fallen könnte, ließ ihn erschaudern.

Als sie den Scheitelpunkt der Düne erreicht hatten, wurde der Blick auf eine kleine Anzahl unauffälliger Lehmhütten frei. Sie lagen derart tief zwischen den umliegenden Sandbergen, dass sie nur aus nächster Nähe zu erkennen waren. Da der Wüstensand bei jedem Schritt nachgab, kostete der Weg bis zu den Hütten ungemein viel Kraft. Eric und Laura fragten sich, was sie dort erwartete.

Marera ging voran und erklärte: „Lassen Sie sich nicht von dem bescheidenen Äußeren dieser Gebäude täuschen. Sie sind nur die Eingänge zu einem unterirdischen Gebäudekomplex, den wir in dieser unwirtlichen Umgebung unser Zuhause nennen dürfen."

„Sie haben uns immer noch nicht gesagt, wer Sie sind, und wessen Zuhause wir hier betreten werden", bemerkte Eric.

„Ich bin Marera", erklärte die Hohepriesterin. „Und das hier ist das Zuhause derer, die Arnháton dienen und diese Welt für seine Rückkehr vorbereiten.

Erics Befürchtungen hatten sich bestätigt. Die Sekte war immer noch aktiv. Vielleicht noch aktiver als jemals zuvor. Er sah sich um und versuchte einen Fluchtweg auszumachen. Doch überall ragten nur Sanddünen empor. Eine Flucht in die Wüste würde unweigerlich den Tod durch Verdursten bedeuten.

„Sparen Sie sich ihre Fluchtgedanken", argwöhnte Marera. „Sie haben hier eine wichtige Aufgabe zu erfüllen. Wenn Sie uns den Erfolg bescheren, den wir uns von Ihnen erhoffen, erwartet Sie eine ehrenvolle Zukunft."

„Was verstehen Sie denn unter Ehre?", erwiderte Eric in spöttischen Ton.

Marera blieb gelassen. „Wenn Sie erkannt haben, wie wichtig Ihre Aufgabe ist, dann wird sich diese Frage erübrigen."

Sie betraten eine der Hütten. In den Ecken lagen einige Schüsseln und ein umgestürzter Hocker. In der Mitte des Raumes befand sich eine Feuerstelle mit einem Eisengestell darüber. Darin hing ein Kessel. Die Asche darunter war kalt. Hier hatte schon lange kein Feuer mehr gebrannt. Marera strich in Kopfhöhe, mit der flachen Hand, über einen Bereich der Lehmmauer. Sofort blinkten einige weiße Lichter im Fußboden. Dann senkte sich der erleuchtete Bereich und eine breite Treppe erschien, die weit unter die Erdoberfläche führte.

„Dieses Häuschen ist wirklich mehr als nur eine einfache Lehmhütte", staunte Eric. Laura gab sich betont unbeeindruckt.

„Wie ich schon sagte: Dies ist nur ein Eingang." Marera ging die Treppe hinunter. „Folgen Sie mir."

Am Ende der Treppe stieß man im rechten Winkel auf einen Gang. Dort bog man nach links ab und ging an unzähligen Türen vorbei. Vor einem Fahrstuhl hielt Marera an.

„Warum leben Sie hier unter der Erde?", fragte Eric. „Was haben Sie zu verbergen?"

„Das müssten Sie als Christ doch am besten wissen", erwiderte Marera. „Die ersten Christen in Rom, vor etwa zweitausend Jahren, mussten sich doch auch heimlich in den unterirdischen Katakomben treffen. Nur so konnten sie der Verfolgung durch das religiöse Establishment entgehen."

Eric fand den Vergleich unpassend. „Ich habe nichts davon gehört, dass die Arnhátongemeinschaft verfolgt wird. Eigentlich hört man offiziell überhaupt nichts von Ihrer Gruppe. Wenn ich nicht vor einem Jahr persönlich mit Ihnen zu tun gehabt hätte, dann wüsste ich nicht einmal, dass Sie existieren."

Die Gruppe betrat den Lift und Marera fuhr mit ihren Rechtfertigungen fort: „Seit dreitausend Jahren existiert unsere Gemeinschaft als Minderheit neben den etablierten Religionen. Zwar gab es Zeiten, in denen wir nicht offen angefeindet wurden, doch zu oft standen wir kurz vor der völligen Auslöschung. Vor etwa 800 Jahren haben unsere damaligen Anführer dann beschlossen, dass wir überhaupt nicht mehr offen auftreten würden. Damit wurden wir nun auch seit Jahrhunderten vor einer völligen Vernichtung bewahrt."

„Haben Sie nie daran gedacht, dass mit dem Zeitalter der Aufklärung und der Religionsfreiheit in Europa auch Ihre Religionsgemeinschaft mit Toleranz hätte rechnen können?"

„Auch in den letzten zweihundert Jahren hat es in Europa immer wieder massive Verfolgung von Minderheiten gegeben. Unsere Gemeinschaft hätte sicher auch darunter gelitten."

„Vor einem Jahr haben Sie versucht, meine Frau und mich zu ermorden. Und heute sind Laura und ich nur hier, weil Sie uns entführt haben. Und nun fordern Sie vom Rest der Welt Toleranz ein? Finden Sie das nicht selbst mehr als absurd?"

Der Fahrstuhl hielt an und Marera trat mit Eric, Laura und den beiden Entführern heraus. Sie war offenbar von Erics Sichtweise nicht überrascht. „Wir fordern keine Toleranz. Die Zeiten, in denen wir uns gewünscht haben, dass wir in Koexistenz mit den anderen Religionen unseren Glauben frei leben könnten, sind vorbei. Heute leben wir hier im Verborgenen. Aber bald werden wir alle Menschen der Welt zu dem einzig wahren Glauben führen. Zu dem Glauben an Aton, der sich in Arnháton offenbart hat."

„Und selbstverständlich unter Ihrer Führung", spottete Eric.

Marera hielt an und erklärte mit einem Funkeln in den Augen: „Nein. Natürlich unter der Führung Echnatons."

44

Nachdem Arthur in Gao das Flugzeug verlassen hatte, stand er mit einem Rucksack und einer schweren Reisetasche vor dem Flughafengebäude. Weder Polizei noch Sicherheitspersonal interessierten sich für ihn. Trotzdem entfernte er sich so schnell es ging vom Flughafengelände. Für die Waffen in seinem Gepäck hätte er nur schwer eine unverdächtige Erklärung finden können.

Er suchte sofort einen Händler auf, der vor seinem Laden unzählige Elektroartikel anbot. Dort wurde auch damit geworben, dass man von hier aus Internetzugang habe. Arthur loggte sich sofort wieder mit seinem Notebook in den verdeckten Zugang der Datenbank des Rates der Fürsten ein. Er brauchte den aktuellen Aufenthaltsort von Eric Harder. Wieder dauerte es einige Minuten, bis er die Zugangsdaten eingeben konnte. Dann wartete er gespannt auf die Anzeige auf dem Bildschirm.

Zu seinem Entsetzen wurde nicht die verschlüsselte Position Erics angezeigt, sondern die Meldung, dass die Anfrage nicht akzeptiert wird.

„Verdammt", schimpfte Arthur. Es gab nur einen Grund, warum man ihm nicht die angefragten Daten anzeige. Das Programm war zu dem Schluss gekommen, dass die Position Erics nicht relevant für den Auftragsmord an Addae Ibudione war. Und wenn man diese Auffälligkeit an den Calderón meldete, dann würde der früher oder später bemerken, dass Arthur nicht mehr an seinem Auftrag arbeitete. Dass es jetzt um das Leben von Laura ging, wäre für den Rat der Fürsten völlig nebensächlich. Und es würde auch nicht mehr lange dauern, bis der Calderón zu dem Schluss kam, dass Arthur durch seine Eigenmächtigkeiten ein Risiko für den Rat der Fürsten darstellte.

„Ich habe nicht mehr viel Zeit, bis man einen Killer auf mich ansetzt", raunte Arthur. „Und die aktuelle Position von Eric und Laura habe ich auch nicht. Scheiße, was mache ich jetzt?"

Arthur versuchte Ruhe zu bewahren. Er wusste, dass Angst und Verzweiflung schlechte Ratgeber sind. Doch letztendlich erschien ihm die Lage hoffnungslos. Ohne die Möglichkeit, Eric und Laura zu lokalisieren, könnte er genauso gut eine Nadel im Heuhaufen suchen.

Fieberhaft überlegte er, wie er dieses Problem lösen konnte. Er erkannte, dass er Hilfe brauchte. Aber nur der Rat der Fürsten hatte die Möglichkeit, die Position der Entführten ausfindig zu machen. Der Einzige, der in dieser Organisation möglicherweise bereit war, Arthur einen persönlichen Gefallen zu erweisen, war sein Freund Hagen. Doch es war gefährlich und deshalb nicht zu verdenken, wenn er ablehnte.

„Ich muss Hagen um Hilfe bitten", entschied er. „Hagen hat unbeschränkten Zugang auf die Datenbank." Arthur wusste, dass er mit diesem Plan seinen Freund Hagen in große Schwierigkeiten bringen könnte. Doch um Laura zu helfen, war ihm jedes Mittel recht.

Er wählte Hagens private Handynummer. Zwar musste er damit rechnen, dass jeder seiner Kommunikationswege von dem Rat der Fürsten abgehört wurde, doch er hoffte, dass Hagen im privaten Rahmen leichter zu überzeugen wäre.

Während das Freizeichen ertönte, zweifelte Arthur, ob Hagen überhaupt das Gespräch entgegen nehmen würde.

„Hallo Arthur", erklang Hagens Stimme. „Geht es dir gut? Du hast dich offenbar von deiner Zielperson entfernt. Der Calderón erwartet eine Erklärung."

„Ich werde dem Auftrag bald nachkommen. Aber zuerst brauche ich die Position von Eric Harder. Das ist sehr wichtig für mich."

„Warum brauchst du seinen Standort? Nur dein Auftrag sollte dir wichtig sein. Das weißt du doch."

Arthur wusste, dass er auf keinen Fall Laura erwähnen durfte. Wenn der Calderón Laura als Problem ansähe, dann ordnete er auch deren Ermordung an. „Das hat ausschließlich private Gründe", wich Arthur aus.

Hagen schwieg einen Moment. Arthur suchte stumm nach Argumenten, die er ihm unterbreiten könnte, damit er doch noch die Position Erics preisgab.

„Ich kann dir nicht den Standort Harders nennen. Das gehört nicht zu deinem Auftrag. Aber ich rate dir dringend, dass du dich um die

Position von Addae Ibudione kümmerst."

„Das werde ich auch, sobald ich die Geschichte mit Harder geklärt habe", beteuerte Arthur.

„Ich bleibe dabei", bekräftigte Hagen. „Ich werde dir nicht die Daten von Eric Harder geben. Kümmere dich um Addae Ibudione. Und vergiss nicht, dass ich dein Freund bin."

„Ich weiß, dass ...", begann Arthur erneut, doch Hagen schnitt ihm das Wort ab: „Frage nach der Position Ibudiones. Mehr kann ich nicht für dich tun." Dann legte Hagen auf.

Erst jetzt bemerkte Arthur, dass sein Smartphone einen entgangenen Anruf und zwei SMS anzeigte. Beides von Vera Harder. Aber ihm erschienen diese Nachrichten im Moment völlig bedeutungslos. Er rief die beiden SMS auf und sah auf der Zweiten den Text: „Hiob 40,19." Die Botschaft erschien ihm ohne jede Bedeutung. Wenn er Laura nicht retten konnte, dann war alles ohne Sinn.

Arthur fühlte sich, als hätte man ihn von einer Klippe gestoßen. Er war kaum mehr fähig einen klaren Gedanken zu fassen. Gao war eine Wüstenstadt. Die Entführer konnten von hier aus überall hin weitergereist sein.

Wie betäubt wankte Arthur aus dem Internetshop auf die staubige Straße hinaus. Alles kam ihm auf einmal irreal vor. Er fühlte sich, als ob er gar nicht mehr Teil dieser Welt sei. Er sah keine Handlungsmöglichkeiten mehr. Nichts, was er jetzt noch machen konnte, ergab einen wirklichen Sinn.

So stand er einige Minuten auf der Straße. Der Händler beobachtete ihn und befürchtete, dass man Arthur in den nächsten Minuten ausrauben könnte. Gerade wollte er ihn zu dessen Schutz zurück in den Laden holen, da bemerkte er eine Veränderung an dem Deutschen.

Arthurs Mine hellte sich auf. Offenbar hatte er eine Erkenntnis gewonnen, die ihm Hoffnung gab. Er eilte zurück in den Laden.

„Ich benötige noch einmal Ihren W-LAN-Zugang", erklärte er dem Ladenbesitzer. Der meinte nur: „Kein Problem."

Erneut rief Arthur auf seinem Notebook die Spielewebsite auf, die als Tarnung für die Datenbank des Rates der Fürsten diente. Als er die virtuelle Konsole angesteuert hatte, gab er nun nicht Eric Harder als verschlüsselten Begriff ein, sondern Addae Ibudione. Diesmal wurden die codierten Positionsdaten angezeigt. Arthur entschlüsselte sie und konnte dann nur mit Mühe einen Freudenschrei unterdrücken.

„Volltreffer", murmelte Arthur und konnte sein Glück kaum glauben. Die Position, die er als die von Addae Ibudione angezeigt bekam, war ganz offensichtlich nicht die des charismatischen Redners. Der war ja in der Stadt Kita, hunderte Kilometer weiter westlich von Gao. Die Positionsdaten gaben aber einen Ort an, der etwa fünfzig Kilometer östlich von hier lag. Irgendwo in der Wüste.

Arthur erkannte, dass sein Freund Hagen offenbar heimlich die Position Erics mit der von Addae Ibudione verknüpft haben musste. So hatte er seinem Freund helfen können, ohne dass er offiziell dessen Wunsch nachgekommen wäre.

„Ich bin wieder im Spiel", flüsterte Arthur und verabschiedete sich von dem Ladenbesitzer.

Da Arthur eine enorme Menge an Bargeld mit sich führte, fiel es ihm nicht schwer, einem jungen Mann dessen Motorrad abzuhandeln. Die Maschine war geländegängig und somit für die Fahrt über den Wüstensand geeignet. Der Vorbesitzer versicherte ihm, dass mit keinen verborgenen Mängeln zu rechnen sei. Arthur hatte keine andere Wahl, als ihm zu glauben.

Er kaufte noch so viel Trinkwasser und haltbare Lebensmittel, wie er in seinem Rucksack verstauen konnte. Außerdem erwarb er einen sogenannten Tekatkat, einen Umhang, wie ihn die Nomaden der Sahara trugen. Gegen die Wüstenhitze musste er gewappnet sein. Dann machte er sich mit den Waffen und seinem Notebook im Gepäck, auf dem Motorrad auf den Weg. Sein Smartphone diente ihm als Navigationsgerät.

Schnell hatte er die Wüstenstadt Gao hinter sich gelassen. Vor ihm breitete sich die riesige Sandwüste aus. Noch war der Tag erst wenige Stunden alt, doch bereits jetzt brannte die Sonne unbarmherzig. Arthur wusste, dass die Durchquerung dieser lebensfeindlichen

Landschaft nur der leichtere Teil der Aufgabe war, die auf ihn wartete. Wenn er die Entführer eingeholt hatte, dann käme der schwierigere Teil. Dann ginge es um alles oder nichts. Dann ginge es um Lauras Leben.

45

„Sie sind wahnsinnig", erklärte Eric. Marera hatte ihn nach dem üppigen Frühstück in ihr Büro bringen lassen. Dort hatte sie ihn darüber aufgeklärt, dass man mit Hilfe seiner Stammzellen die DNA aus der Echnatonmumie reparieren wolle.

„Sie sind völlig wahnsinnig", wiederholte Eric. „Ich werde diesem Eingriff auf keinen Fall zustimmen."

Marera schluckte ihre Enttäuschung herunter und gab sich alle Mühe gelassen zu bleiben. „Bedenken Sie, Herr Harder, dass es nur ein kleiner, ungefährlicher Eingriff für Sie ist. Aus Ihrem Beckenknochen entnehmen wir etwas Knochenmark. Sie werden kaum etwas spüren. Aber mit Ihrer Hilfe kann der größte religiöse und politische Führer aller Zeiten wieder ins Leben gerufen werden. Diese Welt hat einen Mann wie Echnaton so nötig wie nie zuvor. Er wird alle Menschen dieser Welt zu einem Glauben zusammenführen. Er wird dieser Welt den Frieden bringen, nach dem sich alle Geschöpfe sehnen. Einen himmlischen Frieden, schon auf dieser Welt."

„Das sind alles Hirngespinste. Sie können gar nicht wissen, wie dieser Echnaton vor dreitausend Jahren wirklich war. Und was dieser Klon, den Sie produzieren wollen, einmal anstellen wird, das weiß auch kein Mensch. Sie pfuschen damit Gott ins Handwerk."

Auf diese Äußerung hatte Marera gewartet. „Sie meinen also, dass man Ihrem christlichen Gott nicht in seine Schöpfung eingreifen darf. Es sind scheinbar eher die religiösen Bedenken, die Sie quälen. Haben Sie nie daran gedacht, dass Ihre wundersame Heilung in den Felsen von Bandiagara, vor einem Jahr, möglicherweise einen göttlichen Grund gehabt haben könnte? Dass dies nur deshalb geschehen ist, damit Sie Echnaton zu einer neuen Existenz verhelfen können?"

„Jeder Mensch, der auch nur einen Funken Verantwortung hat, wird Ihr Klonexperiment verabscheuen. Das hat nichts mit Religion zu tun."

„Sie haben Angst davor, dass die Menschen mit eigenen Augen sehen werden, dass Echnaton der Erlöser ist, auf den die Welt gewartet hat."

„Jesus Christus ist der einzige Erlöser. Und nur er kann Frieden bringen. Ewigen Frieden."

„Das haben Sie fein aufgesagt", antwortete Marera. Der Spott in ihrer Stimme war nicht zu überhören. „Aber während die Christen und die Anhänger all der anderen Religionen auf das Erscheinen ihrer Protagonisten warten, wird Echnaton die Herrschaft über die ganze Welt antreten. Und auch Sie werden es erleben."

„Wozu wollten Sie denn auch meine Frau entführen?"

„Von allen Männern, die von dem Wesen bei den Dogon geheilt wurden, sind Sie der einzige, der Nachkommen gezeugt hat. Wir halten es für möglich, dass auch Ihr ungeborenes Kind durch Ihre Heilung Zelleigenschaften vererbt bekommen hat, die die DNA Echnatons wiederherstellen kann."

„Lassen Sie meine Frau aus dem Spiel."

„Wenn Sie kooperieren, dann sehe ich vielleicht davon ab, Ihre Frau zu involvieren. Überlegen Sie also gründlich, ob Sie sich weiterhin verweigern wollen."

„Woher weiß ich, ob Sie nicht längst schon meine Frau entführt haben?"

Die Hohepriesterin ignorierte Erics Frage. „Mein Angebot ist mehr als großzügig. Sie sollten sich nun bereit zeigen, an unserem Werk mitzuarbeiten." Marera drückte einen Knopf an ihrem Schreibtisch und zwei kräftige Männer kamen durch eine der Türen.

Eric sprang auf und setzte an, aus dem Büro zu fliehen. Doch schon hatten die Männer ihn gepackt und hielten ihn mit eisernem Griff fest.

Marera stand nun ebenfalls auf. „In wenigen Stunden werden wir Ihre Stammzellen entnommen haben. Ob Sie das wollen oder nicht. Solange Sie sich nicht feindlich zeigen, bleibt Ihre Frau aus dem Spiel. Ich gebe die Hoffnung nicht auf, dass Sie doch noch zu der Einsicht kommen, dass diese Welt einen neuen Anführer wie Echnaton braucht."

Eric schwieg. Er wollte weder der Sekte helfen, noch Vera gefährden. Doch er erkannte, dass er das Spiel der Arnhátongemeinschaft mitmachen musste.

„Es tut mir leid, dass Sie immer noch Zweifel haben", erklärte Marera betont sanft. „Sie werden jetzt einige Stunden ruhen können. Dann werden Sie für die OP vorbereitet."

Eric bewegte noch eine weitere Frage. „Und was haben Sie mit Laura vor?"

Mareras Ton wurde wieder härter. „Das hängt davon ab, wie sich die Dinge entwickeln."

Eric wurde in ein anderes Stockwerk geführt und dort in eine kleine Wohnung gebracht, in der sich auch Laura befand.

„Was haben sie mit dir gemacht?", fragte Laura.

Beinahe benommen setzte sich Eric auf einen der Stühle. Sie befanden sich in den Räumen, in denen sich schon Diome Biribi einige Wochen zuvor aufgehalten hatte.

„Sie haben mir gesagt, warum wir jetzt hier sind", berichtete Eric. „Offenbar wollen sie aus meinem Beckenknochen Stammzellen entnehmen, mit deren Hilfe sie aus den Zellen der dreitausend Jahre alten Mumie Echnatons, einen Klon des Pharaos erschaffen."

„Warum brauchen sie dann unbedingt dich?"

„Weil offenbar nur meine Zellen die kaputte DNA wirklich reparieren können."

„Was ist denn an deiner DNA so besonders?"

„Sie gehen davon aus, dass meine Zellen eine Regenerationsfähigkeit haben, wie sie es nur selten gibt", wich Eric aus. Von Nommo-Tuwa wollte und durfte er nichts erzählen.

„Und warum bin ich auch hier?"

„Sie hielten dich für Vera. Sie dachten, unser ungeborenes Kind hätte auch diese Regenerationsfähigkeit."

„Werden sie mich freilassen, da sie ja nun erkannt haben, dass ich eigentlich mit alledem nichts zu tun habe?"

„Dazu wollten sie sich nicht äußern."

Eric berichtete Laura alles, was er sagen konnte, ohne den Außerirdischen in den Felsen von Bandiagara zu erwähnen. Laura schauderte, bei der Vorstellung, was die Sekte mit den Stammzellen plante.

„Ein fürchterlicher Alptraum", kommentierte sie, als Eric mit seinem Bericht fertig war.

Acht Stunden später wurde Eric aus der Zelle geführt. Laura sah ihm mit ängstlichem Blick nach. „Alles wird gut", flüsterte sie, doch ihre Augen zeigten, dass sie selbst nicht glauben konnte, was sie sagte.

Eric ging mit Marera und drei Wachleuten zu den Aufzügen. Dort fuhren sie ein Stockwerk nach unten und gingen wieder einen langen Flur entlang, bis sie einen weiteren Fahrstuhl erreichten. An den Wänden des Ganges hingen unzählige Bilder. Alle Motive waren altägyptisch. Doch war deutlich zu erkennen, dass es keine antiken Malereien waren, sondern Produkte aus der Gegenwart.

„Was Sie hier sehen, sind Kunstwerke, die von den Funden aus Armana inspiriert sind", erklärte Marera, die beobachtet hatte, dass Eric die Bilder im Vorübergehen betrachtete. „Alle Bilder zeigen den großen Echnaton in verschiedenen Situationen seines Lebens. Er war der einzige Pharao, der auch zu Lebzeiten seinen familiären Alltag darstellen ließ."

Eric schwieg. Immer noch überlegte er, wie er die Pläne Mareras vereiteln könnte. Sogar Selbstmord hatte er in Betracht gezogen. Wenn er so wichtig für das Vorhaben der Sekte war, dann wäre sein Tod ein schwerer Rückschlag für sie. Doch schnell hatte er diese Option verworfen. Sicher könnten die Wissenschaftler der Arnhátongemeinschaft auch seinem toten Körper Stammzellen entnehmen. Und dann würden sie sich Vera holen. Das wollte Eric unter allen Umständen vermeiden.

In dem Operationssaal angekommen, staunte Eric über die professionelle Ausrüstung. Nichts wirkte hier improvisiert. Ärzte und Assistenten warteten bereits. Ihre Gesichter konnte Eric nicht erkennen, da sie bereits ihre OP-Masken trugen.

„Dies ist ein großer Moment für uns und auch für die Menschheit", meinte Marera mit viel Pathos in der Stimme. „Sie sollten sich dies bewusst machen und Ihr Glück einsehen. Sie werden dazu beitragen, dass die Menschen in Zukunft in einer besseren Welt leben können."

Eric versuchte, sich diplomatisch auszudrücken. „Glauben Sie wirklich, dass die Menschen auf diesem Planeten auf einen geklonten Pharao gewartet haben?"

Marera ignorierte Erics Frage. „Bitte legen Sie sich auf den OP-Tisch. Wir werden Ihnen nun eine lokale Anästhesie geben. Eine Vollnarkose ist nicht nötig."

Eric folgte Mareras Anweisung. Er wusste, dass alles was nun geschah, nicht mehr in seinem Einflussbereich stand. Diese Menschen würden sich nehmen, was sie wollten. Mit oder ohne seine Zustimmung.

Nach einer Stunde brachte man Eric zurück in die Zelle. Zu seiner Verwunderung war Laura nicht mehr dort. Auf seine Frage, wo sie nun sei, kam keine Antwort. Schnell verließen die Wachmänner den Raum und Eric war allein in der geräumigen Zelle.

„Ich kann nur hoffen, dass diese Wahnsinnigen auf ganzer Linie scheitern. Das Letzte, was diese Welt braucht, sind geklonte Anführer, die den Menschen sagen, was gut für sie ist", dachte Eric. Doch durch die Anstrengungen der Operation war er nun schwach und müde. Er legte sich auf eines der beiden Betten und schloss die Augen. In seinem Kopf erschienen Bilder von Vera. Für einen Moment war er glücklich. Dann schlief er ein.

46

Arthur hatte sich den Koordinaten, die er der Datenbank entnommen hatte, bis auf etwa fünfhundert Meter genähert. Nun hielt er sein Motorrad an und schaltete den Motor aus. Dann legte er es einfach im Wüstensand ab.

Er suchte intensiv den Horizont ab, doch in der Richtung, die ihm sein Smartphone als Navigationsgerät anzeigte, war nichts weiter als Dünensand zu sehen. Die letzten Meter bis zu seinem Ziel wollte er zu Fuß zurücklegen. Die Geräusche seines Motorrades würden die Entführer auf ihn aufmerksam machen, befürchtete er.

Nun nahm er die Maschinenpistole und einige Handgranaten aus seinem Rucksack. Dazu noch die halbautomatische Pistole und einige Ersatzmagazine. Er verstaute soviel er konnte in seiner Weste. Die Maschinenpistole hängte er sich mit einem Gurt auf den Rücken. Bevor er losmarschierte, trank er noch einige Züge aus der Wasserflasche.

Die Mittagssonne hatte ihren Höhepunkt erreicht und die Hitze ließ jeden Schritt und jeden Atemzug zu einem übermenschlichen Kraftakt werden. Mit seinem Handy als Richtungsweiser stapfte er durch den glühend heißen Sand. Da er immer noch keine Gebäude entdecken konnte, vermutete Arthur, dass sich die Entführer mit Laura und Eric irgendwo hinter einer Düne befanden.

In der Gluthitze flimmerte die Luft. Als Arthur die Landebahn entdeckte, glaubte er zuerst, es sei eine täuschende Luftspiegelung. Doch als er den Asphalt unter den Füßen spürte, wusste er, dass er seinem Ziel nahe war. Er lud seine Pistole durch und steckte sie wieder unter die Weste. Dann nahm er die Maschinenpistole vom Rücken und lud auch sie durch. Nun folgte er der Strecke und suchte nach Fußspuren oder weiteren Zeichen, die ihm helfen konnten. Mit der Waffe im Anschlag ging er auf frische Spuren im Sand zu, die die Entführten hinterlassen hatten, als sie aus dem Flugzeug gestiegen waren. Die Turbopropmaschine war inzwischen nicht mehr da. Sie war schon vor Stunden wieder gestartet.

Um den Spuren zu folgen, verließ Arthur die Landebahn und stapfte wieder durch den Sand. Das Gewicht seiner Waffen ließ jeden Schritt doppelt so anstrengend werden. Wenn er jetzt angegriffen würde, hätte er zwar eine enorme Feuerkraft zur Verfügung, doch aufgrund des erheblichen Gewichts wäre er auch viel zu unbeweglich, um eine eventuelle Flucht anzutreten.

Arthur beschloss, die Hälfte seines Waffenarsenals im Sand zu vergraben. So wäre er immer noch angriffsbereit, aber in einem Gefecht wesentlich wendiger. Er sah zurück zur Landebahn und merkte sich eine auffällige Reifenspur auf dem Asphalt. Dann prägte er sich ein, wie weit seine Position von diesem Punkt der Asphaltpiste entfernt war. Hier würde er seine Waffen vergraben. Er packte alles, was er nicht am Körper tragen konnte, in den Rucksack und buddelte ein Loch, gerade so tief, dass der Rucksack hineinpasste. Schnell war alles wieder mit Sand überdeckt, so dass kaum etwas darauf hinwies, was er dort deponiert hatte.

Er folgte den Fußspuren und gelangte zu den maroden Lehmhütten, die den Eingang zur unterirdischen Arnhátonzentrale verbargen. Immer wieder sah er sich um, ob man Wachposten aufgestellt hatte. Doch alles schien verlassen zu sein.

Mit der Maschinenpistole im Anschlag lugte er vorsichtig in eine Fensteröffnung. Es brauchte einen Moment, bis sich seine Augen an das dämmrige Licht im Inneren gewöhnt hatten. Der enge Raum war leer. Wenige Gebrauchsgegenstände lagen auf dem Boden, der mit einer dicken Schicht Sand bedeckt war.

Schussbereit ging er zur nächsten Hütte weiter. Geräuschlos näherte er sich dem Eingang. Jederzeit rechnete er damit, dort auf einen bewaffneten Wächter zu treffen. Auch dieses kleine Lehmhaus war leer. Doch fiel ihm auf, dass hier der Boden nicht mit Sand bedeckt war. Vorsichtig trat er in den winzigen Raum und musterte intensiv den Boden. Er erkannte, dass er offensichtlich aus Steinplatten gefertigt war. Alles sah seltsam sauber aus. So als hätte der Wind hier niemals Wüstensand hineingeweht.

Als er die Hütte wieder verließ, um die anderen Gebäude zu inspizieren, bemerkte er eine Bewegung hinter sich. Gerade wollte er sich umdrehen, da traf ihn ein heftiger Schlag am Hinterkopf. Für eine Sekunde wurde ihm schwarz vor den Augen und er taumelte nach vorne. Im Fallen drehte er sich um und feuerte eine Salve mit seiner MP ab. Eine Person hechtete hinter die Hütte und Arthur schoss erneut. Der staubtrockene Lehm der Hütte zerbarst durch die Projektile in winzige Brocken. Überall flogen Lehmstücke umher, doch hatte Arthur den Angreifer nicht getroffen.

Schnell wechselte er seine Position. Seinen Gegner konnte er nicht ausmachen. Der hatte sich offensichtlich in einem der Gebäude versteckt. Vorsichtig arbeitete sich Arthur zur nächsten Hütte vor. Wieder nahm er eine Bewegung neben sich wahr. Diesmal folgte ein einzelner Gewehrschuss. Doch Arthur wurde nicht getroffen.

Gespannt beobachtete er die Hütte, in der er den Schützen vermutete. Nichts bewegte sich. Lautlos wechselte er erneut die Position. Mit jedem Zentimeter, den er vorrückte, hatte er einen besseren Einblick in die Hütte. Als er den Saum eines weißen Umhangs wahrnahm, schoss sein Gegner eine Salve von fünf Einzelschüssen. Instinktiv duckte sich Arthur, doch ein Schuss streifte ihn am linken Arm. Als Antwort schoss er mehrere Salven auf die Lehmhütte, die in einer dichten Staubwolke zusammenfiel. Er hörte einen Schrei, doch bevor sich der Staub legte, sah er seinen Gegner aus den Trümmern fliehen.

Für einen Moment wollte Arthur ihm folgen, doch er besann sich und blieb in seinem Versteck. Er wusste nicht, ob noch weitere Schützen in der Umgebung waren. Also lauschte er intensiv und hörte wirklich mehrere Personen miteinander flüstern. Die Anzahl konnte er aber nicht ausmachen.

Arthur griff nach einer Handgranate. Gerade wollte er den Sicherungsstift ziehen, da kamen ihm Zweifel, ob Laura nicht in unmittelbarer Nähe sein könnte. Dieses Risiko durfte er nicht eingehen. Also steckte er die Granate wieder weg. Er musste jeden Gegner gezielt bekämpfen. Laura durfte auf keinen Fall Schaden nehmen.

Er musste seine Gegner täuschen. Also nahm er einen Lehmbrocken vom Boden und warf ihn mehrere Meter von sich entfernt in eine

Hütte. Sofort feuerte ein Schütze auf die Stelle, an der der Lehmbrocken gelandet war. Arthur bemerkte das Mündungsfeuer und schoss nun selbst. Drei Schüsse genügten, dann war nur noch ein Röcheln zu hören.

Wieder wechselte Arthur den Standort. Doch kaum hatte er seine Deckung verlassen, da wurde er massiv unter Beschuss gesetzt. Mit einer Hechtrolle sprang er in eine leere Hütte. Atemlos erwartete er, dass das brüchige Gebäude nun von allen Seiten beschossen werden würde. Doch der Angriff blieb aus. Stattdessen hörte er, wie sich die Männer etwas in einer fremden Sprache zuriefen.

Arthur bemerkte einen Spalt in der Lehmwand, durch den er einen der Männer beobachten konnte. Gestenreich gab der den anderen Anweisungen. Arthur musste handeln. Hier in der Hütte saß er in einer Todesfalle.

Er schob sich nahe an das Fenster und entdeckte den Mann, den er bereits durch den Spalt in der Mauer gesehen hatte. Vorsichtig zielte Arthur durch das Visier seiner MP und drückte ab. Die Salve erwischte den Gegner mit mehreren Projektilen. Mit einem lauten Schmerzensschrei wurde der Getroffene von den Beinen gerissen.

Fast im gleichen Moment hatte einer der anderen Kämpfer etwas in Arthurs Hütte geworfen. Sofort breitete sich beißender Qualm aus. Arthur hielt die Luft an, doch bereits die geringe Menge, die er eingeatmet hatte, führte zu einem heftigen Hustenreiz. Auch seine Augen begannen zu tränen. Seine Gegner hatten irgendetwas in Brand gesteckt, das derart qualmte, dass Arthur keine Luft mehr bekam.

Mit zusammengekniffenen Augen suchte er nach der Brandquelle, doch der Rauch nahm ihm jede Sicht. Er tastete den Boden ab und nach endlosen Sekunden fand er einen Plastiksack, der offensichtlich mit einigem Unrat gefüllt war. Er brannte lichterloh.

Arthur versuchte den Sack aus der Hütte zu kicken, doch der Inhalt zerfiel, sobald er danach getreten hatte. Der brennende Müll verteilte sich in der Hütte und qualmte nach wie vor. Arthurs Lungen schrien nach Luft. Er konnte nur ahnen, wo der Ausgang in dem kleinen Raum war. Er stürmte darauf zu und rammte dabei eine Mauerkante. Nach

Luft hechelnd fiel er zu Boden. Seine blutroten Augen waren derart voller Tränen, dass er kaum etwas erkennen konnte. Das Blau des Himmels vermischte sich mit dem Gelb des Wüstensands. Dann sah Arthur einen dunklen Schatten über sich.

Im nächsten Moment traf ihn ein heftiger Schlag an den Kopf und er verlor das Bewusstsein.

47

Im Gebiet des Dogonvolkes hatte es schon seit Stunden geregnet. Wie von allen Menschen in der Sahelzone, so wurde auch an den Felsen von Bandiagara der Regen sehnsüchtig erwartet. Seydou, der Dorfälteste, hatte noch einen weiteren Grund, weshalb er den Niederschlag so dringend benötigte. Er konnte den Kunogoro, den Helm Nommo-Tuwas, nur dann gefahrlos bergen, wenn der Regen die Erde völlig durchtränkt hatte und damit eine Verbindung zum Grundwasser hergestellt war. Nur wenn das Grundwasser, in dem die sterblichen Überreste des Außerirdischen aufgegangen waren, mit dem Wasser, das durch den Regen auf den Helm traf, in Verbindung stand, versuchte der Helm nicht mehr das Sirius-Sternensystem anzufunken. Nur dann verbreitete das Artefakt nicht mehr seine tödliche Strahlung.

Da nun in der Regenzeit der Himmel vermuten ließ, dass es auch in den kommenden Stunden noch reichlich regnete, sammelte Seydou einige Männer um sich und machte sich mit einem der Geländewagen auf den Weg zu den Felsen, die man „Rücken der Krokodile" nannte. Dort angekommen suchte man nach Spuren Alabenus.

„Wir wissen nicht einmal, ob Alabenu die Höhle überhaupt verlassen hat", gab einer der Männer zu bedenken.

Seydou erklärte in gewohnt ruhigem Ton: „Alabenu ist ein Verräter. Und er hat sich von vielen unguten Dingen abhängig gemacht. Aber er ist raffiniert genug zu erkennen, wann er die Höhle verlassen kann. Es genügt, wenn zwei von euch die Höhle absuchen. Ich werde mit den restlichen Männern die Umgebung durchkämmen."

Schnell hatten sich die Männer in dem Gelände verteilt und suchten nach Hinweisen auf den abtrünnigen Dogon. Da es immer noch regnete, waren nirgendwo Reifenabdrücke oder Ähnliches zu sehen. Seydou hatte angeordnet, dass man vorwiegend auf der Strecke suchen sollte, die zurück nach Bandigara führte. Jede andere Richtung hätte für Alabenu wenig Nutzen gebracht.

Es war Seydou selbst, der Alabenu einige Stunden später fand. Die Leiche lag in einer steinigen Ebene und hatte immer noch den Kunogoro auf dem Kopf. Der Tote lag auf dem Rücken. Auf den ersten Blick sah es so aus, als sähe er in den unendlichen Himmel. Doch der Himmel war von tiefgrauen Regenwolken bedeckt und Alabenu konnte weder ihn noch sonst etwas sehen.

Die Dogonmänner hatten Mühe, den Helm von Alabenus Kopf zu bekommen. Der Schädel war immer noch stark angeschwollen und klebte durch das ausgetretene Blut zusätzlich an dem maskenartigen Objekt. Nur mit vereinten Kräften gelang es ihnen, den Kunogoro zu entfernen.

Alabenus Gesicht sah fürchterlich aus. Seine Augen waren weit offen und traten fast aus den Augenhöhlen heraus. Seine Mundwinkel waren zu einem irren Grinsen verzerrt. Der Kopf wirkte merkwürdig aufgebläht. Keiner der Männer sah länger auf den Toten, als er unbedingt musste.

„Wir werden Alabenu mit in unser Dorf nehmen", ordnete Seydou an.

„Warum lassen wir den Verräter nicht hier? Soll er doch den wilden Tieren zum Fraß dienen", widersprach einer der Männer.

„Wir sind keine Barbaren", erklärte Seydou. „Er ist ein Dogon. Er ist einer von uns. Auch wenn er einen falschen Weg gewählt hat. Wie ihr alle sehen könnt, hat er bereits dafür gebüßt."

„Er ist eine Schande für seine Familie. Es wäre besser für sie, wenn er niemals wieder auftaucht."

„Seine Familie wird selbst entscheiden können, ob er bei seinen Ahnen beerdigt wird oder außerhalb unseres Dorfes. Aber wir werden ihn nicht den Tieren überlassen."

„Ich werde zu dem Auto zurücklaufen", bot ein anderer Dogon an. „Dort sage ich den Anderen Bescheid, dass wir Alabenu gefunden haben. Ich komme dann mit dem Wagen und wir können die Leiche darauf laden."

„Gut", bestätigte Seydou. „Bis dahin werden wir hoffentlich den Kunogoro gesäubert haben."

Es dauerte mehr als eine Stunde, bis die restlichen Männer mit dem Geländewagen erschienen. Währenddessen hatte man mit dem Regenwasser und einigen dünnen Ästen den Helm von den Geweberesten Alabenus befreit. Nun wirkte der Kunogoro völlig harmlos und ungefährlich. Doch die Männer mussten sich beeilen, ihn zurück zu dem unterirdischen See zu bringen, bevor der Regen aufhörte.

Während sie zurück zu dem „Rücken der Krokodile" fuhren, schwiegen die Männer. Sie waren froh, dass der Kunogoro wieder an seinen Platz gebracht werden konnte. Jeder hoffte, dass es niemals wieder jemand wagen würde, den Helm zu rauben.

Als sie den Eingang der Höhle erreicht hatten, nahm Seydou alle Männer mit zu dem unterirdischen See. Gemeinsam legten sie den Kunogoro wieder an die dafür vorgesehene Stelle im Wasser. Dort würde der Helm solange bleiben, bis der nächste Nommo den Planeten Erde erreicht hätte. Erst dann könnte der Kunogoro wieder seine Bestimmung erfüllen.

48

Als Laura erwachte, wusste sie nicht, wo sie war. Sie wusste auch nicht, wie sie in diesen Raum gekommen war. Sie erinnerte sich nur, dass sie in der komfortablen Zelle mitbekam, wie Eric hinausgeführt wurde, damit man ihm Stammzellen entnahm. Was danach geschehen war, fehlte völlig in ihrem Gedächtnis.

Sie hatte nun ein Patientenhemd an und lag auf einem Bett, das eindeutig Teil eines Krankenzimmers war. Die Wände des Zimmers waren mit Bildern dekoriert, die altägyptische Motive zeigten. Offensichtlich befand sie sich noch immer in der unterirdischen Zentrale der Arnhátonsekte. Enttäuscht stöhnte Laura auf. Für einen Moment hatte sie gehofft, irgendwie in ein Krankenhaus nach Bamako gelangt zu sein.

Sie richtete sich auf und verließ das Bett. Ein leichtes Stechen machte sich in ihrem Unterleib bemerkbar. Sie versuchte sich zu erinnern, ob sie dieses Symptom schon hatte, bevor sie hierher gelangt war. Aber sie hatte keine Erinnerung daran. Die Schmerzen glichen ihren Regelschmerzen, aber die dürften frühestens in zehn Tagen eintreten. Gerade wollte sie den Raum verlassen, da öffnete sich die Tür.

„Schön, dass Sie wieder wach sind, Frau Roth. Na, Sie haben uns aber auf Trab gehalten", erklärte eine junge Frau in einem Pflegerkittel. Sie wirkte ungemein freundlich und entspannt. Auf dem kleinen Tisch neben Lauras Bett stellte sie ein Tablett mit einer Reisspeise ab.

„Was habe ich denn gemacht?", fragte Laura misstrauisch.

Die Krankenschwester lächelte freundlich. „Sie hatten einen Schwächeanfall. Als Sie ganz alleine in Ihrem Zimmer waren, hatten Sie das Bewusstsein verloren. Glücklicherweise befinden sich ja Überwachungskameras in Ihren Räumen. So konnten wir sofort eingreifen und Sie wieder stabilisieren."

„Warum war ich bewusstlos?", hakte Laura nach.

„Ich vermute, dass Sie den Klimaunterschied zwischen Bamako und Ihrem jetzigen Standort nicht richtig vertragen haben. Das kommt schon mal vor. Aber Sie sind bei uns ja in guten Händen."

„Ich wäre froh, ich wäre überhaupt nicht in Ihren Händen", konterte Laura. Die Krankenschwester ignorierte diese Bemerkung. „Essen Sie jetzt erst einmal etwas", erklärte sie. „Damit Sie zu Kräften kommen. Später wird Sie noch ein Arzt untersuchen. Dann können Sie wahrscheinlich wieder auf Ihr Zimmer."

„Wie geht es Eric Harder?", wollte Laura nun wissen.

„Er hat den Eingriff gut überstanden. Sobald Sie wieder auf Ihrem Zimmer sind, können Sie ihn selbst fragen." Die Krankenschwester verließ das Zimmer und das Schnappgeräusch des Türschlosses machte deutlich, dass sie die Tür abgeschlossen hatte. Laura war nach wie vor eine Gefangene der Sekte.

Lustlos stocherte sie in dem Essen herum. Das Reisgericht schmeckte ihr nicht. Aber sie wusste, dass sie bei Kräften bleiben musste, um für eine eventuelle Flucht vorbereitet zu sein.

Eine halbe Stunde später öffnete sich wieder die Tür. Ein Schwarzafrikaner mittleren Alters kam in Begleitung der Krankenschwester herein. Er trug einen weißen Kittel und Laura vermutete, dass er der angekündigte Arzt sein müsse.

„Guten Tag, Frau Roth. Mein Name ist Doktor Amin", stellte sich der Mann vor. „Bevor wir Sie wieder auf Ihr Zimmer entlassen, möchte ich Sie noch abschließend untersuchen."

„Bin ich wirklich so krank?", wunderte sich Laura.

„Nein. Ihr Stoffwechsel braucht nur etwas Zeit, bis er sich angepasst hat. Sind Sie schon lange in Afrika?" Der Arzt überprüfte Lauras Blutdruck.

„Seit etwa sechs Monaten. Ich bin bisher davon ausgegangen, dass ich mich schon längst akklimatisiert hätte."

„Wahrscheinlich reagiert Ihr Körper nur etwas heftig darauf, dass wir Sie ohne Ihr Einverständnis hierher gebracht haben. Es tut mir sehr leid, dass es nicht anders ging. Aber ich versichere Ihnen, dass ich das mir Mögliche dazu beitragen werde, dass Ihre Gesundheit keinen Schaden nimmt."

„Dann lassen Sie mich doch einfach gehen."

„Diese Entscheidung habe nicht ich zu treffen." Der Mann griff nach dem Sensor eines Ultraschallgerätes, das die Krankenschwester an Lauras Bett geschoben hatte. „Ich werde mir noch Ihre inneren Organe ansehen. Ich möchte nicht, dass Sie wieder einen Schwächeanfall bekommen. Machen Sie bitte Ihren Bauch frei."

Laura wollte protestieren, doch gab sie der Autorität des Arztes nach. Sorgsam achtete sie darauf, dass sie nichts entblößte, das sie nicht auch in einem Badeurlaub gezeigt hätte. Das Gel, das den Kontakt zwischen dem Schallkopf des Diagnosegerätes und der Haut herstellt, fühlte sich unangenehm kalt an. Nach wenigen Minuten war die Untersuchung beendet und die Krankenschwester säuberte Lauras Bauch.

„Ich kann nichts Auffälliges entdecken", meldete der Arzt. „Wir können davon ausgehen, dass Sie uns nicht noch einmal aus den Pantoffeln kippen."

„Ich habe Schmerzen im Unterleib", berichtete Laura. „Hat das auch mit der Anpassung meines Körpers zu tun?"

„Sicher haben diese besonderen Umstände Ihr Hormonsystem durcheinander gebracht. Auch das wird sich wieder einspielen. Machen Sie sich keine Gedanken." Er reichte Laura zum Abschied die Hand. „Auf Wiedersehen, Frau Roth. Gleich wird jemand kommen, der Sie auf Ihr Zimmer begleitet."

Die Krankenschwester brachte Lauras Kleidung und verließ den Raum wieder, bis Laura sich angezogen hatte. Dann erschienen in der Tür zwei Männer, die Laura in ihre Zelle bringen sollten. Sie ging mit ihnen.

Auf dem Flur konnte sie durch einige Fenster in andere Behandlungszimmer sehen. Und was sie in einem der Zimmer sah, verschlug ihr den Atem. Mit Gurten an ein Bett gefesselt, lag dort tief schlafend ihr Großvater. Arthur Roth.

49

Ein stechender Schmerz im hinteren Beckenbereich ließ Eric erwachen. Die Betäubung, die er vor der Entnahme der Stammzellen verabreicht bekommen hatte, ließ nach. Er erinnerte sich an den Eingriff. Er schien unproblematisch verlaufen zu sein. Trotzdem machten die Schmerzen ihm klar, dass er seinen Entführern auf Gedeih und

Verderb ausgeliefert war.

„Bist du okay?", fragte ihn Laura. Sie hatte in der letzten Stunde sehnsüchtig darauf gewartet, dass Eric aufwachen würde.

„Ich glaube schon. Die Schmerzen, die ich habe, sind wahrscheinlich nur Nachwirkungen der OP."

Laura wollte unbedingt Eric davon erzählen, dass sie ihren Großvater auf der Krankenstation gesehen hatte. Da ihr bewusst war, dass sie beobachtet wurden, musste sie einen Weg finden, Eric die Informationen weiter zu geben, ohne dass es die Bewacher bemerkten.

„Ich war auch auf der Krankenstation", begann sie. „Offensichtlich hatte ich einen Schwächeanfall und war ohnmächtig."

„Du warst auch da?"

„Ja. Aber stelle mir bitte keine Fragen", fuhr Laura fort. Ihr Blick zeigte, dass es ihr sehr wichtig war. Sie wollte vermeiden, dass Eric durch Rückfragen versehentlich zu erkennen gab, was Laura ihr mitteilen wollte.

„Aber du bist wieder fit, wie ich sehe", meinte Eric unverbindlich.

„Ich hatte einen Traum, während ich ohnmächtig war. Von einem Indianer", erzählte Laura weiter. Eric konnte Lauras Worte noch nicht einordnen, doch er schwieg und hörte aufmerksam zu. „Der Indianer hieß Falkenauge. Man hatte ihn an eine Matte gebunden, so dass er sich nicht bewegen konnte."

„Den Namen Falkenauge habe ich schon einmal gehört", kombinierte Eric in Gedanken. Er hatte erkannt, dass Laura damit Hawkeye meinte, den Spitznamen, den Laura ihrem Großvater gegeben hatte. Nur wusste er noch nicht, was Laura ihm konkret mitteilen wollte.

„Kannst du dir vorstellen, wie überrascht ich war, als ich den Indianer in meinem Traum gesehen hatte, dort auf der Krankenstation?"

„Ja, das überrascht mich auch", bestätigte Eric.

„Aber leider war er gefesselt. Und in meinem Traum konnte ich nichts für ihn tun."

Eric begriff, dass Laura dort ihren Großvater gesehen hatte. Und er realisierte auch, dass man Arthur offensichtlich irgendwo festgebunden hatte. Wollte Laura nichts weiter, als ihn davon in Kenntnis zu setzen?

„Ich hatte gehofft, dass ein Straßenmann-Mann ihm helfen könnte", versuchte Laura zu verdeutlichen. In Erics Gesicht konnte sie lesen, dass Eric jedes ihrer Worte analysierte.

Eric brauchte einige Augenblicke, bis er Lauras Worte entschlüsselt hatte. Er erkannte, dass sie mit „Straßenmann" Veras Mädchennamen meinte: „Stratmann". „Straßenmann-Mann" musste dann „Veras Mann" bedeuten, also Eric selbst.

Jetzt war Eric klar, was Laura ihm mitteilen wollte. Arthur Roth befand sich gefesselt auf der Krankenstation und Eric sollte ihn befreien.

„Ich glaube, ich sollte meine Operationsnarbe noch einmal auf der Krankenstation untersuchen lassen", erklärte Eric. „Vielleicht kann man dort ja noch eine Sache in Ordnung bringen."

Laura war erleichtert, dass Eric sie offensichtlich verstanden hatte. Inständig hoffte sie, dass die Beobachter mit den Kameras und Mikrophonen keinen Verdacht schöpften.

Mit vorgespielten Schmerzen stand Eric von seinem Bett auf und sah direkt in eine der Kameras. „Ich muss sofort auf die Krankenstation. Ich glaube, die Naht ist aufgegangen. Das muss sich dringend ein Arzt ansehen." Beide hofften, dass Eric auch wirklich dorthin gebracht werden würde. Wenn der Arzt direkt in die Zelle der beiden käme, dann wäre die Aktion zum Scheitern verurteilt.

Doch Erics schauspielerische Darbietung verfehlte seine Wirkung nicht. Wenig später geleitete ihn ein Wärter auf die Krankenstation. Als er in das Behandlungszimmer geführt wurde, entdeckte er, durch die Glasscheibe der Verbindungstür, im Nebenzimmer Arthur Roth. Der alte Mann war inzwischen wach und hatte offensichtlich Eric bereits erkannt. Sie nickten sich beide kurz zu.

Als eine Arzthelferin in das Behandlungszimmer kam, fragte der Wärter die junge Frau: „Kann ich den Mann bei dir lassen? Ich werde am Haupteingang gebraucht. Marera trifft sich dort mit Dharra. Sie möchte alle verfügbaren Kräfte dabei haben, wenn sie das High-Per übergibt. Dharra und seine Leute sind unberechenbar."

„Ich werde ein Auge auf ihn haben", erklärte die Arzthelferin. „Und wenn er versuchen sollte zu flüchten, dann schlage ich Alarm."

Eric bemühte sich, seine Rolle als leidender Patient so überzeugend wie möglich zu spielen. Er griff in seine Hosentasche, um seine Taschenbibel heraus zu holen. Misstrauisch wurde er von der jungen Frau gemustert.

„Das ist nur meine Bibel", erklärte Eric. „Ich werde darin lesen, bis der Arzt mich untersucht." Diese Erklärung genügte offenbar der Arzthelferin.

Beim Lesen sah Eric unauffällig zu Arthur Roth hinüber. Der war immer noch mit Ledergurten an das Bett gefesselt. Von Eric war er nur durch die Verbindungstür getrennt. Eric hoffte inständig, dass die Tür nicht verschlossen war.

Die Arzthelferin sortierte einige Papiere und legte medizinische Instrumente bereit. Dann sagte sie zu Eric: „Ich habe noch nebenan zu tun. Machen Sie keinen Unsinn. Ich bin gleich wieder zurück." Dabei sah sie Eric ernst an. Der nickte und zwang sich ein Lächeln ab.

Als die Frau das Zimmer verlassen hatte, begann Erics Herz heftig zu klopfen. In wenigen Minuten konnte die Arzthelferin wieder zurück sein. Diese Zeit musste er nutzen.

Er sah in Arthurs Zimmer hinüber. Offensichtlich war der dort alleine. In der Verbindungstür steckte ein Schlüssel. Er würde sie also von seiner Seite aus öffnen können.

Eric hielt die Luft an, drehte den Schlüssel herum und drückte den Griff der Verbindungstür.

„Bingo", flüsterte er, als sich die Tür öffnen ließ. Schnell eilte er zu Arthur. „Bist du okay?", fragte er. „Warum liegst du auf der Krankenstation?"

„Ich wurde angeschossen", antwortete Arthur und fragte dann sofort: „Ist Laura auch hier?"

„Ja. Ihr geht es gut."

„Mach mich hier los. Ich hole euch hier raus."

Eric machte sich daran, die Gurte zu lösen. Die Schnallen ließen sich nur schwer öffnen, da die Gurte aus dickem Leder bestanden. Doch es gelang ihm.

„Hast du etwas von Vera gehört?", fragte Eric besorgt. „Die Arnháton-Sekte wollte auch sie entführen."

„Als ich zuletzt mit ihr telefonierte, ging es ihr gut. Danach habe ich nur noch eine SMS von ihr empfangen. Aber mit dem Inhalt kann ich nichts anfangen."

„Was hat sie geschrieben?"

„Hiob 40,19. Das ist wohl eine Bibelstelle."

„Und du hast keine Ahnung, warum sie dir das geschrieben hat?"

„Nein. Ich hatte gehofft, dir würde das etwas sagen."

„Das steht am Ende des Hiob-Buches. Aber …"

„Lass uns in den anderen Raum gehen", unterbrach Arthur Eric. „Wenn die Frau zurückkommt oder der Arzt erscheint, werde ich mich darum kümmern."

„Aber du bist verletzt", gab Eric zu bedenken.

„Halb so schlimm", winkte Arthur ab. „Ich wurde schon schwerer verwundet."

Sie gingen in das Behandlungszimmer zurück. Dort positionierte sich Arthur hinter der Tür. Wer auch immer bald hier hineinkäme, Arthur würde die Person mittels einer speziellen Kampfsporttechnik außer Gefecht setzen. Durch einen Hadaka-jime, der auch beim Judo eingesetzt wird, wäre sein Opfer in kürzester Zeit bewusstlos, da ihm die Luft- und Blutzufuhr zum Gehirn abgeschnürt wird.

„Sieh in deiner Bibel nach, was Vera mit Hiob 40, Vers 19 gemeint haben könnte", befahl Arthur Eric.

Eric war enorm aufgeregt und hatte alle Mühe, die Bibelstelle zu finden. Immer wieder sah er zur Tür. Dann berichtete er: „Hier steht: Er ist der Anfang der Wege Gottes. Der ihn gemacht, hat ihm sein Schwert beschafft."

„Ein Schwert wäre prima", meinte Arthur. Das hätte mehr Wirkung als Kampfsport allein."

„Aber eigentlich geht es in diesem Text um den Behemot. So etwas wie ein Nilpferd oder ein Mammut", merkte Eric an.

„Will uns Vera ein Nilpferd zu Hilfe schicken?", spottete Arthur.

„Das erinnert mich an irgendetwas", überlegte Eric. In Gedanken versunken, starrte er sogar nicht mehr auf die Tür. Dann wurde ihm klar, wo er hier ein Nilpferd gesehen hatte. Doch bevor er freudestrahlend Arthur seine Erkenntnis mitteilen konnte, öffnete sich die Tür.

Der Arzt kam herein. Hinter ihm die Arzthelferin. Blitzschnell packte Arthur den Arzt von hinten und klemmte dessen Hals in seine Armbeuge. Hilflos rang der Mann nach Luft. Arthur stellte sich mit seinem Opfer vor die Tür, die er mit seinem Rücken zuschob. Die Arzthelferin konnte nun nicht hinaus, um Hilfe zu holen. Für einen Moment stand sie wie versteinert da, doch schnell erlangte sie wieder die Fassung.

Arthur ließ den inzwischen bewusstlosen Arzt auf den Boden sinken und griff nach den Hals der Frau. Bevor sie anfangen konnte zu schreien, drückte er zu. Wenige Augenblicke später lag auch sie paralysiert am Boden.

„Was wolltest du mir sagen?", fragte Arthur und begann damit, den Bewusstlosen die Kittel auszuziehen. Eric hatte das Geschehen mit großen Augen verfolgt.

„Ich glaube, ich weiß, wo ich ein Nilpferd gesehen habe."

„Na, das ist doch schon was", schmunzelte Arthur.

„Ich habe in einem der Gänge ein Gemälde gesehen, auf dem Echnaton am Nilufer zu sehen war, zusammen mit einigen Tieren. Auch ein Nilpferd war darunter. Vielleicht finden wir genau dort eine Waffe, oder was uns sonst helfen könnte."

„Wir haben keine Wahl. Wir werden deiner Eingebung vertrauen müssen", stellte Arthur fest und sah auf den Verband an seinem linken Arm. Blut quoll darunter hervor. Die Wunde war offensichtlich wieder aufgegangen, doch er beschloss, das zu ignorieren.

Sie zogen die Kittel der Bewusstlosen an. Eric den der Arzthelferin. Arthur den Kittel des Arztes, außerdem auch noch dessen Hemd, Hose und Schuhe.

Als Arthur alles angezogen hatte, meinte er: „Lass uns mal auf dem Flur nach einem Nilpferd suchen." Dann fügte er noch hinzu:

„Wo sind wir eigentlich?"

Eric berichtete ihm in Kurzfassung, was er von der Arnháton-Sekte wusste. Nachdem er fertig war, mahnte Arthur: „Verhalte dich wie einer der Sektenleute. Sonst nutzen uns die Kittel als Tarnung gar nichts." Dann öffnete er die Tür und sie traten in den Flur.

Niemand war zu sehen. Eric ging voran. Zwei Mal mussten sie in Seitengänge abbiegen, bis sie die Bildergalerie erreicht hatten. Die Personen, denen sie unterwegs begegneten, schienen keinen Verdacht zu schöpfen.

Als sie vor dem Bild mit dem Nilpferd standen, stellten sie fest, dass es genau zwischen zwei Türen hing. Beide Türen waren verschlossen. „Welche Tür soll denn deiner Meinung nach gemeint sein?", fragte Arthur Eric.

„Die rechte Tür", antwortete Eric, nachdem er einen Moment überlegt hatte.

„Warum die rechte Tür?", hakte Arthur nach.

„Nur diese Tür lässt sich mit einem Zahlencode öffnen. Für die andere bräuchten wir einen Schlüssel."

„Aber wir haben keinen Code."

„Vielleicht doch", erklärte Eric schmunzelnd.

„Welchen Code?"

„Hiob 40. Vers 19. Du erinnerst dich? Also geben wir 4-0-1-9 ein."

„Und wenn es der falsche Code ist?"

„Du wolltest doch meiner Eingebung vertrauen."

„Dein Gottvertrauen möchte ich haben", stöhnte Arthur und gab die Zahlen in die Tastatur neben dem Türschloss ein. Dann drückte er die Eingabetaste. Mit einem leisen Klacken öffnete sich die Tür. Schnell huschten die beiden Männer in den Raum und schlossen die Tür wieder.

„Der Raum war eng und fensterlos. Außer einem sehr kleinen Tisch befanden sich nur unzählige Displays und Schalttafeln darin. Waffen konnten sie keine entdecken. Nicht einmal einen Besenstiel, den sie hätten umfunktionieren können.

„Fehlanzeige. Keine Waffenkammer", schimpfte Arthur leise. „Wie lautete deine Bibelstelle? ‚Der ihn gemacht, hat ihm sein Schwert beschafft'. So wird uns hier kein Schwert beschafft."

Eric schüttelte den Kopf. „Du irrst dich. Das hier ist besser als eine Waffenkammer. Hier können wir zuschlagen, ohne dass Blut fließt."

Langsam dämmerte es Arthur, was Eric meinte. „Wir können hier die Stromversorgung lahmlegen."

„Genau. Und nur so kommen wir auch nach draußen. Gegen eine Übermacht von bewaffneten Arnhátonleuten hätten wir auch mit Gewehren keine Chance."

„Das sehe ich etwas anders", widersprach Arthur. „Aber wenn diese Schaltpulte unsere Option sind, dann soll es wohl so sein."

Sie betrachteten die Displays und Schalttafeln intensiv, doch sie konnten kein wirkliches System erkennen. Beide stellten Vermutungen an, welche Funktion die einzelnen Knöpfe haben könnten.

„Wir müssen herausfinden, wo der Hauptschalter ist, der den gesamten Strom ausschaltet", gab Eric zu denken.

Arthur betrachtete immer noch das Pult mit den unzähligen Lichtdioden. „Nein. Das müssen wir nicht", erklärte er kurz. Dann legte er sämtliche Schalter um, die sich vor ihm befanden.

50

Sira bemerkte, dass Ndré schon während des gesamten Tages nicht die unbekümmerte Leichtigkeit besaß, die er sonst ausstrahlte.

„Sorgst du dich um Eric und Laura?", fragte sie.

Ndré sah seine Frau mit einem liebevollen Lächeln an. Sie wusste immer, was er dachte und fühlte. Sie kannte ihn ebenso gut, wie er sich selbst, obwohl sie sich erst vor wenigen Jahren das erste Mal begegnet waren. Doch sie waren sich beide sicher, dass sie füreinander bestimmt waren. Und das verband sie so stark miteinander, dass sie manchmal nur im Gesicht des anderen lesen brauchten, um ihn zu verstehen.

„Ja. Ich denke an Eric und Laura. Und an Vera, Arthur und all die anderen, die von dieser schrecklichen Entführung betroffen sind. Es sind schwere Stunden. Auch für die Entführer. Viele von ihnen werden sterben."

„Das Leid jedes Einzelnen berührt dich immer noch sehr."

„Solange es Menschen gibt, werden sie sich schreckliche Dinge antun. Der Mensch ist nun einmal des Menschen ärgster Feind."

„Du wirst wenig daran ändern können. Das weißt du."

„Ich musste in meinem Leben so oft erfahren, wozu Menschen fähig sind. Und wenn ich mir bewusst mache, was die vielen Unschuldigen durchmachen müssen, dann spüre ich all die Schmerzen erneut."

„Und trotzdem vermeidest du es nicht, die Menschen auf ihrem schmerzvollen Weg zu begleiten."

„Das ist meine Aufgabe. Jesus Christus, unser Herr und Heiland, hat uns selbst den Auftrag gegeben."

„Du meinst den Missionsbefehl? Das was in der Bibel, in Matthäus 28, Vers 19-20 steht."

Ndré nickte: „Darum gehet hin und lehret alle Völker und taufet sie im Namen des Vaters und des Sohnes und des Heiligen Geistes, und lehret sie halten alles, was ich euch befohlen habe. Und siehe, ich bin bei euch alle Tage bis an der Welt Ende."

„Und diesen Auftrag wirst du erfüllen, so wie du es immer getan hast."

„Bis zu dem letzten Tag meines Lebens."

„Das ist eine lange Zeit." Zärtlich legte sie ihre Arme um den narbigen Hals Ndrés und gab ihm einen Kuss auf die geschundenen Lippen. „Das ist eine sehr lange Zeit. Kaum ein Mensch könnte das ertragen. Doch du stehst immer noch hier. Mit einem brennenden Herzen für Jesus und die fehlerhaften Menschen."

Ndré vergrub sein Gesicht in Siras Haaren. „Auch ich bin ein fehlerhafter Mensch. Auch ich kann überheblich und feige sein."

Sanft strich Sira über Ndrés knochigen Schädel. „Das ist alles lange her. Seit ich dich kenne, beweist du täglich, dass du voll von

Gottvertrauen und Mut bist."

„Weil ich weiß, dass Jesus bei mir ist. Alle Tage bis an der Welt Ende. Und ich sehe Zeichen, dass das schon bald sein könnte."

„Das Ende der Welt?"

„Und die Wiederkunft Jesu."

„So wie es in der Bibel, im Buch der Offenbarung steht?"

„Es sind nur Zeichen. Und ich weiß, dass selbst Jesus, als er hier auf Erden wandelte, nicht wusste, wann es genau sein wird. Aber die Zeichen, von denen er sprach, sie sind für ein kundiges Auge nicht zu übersehen."

„Auch das macht dir Sorge."

„Es ist der Umstand, dass es noch so viele Menschen auf diesem Planeten gibt, die weder mit der Wiederkunft Jesu rechnen, noch damit, dass alles hier einmal vorbei sein kann."

„Du möchtest noch viele Seelen retten."

„Ja. Das ist der Auftrag des Herrn an mich."

Wieder küsste Sira ihren Mann. Diesmal länger und inniger. Dann flüsterte sie: „Danke, mein Schatz."

„Wofür?", fragte Ndré.

„Dafür, dass du meine Seele gerettet hast."

51

Arthurs Entscheidung, sämtliche Schalter an dem Pult vor sich umzulegen, hatte eine enorme Wirkung. Im nächsten Moment lag der gesamte Komplex im Dunkeln. Zwar schaltete sich in manchen Bereichen die Notbeleuchtung ein, aber sie verbreitete nur wenig Licht. Einige Räume waren sogar komplett finster.

Eric und Arthur waren selbst überrascht, als sie sich in dem kleinen Raum in völliger Dunkelheit befanden. Arthur kramte in den Taschen des Arztkittels, den er trug, und fand ein Smartphone. Dessen Display konnten sie als Lichtquelle nutzen.

„Ich hoffe, dass es in den anderen Räumen genauso dunkel ist wie hier", sagte er, als er die Tür wieder öffnete.

Auf dem Flur herrschte nun reger Betrieb. Alle Menschen, denen sie begegneten, rannten in die gleiche Richtung. Eric vermutete, dass sie zu einem Sammelplatz eilten, entsprechend eines internen Notfallplanes.

„Wo ist Laura?", fragte Arthur Eric. „Wir müssen so schnell wie möglich zu ihr. Und dann sofort hier raus. Irgendwann wird man uns erkennen. Trotz unserer Verkleidung."

„Da lang", erklärte Eric.

„Dann lass uns gehen", entschied Arthur. „Und vergiss nicht: Für die Arnhátonleute sind wir medizinisches Personal."

Sie liefen nun dem Strom der flüchtenden Menschen entgegen. Kaum einer nahm Notiz von ihnen. Jeder folgte den Notmarkierungen, die mit einer eigenen Stromquelle leuchteten.

Als Eric und Arthur den Gang erreichten, in dem sich die Tür zur Zelle befand, sahen sie schon von weitem, dass noch immer ein Wachposten davor stand.

„An dem kommen wir nicht vorbei", argwöhnte Eric.

„Auch dafür gibt es eine Lösung", widersprach Arthur. Bleib du in dem Gang dort. Ich kümmere mich um den Kerl."

„Was hast du vor?", erkundigte sich Eric.

„Ich sorge dafür, dass wir Laura aus der Zelle herausholen", erklärte Arthur und schob Eric in einen Seitengang. „Warte dort und lass dich nicht blicken, bis ich dich abhole. Verstanden?"

Eric nickte. Er hatte keine Ahnung, was Arthur vorhatte. Doch ihm schien, dass er keine andere Wahl hatte, als der Anweisung zu folgen.

Arthur zog aus der Brusttasche seines Kittels einen Kugelschreiber und ging geradewegs auf den Wachposten zu. Der blickte ihn schon aus einiger Entfernung misstrauisch an.

„Was machen Sie hier?", fragte der Uniformierte. „Warum sind Sie nicht auf dem Weg zum Sammelplatz?"

„Ich soll die Gefangene zum Sammelplatz geleiten", erklärte Arthur. „Sie muss stets unter medizinischer Aufsicht bleiben."

„Davon weiß ich nichts", antwortete die Wache. „Wer sind Sie überhaupt? Ich habe Sie hier noch nie gesehen."

„Mein Name ist Doktor Delon. Man hat mich speziell für diese Patientin angefordert."

Der Mann musterte Arthur skeptisch. „Wer hat Sie angefordert?"

Arthur erkannte, dass sein Plan nicht funktionierte. Gerade griff der Wachmann nach seinem Funkgerät, da umklammerte Arthur mit der Faust seinen Kugelschreiber und rammte ihn oberhalb des Kehlkopfes in dessen Hals. Röchelnd fingerte der Mann nach der Pistole an seinem Gürtelhalfter, doch Arthur griff ebenfalls danach. Ein kurzes Handgemenge entstand. Der Verletzte war unfähig zu schreien. Sein Rachen füllte sich mit Blut. Arthur stieß nun mit der flachen Hand den Kugelschreiber tiefer in die Wunde, so dass er fast völlig darin verschwand.

Die Luftröhre des Wachpostens war nun massiv beschädigt. Verzweifelt rang er nach Luft und sank zu Boden. Arthur hatte inzwischen dessen Pistole an sich genommen und sah mitleidlos zu, wie sein Opfer qualvoll erstickte.

Erst jetzt bemerkte er, dass das Geschehen aus einiger Entfernung von zwei Passanten beobachtet worden war. Entsetzt standen sie mitten im Gang und sahen auf den Toten. Ohne lange zu überlegen hob Arthur die Pistole, zielte kurz und gab zwei Schüsse ab. Zwei Mal knallte es ohrenbetäubend und die Beobachter sanken tot zusammen. Arthur verharrte in der Schussposition und wartete, ob weitere neugierige Gesichter auftauchten. Doch niemand ließ sich blicken.

Hastig durchsuchte er nun den toten Wachmann und fand auch einen Schlüsselbund und ein Ersatzmagazin für die Pistole. Die Toten schleppte er in einen Nebenraum. Dann schloss er die Tür der Zelle auf und fand in der Dunkelheit eine völlig verängstigte Laura vor.

„Laura. Ich bin´s", versuchte Arthur, seine Enkeltochter zu beruhigen. „Ich hole dich hier raus. Alles wird gut."

„Was ist passiert?", fragte Laura. „Warum warst du auf der Krankenstation?"

„Das ist nicht so wichtig. Wir müssen jetzt so schnell wie möglich hier raus."

„Aber Eric ist noch hier. Er wollte dir helfen. Wo ist er?"

Arthur überlegte, ob er verschweigen sollte, dass er gemeinsam mit Eric zur Zelle gelangt war. Da Arthur nun Laura gefunden hatte, stellte Eric keinen Nutzen mehr für ihn dar. Doch er wusste, dass Laura unangenehme Fragen stellen würde, wenn sie ohne Eric entkämen. Also erklärte er wahrheitsgemäß: „Eric wartet nicht weit von hier. Pack ein, was du in den nächsten Stunden gebrauchen könntest. Vor allem Wasserflaschen. Wenn wir hier herausgekommen sind, dann erwartet uns überall nur Wüste."

Laura packte und Arthur leuchtete ihr mit dem Handy. Er wusste, dass irgendwann jemand wieder die Stromversorgung herstellen würde. Ihnen blieb also nur wenig Zeit. Sehr wenig Zeit.

Das Warten war für Eric unerträglich. Als er die Schüsse hörte zuckte er erschreckt zusammen. Er fragte sich, ob man Arthur erschossen hatte und er nun als Nächstes dran wäre. Sollte er alleine die Flucht wagen? Aber ohne Laura wollte er auch nicht fliehen. Also wartete er, so wie es Arthur angeordnet hatte.

Als Laura dann endlich mit ihrem Großvater erschien, atmete Eric auf. „Endlich. Gab es Probleme?", fragte er.

„Nein, wieso?" Arthur stellte sich unwissend.

„Ich habe Schüsse gehört."

„Hat nicht mir gegolten."

„Und wie hast du den Wachmann überlistet?"

„Das erzähle ich euch ein anderes Mal. Wir müssen los. Bald wird wieder der Strom da sein. Bis dahin müssen wir an der Oberfläche sein."

Sie entdeckten eine Treppe und folgten ihr nach oben. Jetzt begegneten ihnen keine weiteren Menschen mehr. Offensichtlich gehörte dieser Teil des Komplexes nicht zu dem Evakuierungsareal. Am Ende der Treppe standen sie dann vor einer verschlossenen Stahltür. In den Gesichtern von Laura und Eric zeigte sich Enttäuschung und Angst.

Arthur war weniger beeindruckt von der Tür. Er wies seine Begleiter an: „Tretet ein paar Schritte zurück." Dann zog er die Pistole und feuerte auf das Türschloss.

Es waren drei Schüsse notwendig, um die Tür öffnen zu können, doch dann war sie passierbar. Gleißendes Sonnenlicht erwartete die Flüchtenden. Sandkörner wehten ihnen ins Gesicht, doch sie genossen jeden Sonnenstrahl und jeden Windzug. Es waren Zeichen der Freiheit.

„Wir müssen zusehen, dass wir an die Waffen kommen, die ich vergraben habe", erklärte Arthur.

„Aber wenn wir jetzt ganz schnell abhauen, dann brauchen wir keine Waffen", gab Eric zu bedenken.

„Die brauchen wir mit Sicherheit. Man wird uns suchen. Und dann wird man ganz sicher nicht zimperlich mit uns umgehen."

„Aber die Suche nach deinen Waffen kostet Zeit. Wir sollten so schnell wie möglich versuchen, aus dem Sichtfeld der Arnhátonzentrale zu entkommen. Die wissen doch gar nicht, wo sie uns suchen sollen."

„Ohne Waffen sind wir hoffnungslos unterlegen. Da haben wir keine Chance, wenn sie uns finden."

„Wir haben doch bis jetzt auch keine Waffen gebraucht", meinte Eric, der am liebsten so schnell es ging hinter der nächsten Sanddüne verschwunden wäre.

Arthur setzte an, sein Argument zu wiederholen, da klingelte das Smartphone in dem Arztkittel. Neugierig holte Arthur es hervor. Verblüfft stellte er fest, dass die Telefonnummer seines Freundes Hagen angezeigt wurde. Er wunderte sich weniger darüber, dass Hagen ihn über das Handy eines Arnhátonjüngers kontaktierte. Der Rat der Fürsten hatte alle erdenklichen technischen Möglichkeiten, um seine Interessen durchzusetzen. Eher erstaunte es Arthur, dass Hagen sich überhaupt auf diese unsichere Weise mit ihm in Verbindung setzte.

„Was gibt´s?", fragte Arthur, als er das Gespräch annahm.

„Ein Adler wird landen", hörte er Hagen kurz sagen. Dann klickte es und das Gespräch war beendet. Arthurs Gesicht war deutlich anzumerken, dass ihn diese Nachricht zutiefst erschreckte.

„Lauft", wies er Laura und Eric an. „Lauft so schnell ihr könnt. Ihr müsst weg von hier."

„Was hat man dir am Telefon gesagt?", fragte Eric, der Arthurs Meinungswechsel nicht nachvollziehen konnte.

„Hier wird gleich die Hölle los sein. Macht, dass ihr weg kommt." Da Eric immer noch diskutieren wollte, zückte Arthur erneut die Pistole und richtete sie auf Eric, um seiner Anweisung Nachdruck zu verleihen. „In westlicher Richtung habe ich ein Motorrad abgestellt. Ihr müsst versuchen, es zu finden. Damit könnt ihr bis nach Gao kommen. Du wirst auf Laura aufpassen. Hast du verstanden?"

Eric nickte.

„Dann rennt. Jetzt!"

Die beiden spurteten los. Auch Laura verstand nicht, was Arthur erwartete. Da auch sie diesem Ort entfliehen wollte, folgte sie den Anweisungen ihres Großvaters. Als ihnen die Luft zum Rennen ausging sahen sie sich um. Der alte Mann war nicht mehr zu sehen.

Arthur hatte die Stelle erreicht, an der er seine Waffen vergraben hatte. Noch waren keine Wachposten der Arnhátongemeinschaft zu sehen, doch er vermutete, dass sie in den nächsten Minuten erscheinen würden. Hastig grub er nach dem Rucksack mit den Handgranaten, der Maschinenpistole und seinem Kampfmesser. Als er alles ans Tageslicht befördert hatte, überprüfte er die Waffen, ob auch kein Sand eingedrungen war. Er wusste, dass es dadurch schnell zu Ladehemmungen kommen konnte. In einem Gefecht wäre das ein lebensgefährliches Risiko.

Immer wieder sah er sich um. Doch außer ihm befand sich niemand hier draußen. Seine Aufmerksamkeit galt nicht nur den Sanddünen um ihn herum, auch den Himmel suchte er ab. Aber alles war gespenstisch still. Fast surreal kam ihm das Himmelblau und der goldgelbe Sand vor. Er hörte nichts außer seinen keuchenden Atem.

Was er nun tun musste, kostete ihn Überwindung. Doch er wusste, dass er keine andere Wahl hatte. Er zog den Arztkittel aus, schnitt die

Ärmel ab und breitete ihn vor sich auf dem Sand aus. Dann kniete er sich nieder und legte das Messer, die Maschinenpistole und das Handy auf den Kittel. Die Ärmel schnitt er in Streifen. Nun positionierte er seine linke Hand auf den Korpus der MP und spreizte die Finger. Jetzt griff er nach dem Messer, holte etwas Schwung und hackte sich den linken, kleinen Finger ab.

Ein lauter Schrei entwich seiner Kehle und der Schmerz lähmte für einen Augenblick seine Sinne. Blut spritzte auf den Arztkittel und den Sand. Schnell stand er auf und hielt seine linke Hand so, dass das Blut nicht auf die Maschinenpistole tropfte. Nun griff er nach den Stoffstreifen und verband sich damit seine linke Hand. Der Schmerz hämmerte mit jedem Pulsschlag, doch Arthur kämpfte dagegen an. Es gab noch viel zu tun.

Als er seine Hand notdürftig verbunden hatte, kniete er sich wieder auf den blutbefleckten Kittel. Dort lag nun der abgetrennte Finger neben der MP. Er griff danach und strich damit über den Kittelstoff, um ihn etwas zu säubern. Dann legte er ihn auf das Smartphone.

Er stand auf und betrachtete das blutige Ensemble auf dem Kittel. Der bleiche Finger musste nun auf dem Handy bleiben, bis er diesen Ort verlassen hatte.

Gerade hatte er das Messer und die Maschinenpistole an sich genommen, da hörte er einen Schuss hinter sich und gleichzeitig ganz nahe das Pfeifen eines Projektils. Sofort lud er die Waffe durch und drehte sich um. Auf dem Scheitelpunkt einer Düne standen zwei Männer, die ihre Sturmgewehre auf ihn richteten. Wieder peitschten Schüsse durch die Luft. Nun schoss Arthur zurück. Mit der schmerzenden Hand fiel ihm das Zielen schwer und so traf er seine Gegner nicht. Die beiden Männer verschwanden hinter der Düne.

Arthur wusste, dass seine Chancen minimal waren, das nächste Gefecht zu überleben, wenn noch weitere Gegner auftauchten. Doch noch gab er nicht auf. Mit zwei Mann nahm er es locker auf. Auch mit Vieren wäre nicht alles verloren. Und wenn es mehr sein sollten, dann würde er auch die kleinste Chance nutzen.

Er rannte nun den Sandhügel hinter sich hinauf und beobachtete die Düne, hinter der die Männer verschwunden waren. Für einen Augenblick glaubte er dort eine Bewegung zu erkennen, doch seine Gegner blieben in ihrer Deckung. Arthur wusste, dass er diesen Ort so schnell wie möglich verlassen musste, wenn er überleben wollte. Die Ankündigung seines Freundes Hagen war ultimativ.

Gerade wollte er die Flucht antreten, da schlug eine Gewehrsalve dicht neben ihm ein. Instinktiv feuerte Arthur in die Richtung, in der er das Mündungsfeuer aufblitzen sah. Der Schrei seines Gegners bestätigte ihm, dass er getroffen hatte. Doch wie viele Gegner verbargen sich hinter der Düne? Und welche Waffen hatten sie?

Wieder feuerte man auf ihn. Arthur entschied sich zu flüchten. Wie viele Gegner sich auch immer dort verbargen. In wenigen Minuten würden sie alle Opfer eines Infernos werden.

Arthur rannte und rannte. Als er zurückschaute, entdeckte er eher zufällig am Himmel einen Punkt, der sich unaufhörlich näherte. Er wusste, dass der den Tod brachte. Für alle, die jetzt nicht die Flucht ergriffen.

Seine linke Hand schmerzte höllisch, doch er rannte immer weiter. Er hatte das Gefühl, als klebte der Sand an seinen Füßen und die Entfernung zur Arnhátonzentrale würde nicht kleiner. Noch immer feuerte man auf ihn, ohne ihn zu treffen.

Der Punkt am Himmel wurde größer und entpuppte sich als ein Flugzeug, das direkten Kurs auf die Arnhátonbasis nahm. In wenigen Minuten hätte es sein Ziel erreicht. Nun waren auch die Turbinengeräusche leise zu hören. Arthur mobilisierte alle Kraftreserven, um so viel Raum wie möglich zwischen sich und die Basis zu bringen.

Er wusste, dass das Flugzeug auf diesem Kurs war, um ihn zu töten. Die Nachricht seines Freundes Hagen beinhaltete die verschlüsselte Botschaft, dass es auf genau den Ort stürzen sollte, an dem sich Arthur befand. Arthur kannte die Methoden, wenn der Rat der Fürsten eine Person schnell und endgültig eliminieren wollte. Dann ließ man auch notfalls ein Flugzeug abstürzen.

In diesem Fall hatte man das Cockpit einer Linienmaschine per Fernsteuerung übernommen. Dass hunderte unschuldiger Passagiere dabei umkamen, war für die Geheimorganisation nebensächlich. Offenbar betrachtete man ihn als Risiko, da er seinen Auftrag, Addae Ibudione zu töten, nicht ausgeführt hatte. Nun sollte dieses Flugzeug auf Arthur stürzen. Seine Position ermittelte der Rat der Fürsten mit Hilfe der Mobiltelefone, die sich in Arthurs Nähe befanden. Da der Rat der Fürsten im Geheimen dafür gesorgt hatte, dass seit der Jahrtausendwende sämtliche Smartphones mit einem verborgenen DNA-Scanner ausgerüstet sind, der die Identität sämtlicher Personen im Umkreis von 12 Metern erkennen kann, wusste man jederzeit die Position Arthurs. So hatte man auch den Standort Erics ermitteln können, den Arthur über die Datenbank abgefragt hatte.

Arthurs einzige Möglichkeit, dem Rat der Fürsten einen falschen Standort vorzutäuschen, bestand nun darin, seine DNA in der Reichweite eines Smartphones zu lassen, obwohl er sich an einem anderen Ort befand. Dies hatte er nun damit realisiert, dass er sich einen Finger abgeschnitten und ihn mit dem Handy zurückgelassen hatte.

Wenn sein Plan funktionierte, würde das Flugzeug dort auf die Arnhátonzentrale stürzen, wo sein abgeschnittener Finger lag. Die Explosion würde alles im Umkreis von mehreren hundert Metern vernichten. Arthur musste es nur gelingen, genug Abstand zum Einschlagsort zu bekommen. Und er durfte natürlich in Zukunft nicht mehr in die Nähe eines Smartphones kommen, denn dann würde seine DNA und sein Standort erneut erkannt und in den Datenbänken auftauchen.

Immer wieder sah sich Arthur um, um zu erkennen, ob sein Plan gelänge oder das Flugzeug doch seine wirkliche Position ansteuerte. Aber er hatte keine Zeit für eine genaue Beobachtung. Er musste laufen. So schnell laufen wie es nur ging. Seine Lungen begannen zu schmerzen. Seine Beine wurden immer schwächer. Er begann zu taumeln und stürzte. Mit letzter Kraft stand er jedoch wieder auf und versuchter weiterzulaufen, doch nach wenigen Schritten sank er erneut zu Boden. Er wusste, dass er am Ende seiner Kräfte war. Nach Luft ringend sah er sich um und blickte auf das Flugzeug, das sich unbarmherzig näherte. Das Dröhnen der Turbinen erfüllte die Luft.

Gebannt starrte Arthur auf das Flugzeug und erkannte erst jetzt, dass sein Plan aufgegangen war. Mit einer ohrenbetäubenden Explosion krachte die Maschine auf das Areal über der Arnhátonzentrale. Flammen stiegen in die Höhe und schwarzer Rauch. Trümmerteile flogen hunderte Meter durch die Luft. Ebenso wie die zerfetzten Körperteile der Passagiere. Was von dem Flugzeug übriggeblieben war, brannte nun in einem infernalischen Feuer. Ebenso stand der unterirdische Gebäudekomplex der Arnhátonsekte in Flammen. Die Wucht der Explosion hatte die beiden ersten Stockwerke sofort zerstört. Dabei wurden auch die Treibstofftanks entzündet, was eine erneute Explosionswelle auslöste. Das entstandene Feuer breitete sich rasend schnell in den unterirdischen Gängen aus und hatte in kürzester Zeit den größten Teil des Sauerstoffs verbrannt. Wer nicht in den Flammen umkam, erstickte kurz darauf qualvoll.

Arthur beobachtete die Katastrophe, während um ihn herum Trümmerteile in den Sand einschlugen. In Gedanken bereitete er sich darauf vor, von einem dieser Teile erschlagen zu werden. Doch er blieb verschont. Er war noch einmal mit dem Leben davon gekommen.

„Ihr habt mich nicht", keuchte Arthur. „Ihr habt mich nicht. Und ihr kriegt mich auch nicht."

52

Ndré saß in seinem Garten auf einer schlichten Holzbank. Die Sonne war noch nicht ganz hinter dem Horizont verschwunden und tauchte den Himmel in ein dramatisches Farbenspiel aus roten und gelben Farbtönen. Die Luft hatte sich nur wenig abgekühlt, aber Ndré genoss es, hier unter dem freien Himmel zu sitzen.

Mit einem alten Liederbuch in der Hand, hing er seinen Gedanken nach. Wie oft hatte er in seinem Leben schon für Menschen gebetet, die in großer Not waren? Wie oft hatte er für Kranke, Vermisste oder

Entführte gebetet? Häufig hatte er eine Gebetserhörung erleben dürfen. Aber ebenso häufig hatten die Ereignisse einen anderen Ausgang genommen, als er es sich wünschte. Doch immer war er sich sicher, dass nichts geschah, was nicht einem großen Plan Gottes folgte.

Auch heute hatte er Eric und Laura in seine Gebete eingeschlossen. Als er vor einigen Tagen die Eingebung hatte, dass er Vera die Bibelstelle Hiob 40,19 weitergeben sollte, wusste er, dass es nur zum Besten der Entführten diente. Doch ob sie damit wirklich unbeschadet freikämen, war auch ihm nicht klar. Das lag alles in Gottes Hand. Ndrés Aufgabe, in diesem Geschehen, war es nur, das was Gott ihm in einer Vision gezeigt hatte, an Vera weiter zu sagen.

Er dachte an die Zeit, als er in Norwegen missionierte. Damals hatte er ähnliche Taten miterleben müssen. Politisch motivierte Entführungen. Die Opfer kamen zwar meist am Ende wieder frei, doch war die Ungewissheit für die Freunde und die Familien immer unerträglich.

Ndrés Frau Sira kam aus dem Haus und brachte zwei Gläser mit Wasser. Als sie ihm eines gereicht hatte, setzte sie sich ebenfalls auf die Bank.

„Was liest du da?", fragte Sira.

„Das ist ein altes norwegisches Liederbuch", erklärte Ndré. „Es erinnert mich an meine Zeit, als ich dort das Evangelium verkündete."

„Damals waren wir uns noch nicht begegnet."

„Nein. Es war eine andere Zeit und auch irgendwie ein anderes Leben. Aber auch dort gab es Menschen, die nach dem Willen Gottes fragten und solche, die ihn ignorierten. Das wird sich wohl niemals ändern."

„Dir haben die Lieder in diesem Buch geholfen?", vermutete Sira.

„Ja. Besonders eines. Es handelt davon, dass Gott unser Schutz und die Abwehr gegen unsere Feinde ist. Der Text des Liedes lautet: ‚Vår Gud han er så fast ei borg, han er vår skjold og verja'. Du kennst es wahrscheinlich."

Sira lächelte. „Ja. Es ist wohl die norwegische Version von ‚Ein feste Burg ist unser Gott‘.“

Sagara war froh, dass die Menschen seiner Kirchengemeinde ihm nun so fest zur Seite standen wie nie zuvor. Die Entführung der beiden Deutschen war das vorherrschende Thema bei den Begegnungen der Gemeindemitglieder. Man sprach sich das Erlebte von der Seele und betete für alle Betroffenen. Da die Entführung am Tage von Sagaras Taufe stattgefunden hatte, betete man auch dafür, dass das Verbrechen nicht die Freude über das Taufereignis überschattete.

Viele Gemeindemitglieder besuchten Sagara in den nächsten Tagen. Man sprach miteinander, betete und lachte auch. Die Freude am Leben, und besonders am Leben Sagaras als neugetauften Christen, wollte man sich nicht nehmen lassen. Sagara spürte die geistige und emotionale Nähe seiner Glaubensgeschwister und genoss sie. Das gab ihm jeden Tag aufs Neue die Bestätigung, dass seine Entscheidung für Jesus Christus richtig gewesen ist.

Meist sangen Sagara und seine Freunde nach den gemeinsamen Gebeten. Viele Lieder waren afrikanische Melodien mit christlichen Texten. Doch es wurden auch hin und wieder europäische Lieder gesungen. Diese hatten fast immer französische Texte.

„Was möchtest du heute singen?“, fragte Sagaras Pastor.

Sagara überlegte einen Augenblick. Dann erklärte er: „Ich möchte ‚C‘est un rempart que notre Dieu‘ singen.“

Es war die französische Version von Martin Luthers ‚Ein feste Burg ist unser Gott‘.

Vera hatte in den letzten Stunden ihr Büro bei den Vereinten Nationen aufgesucht. Zwar hatte man sie wegen der Entführungen vorübergehend von ihren Aufgaben entbunden, doch sie musste ihre Vertretung erst noch instruieren.

Mehr als drei Stunden hatte sie benötigt, um ihren Kollegen bei der UN in ihre laufenden Projekte einzuweisen. Dann machte sie sich endlich wieder auf den Weg nach Hause. Während sie mit ihrem Auto durch die Straßen Bamakos fuhr, glaubte sie bei jedem Europäer, den sie auf der Straße sah, für einen Augenblick, es sei Eric. Und jedes Mal folgte die Enttäuschung, dass es doch eine andere Person war.

„Bamako ist eine Millionenstadt", machte sie sich immer wieder klar, doch bei dem nächsten hellhäutigen Mann mit Erics Statur, sah sie doch wieder genauer hin, ob es nicht doch Eric sein könnte.

Zuhause angekommen legte sie sich sofort auf ihr Bett und schloss die Augen. „Ich sehe überall Eric. Aber niemals ist er wirklich da. Wie lange werde ich das noch aushalten?", fragte sie sich.

Als sie wieder die Augen öffnete, sah sie einen Text, den Eric vor einigen Wochen einrahmen ließ. Bisher hatte sie ihn immer nur flüchtig wahrgenommen. Doch heute ergaben die Worte, die dort standen erstmals einen wirklichen Sinn für sie. Sie verstand, dass sie den Herausforderungen, denen sie sich stellen musste, nicht hilflos gegenüber stand. Dass sie durch Gott in bester Weise für das Bevorstehende gerüstet war.

Laut und mit fester Stimme las sie nun den Text: „Ein feste Burg ist unser Gott, ein gute Wehr und Waffen. Er hilft uns frei aus aller Not, die uns jetzt hat betroffen."

53

Eric und Laura waren in Richtung der untergehenden Sonne marschiert. So konnten sie einigermaßen sicher sein, dass sie nach Westen gingen. Irgendwann stießen sie dann wirklich auf Arthurs Motorrad. Der Wind hatte es schon fast völlig mit Sand überdeckt. Nur die Lenkgabel und ein Teil des Tanks waren noch zu sehen. Eric hielt sie zuerst für den Schädel eines verendeten Rindes.

Mühsam gruben sie das Gefährt frei und versuchten den Motor zu starten. Doch ihre Anstrengungen blieben vergeblich. Offenbar war Sand in den Vergaser eingedrungen.

„Wenn ich wenigstens Werkzeug hätte, dann könnte ich versuchen, das Ding zu reparieren. Aber so nutzt uns das Motorrad gar nichts", stellte Eric fest.

„Wir werden weiterlaufen müssen", erklärte Laura. „Wenn wir hier bleiben, dann verdursten wir oder die Arnhátonsekte findet uns. Beides wäre fatal."

Da die einbrechende Dämmerung versprach, dass es sich etwas abkühlen würde, nahmen sich die beiden vor, die bevorstehende Nacht durchzulaufen. Ausruhen wollten sie am kommenden Tag. Das Wasser, das sie aus ihrer Zelle mitgenommen hatten teilten sie sich so knapp wie möglich ein. Mental bereiteten sie sich darauf vor, dass sie mehrere Tage benötigen könnten, bis sie Gao erreichten.

„Hoffentlich finden wir überhaupt irgendeine menschliche Siedlung. Vielleicht marschieren wir ja an Gao vorbei und kommen niemals aus der Wüste heraus", bangte Laura.

Eric ging unbeirrt voran. „Solche Gedanken müssen wir uns verbieten. Wir werden hier herauskommen. Daran glaube ich ganz fest."

Als die Sonne ganz untergegangen war, erschienen die Sterne an Himmel, wie ein schwarzer Teppich voller Diamanten.

„Ein wunderschöner Anblick. Hier trübt kein irdisches Licht den Ausblick in den Nachthimmel." Laura war trotz der Strapazen von dem Anblick fasziniert.

„Wir werden uns am Polarstern orientieren", entschied Eric. „Das ist der einzige Stern, der seine Position im Laufe der Nacht nicht ändert. Außerdem ist er der hellste Stern im Sternbild Kleiner Bär."

„Und wie hilft uns das?"

„Der Polarstern befindet sich im Norden. Deshalb wird er auch Nordstern genannt. Wenn wir in seine Richtung schauen, dann ist rechts von uns Osten, und links Westen. Dein Großvater hat uns nach Westen geschickt. Dort werden wir auch die Stadt Gao finden."

Zwar spendete der Nachthimmel genug Licht, um die nähere Umgebung zu erkennen, doch wirkte die finstere Nacht von Stunde zu Stunde unheimlicher. Zusätzlich raubte der Gewaltmarsch zunehmend Kräfte. Kurz vor Mitternacht erreichten sie einige Felsen, die aus dem Sandmeer herausragten. Dort ließen sie sich zu einer

Erholungspause nieder.

„Glaubst du wirklich, dass wir wieder zurück in die Zivilisation finden?", fragte Laura skeptisch.

„Da bin ich mir sicher", lächelte Eric. „Ich muss doch miterleben, wie mein Kind aufwächst."

„Aber was ist, wenn uns das nicht gelingt?" Laura kämpfte mit der Verzweiflung. Eine Träne rann über ihre Wange.

„Gib die Hoffnung nicht auf." Tröstend legte Eric einen Arm um Lauras Schulter. „Martin Luther hat einmal gedichtet: ‚Und wenn die Welt voll Teufel wär und wollt uns gar verschlingen, so fürchten wir uns nicht so sehr, es soll uns doch gelingen'. Mit Gottes Hilfe wird man uns retten."

„Das stammt aus dem Lied: ‚Ein feste Burg ist unser Gott'. Richtig?"

„Ja. Ein altes Lied. Aber immer noch aktuell. Martin Luther hat es 1527 in einer äußerst schwierigen Lebenssituation geschrieben."

„Es ging wohl um die Auseinandersetzungen während der Reformationszeit, nehme ich an."

„Das war wahrscheinlich nur einer der Gründe. 1527 wurde Leonhard Kaiser, ein prominenter Anhänger der Reformation, als Ketzer auf dem Scheiterhaufen verbrannt. Ein schwerer Schlag für Luther. Aber Luther hatte auch mit sehr persönlichen Anfechtungen zu kämpfen. Er litt unter einem Steinleiden, das in diesem Jahr lebensbedrohlich wurde. Außerdem brach in Wittenberg die Pest aus. Viele Bewohner der Stadt starben oder flohen vor der Seuche. Luther blieb und vertraute auf Gott. Der Teufel würde ihn mit all diesen Attacken nicht vom Glauben abbringen können."

„Und das wollte Luther in diesem Lied festhalten. Ich hoffe, dass es auch unsere Lieben tröstet, die jetzt wahrscheinlich in großer Sorge um uns sind."

„Ja. Das hoffe ich auch."

Wenig später wollten sich die beiden wieder auf den Weg machen, da sahen sie am Horizont einige Lichter, die sich langsam in ihre Richtung bewegten.

„Ob das die Arnhátonsekte ist?", fragte Laura.

„Das glaube ich nicht. Die hätten sicher Fahrzeuge, mit denen sie schneller vorankommen. Das dort scheint eine Kamelkarawane zu sein."

„Oder vielleicht Banditen?"

„Banditen nutzen heutzutage auch eher Geländewagen, LKWs oder Motorräder. Ich vermute eher, dass es sich um eine Salzkarawane handelt. Einige Nomadenstämme verdienen sich noch immer auf diese traditionelle Weise ihren Lebensunterhalt."

„O.K." In Lauras Stimme klang ein erhebliches Maß an Zweifel. Sie ließ die Karawane keine Sekunde aus den Augen. In Gedanken spielte sie durch, was sie machen würde, wenn es sich um eine Bande von Menschenhändlern handelte. Doch sie wusste, dass sie darauf vertrauen musste, dass Eric mit seiner Entwarnung Recht behielte. Dies war ihre einmalige Chance, mit den Nomaden wieder eine Stadt wie Gao zu erreichen.

Die Karawane näherte sich stetig. Zwischen den Menschen und Tieren leuchteten einige starke Taschenlampen den Boden ab. Eric und Laura beschlossen, sich der Gruppe zu nähern. So wollten sie von vorne herein signalisieren, dass sie nicht feindlich gesinnt waren.

Die Begrüßung durch die Wüstenbewohner war zunächst abwartend und misstrauisch. Offenbar wollte man zuerst prüfen, ob der weiße Mann und die junge Frau nicht Teil eines Hinterhalts waren. Als allen klar wurde, dass es sich wirklich um zwei in Not geratene Europäer handelte, hieß man Eric und Laura herzlich willkommen.

Die Karawane bestand aus mehr als vierzig Tieren, die mit schweren Salzplatten beladen waren. Jedes Tier trug dabei zwei Platten mit einem Gewicht von jeweils 30 Kilogramm. Der Zug war zu dieser ungewöhnlichen Zeit noch unterwegs, da man erst rasten konnte, wenn man eine der wenigen Wasserstellen erreicht hatte. Der Anführer der Karawane zeigte zu den Felsen. „Dort werden wir rasten und unsere Kamele tränken."

Verdutzt folgte Eric dem Blick des Tuareg. „Dort ist eine Wasserstelle?"

„Ja. Aber man muss die Stelle kennen, sonst findet man sie nicht. Erst recht nicht im Dunkeln."

Schnell hatte die Karawane die Felsen erreicht. Sofort machte man sich daran, den Brunnen, der mit einigen Brettern und Steinen abgedeckt war, freizulegen. Dann stellte man ein Dreibein-Gestell über die Öffnung und ließ Eimer an Seilen hinunter. Damit brachte man frisches Wasser nach oben, das den Kamelen zum Trinken gereicht wurde. Erst als die Tiere versorgt waren, machten sich die Männer daran, eine Mahlzeit am Feuer zuzubereiten.

Als die wichtigsten Vorbereitungen für das Nachtlager erledigt waren, fiel Eric auf, dass etwas abseits ein Mann saß, der sich von der Gruppe unterschied. Auch ihm brachten die Tuareg Wasser.

„Ist das da ein Europäer?", fragte Eric Laura. Die folgte neugierig seinem Blick und konnte im Dunkeln die Gestalt erst nicht erkennen. Dann hellte sich ihre Miene augenblicklich auf.

„Das ist mein Großvater! Ja wirklich. Das ist er. Das ist Hawkeye!" Außer sich vor Freude rannte Laura zu Arthur, der sie zuerst gar nicht wahrzunehmen schien. Erst als sie sich zu ihm auf den Boden setzte und ihre Arme um ihn schlang, realisierte er, dass er seine Enkeltochter vor sich hatte.

„Wir sind wieder zusammen. Gott sei Dank." Arthur sprach undeutlich. Anfangs hatte Laura den Eindruck, er sei betrunken, doch da das nicht zu ihm passte und sie auch keinen Alkohol roch, verwarf sie diesen Gedanken.

„Was ist mit dir? Geht es dir gut?", fragte Laura und sah Arthur fest in die Augen.

„Es ist alles in Ordnung, mein Kleines", erklärte Arthur mit einem übertriebenen Lächeln. „Alles wird gut. Wir fangen ein ganz neues Leben an."

Laura sah zu Eric, der sich nun auch zu den beiden auf den Boden setzte. Ihm war sofort aufgefallen, dass Arthurs linke Hand mit blutdurchtränkten Tüchern verbunden war. Laura folgte Erics Blick und erschrak zutiefst, als sie die Bandagen bemerkte.

„Was ist passiert? Bist du verletzt?"

„Nicht der Rede wert." Arthur strich liebevoll über Lauras Haar. „Ich musste ein kleines Opfer bringen, damit wir endgültig Ruhe haben vor all den Menschen, die uns das Leben schwer machen wollen."

„Aber du bist ja voller Blut. Das sieht ja richtig schlimm aus."

Arthur hatte sichtlich Mühe, sich zu konzentrieren. Eric vermutete, dass die Tuareg ihm ein starkes Schmerzmittel oder ein Opiat gegeben hatten.

„Ich habe jetzt einen Finger weniger. Das wird kaum auffallen. Wichtig ist, dass es dir gut geht, meine liebe Laura. Mach dir um mich keine Gedanken." Arthur fiel es schwer, sich zu artikulieren. Ihm war deutlich anzumerken, dass er unter Drogen stand. Doch die Freude über das Wiedersehen überwog den anfänglichen Schrecken über Arthurs Zustand.

Einer der Wüstennomaden gesellte sich zu den drei Deutschen und berichtete, wie die Karawane den Verletzten gefunden hatte. „Ihr Freund hatte versucht, die Wüste alleine und zu Fuß zu durchqueren. Ein lebensgefährliches Vorhaben. Außerdem hatte er stark geblutet. Offensichtlich hatte er einen Finger verloren. Wenn wir ihn nicht gefunden hätten, wäre er entweder verblutet oder verdurstet."

„Wir sind Ihnen sehr dankbar, dass Sie ihn gerettet haben", erklärte Eric mit ernster Miene.

„Er ist ein starker Mann. Er wird sich erholen. Allah sei Dank." Der Nomade reichte Arthur einen weiteren Becher mit Wasser.

„Haben Sie meinem Großvater etwas gegen die Schmerzen gegeben?", fragte Laura. „Er wirkt so sonderbar."

„Ja", bestätigte der Mann. „Wir hielten es für angebracht. Ein Mensch erholt sich schneller, wenn er keine Schmerzen hat."

„Ein traditionelles Medikament?", erkundigte sich Eric.

„Ja. Wir gaben ihm etwas von der Wurzelrinde des sogenannten Afrikanischen Pfirsichs. Es wird traditionell zur Behandlung von Schmerzen, Fieber und Malaria verwendet. Dabei wirkt es schmerzlindernd, fiebersenkend und auch entzündungshemmend."

„Er wirkt, als stünde er unter Drogen", bemerkte Laura.

„Das wird bis morgen wieder abgeklungen sein. Haben Sie Geduld."

„Hauptsache wir leben. Und wir werden bald wieder in der Zivilisation sein." Erleichtert blickte Laura den Tuareg an. „Danke. Danke für alles, was Sie für uns tun."

Kurze Zeit später saßen die Tuareg um ein Feuer und unterhielten sich angeregt. Laura spürte eine bleierne Müdigkeit und legte sich in der Nähe einer weiteren Feuerstelle, die extra für die drei Europäer eingerichtet wurde, schlafen. Eric konnte noch nicht schlafen. Die dramatischen Ereignisse des Tages hielten ihn noch wach. Er saß mit Arthur am Feuer und hing seinen Gedanken nach.

Er dachte an Vera. Sobald er Gao erreicht hätte, würde er sie anrufen, damit sie sich keine Sorgen mehr machen musste. Hier in der Wüste hatten sie keinen Mobilfunkempfang.

Er sah zu Arthur hinüber, der ebenfalls in das Feuer starrte. Ihm wurde bewusst, dass der alte Mann so etwas wie ein Geschenk des Himmels war. Ohne ihn wären sie der Arnhátonsekte auf Gedeih und Verderb ausgeliefert gewesen.

„Danke, dass du niemals aufgegeben hast", flüsterte Eric zu Arthur. Er sprach sehr leise, da er Laura nicht aufwecken wollte.

„Ich würde Laura niemals aufgeben", antwortete Arthur. Dann blickte er Eric anerkennend an. „Aber ohne deine Hilfe, Eric, hätte ich das alles nicht geschafft. Ich wäre niemals auf die Idee gekommen, die SMS von Vera als Hinweis zu nehmen, dass wir die Stromversorgung lahmlegen sollten."

„Na ja. Ich hatte eigentlich ja nur die Eingebung, dass wir dort suchen sollten, wo ich das Bild gesehen hatte, das mich an Veras Bibelstelle erinnerte."

„Das war einfach so eine Eingebung?"

„Ja. Genaugenommen eine göttliche Eingebung. Eine andere Erklärung habe ich nicht dafür."

Arthur richtete seinen Blick wieder auf das Feuer. „So eine Eingebung hatte ich noch nie."

Eine Weile saßen die Männer schweigend am Feuer. Dann ergriff Eric wieder das Wort: „Warum bist du noch einmal zurück zur Arnhátonzentrale gegangen? Seit wir hier wieder zusammengetroffen sind, weichst du dieser Frage aus."

Arthur sah zu Laura hinüber, die offensichtlich tief und fest schlief. Dann streckte er einen Arm nach Eric aus. „Hilf mir hoch. Dann erzähle ich es dir."

Überrascht half Eric dem alten Mann auf die Beine. Noch immer sorgte das Schmerzmittel, das die Tuareg verabreicht hatten, für einen leichten Rauschzustand. Sie entfernten sich von Laura und dem Feuer so weit, dass Arthur sicher sein konnte, dass niemand außer Eric ihn hören konnte.

„Ich werde dir etwas erzählen, das du niemand anderem weitererzählen darfst. Kann ich mich darauf verlassen, dass du es für dich behältst?"

Erstaunt bestätigte Eric: „Ja, sicher. Ich werde es niemandem erzählen."

„Auch Laura nicht. Das würde sie nur in Gefahr bringen."

„O.K."

Sie setzten sich auf einen der Felsen und Arthur erzählte weiter: „Der Anruf, den ich bekam, als wir wieder an die Oberfläche gelangten, kam von einem Freund. Einem Mann, der für die gleiche Organisation arbeitet, für die ich fast mein ganzes Leben lang gearbeitet habe."

„Du meinst das Detektivbüro?"

Arthur lachte kurz. „Nein. Ich habe nie für ein Detektivbüro gearbeitet. Das habe ich nur immer erzählt, um Laura zu schützen. Die Organisation, für die ich arbeite, ist eine der vier großen Geheimorganisationen, die die Geschicke dieser Welt steuern."

Eric stutzte. „Geheimorganisationen? Ich weiß nicht, was du meinst."

„Natürlich nicht. Niemand weiß davon. Aber beinahe alle politischen Entscheidungen in der zivilisierten Welt werden von mindestens einer dieser Organisationen beeinflusst. Nichts geschieht in der

Weltpolitik ohne deren Einverständnis."

„Das erscheint mir eine sehr gewagte These", erwiderte Eric, der Arthurs Worte für Hirngespinste hielt.

„Das ist keine These", widersprach Arthur mit fester Stimme. „Das sind Tatsachen. Ich habe Jahrzehnte lang für eine der vier geheimen Mächte gearbeitet. Ich habe Einblicke in die großen Zusammenhänge bekommen, von denen du niemals auch nur geahnt hättest."

„Also gut", beschwichtigte Eric. „Der Anruf kam von deinem Freund, der auch zu einer Geheimorganisation gehört." Eric bemühte sich, ein überhebliches Grinsen zu vermeiden. Er glaubte kein Wort.

„Ich bin hier in Mali, weil ich den Anführer einer Bewegung töten soll, die in Zukunft den afrikanischen Kontinent zu einer ernsten Konkurrenz für die etablierten Wirtschaftsmächte machen könnte. Doch ich habe diesen Mordauftrag nicht ausgeführt, weil ich Laura retten musste. Und dich."

Eric hielt Arthurs Ausführungen immer noch für Unsinn. Er vermutete, dass das Schmerzmittel, das die Tuareg dem alten Mann verabreicht hatten, Wahrnehmungsstörungen verursachte.

„Aber warum bist du noch einmal zurück zur Arnhátonzentrale gegangen? Und wie hast du deinen Finger verloren?"

„Die Organisation, der ich angehöre, nennt sich ‚Der Rat der Fürsten'. Sie kontrolliert den größten Teil der Wirtschaftsströme weltweit. Jedenfalls in den Gesellschaften, in denen die Wirtschaft auch Einfluss auf die Politik hat. Um die Menschen als Konsumenten bestmöglich zu manipulieren, ist es wichtig, alles über jedes Individuum zu wissen. Alle Eigenheiten, alle Vorlieben, alle Bewegungsprofile. Deshalb hat man dafür gesorgt, dass die Menschen ihr Leben immer mehr mit Hilfe ihres Smartphones organisieren. So weiß ‚Der Rat der Fürsten' praktisch alles über jeden Menschen, der seine Daten einem Smartphone anvertraut."

„Ich sehe da aber keinen Zusammenhang."

Das Schmerzmittel, das man Arthur verabreicht hatte, ließ ihn unvorsichtig werden. Er hatte jetzt das tiefe Bedürfnis, sich all die Wahrheiten von der Seele zu reden, die er sein Leben lang verschweigen musste. „Ich konnte euch nur ausfindig machen, da ich mir vom ‚Rat der Fürsten' deinen Aufenthaltsort anzeigen ließ. Sobald sich ein Mensch in der Reichweite eines Mobilfunknetzes befindet und in die Nähe eines dieser Geräte kommt, wird dessen DNA erkannt und samt Aufenthaltsort an eine geheime Datenbank übermittelt. Dabei muss es sich nicht einmal um sein eigenes Smartphone handeln."

„So hast du uns also gefunden."

„Ja. Und so hat natürlich meine Organisation auch mich gefunden. Da ich aber meinen Mordauftrag an diesem Addae Ibudione nicht ausgeführt habe, bin ich zum Risiko für sie geworden. Man hat ein Linienflugzeug umgeleitet, damit es direkt auf mich stürzen sollte. Mein Freund hat mich durch seinen Anruf in letzter Minute davor gewarnt."

„Und trotzdem bist du entkommen."

„Mein abgeschnittener Finger täuschte dem Smartphone, das wir in dem Kittel gefunden hatten, vor, dass ich noch in der Nähe der Arnhátonzentrale sei. So konnte ich unbemerkt flüchten."

„Und das Flugzeug ist auf die Arnhátonzentrale geprallt. Das war also die Explosion, die Laura und ich von weitem hörten."

„Ja. Dort wird wohl niemand überlebt haben."

Für Eric passten die Aussagen Arthurs über die Möglichkeiten der Smartphones nicht zusammen. „Aber was geschieht, wenn du wieder in die Nähe irgendeines Smartphones kommst? Wenn das stimmt, was du sagst, dann würde deine DNA doch erneut erkannt werden."

„Ich werde nicht mit euch nach Gao kommen können", erklärte Arthur niedergeschlagen. „Ich darf nicht in die Nähe eines Handys kommen, das sich in Reichweite eines Mobilfunkmastes befindet."

„Aber du kannst doch nicht dein Leben lang in der Wüste bleiben."

„Das möchte ich auch nicht. Ich hoffe, dass ich hier in Afrika irgendwo ein abgelegenes Dorf finde, in dem es noch keinen Mobilfunkempfang gibt."

Eric hielt Arthurs Gedanken immer noch für die, von Drogen verzerrte, Wahrnehmung eines alten Mannes. Trotzdem versuchte er, sich in dessen Gedanken einzufühlen. „Es gibt einige Dogondörfer, in denen es keinen Mobilfunkempfang gibt, da man dort glaubt, so etwas würde die verstorbenen Ahnen erzürnen."

„Meinst du, man würde mich dort wohnen lassen?"

„In der Vergangenheit hat man dort einen deutschen Arzt jahrzehntelang unbemerkt wohnen lassen. Und auch mein Freund Stefan Eigner hat für einige Monate in einem Dogondorf Unterschlupf gefunden. Jongu war der Name des Dorfes."

Arthurs Mine hellte sich auf. „Das wäre meine Rettung. Ich danke dir für diesen Hinweis."

Eric bedauerte Arthur. Er hoffte inständig, dass dessen Weltsicht nach Abklingen der Drogenwirkung wieder zu dem würde, was er als normal ansah. „Ich hoffe, du siehst das alles morgen wieder entspannter."

Arthur lachte bitter. „Die Reiter werden auch morgen noch ihre Plagen über die Welt bringen."

Diese Aussage Arthurs weckte bei Eric ungeahntes Interesse. „Welche Reiter meinst du?"

Arthur winkte ab. „Keine wirklichen Reiter. Es sind nur die Wappen der Geheimorganisationen. Auf allen sind Reiter zu finden. Ist das nicht seltsam?"

Eric wirkte jetzt wesentlich interessierter als zuvor. „Diese vier Organisationen, von denen du gesprochen hast, die haben also Wappen mit Reitermotiven?"

„Ja. Der Rat der Fürsten hat ein Wappen mit einem Reiter, der mit einem Bogen bewaffnet ist, auf einem weißen Pferd."

„Und du kennst die Wappen der drei anderen Geheimgruppen?"

„Ich habe zumindest zwei weitere gesehen. Auf dem einen war ein Reiter auf einem roten Pferd zu sehen, auf dem anderen ein graues Pferd mit einem Reiter, der unter einem weiten Gewand mit Kapuze gar nicht zu sehen war. Wieso fragst du?"

Eric wurde ernst. „Du willst mich auf den Arm nehmen?"

Arthur wusste nicht, was Eric meinte. „Nein. Das ist genauso wahr, wie alles, was ich dir in den letzten Minuten erzählt habe."

„Du erzählst mir von Reitern, die Plagen über die Welt bringen."

„Aber das habe ich nur symbolisch gemeint."

Bisher hatte Eric den Eindruck, dass Arthur verwirrt sei, doch nun glaubte er, dass er sich über seinen Glauben an die Wahrheiten der Bibel lustig machte. „Du weißt, dass in den Prophezeiungen der Bibel davon berichtet wird, dass es vier apokalyptische Reiter geben wird, die Krieg, Hunger, Pest und Tod über die Menschheit bringen."

Arthur schüttelte den Kopf. „Nein. Davon weiß ich nichts. Ich habe dir nur im Vertrauen davon berichtet, wie ich euch gefunden habe und warum ich noch einmal zurückgegangen bin."

„Du willst, dass ich glaube, dass es eine Weltverschwörung gibt. Und dann erzählst du mir von den vier Reitern?"

„Ich habe keine Ahnung, was da in deiner Bibel steht. Ich kann dir aber versichern, dass das Wappen des ‚Rates der Fürsten‘ ein mit einem Bogen bewaffneter Reiter auf einem weißen Pferd ist. Wenn das so in deiner Bibel steht, dann kann das Zufall sein."

„Und die anderen Reiterwappen?"

„Du meinst das rote Pferd und den Reiter darauf, der ein Schwert hält? Was soll ich noch dazu sagen?"

„Und das dritte Wappen?"

„Einfach ein Reiter auf einem grauen Pferd."

„Du hast von vier Geheimorganisationen gesprochen. Was ist mit dem vierten Wappen?"

„Das habe ich nie gesehen. Aber was sollen diese Fragen? Glaubst du wirklich, dass das diese seltsamen Reiter deiner biblischen Prophetie sind?"

Eric antwortete mit einer Gegenfrage: „Du hast gesagt, deine Organisation lenkt die Wirtschaftsströme in dieser Welt. Womit befassen sich die anderen Organisationen?"

„Die eine Organisation mischt bei sämtlichen Kriegen auf diesem Planeten mit. Eine enorm lukrative Branche."

„Der rote Reiter, nehme ich an?"

„Richtig."

„Und wo ist die Organisation tätig, die den grauen Reiter im Wappen hat?"

„Sie hat den weltweiten Pharmahandel unter Kontrolle. Manche angeblichen Seuchen, von denen die Presse berichtet, sind inszenierte Kampagnen, die den Verkauf von neuen Medikamenten ankurbeln sollen."

„Und die vierte Organisation?"

„Darüber weiß ich wenig. Nur, dass sie in die weltweite Korruption verstrickt ist. Deren Wappen habe ich aber nie gesehen. Glaubst du wirklich, du findest da Zusammenhänge in deiner Bibel?"

Eric nickte. „Ja. Das alles kann man in der Bibel finden. Ich werde es dir erklären."

Arthur sah zu der schlafenden Laura hinüber. Die schlummerte immer noch tief und fest. Eric begann mit seinen Ausführungen. „Im letzten Buch der Bibel, es trägt den Namen ‚Offenbarung des Johannes', wird von den Vorboten der großen Trübsal berichtet. Das sind die ersten Anzeichen der Endzeit. Diese Vorboten sind die vier apokalyptischen Reiter. Der erste Reiter hat ein weißes Pferd und eine Siegeskrone. Das sind Symbole für enormen Erfolg. Genau das, was deine Organisation kennzeichnet."

„Und sie hat wirklich ein solches Zeichen auf ihrem Wappen. Ich muss zugeben, dass das passt."

„Der zweite Reiter hat ein rotes Pferd und ein Schwert. Er nimmt den Frieden von der Erde. So wie du das Wappen und das Tätigkeitsfeld der zweiten Organisation beschrieben hast."

Arthur nickte stumm.

„Der dritte Reiter, der in der Offenbarung erwähnt wird, hat ein schwarzes Pferd und eine Waage in der Hand. Durch ihn werden die Lebensmittelpreise katastrophal teuer. So hast du die Organisation beschrieben, deren Wappen du nicht kennst."

„Und er vierte Reiter?"

„Der hat ein leichenfarbenes Pferd. Er tötet die Menschen durch Schwert, durch Hunger, Seuchen und wilde Tiere. Zu ihm würde die Beschreibung des Wappens der Gruppe passen, die du mit dem weltweites Pharmakartell beschrieben hast."

„Und was schließt du daraus?"

„Wenn du die Wahrheit gesagt hast, dann haben wir hier die Vorzeichen der biblischen Apokalypse. Ein weiterer Beweis für die Wahrheit der Bibel."

Schwankend stand Arthur auf. „Das ist alles zu hoch für mich. Ich weiß nur, was ich wirklich gesehen habe. Und ich verlasse mich darauf, dass du es niemandem weitererzählst. Ich kann mich doch auf dich verlassen?"

Eric stützte Arthur, damit dieser nicht stolperte. „Ja, das kannst du. Und kann ich mich darauf verlassen, dass du die Wahrheit gesagt hast?"

Arthur sah Eric in die Augen. „Die Wahrheit? Es ist nur ein kleiner Teil der Wahrheit. Die ganze Wahrheit könnte niemand ertragen."

54

Als Vera am nächsten Morgen aufwachte, stellte sie fest, dass sie fast zwölf Stunden geschlafen hatte. Sie fühlte sich überraschend erholt und spürte eine Ruhe, die sie sich nicht erklären konnte. Noch immer wusste sie nicht, wer Eric entführt hatte und warum. Doch sie hatte eine unbestimmte Gewissheit, dass sie ihn bald wieder wohlbehalten in die Arme schließen könne. Auch spürte sie wieder Appetit. In den letzten Tagen hatte sie wenig gegessen, so dass ihr Körper deutlich zu verstehen machte, dass er Nahrung benötigte.

Am Fenster der Küche sah Vera zum stahlblauen Himmel. Er erschien in seinem makellosen Blau in einer Reinheit, die ihr noch nie aufgefallen war. Sie hatte den Eindruck, dass dieser Tag der Anfang von etwas ganz Neuem sein könnte. Dass all die Sorgen der Vergangenheit zu einem Leben gehören sollten, das hinter ihr lag. Dass ein neues Leben auf sie wartete, das sie mit ihrem ungeborenen Kind und Eric in eine wundervolle Zukunft führte.

Sie fragte sich, woher sie diesen überquellenden Optimismus nahm, doch sie fand keine spontane Antwort. So beschloss sie, dass der erholsame Schlaf der Nacht sie mit neuen Kräften gestärkt haben musste.

Bevor sie sich ihr Frühstück zubereitete, ging sie vor das Haus und holte die Tageszeitung aus dem Briefkasten. Kurze Zeit später saß sie vor einem reichlich gedeckten Frühstückstisch. Jetzt stieg in ihr doch das Gefühl auf, dass etwas fehlte. Dass etwas enorm Wichtiges fehlte. Eric.

Sonst hatte Eric immer am Frühstückstisch gebetet. Er hatte Gott für das tägliche Essen gedankt und um den Segen für den Tag gebeten. Eine Handlung, die sie immer als selbstverständlich hingenommen hatte. Doch jetzt wurde ihr bewusst, wie unentbehrlich dieses Gebet für sie doch war. Also betete sie selbst. Anfangs die Worte, die auch Eric gesagt hätte. Dann bat sie Gott, dass er doch ein Wunder geschehen lasse und sie heute noch mit Eric selbst sprechen könne.

Als sie das Gebet mit einem kräftigen „Amen!“ beendet hatte, fühlte sie wieder den Frieden, mit dem sie an diesem Morgen erwacht war. Dann biss sie herzhaft in ihren Toast und griff zur Tageszeitung. Die Überschrift der Titelseite überraschte sie nicht. Dort stand in großen Lettern: „ADDAE IBUDIONE ERMORDET. TÄTER UNBEKANNT.“ Vera dachte: „Afrika nimmt sich selbst jede Chance auf eine erfolgreiche Zukunft.“ Dass die Auftraggeber für diesen Mord außerhalb von Afrika zu suchen waren, kam ihr nicht in den Sinn.

55

Die Karawane hatte sich schon früh auf den Weg gemacht. Laura war überglücklich, wieder an der Seite ihres Großvaters zu sein. Die Tuareg hatten erklärt, dass sie am späten Abend die Stadt Gao erreichen würden. Laura konnte es kaum erwarten, dort wieder in ein Flugzeug zu steigen und in ihr sicheres Hotelzimmer nach Bamako zu kommen.

Doch Arthur bewegten ganz andere Gedanken. Während Laura und Eric zu Fuß neben den Reittieren her gingen, durfte er auf dem Rücken eines Kamels sitzen, das nicht mit Salzplatten beladen war. Die Wirkung des Schmerzmittels war fast völlig abgeklungen und die Wunde an seiner linken Hand schmerzte. Doch das war nicht sein vorrangiges Problem. Er wusste, dass die Opferung seines Fingers vergeblich wäre, wenn er es nicht vermeiden konnte, wieder von einem Smartphone gescannt zu werden. Erics Idee, in einem Dogondorf Zuflucht zu suchen, war alternativlos. Somit schien es sich ausgezahlt zu haben, dass er unter dem Einfluss der Drogen eine gefährliche Offenheit gegenüber Eric gezeigt hatte. Trotzdem hielt er es für wichtig, noch einmal mit Eric zu reden und einige seiner Aussagen zu revidieren.

Arthur gab dem Tuareg, der sein Kamel führte, ein Zeichen, dass er absteigen wollte. Als das Tier zum Absitzen niedergekniet war, beeilte sich Arthur, schnellstens zu Eric zu kommen.

„Eric, ich muss mit dir reden."

Eric hatte schon darauf gewartet, dass Arthur die gestrige Unterhaltung ansprechen würde. „Na, Arthur. Wieder fit? Oder hat man dir erneut Drogen verabreicht?", scherzte er.

„Nein. Keine erneute Dosis von diesem Pulver aus afrikanischem Pfirsich. Auch wenn meine Hand höllisch schmerzt. Aber das ist nicht der Grund, weshalb ich mit dir reden muss."

„Okay. Worum geht´s?"

„Ich habe da gestern einigen Unsinn geredet. Einiges von dem was ich dir da gesagt habe, solltest du ganz schnell wieder vergessen."

„Ich hatte schon vermutet, dass du gestern nicht bei klarem Verstand warst. Das hat sich alles ziemlich wirr angehört."

„Ja. Ich weiß auch nicht, was mich da gestern geritten hat. Ich möchte auf jeden Fall, dass du weißt, dass es keine Geheimgesellschaften gibt und dass ich kein Auftragskiller bin", log Arthur.

„Natürlich", bestätigte Eric. „Das hatte ich dir auch zu keinem Zeitpunkt geglaubt."

„Der Absturz des Flugzeugs war natürlich nur Zufall."

„Das erscheint mir auch wahrscheinlicher."

„Aber nach wie vor möchte ich, dass du niemandem davon erzählst. Es wäre mir sehr peinlich, wenn ich mit solchen Gedanken in Verbindung gebracht werde."

„Ich werde schweigen. Du kannst dich darauf verlassen."

Eric merkte Arthur an, dass der noch etwas auf dem Herzen hatte. Und nach einigen Augenblicken rückte er auch damit heraus: „Diese Arnhátonsekte ist noch hinter mir her", log Arthur erneut. „Deshalb werde ich doch untertauchen müssen. Du hattest mir ein Dogondorf genannt, das schon einmal Menschen wie mich aufgenommen hat."

„Menschen wie dich?"

„Menschen, die vor der sogenannten zivilisierten Welt geflohen sind."

„Und was ist mit Laura und mir? Müssen wir uns auch verstecken?"

„Nein. Die Sache geht nur mich etwas an. Ich werde nicht mit euch nach Gao kommen können. Aber wenn ich bei den Dogon unterkommen kann, dann könnte ich weiterhin Kontakt zu Laura halten."

„Du solltest das der Polizei melden, wenn die Arnhátonsekte dich weiterhin bedroht", schlug Eric vor.

„Das werde ich alles regeln. Wenn ich in diesem Dorf namens Jongu unterkommen kann, dann ist das größte Problem gelöst."

„Du misstraust also immer noch den Smartphones? Du hast doch gerade gesagt, deine Behauptungen von gestern waren Unsinn."

„Ich bitte dich, frage nicht weiter. Es würde dich nur in Gefahr bringen."

Eric schwieg. Arthurs Versuche, seine gestrigen Aussagen zurückzunehmen, machten die Situation nicht wesentlich einleuchtender. Dass der alte Mann aber nun erklärte, er wolle in ein abgelegenes Dogondorf, weil er sich vor der Arnhátonsekte verstecken wolle, war genauso unglaubhaft wie alles, was er an dem Abend zuvor gesagt hatte.

„Und das willst du so auch deiner Enkeltochter erzählen?"

„Eine bessere Erklärung habe ich nicht."

Eric sah zu Laura hinüber, die weit vor ihnen an der Spitze der Karawane lief. „Dann mach dich auf zahlreiche Tränen gefasst."

Als die Karawane am Abend die Stadt Gao erreichte, hatte sich Arthur mit einem der Kamele bereits abgesetzt. Da er kein Geld bei sich trug, um das Tier zu bezahlen, handelte er mit dem Kamelbesitzer aus, dass er seine Maschinenpistole dafür eintauschte.

Laura überzeugte Arthurs Geschichte, dass er vor der Arnhátonsekte flüchtete, ebensowenig wie Eric. Doch unter Tränen ließ sie Arthur ziehen. Sie tröstete sich mit dem Gedanken, dass sie ihn irgendwann in dem Dogondorf wiedersehen würde.

Beim Anblick der ersten Häuser Gaos verspürte Laura nur wenig Freude. Die Zivilisation, die für sie die Rettung war, nahm ihr nun das Einzige, was von ihrer Familie übrig geblieben war. Erics Versuche, sie aufzumuntern, zeigten nur spärlichen Erfolg.

Sobald sie eine Polizeistation entdeckt hatten, meldeten sich Eric und Laura dort, um anzuzeigen, dass sie ihren Entführern entkommen waren. Auch von dem Flugzeugabsturz berichteten sie. Der Polizeibeamte erklärte aber, dass das bereits bekannt sei. Es hätte sich um eine Linienmaschine gehandelt, die in Burkina Faso gestartet und auf dem Weg nach Algerien gewesen sei.

Von der Polizeiwache aus konnte Eric dann auch Vera anrufen und ihr die gute Nachricht überbringen, dass er und Laura wohlauf seien. Arthurs Verbleib deutete er nur an. Eric rannen Tränen der Freude über das Gesicht, als er Veras Stimme hörte. Und auch Vera weinte vor Glück. Sie wäre am liebsten sofort nach Gao geflogen, um Eric persönlich nach Bamako zurück zu bringen, doch der nächste Flug würde erst in 36 Stunden starten. Bis dahin säßen die beiden Geretteten schon längst in einem Flieger nach Hause.

Doch bevor sie nach Bamako zurückkehren konnten, mussten sie sich einer intensiven Befragung durch die örtliche Polizei stellen. Detailliert berichteten sie alle Einzelheiten von der Entführung bis zu dem Erscheinen Arthurs und dessen Rückkehr zur Arnhátonzentrale. Nur den Zusammenhang mit Nommo-Tuwa und die Wiederbegegnung mit Arthur bei der Salzkarawane ließen sie auf dessen Wunsch hin aus. Darum hatte Arthur sie nachdrücklich gebeten. Eric war nicht sehr wohl bei dieser Auslassung von Fakten, doch er hielt es nicht für allzu wesentlich.

Kurz nach Mitternacht wurde die Befragung abgebrochen und am nächsten Morgen fortgesetzt. Gegen Mittag konnten die beiden dann die Polizeistation mit kurzfristig ausgestellten Reisedokumenten verlassen. Die Kosten für die Flugtickets legte die Polizeibehörde vor. Eric musste eine Bürgschaft unterzeichnen, dass er die Summe umgehend begleichen werde.

Glücklicherweise mussten sie nicht lange auf den Flug nach Bamako warten. Knapp zwei Stunden später standen sie in der Flughafenhalle und warteten auf den Einlass in die Sicherheitszone. Die Wachleute ließen die Fluggäste nur einzeln durch die Absperrung gehen.

Während Eric den Checkpoint bereits passiert hatte, wartete Laura darauf, kontrolliert zu werden. Sie bemerkte nicht, dass sie von weitem beobachtet wurde. Marera hatte es als eine der wenigen Arnhátonjünger geschafft, dem Inferno durch den Flugzeugabsturz zu entkommen. Auch sie hatte sich auf den Weg nach Gao gemacht, allerdings mit einem der Geländefahrzeuge, das die Sekte in einem verborgenen Lager außerhalb der Zentrale angelegt hatte.

Mit tiefer Zufriedenheit beobachtete Marera, dass es Laura gelungen war, sich nach Gao durchzuschlagen. Im Augenblick stand das Wohl Lauras über allen anderen Angelegenheiten der Arnhátongemeinschaft. Da Lauras DNA am besten kompatibel mit den Stammzellen Erics war, bestand bei ihr auch die beste Aussicht, dass das neue Leben in ihrem Bauch gesund heranreifte. Doch von all dem ahnte Laura nichts.

Im Augenblick wusste Marera als Einzige, dass die Bewusstlosigkeit, die Laura in der Arnhátonzentrale erlebt hatte, kein Zufall gewesen war. Und auch die Diagnose, die der Arzt damals verkündet hatte, war eine Lüge gewesen. Es hatte sich nicht um eine Hormonschwankung und einen Schwächeanfall Lauras gehandelt. Man hatte in Wirklichkeit in der Arnhátonzentrale eine künstliche Befruchtung an ihr vorgenommen. In Laura wuchs nun ein Klon des Pharaos Echnaton heran.

56

Die folgenden Tage waren für Eric, Vera und Laura in jeder Hinsicht turbulent. Malische und deutsche Polizeibehörden luden sie immer wieder vor. Man wollte alles über die Arnhátonsekte wissen. Offenbar waren zahlreiche Unterlagen, die nach den Attentaten auf Vera und Eric vor einem Jahr angelegt worden waren, inzwischen verschwunden. Es schien, dass die Sekte unzählige Anhänger in allen Kreisen der Gesellschaft hatte.

Laura war nach dem Weggang ihres Großvaters in eine tiefe Depression gefallen. Noch hatte sich Arthur nicht gemeldet und so bangte sie immer noch, ob es ihm auch wirklich gelungen war, das rettende Dogondorf Jongu zu erreichen. Arthurs seltsame Begründung, warum er sich zu diesem Schritt entschlossen hatte, verunsicherte Laura sehr. Zusätzlich plagten sie Alpträume. Immer wieder durchlebte sie die Gefangenschaft in dem unterirdischen Komplex. Zwar ahnte sie noch nichts von dem Kind, dass sie ihn ihrem Bauch trug, doch in ihren Träumen erschien regelmäßig der Arzt, der sie nach ihrem angeblichen Schwächeanfall untersucht hatte. Eric und Vera versuchten, ihr so gut es ging beizustehen. Sie luden sie zu sich ein, beteten für sie, machten gemeinsame Unternehmungen, gaben ihr das Gefühl, dass sie immer für sie da sind. Laura nahm diese Zuwendung dankbar an, konnte das Erlebte aber nie ganz abschütteln.

Eric und Vera wurden, als keine Polizeiverhöre mehr anstanden, auf Einladung von Seydou, dem Dorfältesten von Jongu, zu dem unterirdischen See geführt, dessen Felszeichnungen die Noahgeschichte illustrierten. Wie erwartet war dieser Besuch eine überwältigende Erfahrung für die beiden Deutschen. Besonders für Eric, der die Gemeinsamkeiten mit den Felszeichnungen von Twyfelfontein in Namibia sofort erkannte.

Doch auch er war enttäuscht, dass Seydou darauf bestand, dass sie niemandem von der Höhle weitererzählten. Aber sie hatten keine andere Wahl, als dem Wunsch des Dogon nachzukommen.

Ndré hatten Eric und Vera seit der Entführung telefonisch nicht erreichen können. Unter der Telefonnummer, die er ihnen bei ihrem ersten Gespräch gegeben hatte, nahm niemand ab. Eric fragte sich, ob die Telefonverbindung gestört sei. Mit jedem Tag der verging plagten ihn mehr Fragen, die er Ndré stellen wollte.

„Lass uns einfach zu ihm fahren", schlug Vera vor. „Vielleicht freut er sich ja über einen spontanen Besuch."

Eric bezweifelte, dass Ndré ein überraschender Besuch gefallen würde, wenn er doch nicht einmal das Telefon abhob. Doch da er das dringende Bedürfnis hatte, zu erfahren, wie Ndré darauf kam, Vera die rettende SMS schreiben zu lassen, stimmte er zu.

Kurze Zeit später saßen sie in Veras Geländewagen und waren auf dem Weg zu Ndrés Haus. Vera steuerte das Auto. Eric sortierte in Gedanken die Fragen, die er Ndré stellen wollte.

„Wie konnte er sicher sein, dass Arthur mir die SMS zeigt? Und wie konnte er wissen, dass ich erkennen würde, wie mir die Bibelstelle helfen könnte? Und wieso kannte er sich überhaupt in der Arnhátonzentrale aus?", murmelte Eric.

Vera wusste, dass Eric keine Antwort von ihr erwartete. Die konnte nur Ndré alleine geben. Trotzdem erwiderte sie: „Vielleicht hat er es gar nicht wirklich gewusst. Ich vermute, er hat einfach nur darauf vertraut, dass es so geschehen möge. Als er mir die SMS auftrug, hatte er mir von seinem Bruder erzählt, der im Vertrauen auf Jesus erneut fischte, obwohl er zuvor nichts gefangen hatte. Das hatte Ndré wohl stets vor Augen."

„Ja. Er und sein Bruder hatten wohl eine ganz besondere Beziehung zu Jesus", bestätigte Eric. Er wollte noch etwas anfügen, doch ihm verschlug es die Sprache, bevor er es ausformulieren konnte. Nun war ihm sichtlich anzumerken, dass er etwas intensiv überdachte und dass er zu einer Erkenntnis kam, die ihn tief bewegte. Er holte seine Taschenbibel hervor und blätterte darin. „Dass ich das nicht gesehen habe", fuhr er fort. „Dass ich all die Zeichen nicht erkannt habe. Wie oft sind wir ihm begegnet und haben nie damit gerechnet, dass er es sein könnte?"

„Was meinst du?", fragte Vera, die ihren Blick noch immer dem Straßenverkehr zugewandt hatte.

„Ndré hat den Fischzug seines Bruders nicht sinnbildlich gemeint. Er hat ihn wirklich erlebt. Ndré ist in Wirklichkeit der Apostel Andreas, der Bruder von Petrus."

„Andreas? Der Jünger von Jesus? Der Apostel aus der Bibel?" Vera hielt diesen Gedanken für völlig absurd.

„Natürlich. Allein der Name ‚Ndré' hätte mich schon darauf hinweisen müssen. ‚Ndré' ist die albanische Version des Namens ‚Andreas'. Dass mir das nicht früher eingefallen ist?"

„Aber dann wäre Ndré ja schon etwa zweitausend Jahre alt", wandte Vera ein.

„Das wäre eine Erklärung, warum Ndré derart viele Verwundungen hat. Er hat zweitausend Jahre Weltgeschichte am eigenen Leib erfahren. Die unzähligen Kriege und Katastrophen, die er dabei mitmachen musste, hinterließen gravierende Spuren an seinem Körper. Er ist trotz all der Martyrien nicht gestorben. Das heißt aber nicht, dass sie spurlos an ihm vorüber gegangen sind."

„Gibt es denn nicht Berichte über den Tod der Apostel? Ich erinnere mich, dass ich im Fernsehen eine Dokumentation darüber gesehen habe. Jeder Jünger ist wohl einen Märtyrertod gestorben."

„Das sind fast alles Legenden", korrigierte Eric. „In der Bibel wird lediglich vom Tod des Jakobus berichtet. Im zwölften Kapitel der Apostelgeschichte ist zu lesen, dass er durch das Schwert umgekommen ist."

„Und vom Tod der anderen Jünger steht in der Bibel nichts?"

„Der Tod des Petrus wird lediglich angedeutet. In Johannes 21,19 steht, dass er mit seinem Tod Gott verherrlichen werde. Und zum Ableben des Johannes wird nur ein paar Verse später erwähnt, dass Jesus ausdrücklich nicht sagte, dass sein Lieblingsjünger Johannes nicht sterben werde."

„Also keine Berichte über den Tod von Andreas in der Bibel. Und wie ist es mit archäologischen Funden? Mit Reliquien und anderen Hinterlassenschaften?"

„Sicher gibt es viele Reliquien, die ihm zugeschrieben werden. Doch dabei ist es schwer, zwischen Legenden und Wissenschaft zu unterscheiden."

„Die einzige zuverlässige Quelle aus dieser Zeit ist also nur die Bibel?"

„Ja. Und dort wird Andreas in Matthäus 10,1 unter den Jüngern genannt, die von Jesus die Gabe bekamen, Kranke heilen zu können."

„Aber Ndré hat in dem Flugzeug scheinbar auch einen Toten ins Leben zurückgeholt. Konnten das die Jünger von Jesus auch?"

„In der Bibel werden solche Ereignisse zumindest von Petrus und von Paulus berichtet. Warum sollte der Bruder von Petrus nicht ebenfalls diese Gabe bekommen haben?"

„Aber das alles erklärt nicht, warum Ndré zweitausend Jahre alt sein sollte."

Eric blätterte abermals in seiner Bibel. „Hier steht es. Im Matthäusevangelium. Kapitel 16. Vers 28. Dort kann man lesen, was Jesus zu seinen Jüngern gesagt hat: ,Wahrlich, ich sage euch: Es stehen einige hier, die werden den Tod nicht schmecken, bis sie den Menschensohn sehen werden in seinem Reich'. Und auch im Markusevangelium und im Lukasevangelium wird diese Ankündigung erwähnt."

„Aber von dem Apostel Andreas hört man so gut wie nichts. Warum sollten so bekannte Persönlichkeiten wie Petrus oder Paulus gestorben sein, wenn jemand wie Andreas mit einem derart langen Leben gesegnet wurde?"

„Ob es immer ein wirklicher Segen ist, bezweifle ich. Bei all dem Leid, das Ndré erfahren hat. Aber immerhin war Andreas der erste Jünger, der von Jesus berufen wurde. Und Andreas ist es, der seinen

Bruder Simon zu Jesus führt, mit den Worten: ‚Wir haben den Messias gefunden‘. Simon bekommt von Jesus später den Namen Petrus, was Fels bedeutet."

Vera wusste nicht recht, was sie von Erics Gedankengängen halten sollte. „Ich hoffe, wir treffen Ndré gleich in seinem Haus an. Ich bin gespannt, was er zu deinen Spekulationen sagt."

Wenig später erreichten sie Ndrés Haus. Es sah aus wie bei ihrem letzten Besuch, doch war in den Fenstern keine Regung zu erkennen. Als sie den kleinen Vorgarten durchquerten, bemerkten sie, dass im hinteren Teil des Grundstücks sich etwas bewegte.

„Vielleicht ist Ndré in seinem Garten", vermutete Eric.

Sie gingen um das Haus herum und stellten enttäuscht fest, dass ein Fremder an einem der Gemüsebeete stand.

„Guten Tag", begrüßte Eric den Malier.

„Guten Tag", antwortete der Mann mit einem breiten Lächeln.

„Wir möchten Ndré besuchen. Ist er im Haus?"

Der Malier schüttelte den Kopf. „Nein. Er ist vor ein paar Tagen mit seiner Frau abgereist. Er hat mir den Auftrag gegeben, alle persönlichen Gegenstände und alle Bücher in den Keller zu schaffen. Ich darf mit meiner Familie hier wohnen bis …"

„Bis wann?", hakte Eric nach.

„Na ja. Er hat sich da nicht so konkret ausdrücken wollen. Er hat gemeint, dass wir hier wohnen dürfen, bis er wiederkommt oder bis zu dem Tag an dem alle Völker erkennen, dass Jesus der Herr ist. Er wollte aber nicht sagen, wann das seiner Meinung nach sein wird."

„Er ist einfach so abgereist?" Vera war mehr als erstaunt.

„Er hat gesagt, dass er den Auftrag hätte, den Menschen in Syrien und im Irak die Botschaft von Jesus Christus zu bringen. Ich habe versucht, ihn davon abzuhalten. In der jetzigen Zeit ist das viel zu gefährlich."

„Gefahr ist für Ndré nicht von Bedeutung", murmelte Eric.

„Aber ich habe etwas für Sie", erklärte der Mann und zeigte zur Veranda.

„Wissen Sie denn, wer wir sind?" Eric bemerkte, dass sie sich noch gar nicht vorgestellt hatten.

„Ndré hat Sie bereits angekündigt. Er hat Sie beide genau beschrieben und mir gesagt, dass Sie kommen werden. Sie sind Eric und Vera Harder. Richtig?"

„Ja", bestätigte Eric und folgte mit Vera dem Malier. Auf der Veranda lag auf einem Tisch ein Briefumschlag. Der Mann reichte ihn Eric. Der nahm ihn mit klopfendem Herzen entgegen. Auf dem Umschlag stand in alter deutscher Kurrentschrift: „An Eric und Vera Harder. Von Ndré."

„Es scheint, Ndré hat vorhergesehen, dass wir kommen würden." Eric sah in Veras Gesicht. Die nickte nur und signalisierte ihm, dass er den Brief öffnen solle.

Der Umschlag war nicht verschlossen. Eric zog den Briefbogen heraus und faltete ihn auseinander.

„Ich werde Sie nun alleine lassen", erklärte der Malier. „Ndré hat sicher etwas Persönliches geschrieben."

„Nein. Sie dürfen gerne bleiben", winkte Eric ab. „Wenn Ndré Ihnen das Haus überlassen hat, dann genießen Sie sein volles Vertrauen. Und damit auch unseres."

„Was hat Ndré geschrieben?", fragte Vera ungeduldig.

Eric las vor: „Lieber Eric, liebe Vera. Wenn ihr das lest, dann hat euch Gott wieder zusammengeführt. Sicher habt ihr noch einige Fragen. Doch leider kann ich euch nicht alle Antworten geben, die ihr euch wünscht. Ich hoffe, ihr behaltet die vergangenen Tage als eine wichtige Lektion in Sachen Vertrauen in Erinnerung. Auch ich musste in meinem langen Leben immer wieder neu lernen, auf Gott zu vertrauen. Auch in Situationen, die nach menschlichem Ermessen aussichtslos schienen.

Bitte fragt nicht danach, wer ich bin oder woher ich komme. Ich bin nur ein Gesandter unseres Herrn Jesus Christus. Für einige Zeit hat er mich hier nach Mali gesandt. Doch jetzt muss ich meinen Dienst in Syrien tun. Ob wir uns einmal wiedersehen werden, weiß nur Gott allein.

Sicher wundert ihr euch über Einiges, was ihr in der letzten Zeit erlebt habt. Doch die Erklärung ist ganz naheliegend. Wer einen festen Glauben an Jesus Christus hat, der erkennt in dieser Welt Dinge, die andere nicht sehen. Ich bin sicher, auch ihr werdet bald fähig sein, die Erfüllungen der biblischen Prophetien zu erkennen. Den meisten Menschen bleiben diese Zeichen der Zeit verborgen. Doch ihr werdet sie erkennen müssen, denn ihr werdet ein Teil der Geschehnisse sein, wenn die Prophezeiungen sich erfüllen.

Eric, dir wurden bereits die ersten Geheimnisse offenbart. Lass dich nicht von weltlichen Propheten verführen. Du wirst die Zeichen nicht übersehen, da du auf dem richtigen Weg bist. Denn wie Jesus einmal gesagt hat: Wer suchet, der wird finden.

Wenn der Tag des Herrn kommt, dann werden alle eure Fragen beantwortet. Haltet in Liebe zusammen und stärkt einander. Im Alltag und im Glauben. Dann werdet ihr die kommenden, schweren Zeiten durchstehen. Denn wie Paulus geschrieben hat: ‚Es bleiben Glaube, Hoffnung und Liebe, diese drei; aber die Liebe ist die größte unter ihnen‘. Gott segne euch. Euer Freund und Bruder im Herrn. Ndré."

Wieder hatte Ndré in seinem Namen bei dem ersten Buchstaben zwischen der aufsteigenden Linie und der diagonal abfallenden Linie ein Fischsymbol eingefügt, so dass der Buchstabe „N" an ein „A" erinnerte.

Erics Gefühle wirbelten durcheinander. Einerseits war er erleichtert, dass Ndré ihnen eine Nachricht hinterlassen hatte. Andererseits war er enttäuscht, dass er nicht deutlicher bekannte, ob er wirklich der biblische Andreas war oder nicht.

Vera umarmte Eric tröstend. „Wer auch immer Ndré ist, er ist in einem besonderen Auftrag Gottes unterwegs. Und wenn ich diesen Brief von ihm richtig verstanden habe, dann sind wir das auch. Daran sollten wir immer denken."

Eric nickte zustimmend. Kurz darauf verabschiedeten sie sich und gingen zurück zum Auto. Der Malier rief ihnen noch hinterher: „Beeilen Sie sich, dass Sie nach Hause kommen. Der Himmel wird schon ganz finster. Da wird einiges auf uns zu kommen."

Als sie im Auto saßen, fielen die ersten Regentropfen. Eric sah zum Himmel und meinte: „Ja. Es wird einiges auf die Menschen zukommen. Wohl denen, die die Zeichen sehen und sich nahe bei Gott halten."

Vera startete den Motor. Doch bevor sie losfuhr, zog sie Eric sanft zu sich heran und küsste ihn. Dann flüsterte sie: „Glaube, Hoffnung und Liebe. Das wird uns immer bleiben."

Anhang

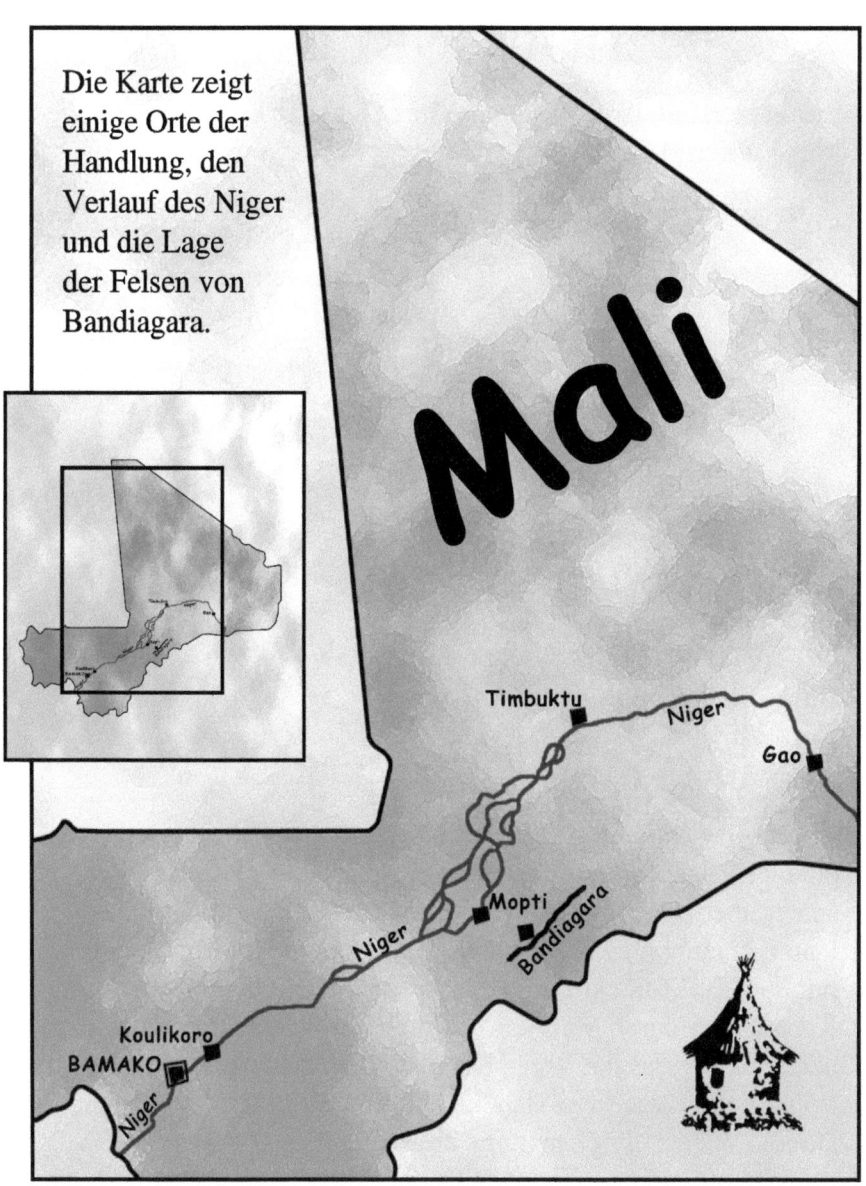

Die Karte zeigt einige Orte der Handlung, den Verlauf des Niger und die Lage der Felsen von Bandiagara.

Bereits erschienen:

DOGONBLUT

Der erste Band der Romanreihe: **Das Licht der kommenden Tage**
von Volker Wahl

ISBN: 978-3-7431-1217-9
300 Seiten

BoD – Books on Demand,
Norderstedt

Eric Harder arbeitet als Sprachforscher in Westafrika. Bei
einem Einsatz in Timbuktu wird er Zeuge eines Raubes. Wenig
später überlebt er in Bamako nur knapp einen Mordanschlag.
Damit beginnt eine Kette von Ereignissen, die ihn zusammen
mit der UN-Mitarbeiterin Vera Stratmann und dem mysteriösen
Khaled quer durch Mali führt. Welche Rolle spielt die seltsame
neue Sekte? Was hat Veras Kollege Nabil zu verbergen?
Werden die Felsen von Bandiagara, im Gebiet des
Dogon-Volkes, ihr Geheimnis preisgeben?

Bereits erschienen:

Der Himmel über der Hoffnung

Der zweite Band der Romanreihe: **Das Licht der kommenden Tage von Volker Wahl**

ISBN: 978-3-7448-5236-4
300 Seiten

BoD – Books on Demand,
Norderstedt

Eric Harder und seine Frau Vera wollen endlich Gewissheit haben, was vor einem Jahr in Timbuktu geschehen ist. Doch was sie herausfinden, lässt böse Ahnungen aufkommen. Was passiert im Land der Dogon? Ist der mysteriöse Arnháton-Kult immer noch aktiv? Der alte Arthur Roth könnte helfen, aber ist er wirklich ein Freund?

Ein neues Abenteuer, das wieder an ungeahnte Horizonte führt und den Leser vom ersten Augenblick an fesselt.